FRANZ PREITLER

Mord in der Waldheimat

TÖDLICHE INTRIGEN Ein ranghoher Offizier wird 1904 vom Dienst suspendiert, weil er sein Amt missbraucht hatte. Er wählt daraufhin den Freitod, was großes Entsetzen in der Steiermark auslöst und die Titelseiten zahlreicher Zeitungen füllt. Am selben Tag wird dem beliebten Hüttenwirt Peter Bergner alias Almpeterl, einem Freund Peter Roseggers, auf der Pretulalpe im Rosegger-Schutzhaus auf grausame Weise der Schädel eingeschlagen. Das liebliche Bild des steirischen Schriftstellers von der, in seinen zahlreichen Werken beschriebenen, Waldheimat gerät heftig ins Wanken. Rasch können mehrere Verdächtige gefunden und verhaftet werden. Bei den Ermittlungen brechen jedoch nach und nach die scheinbaren Beweise weg. Ein aus Graz angeforderter Gendarm versucht scharfsinnig Licht ins Dunkel um die geheimnisvollen Vorfälle zu bringen. Er wirft einen Blick hinter die idyllische Fassade von Roseggers Waldheimat und entdeckt dabei, dass im Geflecht von Intrigen fast jeder – sogar der Heimatdichter selbst – etwas zu verbergen hat.

© Andreas Ebner

Franz Preitler, aufgewachsen in der Steiermark, in Langenwang im Mürztal, publiziert seit 2005 Bücher und ist Herausgeber und Mitautor von Anthologien. Er organisiert Literatur- und Kulturveranstaltungen und ist bekannt als Nach-Erzähler von Sagen und Legenden rund um seine Heimat, die Steiermark. Der Erfolgsautor möchte die Leser mit Erzählungen aus der Geschichte bewegen, um die Vergangenheit lebendig zu vermitteln und vor dem Vergessen zu bewahren. Seit März 2019 leitet Franz Preitler den renommierten steirischen Literatur- und Kulturverein Rosegger[bund] Waldheimat. Preitler hält Lesungen sowie Vorträge zu seinen Büchern, nutzt dabei erfolgreich Web und Social-Media und ist durch die Presse in der Steiermark bekannt.

FRANZ PREITLER

Mord in der Waldheimat

Historischer Krimi aus der Steiermark

GMEINER

Immer informiert

Spannung pur – mit unserem Newsletter informieren wir Sie regelmäßig über Wissenswertes aus unserer Bücherwelt.

Gefällt mir!

Facebook: @Gmeiner.Verlag
Instagram: @gmeinerverlag
Twitter: @GmeinerVerlag

MIX
Papier aus verantwortungsvollen Quellen
FSC® C014496

Besuchen Sie uns im Internet:
www.gmeiner-verlag.de

Im Ehnried 5, 88605 Meßkirch
Telefon 07575/2095-0
info@gmeiner-verlag.de

1. Auflage 2022

Lektorat: Claudia Senghaas, Kirchardt
Herstellung: Mirjam Hecht
Umschlaggestaltung: U.O.R.G. Lutz Eberle, Stuttgart
unter Verwendung eines Bildes von: © Peter Roseggers Geburtshaus in Alpl, Waldheimat, Steiermark. Handkoloriertes Glasdiapositiv, um 1910. ullstein bild – Imagno / st. Volkshochschularchiv
Druck: GGP Media GmbH, Pößneck
Printed in Germany
ISBN 978-3-8392-0177-0

Inhalt

Mürzzuschlag, 1879

KATHI FÜRCHTETE DIE FINSTERNIS. Besonders im Winter, wenn die Dunkelheit so lange bedrohlich über der kahlen Landschaft von Mürzzuschlag lag. Sie blickte sich nach allen Seiten um. Kein Mensch war im Ort zu sehen. Die Straße lag um diese Stunde noch dunkel und verlassen da. Das einzige Licht, das sie entdecken konnte, leuchtete in einer Werkstatt hinter dem Pfarrhof beim Tischlermeister Ignaz Grabler. Ein einsames Licht in einer unheimlichen Scheune. Dort, wo der Vater mit seinem behinderten Sohn ab den frühen Morgenstunden unter dem Kreischen und Klirren einer Säge Holz verarbeitete.

Sie hatte Angst vor den beiden groß gewachsenen Männern mit ihrer schmutzigen Arbeitskleidung und dem finsteren Blick. Selbst wenn die Mutter ihr von klein auf beizubringen versuchte, dass man nicht vom Aussehen der Leute auf ihren Charakter schließen könne, traute sie den beiden Männern nicht über den Weg. Gewisse Mürzzuschlager waren eben unheimlich und furchterregend. Sie hatte ein Gespür dafür.

Mutterseelenallein vor Tagesanbruch unterwegs, zählte sie leise die Schritte und holte tief Luft. Ihr Weg führte sie von der Hammergasse in die enge Königsbrunngasse, wo ein schmaler Weg entlang der Mürz bis zur Brücke nach Lambach ging. Irgendwo vor ihr, weit weg, hörte sie die Hammerwerke schlagen. Sie starrte in die Dunkelheit und gab sich Mühe, nicht darüber nachzudenken, was alles passieren könnte. Neben ihr wälzte sich der dunkle Fluss dahin, und ein kühler Wind wehte ihr entgegen.

Trotz dieser innerlichen Unruhe versuchte sie, ruhig zu atmen. Wie jeden Tag wurde ihr beim Aufbruch von zu Hause bewusst, wie sehr sie es fürchtete, sich um 5 Uhr morgens zur Backstube aufzumachen. Es war ihr vom Vater aufgetragen, jeden Morgen in aller Herrgottsfrühe beim Bäcker Kleinschuster Brot und Semmeln für das Kaffeehaus abzuholen. Kuchen, Torten sowie Teegebäck wurden von ihrem Vater selbst gebacken.

Bis vor einem Jahr noch hatte die Mutter mit demselben Widerwillen wie sie jetzt den Weg nach Lambach auf sich genommen. Damals war es Kathi noch gegönnt, ein wenig auszuschlafen, bis sie ins väterliche Kaffeehaus zur Arbeit gehen musste. Gemeinsam mit einem Dienstmädchen war sie während der kühlen Jahreszeit für das Brennholz zuständig. Die beiden Mädchen hatten das Holz in aller Früh vom Keller herauf zu schleppen, um damit die Öfen im gesamten Kaffeehaus zu beheizen. Anschließend hieß es, schleunigst Küche und Gasträume sauber zu machen. In den Wintermonaten war es sehr unangenehm, bei kalten Temperaturen drinnen den Holzboden zu schrubben und vor dem Haus den Gehsteig von Schnee und Eis zu befreien. Dann dauerte es, bis alle Öfen die notwendige Wärme abgaben. Ihr Vater war darauf bedacht, dass es seine Gäste frühmorgens bereits gemütlich warm hatten. Sie mussten sich wohlfühlen und so viel wie möglich im Kaffeehaus konsumieren, damit er am Abend genug Geld in der Kasse vorfand. Viele Stammgäste kamen gerade wegen der wohligen Wärme, um sich auf dem Weg zur Arbeit bei einem frisch gebrühten Kaffee oder schwarzem Tee mit Buttersemmel aufzuwärmen. In einem Nebenraum stand für die Männer ein Billardtisch. Einige, die nichts Besseres zu tun wussten, blieben sogar bis zu Mittag im Kaffeehaus. Sie spielten Billard, Karten oder tratschten über die Geschehnisse im Ort. An brisantem Gesprächsstoff und Klatsch mangelte es nie im beschaulichen Mürzzuschlag. Es gab nichts Einfacheres und wohl auch nichts Schöneres für manche, als über ihre Mitmenschen zu reden und die Leute durch dumme Gerüchte in Aufruhr zu bringen.

Vor knapp einem Jahr befiel ihre Mutter dann diese furchtbare Krankheit mit den nächtlichen Atembeschwerden. Darauf folgten trockener Keuchhusten und stechende Schmerzen in der Brust. Der Arzt ging davon aus, dass es nur eine starke Erkältung wäre, die sie sich in der feuchten Luft eingefangen hatte. Ihr Hals schwoll an und schmerzte fürchterlich. Die arme Frau bekam kaum noch Luft. Dem schloss sich starker Schüttelfrost an, sodass sich ihr Zustand von Tag zu Tag verschlechterte. Das Fieber stieg und ließ die Mutter kraftlos werden. Eines traurigen Morgens war sie nicht mehr aufgewacht. Eine Lungenentzündung hatte sie in kürzester Zeit hinweggerafft.

Ihr Vater, der sich von diesem Tag an in eine depressive Hilflosigkeit flüchtete, übertrug der Tochter nun weitere Verpflichtungen. Ab sofort hatte sie zusätzlich – im Winter schon lange vor Tagesanbruch – mit dem Buckelkorb in die Backstube nach Lambach zu gehen. Auch wenn der Vater selbst nicht diese Mühe auf sich nehmen wollte, legte er Wert darauf, seinen Kunden weiterhin zum Frühstück frisches Gebäck zu servieren. Ihr geschäftstüchtiger Vater musste es wohl wissen, wie man einen gutgehenden Betrieb führte. Er hatte das *Café Semmering* von seinem Vater übernommen. Von jungen Jahren an befand er sich in dessen strenger Lehre und führte seit etlichen Jahren den Familienbetrieb zunächst mit seiner Frau, nun mit seiner Tochter weiter.

Er wusste, dass seine Kathi anders war als die übrigen 15-jährigen Mädchen im Ort. Sie war zart, schüchtern und ängstlich. Ihr hübsches Gesicht war makellos. Die langen blonden Haare hatte sie zu einem Zopf geflochten, um bei den jungen Männern nicht aufzufallen. Nicht so wie ihre kräftig gebaute Freundin Rosa mit dem burschikosen Kurzhaarschnitt, die sich von den jungen Kerlen im Ort nichts gefallen ließ. Sogar mit den frechen Handwerksgehilfen hatte sich Rosa schon angelegt. Von Anfang an stellte das Mädchen klar, dass sie sich nicht hänseln ließ, und hatte somit für immer ihre Ruhe. Kathi hingegen hatte Angst vor den Rotznasen im Ort. Sie machte einen weiten Bogen um die Kerle, wenn sie in einer Gruppe beieinanderstanden. Außer einem, dem schüchternen Richard vom Nachbarhaus, dem vertraute sie. Er war der hübsche Sohn des wohlhabenden Kaufmanns Huber und genauso ängstlich wie sie. Vor dem großen zarten Jungen mit dem Blondschopf und dem Bubengesicht hatte sie keine Angst. Wann immer sie ihn traf, lächelte er ihr mit freundlichen Augen verstohlen zu. Sie wusste jedoch, dass er sie weder vor den anderen Raufbolden beschützen noch sich selbst zur Wehr setzen konnte, wenn sie ihn wegen seines unsicheren Auftretens und dem kindlichen Aussehen auslachten. Richard verstand ihre Ängste, gelegentlich wechselten sie ein paar Worte über die anderen Jugendlichen in Mürzzuschlag. Er war schüchtern und suchte auch keinen Anschluss. Tagsüber musste er seinem Vater im Kaufhaus in der Wienerstraße helfen, morgens und abends half er bei der Pflege seiner kranken Mutter mit.

Auch Kathi blieb keine Zeit dafür, sich mit anderen Jugendlichen zu treffen, geschweige denn, eine höhere Schule zu besuchen. Dafür zeigte der geschäftstüchtige Vater kein Verständnis. Bei ihm drehte sich alles ums Geld und sein Kaffeehaus in der Hammergasse. Während andere Jugendliche ihres Alters sich gelegentlich im Park aufhielten, musste sie wie Richard im elterlichen Betrieb hart arbeiten. Und gerade deshalb wurden sie beide oftmals ausgelacht und galten als Außenseiter im Ort.

Obendrein hatte sie nach dem frühen Tod der Mutter auch den Haushalt zu führen. Putzen, Kochen, Wäsche machen – und das ebenfalls für ihren ein paar Jahre älteren Bruder Hans – zählte zum harten Tagesablauf von Kathi. Ihr Vater meinte immer, der Hans sei für das Geschäft und die Arbeit nicht zu gebrauchen, deshalb hatte er nichts dagegen, als dieser vor zwei Jahren eine Stelle als Amtsdiener antrat. Kathi liebte ihren Bruder von Herzen und vertrat an dem unsicheren jungen Mann trotz ihrer Jugend gerne die Mutterstelle.

Ängstlich betrachtete sie den lang gezogenen Holzsteg über den dunklen Fluss. Es war die einzige Überquerung der Mürz, die vom Ortskern in Richtung Lambach führte. Dort befand sich die abgelegene Backstube des Bäckermeisters Kleinschuster. Sie hörte das stürmische Wasser rauschen, den Wind in den Bäumen pfeifen und die Hammerwerke arbeiten. Der Duft von Brot und Semmeln, der sie in Lambach erwartete, sowie die Vorfreude auf eine Buttersemmel vom Bäckermeister, die sie jeden Tag mit auf den Rückweg bekam, vermochten ihr Unwohlsein kaum zu mindern.

Das Herz schlug ihr an diesem kühlen Novembermorgen wie so oft bis zum Hals. Sie musste noch bei Dunkelheit über den schmalen Holzsteg auf die andere Seite der Mürz gehen. Feuchtigkeit und Kälte krochen ihr unerbittlich in die Glieder. Den Teil über den knarrenden Steg wollte sie wie immer rennen, dann brauchte sie nur noch den Weg an den kahlen Büschen und Bäumen entlang der Mürz weiterzugehen, um ein paar Minuten später den Bäckerbetrieb zu erreichen. Dort, in einem kleinen Innenhof, befand sich die aus Ziegeln gemauerte Backstube mit dem rauchenden Kamin, den man bei Tag von Weitem sehen konnte. Beim etwas dicklichen Meister mit den roten Wangen und der Bäckermütze auf dem Kopf durfte sie sich gerne ein paar Minuten am heißen Backofen wärmen. Es blieb jedoch nur wenig Zeit dafür. Sie musste rasch zurück ins Kaffeehaus, um rechtzeitig mit der Arbeit fertig zu sein, bevor die ersten Gäste eintrafen. Der rüstige Bürgermeister war meist der Erste, der auf eine Tasse Kaffee vorbeikam und genüsslich seine Zigarre rauchte, ehe er stolzen Hauptes in die Kanzlei im Rathaus ging. Später kam der alte Apotheker mit dem schwergewichtigen Fleischermeister, bevor auch sie für ihre Kunden den Laden öffneten.

Wenn mir nur niemand entgegenkommt, ging es ihr im Kopf herum. Und als ob sie mit ihrer Befürchtung das Unheil heraufbeschworen hätte, tauchte plötzlich eine finstere Gestalt am Ende des Steges auf und versperrte ihr breitbeinig den Weg. Eine dicke Wollmütze verdeckte das Gesicht. Sie versuchte, sich an dem Kerl mit dem schmutzigen Arbeitskittel vorbeizudrängen. Vergeblich! Er wich nicht von der Stelle. Sie keuchte, außer Atem vom Laufen. Dann ging alles sehr schnell. Der Mann griff nach ihr. Erschrocken zog sie ihm die Mütze vom Kopf, sodass ihm seine fettigen Haare ins Gesicht fielen. Seine aufgeblasenen Wangen waren hochrot, und die dunklen Augen funkelten unter den drahtigen Brauen. Ein fratzenartiges Lachen ließ seine Zähne sichtbar werden.

Mit Bangen erkannte sie, um wen es sich handelte. Sie erschrak vor dem entschlossenen Blick und wusste, dass ihr etwas Schlimmes bevorstand. Sein dampfender Atem, der ihr entgegenwehte, stank nach Alkohol. Kathi wurde davon übel. Mit beiden Fäusten schlug sie verzweifelt gegen die Brust des stämmigen Kerls. Er packte sie so grob an beiden Händen, dass sie heftig auf dem Boden landete. Knapp hatte sie die Holzstufen des Steges verfehlt und lag nun vor seinen Füßen. Brutal zerrte er sie an den Armen ins nahe Gebüsch und riss ihr den Mantel vom Leib. Voller Wucht stürzte er sich auf ihren zarten wehrlosen Körper. Seine stechenden Augen starrten sie dabei die ganze Zeit an. Die durchdringende Angst und der Ekel vor dem Scheusal ließen sie laut aufschreien.

»Mund halten!«, knirschte er grimmig und schlug ihr dabei ins Gesicht. Voller Panik erkannte sie, dass ihre kläglichen Schreie im Rauschen des Flusses untergingen. Die Backstube war zu weit weg, als dass jemand die Hilferufe vernehmen hätte können. Das wusste dieser grobe Saukerl, vor dem sie sogar bei Tageslicht einen weiten Bogen machte. Er riss ihr die lange Unterhose herunter und schlug ihr den Rock hoch bis zum Kopf. Hastig öffnete er seinen ausgebeulten Hosenlatz, legte Hand an sich und drang gewaltsam in sie ein. Kathis Schreie wurden immer leiser und gingen in schmerzliches Wimmern über.

Starr vor Angst, dass er sie womöglich noch erwürgen oder in das strömende Wasser werfen könnte, stellte sie sich ohnmächtig. Sich zu wehren, würde ihn vielleicht noch mehr aufreizen. Sie bekam kaum Luft unter dem Scheusal, und mit wild klopfendem Herzen hoffte sie auf baldige

Erlösung von den Schmerzen. Nach einem lauten Stöhnen löste ihr Peiniger seinen festen Griff. Er wälzte sich von ihrem zarten Körper herunter, stand schwerfällig auf und knöpfte den Hosenlatz zu. Dann schaute er noch einmal – irgendwie wirkte er plötzlich verwirrt – zu dem halbnackten Mädchen hinunter, zog seinen Arbeitskittel aus und deckte sie damit zu. Danach verschwand er keuchend in der Morgendämmerung, ohne sich noch einmal nach ihr umzudrehen. Kathi war wie erstarrt. Sie traute sich nicht zu rühren und konnte es auch nicht.

Dort, unter dem Steg, wo die Schandtat stattgefunden hatte, lag sie noch immer, als der Gehilfe des Bäckers vorbeikam. Sein Meister hatte ihn losgeschickt, um die Tagesration an Gebäck ins *Café Semmering* zu bringen, weil Kathi zum ersten Mal ausgeblieben war.

»Wahrscheinlich hat das junge Ding verschlafen«, hatte der Bäckermeister gemeint und die Schultern gehoben. Als Kathi die Schritte aus Richtung Lambach vernahm, löste sich endlich ihre Erstarrung, und sie konnte wieder schreien. Zum Glück hörte der Bäckergehilfe sie sofort. Als er herankam, hob das Mädchen den Kopf, und er konnte die panische Angst und die hilflose Verzweiflung in ihren Augen sehen.

Dienstag 21. Juni 1904

Tamara fuhr erschrocken aus dem Schlaf. Durch den Spalt im Fensterladen glitt ein leichtes Dämmerlicht in ihr dunkles Zimmer. Es war, als hätte sie einen dumpfen Schlag gehört. Darauf folgte ein lautes Schwirren und Schreien aufgeschreckter Vögel im Garten. Langsam richtete sie sich auf. Nein, sie hörte nichts mehr. Draußen war es wieder still.

Die Erinnerung an die vergangene Nacht ließ sie in eine zärtliche Illusion fallen. »Schön war es«, resümierte sie leise und verkroch sich in der weißen Bettwäsche mit den eingestickten Initialen »T. L.«. Auf die edle Bett- und Tischwäsche aus ihrer zweiten Ehe mit dem Leutnant Christian von Lützow war sie besonders stolz. Außer dem Einblick in die Welt der Adeligen und Blaublütigen hatte sie der Ehe mit dem Leutnant nicht viel abgewinnen können, und so erfolgte nach elf Monaten die Scheidung. Er war eher den Männern zugetan gewesen als den Frauen. Den Titel einer Baronin von Lützow hatte sie auch nach ihrer nächsten Ehe beibehalten. Sich als reiche Baronin auszugeben, eröffnete ihr viele Möglichkeiten.

Gedankenverloren dachte sie an ihren nächtlichen Liebhaber, den sie diesen Winter bei den Nordischen Spielen kennengelernt hatte. Er erlangte den zweiten Preis beim Langstreckenwettlauf auf Schneeschuhen. Aufgrund seiner mangelnden Ausdauer reichte es nicht für den ersten Platz, und sie verspürte damals ein eigenartiges Gefühl von Mitleid mit dem jungen, gut aussehenden Mann. Seine blauen Augen hatten es ihr sofort angetan, als sie ihm bei der Siegerehrung die silberne Nansen-Medaille überreichte. Ungewollt berührten sich dabei ihre Hände, und sein Blick war intensiv auf sie gerichtet. Als der junge Mann später anbot, ihr das Skifahren beizubringen, durchfuhr sie eine jähe Hitze. »Ich bin nicht zum Vergnügen hier. Mein Gatte ist der Bezirkshauptmann, und wir tun nur unsere Pflicht in Mürzzuschlag!«, tat sie zwar ein wenig abweisend, warf ihm dabei aber einen verführerischen Blick zu.

Als sie den jungen Sportler vor einigen Wochen wieder zufällig im Ort traf, lud sie ihn auf Kaffee und Kuchen in das Café beim *Hotel Lambach* ein. Obwohl Tamara ihren angetrauten Gatten liebte, hatte sie das Versprechen, ihm treu zu sein, nicht lange einhalten können. Bereits beim zweiten Treffen – das war gestern bei ihr zu Hause gewesen – verbrachte sie mit ihrem jungen Galan einige nächtliche Stunden im Ehebett. Sein erregender Körpergeruch hatte sich noch nicht verflüchtigt. Tamara verspürte Kraft und Leben, die ihr sein junger Körper verliehen hatte. Süß war die Erinnerung, wie sie in seinen Armen lag, und wie sein Verlangen bis zum Äußersten emporwallte, wenn er sie an sich zog. In kürzester Zeit hatte er ihr Herz erobert. Sie hatte eine Vorliebe für herumstreunende Männer, und diesen Eindruck vermittelte er ihr. Sie schloss die Schlafzimmertür und ließ ihren Gefühlen freien Lauf. Er war ein großer Mann mit muskulösem Körper und einem schönen, unverbrauchten Gesicht. Sein Alter schätzte sie auf Anfang 20. Sein volles dunkles Haar trug er glatt gescheitelt nach hinten frisiert. Das schenkte seiner jungen Männlichkeit noch mehr Ausdruck. Der Schnurrbart war sorgfältig gestutzt. Er hatte sich als Ferdinand Dworschak vorgestellt, Sohn eines Brieftaubenzüchters in Brünn. Ferdinand erzählte, dass er gerne ziellos umherreiste und so auch hin und wieder ins Mürztal kam. Ob er ihr die Wahrheit sagte, interessierte Tamara nicht sonderlich. Wozu auch, denn je weniger sie voneinander wussten, umso besser schien es ihr.

Der junge Mann begeisterte sie mit seinen kurzweiligen Geschichten über das Leben der Tauben, wie die alles um sich herum beobachteten, ohne dass die Menschen es wahrnahmen. Warum sollte sie da an seiner Herkunft zweifeln? Am besten gefiel es ihr, wenn er davon erzählte, wie die grauen Vögel um die Menschen herumtanzten, um ausreichend Aufmerksamkeit zu erhaschen. Sein Vater konnte von Weitem seine eigenen Tauben erkennen und diese von anderen unterscheiden, selbst wenn sie für Laien alle gleich aussahen, meinte er. Auch wo sich die Nachtgeister unter seinen Tauben herumgetrieben hatten, konnte er am nächsten Tag daran erkennen, was sie in ihre Behausungen mitgebracht hatten. Tamara fand dabei eine gewisse Ähnlichkeit zu sich selbst, denn sie hatte auch kaum Scheu vor etwas, war gerne unterwegs und tänzelte schlau durch das Leben.

»Das Glück ist ein Vogerl«, hatte er ihr ins Ohr geflüstert, bevor er sich mit einem langen Kuss verabschiedet hatte. Sie kannte nur den Spruch: »Lieber den Spatz in der Hand, als die Taube auf dem Dach«, jedoch hielt Tamara davon nicht viel, denn sie war weder bescheiden noch konnte sie sich mit Kleinigkeiten zufriedengeben. Der Spatz war ihr zu alltäglich und zu einfach. Tamara liebte das Spektakuläre, das Ungewöhnliche.

Einen Moment lag sie noch einfach da und träumte vor sich hin, dann hüpfte sie vergnügt aus dem Bett. Zufrieden betrachtete sie sich in ihrem zart rosafarbenen, reich bestickten Nachthemd im Spiegel. Sie sah ein kleines

Gesicht, nicht übertrieben hübsch, jedoch interessant. Sie hatte eine besondere Gabe, ihr Gesicht hell zu schminken und dadurch wesentlich jünger zu wirken. Die schwarzen lockigen Haare trug sie nach hinten frisiert, auf ihre zarten Lippen gab sie stets dunkelrote Farbe. Ihre Miene wirkte wie immer kühl, und ihr schmaler Mund lächelte ihr zufrieden entgegen. Tamara konnte Stunden damit verbringen, ihre kleinen, wohlgeformten Hände zu pflegen. Tagsüber waren sie mit zahlreichen Armbändern und Ringen behangen und dienten als Blickfang für die neidischen Frauen in Mürzzuschlag. Selbst wenn die meisten Stücke nicht echt, sondern vom Theaterverleih in Wien waren, erzeugten sie große Wirkung.

Durch die Ritzen der Fensterläden lugte der fahle Schein der Morgendämmerung herein. In Gedanken versunken verschwamm ihr Blick im Spiegel. Was für eine Nacht. Der Duft von frisch aufgebrühtem Kaffee drang ihr entgegen, und sie freute sich auf das Frühstück. Ein herrliches Glücksgefühl durchströmte sie bei dem hoffnungsfrohen Gedanken, den jungen Liebhaber bald wieder zu treffen.

Das mit Plüsch und Pomp überladene Schlafgemach war ihr Lieblingsort in der großzügigen Wohnung. Nach der Hochzeit mit Franz Hervay von Kirchberg im vorigen Jahr war sie vom *Hotel Lambach* in die Wohnung im zweiten Stock einer schönen Villa in Bahnhofsnähe umgezogen. Ihr Dienstmädchen Anuschka, das Tamara bereits seit vielen Jahren auf ihren langen Reisen begleitete, bewohnte darin auch ein kleines einfaches Zimmer.

Tamara hatte darauf bestanden, die Wohnung für sich und ihren Gatten, den begehrten Bezirkshauptmann, so vornehm wie möglich zu gestalten. Sie richtete das neue Heim ein. Das Üppigste war, sehr zum Missfallen ihres

Gatten, gerade gut genug, um alles so prunkvoll wie möglich wirken zu lassen. Tamara beharrte auf Bordüren und Verzierungen, großen Spiegeln, schweren Teppichen und Wandbehängen sowie dunklen Möbeln und wuchtigen Kronleuchtern. Genauso wie es sich – ihrer Meinung nach – für eine reiche Baronin gehörte. Auf die Bemerkung ihres Mannes, in einer so überladenen Wohnung könne er kaum atmen, meinte sie nur schnippisch: »Ich werde wohl die meiste Zeit hier alleine verbringen, du bist ja im Amt. Und darum möchte ich mich wohlfühlen und nicht an den Pöbel im Ort erinnert werden.«

Dass er sich von dem ganzen Pomp beengt fühlte, bewog ihren Gatten dazu, seine bescheidene Dienstwohnung in der Bezirkshauptmannschaft in der Wienerstraße nicht aufzugeben. Er fühlte sich wohl mit dem schlichten, hellen Mobiliar. Gestern hatte er – wie so oft – lange in der Kanzlei gearbeitet und musste in den frühen Morgenstunden bereits eine Zugfahrt nach Wien zwecks Audienz beim Minister antreten. Der Minister duldete weder die Ausrede, verhindert zu sein, noch Unpünktlichkeit, wenn er ihn zu sich ins Amt vorlud. In den meisten Fällen hatte Franz im Vorzimmer des Ministers eine lange Wartezeit in Kauf zu nehmen und war darüber verärgert, dass die Unterredung dann oft nur halb so lange dauerte, wie er gewartet hatte, und als Ergebnis kaum Neues brachte.

»Kommst du heute noch zurück, oder fährst du morgen früh gleich nach Wien?«, hatte sie ihn gestern beim Frühstück schnippisch gefragt, bevor er sich auf den Weg zur Arbeit machte. »Mein Liebes! Wir sehen uns leider erst morgen Abend, wenn ich aus Wien zurück bin«, erwiderte er mit traurigem Blick. »Du weißt, wie ungern ich dich alleine lasse«, fügte er mitleidig hinzu. Die Befürchtung, dass sie sich in Mürzzuschlag möglicherweise langweilen würde, quälte ihn entsetzlich. Tamara zeigte sich beleidigt wegen seiner Wienreise, doch insgeheim war sie froh, für zwei Tage allein sein zu können.

»Es wäre mir schon sehr recht, wenn du nicht zu lange wegbleibst«, sagte sie und betonte dabei das Wörtchen »sehr«. Dann befahl sie ihrem Dienstmädchen, für den Herrn Baron frische Wäsche einzupacken. »Lass mich nur allein!«, rief sie ihm zum Abschied nach, als er bereits die Stufen zum Hausflur hinabging. Sie hörte das dumpfe Geräusch der Haustür und atmete tief durch. Soll er nur ein schlechtes Gewissen bekommen, ging ihr mit einem zufriedenen Lächeln durch den Kopf.

Zu ihrem Verdruss konnte sie den Grund seiner spontanen Wienfahrt zum Minister nicht ausfindig machen. Obwohl sie seine Dienstpost seit Wochen kontrollierte, musste sein Amtsdiener Glück die Vorladung vor ihr versteckt gehalten und ihrem Mann heimlich zugesteckt haben. Sie hasste diese Geheimnistuerei, denn sie befürchtete, dass sie demnächst ernste Schwierigkeiten bekommen könnte.

Die Nächte, die Franz in letzter Zeit in seiner Dienstwohnung verbrachte, mehrten sich. Ganz wie sie vermutete, spülte er dabei seinen Kummer und Verdruss mit ein paar Gläsern Wein hinunter. Vor allem dann, wenn ihm ein Besuch in Wien beim Minister oder in Graz beim Statthalter bevorstand. Tamara kannte ihren ängstlichen Gatten und seine Befindlichkeiten nur zu gut. Es war nicht ungewöhnlich, dass er seine Ängste mit Alkohol betäubte. Sie verabscheute es, wenn er am nächsten Tag noch die Ausdünstung von Wein und Bier mit nach Hause brachte oder seine Kleidung nach Zigarrenrauch stank.

Erneut vernahm sie einen dumpfen Schlag, den sie nicht zuordnen konnte. Es schien ihr so, als würde jemand heftig gegen etwas klopfen. Sie bekam es plötzlich mit der Angst zu tun und läutete ihrer Zofe. »Hast du nichts gehört?«, fragte sie Anuschka mit erschrockenem Blick. Das Mädchen schüttelte den Kopf. »Es hörte sich so an, als würde jemand gegen die Fensterläden oder die Haustür schlagen«, setzte sie ängstlich hinzu und schaute auf ihre zitternden Hände.

»Es wird wohl der Wind gewesen sein«, antwortete Anuschka und begann, die Betten zu richten. Tamara stieß die Fensterläden auf. Starr stand der große Garten mit den dichten Bäumen im Hinterhof vor ihr. Sie horchte nach den Vögeln und dem Wind. Jedoch umgab sie einsame Stille, es war nichts zu hören. Sie legte sich ein Tuch um und ging in das benachbarte Zimmer. Eine seltsame Stimmung überkam sie beim Öffnen eines der Fenster zur Straße hin. Sie verspürte den lauen Morgenwind, und der Nebel begann sich zu verziehen. Sie erinnerte sich plötzlich an des Amtsdieners Worte, dass sich der Nebel über Mürzzuschlag demnächst lichten werde und die Leute dann Gewissheit über so manch Rätselhaftes erlangen würden.

Schnellen Schrittes ging sie zu Anuschka zurück und trug ihr auf: »Schnell, hol die Koffer vom Dachboden und packe das Nötigste. Ich spüre es! Wir müssen schleunigst fort von hier!« Ihr Dienstmädchen warf ihr einen ängstlichen Blick zu und meinte mit leiser Stimme: »Wären wir doch nie hergekommen nach Mürzzuschlag!« Die Baronin nickte zustimmend. »Ja, du hast es immer gesagt, wir sollen hier nicht bleiben. Es war mein Fehler!« Ihre Lider zitterten, und eine jähe Röte überzog ihre Wangen. Tamara biss sich auf die Lippen und hatte eine böse Vorahnung. Ihr kam der Gedanke, dass sie zu lange mit dem Feuer gespielt hatte und sich nun dem brennenden Schmerz aussetzen würde müssen. Mit unruhigen Augen sah sie sich im Zimmer um.

Aber die werden sich schon noch anschauen, welche Rätsel ich ihnen aufgeben werde, schoss ihr trotzig durch den Kopf. Zaghaft schwamm das Licht der flackernden Kerze durch den noch immer dunklen Raum. Sie ging in alle Zimmer und stieß wütend die Fensterläden auf. Als sie im mit dunklen Kirschholzmöbeln eingerichteten Esszimmer ankam, hatte sie aber plötzlich das Gefühl, keine Kraft mehr zu haben. Sie setzte sich auf einen ihrer Samtpolsterstühle, und mit unangenehmem Schaudern erinnerte sie sich an einen merkwürdigen Abend. Sie hatten Besuch vom Amtsdiener Glück. Er war seit dem Antritt des Bezirkshauptmannes für dessen Belange zuständig und verhielt sich nach außen hin bescheiden, loyal und demütig. Sie konnte ihn nicht leiden. In ihren Augen war er ein widerlicher Mensch und ein Versager.

Sein Besuch damals im Haus schien ihr noch gar nicht so lange her zu sein. Vier Monate vielleicht, nicht länger. Ihr ängstlicher Gatte hatte die Idee, den übereifrigen Diener aus seinem Vorzimmer zum Abendessen einzuladen. Er versuchte, mit der ungewöhnlichen Einladung ein gutes Klima in der Kanzlei zu schaffen. Tamara stimmte dem Besuch nur zu, weil sie sich erhoffte, mehr über die Machenschaften auf dem Amt zu erfahren und ob man dort bereits einen Verdacht wegen ihrer fragwürdigen Vergangenheit hegen würde. Was das Gerede im Ort um ihre Person anbelangte, wurde sie von Anuschka informiert. Jedoch war ihr nicht klar, woher die bösen Tratschereien kamen. Sie hatte den Amtsdiener Glück oder einen seiner Kollegen in Verdacht. Es war hier in Mürzzuschlag genauso wie an jedem anderen Ort, wo sie bisher gewesen war: Immer und überall gab es böse Menschen, die ihr schaden wollten. Dieser Glück war sicher einer von denen!

Dass dieser unattraktive Mann womöglich sogar noch älter war, als er ausschaute, entnahm sie seinen ausufernden Erzählungen, wie lange er bereits aufopfernd im Amt diente. Da brauchte er sich nicht zu wundern, wenn sie ihn fragte, warum er denn dann noch immer nur Amtsdiener sei. Dass ihr Mann anschließend gleich versprochen hatte, sich um seine Beförderung kümmern zu wollen, hatte sie sehr verärgert. Natürlich hatte sie Franz später wieder ausgeredet, sich für diesen Tölpel einzusetzen. Dem Aussehen nach schätzte sie Glück auf Mitte 40. Er hatte annähernd mittlere Größe, war von kompakter, dicklicher Statur, und über seinen stets etwas verkniffenen Augen wucherten dichte, struppige Augenbrauen. Auffällig war auch sein Mund, der am rechten Winkel hinuntergezogen war und seinem Gesicht etwas Zweideutiges verlieh.

Schnell hatte Tamara herausgefunden, dass er seine plumpen Komplimente ihr gegenüber mit einem gewissen Hintergedanken von sich gab. In tollpatschiger Art und Weise schien er sie sogar einmal mit seinen Füßen unter dem Tisch berühren zu wollen. Der Amtsdiener redete den ganzen Abend viel über die Missstände im Ort. Er war sehr bestrebt, die voranschreitende Industrialisierung mit kritischen Worten ins schlechte Licht zu rücken. Heftig bemängelte er auch die unnötige Bürokratie, an der sich auch durch die Einsetzung des ersten Bezirkshauptmannes in Mürzzuschlag nichts geändert habe. Der maßlos übertriebene Aktenkram und die ständige Berichterstattung gegenüber der Statthalterei in Graz hinderten ihn, Glück, noch immer daran, effiziente Arbeit zu leisten. Unhöflich richtete er das Wort dabei fast nur an den Bezirkshauptmann, der ihm gegenübersaß.

Über seine Kollegen im Amt hatte er ebenfalls kein gutes Wort zu sagen.

Gemeinsam hatten die beiden Männer im Lauf des Abends reichlich Wein getrunken. Zu später Stunde sprach der Amtsdiener wiederholt davon, dass sich demnächst der graue Nebel über Mürzzuschlag lichten werde, der über dem ganzen Ort läge und die Leute nicht mehr klar sehen ließe. Der menschenfeindliche Mann schien allen im Ort zu misstrauen, außer seiner Schwester Katharina Glück. Sie führte das beliebte *Café Semmering* in der Hammergasse. Bei ihr holte er sich stets Rat, ebenso wie beim ehrwürdigen Herrn Pfarrer, dem er unlängst einen Besuch abgestattet habe, wie er mit gehobener Augenbraue und einiger Betonung erklärte. Dabei konzentrierte sich sein scharfer Blick auf sie, und er schien gespannt auf ihre Reaktion zu warten. Sie tat, als habe sie seine Aussage überhört, und forderte das Dienstmädchen schroff auf, den Herren Wein nachzuschenken.

Ihr Gatte saß mit einem gefrorenen Lächeln da und nahm einen Schluck Wein nach dem anderen. Ihr war bewusst, worauf Glück mit seiner provokanten Äußerung anspielte. Sie fuhr zusammen, als er seine Hand auf den linken Arm ihres Gatten legte und sich mit den Worten: »Die Moral steht über allem, auch über dem Amt«, an ihn wandte. Der Amtsdiener hatte mit Sicherheit seine schmutzigen Finger im Gerede um ihre Person in Mürzzuschlag! Die Moral – wie er das Wort schon betonte – sei sehr hoch gepriesen in Mürzzuschlag, doch nicht gelebt, dozierte er. Er hatte bei diesen Worten ein scheinheiliges Lächeln im aufgedunsenen Gesicht und meinte dabei wohl eher nicht die Amtsmoral, überlegte sie. Glück besaß tatsächlich die Frechheit, eine Anspielung auf ihre junge Ehe zu machen! Aber womöglich gab es dazu auch noch Probleme im Amt?

Nachdem der unliebsame Gast gegangen war, bemerkte sie nämlich ein großes Unbehagen und eine starke Unruhe bei ihrem Gatten. Trotz seiner Bemerkung, dass alles gut sei, stand etwas Unangenehmes, Ungesagtes im Raum. Nervösen Schrittes ging er im Zimmer auf und ab. Unruhig schaute er immer wieder aus dem Fenster. Mit dem Weinglas in der Hand stand Franz plötzlich in seiner breitschultrigen Uniform leicht schwankend vor ihr und meinte in gezwungener Gefasstheit: »Sobald Glück einen Rang höhergestellt ist, wird er uns schon in Ruhe lassen!«

Das bestätigte ihren Verdacht, dass der Amtsdiener ihn mit seiner Bemerkung unter Druck gesetzt hatte. Vermutlich geschah das nicht zum ersten Mal, sondern schon verschiedentlich im Büro. Ein sehr unangenehmer Mensch, dieser Glück! Tamara erinnerte sich jetzt wieder an seine plumpe Art und die widerliche gespielte Unterwürfigkeit, und sie verspürte eine gewisse Furcht vor diesem Mann, der sich zu Hause, wie ihr Anuschka berichtet hatte, von seiner Gattin herumkommandieren und schikanieren ließ.

Es war wohl wirklich besser, nicht nur bald, sondern sofort abzureisen. Aber gerade in dem Moment, als sie den endgültigen Beschluss gefasst hatte, Mürzzuschlag so rasch wie möglich den Rücken zu kehren, pochte es kräftig an der Eingangstür des Hauses. Laut hörte sie sich selbst auf einmal sagen: »Bald ist es vorbei!« Sie wunderte sich, wie hart und kalt ihre Stimme dabei klang. Tamara verließ das Zimmer und holte rasch Papier und Tinte, um ein paar Abschiedsworte an ihren Gatten zu verfassen. Sie begann zu schreiben:

Geliebter Franz! Ich komme nicht mehr nach Mürzzuschlag zurück, vergiss deine Tamara. Vergiss das Märchen.

Deine Tamara, die dich nie vergessen und immer liebbehalten wird. Adieu!

Sorgsam legte sie das beschriebene Blatt auf den Tisch neben die Kerze und den Bilderrahmen, in dem sich ihr Hochzeitsfoto befand. Ihr Gatte hatte es einrahmen lassen. »Märchen« stand unter ihrer und »Franz« unter seiner Abbildung.

Anuschka hatte in der Zwischenzeit bereits ihren eigenen Koffer gepackt und stand damit fragend in der Tür: »Mit welchem Zug fahren wir?« Ihre Augen strahlten, sie freute sich darauf, endlich Mürzzuschlag verlassen zu können. »Sofort mit dem nächsten!«, antwortete Tamara entschlossen und ging in ihr Zimmer zurück, um mit Anuschkas Hilfe rasch ebenfalls das Notwendigste in den Koffer zu packen. Abermals klopfte es unten im Hausgang, und eine männliche Stimme rief laut: »Machen Sie auf, Frau Baronin. Machen Sie endlich auf, hier ist die Gendarmerie!«

Anuschka ging verängstigt hinab. Tamara hörte das Tor schlagen und einen Mann entschuldigend sagen: »Ich kann nichts dafür. Ich weiß auch nichts. Mir ist bloß gesagt worden, dass ich die Frau Baronin sofort ins Bezirksgericht bringen soll!« Anuschka rannte die Stufen hinauf, und als sie den Besuch des Gendarms meldete, nickte Tamara und meinte im zaghaften Ton: »Gut, er soll heraufkommen!« Die beengte Brust schien ihr zu zerspringen. Zum ersten Mal überwältigte sie mit großer Wucht der Gedanke, ohne ihren einflussreichen Gatten hilflos dazustehen. Sie vermutete, dass man bewusst einen Zeitpunkt abgewartet hatte, in dem ihr Mann nicht in Mürzzuschlag war.

Es klopfte an der Tür. Sie hob den Blick und erkannte den Gendarmen Fladinger in seiner Uniform, der verlegen vor ihr stand. Er wischte sich den Schweiß von der Stirn und blickte in ihre fragend auf ihn gerichteten Augen. Der Gemeindewachtmeister war ein dicker Mann, mittelgroß, mit grauen Schläfen, einem rundlichen Gesicht und einem ziemlich buschigen grauen Schnurrbart. Sein Mund unter dem Schnauzer zeigte ein nervöses Lächeln. Seine kleinen Augen zuckten. Er trug ein Gewehr über der Schulter, das er jetzt vor sich abstellte. Sie kannte ihn nur vom Sehen her. Begegneten sie sich auf der Straße, dann zog er ehrfürchtig die Dienstkappe und grüßte auffällig freundlich. Er war sicher auch einer von denen, die ihr danach mit offenem Mund nachstarrten und über sie lästerten.

Der Gendarm schien nicht genau zu wissen, wie er sich nun verhalten sollte, und meinte verlegen: »Grüß Gott, gnädige Frau Baronin. Ich hab den Auftrag, Sie zum Bezirksrichter zu bringen!« Dann richtete er die Augen zu Boden, um sie nicht anschauen zu müssen.

»Guten Morgen, Herr Gendarm! So eilig? Muss es jetzt gleich sein?«, fragte Tamara mit einem gespielt überheblichen Zug um den Mund und drehte sich dabei vor ihm hin und her. Dabei öffnete sie ihr hochgestecktes Haar und ließ es langsam über die Schulter fallen. »Ich bitte darum, Frau Baronin!«, meinte er mit dem für ihn typischen verschlafenen Blick. Ihr auffälliges Gehabe ignorierte er völlig.

»Warten Sie, ich ziehe mir nur schnell etwas an. In fünf Minuten bin ich fertig. Nehmen Sie sich doch ein paar Zigarren inzwischen!« Fladinger wischte sich erneut mit einem Tuch den Schweiß ab und steckte drei Zigarren ein. Sein Atem ging schnell, der Weg zu ihrem Wohnhaus hatte ihm zu schaffen gemacht.

Als sie zurückkam, trug sie einen eleganten Lodenrock und einen Steirerhut mit breitem Band und Spielhahnfeder, den sie sich extra für die Semmeringfeier gekauft hatte. Sie warf einen schnippischen Blick zu Fladinger, der mit ernster Miene sein Gewehr schulterte. An der Tür blieb Tamara kurz stehen: »Sollten wir nicht warten, bis mein Mann aus Wien zurück ist? Er wird die Sache mit Sicherheit aufklären können, Herr Fladinger!« Der schüttelte auf ihre Worte hin bloß den Kopf. »Ich habe den Auftrag, die gnädige Baronin jetzt sofort aufs Bezirksgericht zu bringen!«

»Was ist, wenn mein Gatte inzwischen zurückkommt und ich bin nicht zu Hause?«, fragte sie mit plötzlichem Eifer. Sie tat gerade so, als würde ihr Mann erwarten, dass sie sich stets in der Wohnung aufhielt. Fladinger schaute sie mit ruhigem Gleichmut an, ihm waren die Tratschereien im Ort über die Gattin des Bezirkshauptmannes nicht unbekannt. Daher wusste er, dass der Bezirkshauptmann schon öfter nach seiner Gattin gesucht hatte, weil er sie nicht daheim angetroffen hatte und sie wie vom Erdboden verschluckt schien.

»Naja, entweder weiß er es eh schon, und wenn nicht, wird er es früh genug erfahren!«, sagte er mit einem schmalen Lächeln und zuckte gleichgültig mit den Schultern. Tamaras unbehagliches Gefühl verstärkte sich immer mehr, und sie spielte nervös mit ihren Händen. Dabei bemerkte sie, dass sie vergessen hatte, ihren Schmuck anzulegen. Mit den hastigen Worten: »Oh Gott, der Schmuck! Ich gehe nie ohne ihn auf die Straße«, rannte sie zurück in ihr Schlafzimmer. Fladinger schüttelte verärgert den Kopf und dachte, dass sie nur die Zeit hinauszögern wollte. Vermutlich hegte sie die Hoffnung, ihr Gatte könnte unerwartet nach Hause kommen und sie vor dem Besuch beim Bezirksgericht bewahren.

Tamara öffnete die hübsche Schatulle beim Spiegel, in die sie am Vorabend wie immer ihren Schmuck gelegt hatte. Zu ihrem Entsetzen war die Schatulle vollkommen leer. Es fehlten alle ihre Ringe, Armbänder, Ketten und Broschen. Sogar der Trachtenschmuck, den sie zur Hochzeit von ihrem Gatten bekommen hatte, war verschwunden. Wenn das Franz erfährt, schoss ihr durch den Kopf. Der wertvolle Trachtenschmuck, der mehr als 500 Kronen gekostet hat. Der kann doch nicht weg sein!

Je länger sie darüber nachdachte, desto klarer wurde ihr, dass sie in der Nacht bestohlen worden war. Ihr lief ein kalter Schauer über den Rücken bei dem Gedanken, dass Ferdinand der Dieb ihres Schmuckes sein musste. Zorn und Wut trübten ihr Denken, und sie wollte schon laut aufschreien, dass sie in der Nacht von einem jungen Mann aus Brünn bestohlen worden war. Aber sie zuckte im letzten Moment verzweifelt zurück und sagte lieber nichts von diesem Diebstahl. Zu viele Fragen würde Fladinger an sie haben, und letztendlich käme ans Tageslicht, dass sie nachts Männerbesuche hatte. Dieses Risiko durfte sie auf keinen Fall eingehen. Sie würde bei Ferdinands nächstem Besuch schon selbst mit ihm abrechnen. Dass sie auf einen derart dreisten Dieb hereinfallen konnte!

Unverrichteter Dinge kam sie aus dem Schlafzimmer gestürzt. »Ich könnte ihn dafür umbringen«, murmelte sie vor sich hin, und Fladinger schaute sie verwundert an. »Wen meinen Sie damit, gnädige Baronin?«, fragte er und ärgerte sich wegen ihres hektischen Getues. »Ach was, gehen wir. Es wird wohl nicht zu lange dauern!«, bedeutete sie ihm flüchtig mit der Hand und machte die Schlafzimmertür zu. In Gedanken sah sie sich beim nächsten Treffen mit Ferdinand und wie sie ihn wütend zur Rede stellen würde. Mit einer Anzeige würde sie ihm drohen, bis er den Schmuck herausgeben würde. Solang sie sich erinnern konnte, hatte sie noch nie jemand so dreist bestohlen. Schon gar nicht ein Liebhaber, der ihr zuvor aufregende Stunden bereitet und dem sie vertraut hatte.

Sie warf ihrer Zofe einen kurzen Blick zu. »Anuschka, wir werden unser Vorhaben auf den Nachmittag verschieben müssen. Warten Sie so lange hier auf mich!« »Jawohl, gnädige Frau!«, antwortete das Dienstmädchen leise. Es drehte sich rasch um und wischte sich mit einem Taschentuch die Tränen aus den Augen.

Tamaras Gesicht war hochrot, die Augen funkelten vor Zorn. Sie erhob ihr Haupt und ging stolzen Schrittes die Stufen hinab in den Hausflur. Sie befürchtete zwar, dass sie sich im Bezirksgericht einer Menge Fragen stellen werde müssen, aber sie hatte sich noch immer irgendwie herausreden können. Und ihr Franz würde schon alles für sie in Ordnung bringen, wenn er wieder aus Wien zurück war. In Gedanken malte sie sich die Szene aus, die sie ihrem Gatten machen würde, wegen dem, was sie sich soeben hier gefallen lassen musste. Immerhin war sie mit der obersten Instanz der Behörde, dem Bezirkshauptmann, verheiratet und gegen solche persönlichen Angriffe immun.

Auf der Straße angelangt, ließ der Gendarm sie mit den Worten: »Sie kennen ja den Weg, gnädige Baronin!«, vorausgehen. Aufrecht und in stolzem Bewusstsein seines Amtes ging er einige Schritte hinter ihr. Sein Blick war dabei streng auf sie gerichtet. Der Tag schien warm zu werden. Der Nebel hatte sich gehoben, und langsam kam die Sonne über Mürzzuschlag heraus. An den Sträuchern waren über Nacht die ersten Blüten aufgesprungen. An der kleinen Brücke über den Bach blieb Tamara plötzlich verblüfft stehen. Der Gendarm sah nun ebenfalls die vielen Menschen, die auf der anderen Seite warteten. Er meinte besorgt: »Es wird wohl besser sein, ich gehe jetzt voraus. Halten Sie sich nur an mich, gnädige Frau Baronin! Sonst kommen wir da nicht durch!«

»Einen Augenblick noch, Fladinger!« Sie verharrte erschrocken, als sie bemerkte, wie dicht die Menschenmenge war. Sie rang um Fassung und holte tief Luft. Unter ihr rauschte das Wasser, und auf der anderen Seite der Brücke hörte sie die Leute von Weitem schreien. Sie schob ihren Hut zurecht, hob stolz den Kopf und schritt der johlenden Menge entgegen. »Wie ich diesen schrecklichen Pöbel verachte«, zischte sie Fladinger zu und verdrehte die Augen. Fladinger zuckte mit den Schultern und bedeutete ihr im Gehen mit der Hand, dass sie ihm schneller folgen sollte: »Los, bringen wir es hinter uns!«

Mit jedem Schritt, den sie sich näherten, wurde das Geschrei der aufgebrachten Menge lauter. Tamara schlug die Hände vor das Gesicht und seufzte laut auf. Man hörte einzelne Rufe: »Seht sie euch an, die Baronin! Endlich wird sie verhaftet!«, oder: »Da schaut nur, wie vornehm sie wieder tut, dabei ist sie eine Betrügerin!« Eine Frau spuckte auf den Boden und zeigte ihr die geballte Faust. »Hinter Schloss und Riegel mit der Verbrecherin!«

Inzwischen kamen immer mehr sensationsgierige Leute aus ihren Häusern. Sie drängten und schoben sich die Straße entlang. Woher sie eigentlich erfahren hatten, dass sie heute früh von der Gendarmerie zum Bezirksgericht abgeholt werden sollte? »Ich habe nichts gesagt!«, stammelte Fladinger, der sich wohl gerade dasselbe gedacht hatte, und drängte sich mit voller Anstrengung durch die Menge. Sie staunte nicht schlecht, als der Gendarm plötzlich mit lauter Stimme rief: »Hier gibt es nichts zu sehen! Geht aus dem Weg! Geht nach Hause!«, und den Leuten mit dem Gewehr drohte. Doch die Menschenmenge löste sich nicht auf. Im Gegenteil. Fladinger schien es, als würden es immer mehr Leute werden, die auf die vornehme Baronin warteten. Das

Schauspiel glich einem johlenden Umzug durch den Ort, der großes Aufsehen verursachte.

»Der arme Bezirkshauptmann, so ein schöner Mensch und so ein wirklich freundlicher Herr ist das! Und auf diese schreckliche Person, diese Betrügerin, ist er reingefallen!«, riefen ihr einige Frauen entgegen, die sie Tage zuvor noch freundlich gegrüßt hatten. »Man hat es ihr doch angesehen, dass da irgendwas nicht stimmt. Das hat doch jeder hier gewusst!«, schrie die Frau des Apothekers mit erhobenen Händen. Der Apotheker meinte dazu: »Das kommt davon, wenn den jungen Herren keine gut genug ist, als ob wir nicht die schönsten Mädchen im Ort hätten!«

Der Gendarm stellte sich schützend vor Tamara, als er eine Frau rufen hörte: »Los!« Im selben Moment traf ihn ein Stein am Helm. Er traute seinen Augen nicht, als einige Leute, mit Steinen bewaffnet, auf sie beide losgingen. Die nächsten Steine trafen die Baronin, sie wehrte diese, so gut es ging, mit dem Hut ab und stützte sich auf Fladingers Schulter. Sie hatte Angst und zitterte am ganzen Körper.

»Da sieht man wieder, was sich bei uns eine Baronin alles erlauben darf!«, hörte sie die Frau des Fleischermeisters rufen, die mit der Faust auf sie zeigte. »Und der Herr Gendarm steht schön gemütlich dabei und gibt noch Acht, damit ihr nur ja nicht am Ende was geschieht, der Betrügerin!«, schrie der Besitzer vom Schuhgeschäft mürrisch, dem sie das Geld vom letzten Einkauf noch schuldete. Er drohte Fladinger ebenfalls mit der Faust und konnte sich nicht beruhigen. »Betrügerin! Schmutzige Person!«, hörte sie von etlichen Seiten rufen. Sie hielt sich die Ohren zu, richtete sich mühsam auf und konnte nicht mehr weiter. Die Mürzzuschlager sind nicht nur ein Pöbel, sondern ein primitives Bergvolk, kam ihr voller Hass in den Sinn.

Sie waren inzwischen beim Gasthof *Zur Post* in der Wienerstraße angekommen. Dort stand neben dem ganzen Personal – Koch, Mägde, Kellner – natürlich auch der Wirt Pfandl mit seiner Gattin, und alle schauten gespannt dem lauten Treiben entgegen. »Machen Sie Platz«, rief Fladinger in die Menge und bat leise den Wirt, ob er nicht kurz für einen Moment mit der Baronin ins Haus kommen könne. Doch der Wirt winkte ab und meinte nur: »Gehen Sie lieber rasch weiter, Fladinger, sonst nimmt das Theater gar kein Ende mehr und Sie verscheuchen mir damit die Gäste!«

»Bald sind wir durch die Menschenmenge durch«, sagte der Gendarm sichtlich nervös zur Baronin und bedeutete ihr, rasch weiterzugehen. Tamara hatte den Hut verloren, und ihr schmuckes Trachtengewand war über und über mit Dreck verschmiert, den die Leute auf sie geworfen hatten. »Was ist denn, Fladinger? Vorwärts, Schanti, schaff sie endlich vor den Richter. Einsperren soll man die Betrügerin!«, hörte man aus der Menge rufen. Der Gendarm stellte sich gegen die Leute wie eine Schildwache und drängte sich mit der eingeschüchterten Baronin hindurch, während andere versuchten, sogar mit den Händen auf sie einzuschlagen. Abwehrend hielt Tamara die Hände vor ihr Gesicht und trippelte mit kleinen Schritten dicht hinter Fladinger her. Hinter ihr drängten und stießen vor allem die Frauen. Fladinger bemerkte es und streckte die linke Hand nach ihr aus, um Tamara zu führen. Als sie sein besorgtes Gesicht sah, musste sie kurz lächeln.

Da schrie von hinten die Wirtin mit lauter Stimme auf: »Da lacht sie noch!« Eine andere Frau spuckte sie an und brüllte: »Das Luder lacht uns alle aus! Spuckt sie an und reißt ihr die Haare aus! Werft das Drecksstück in die Mürz!«

Einige Leute spuckten tatsächlich vor ihr aus, andere spuckten ihr auf die Kleidung und sogar ins Gesicht.

Zuletzt traf sie ein größerer Stein, den eine alte Frau geworfen hatte, und sie stürzte hilflos zu Boden. Da lag sie nun am Straßenrand und versuchte, sich den greifenden Händen zu entwinden. Ein Jubelschrei ging los, die Leute klatschten in die Hände. Plötzlich humpelte ein Mann in schmutziger Arbeitskleidung auf sie zu, der sich gerade seinen Arbeitskittel von den Schultern zog. Er schaute sie mit seinen stierenden Augen und beugte sich schwerfällig zu ihr, als wollte er sie berühren. Sie wurde kreidebleich, und mit Panik in den Augen stieß sie ihn an der Schulter zurück. Ihr Mantel hob und senkte sich, so heftig ging ihr Atem.

Der Wirt kannte den Mann natürlich, er hatte ihn trotz des Trubels schon länger im Blick. Es war der Sepp, der leicht behinderte Sohn des Tischlermeisters Grabler. Er arbeitete mit seinem alten Vater in der Tischlerei am Weg zur Kirche. Pfandl wusste, dass er eigentlich harmlos war, aber heute führte er sich wirklich sehr eigenartig auf.

Die Baronin versuchte rasch aufzustehen, denn sie hatte Angst, der Mann mit dem irren Blick würde sich auf sie werfen. Dem Wirt waren das Umhertaumeln und die ganze laute Szene vor seinem Gasthof höchst unangenehm. Zornig packte er den Grabler Sepp am Arm. Dieser versuchte, sich von Pfandl loszureißen, und keuchte. Sein Gesicht zeigte einen undefinierbaren Ausdruck: Wut, Widerwillen, Gier? »Los, verschwinde von hier!«, herrschte ihn Pfandl an und gab ihm einen heftigen Stoß. Da stolperte der Mann murrend in die Menge zurück, die durch diesen Vorfall irgendwie irritiert war und wenigstens die tätlichen Angriffe einstellte.

Die Baronin schwankte gedemütigt auf Fladinger zu, Tränen trübten ihren Blick, und sie hielt sich an seinem

Arm fest. Endlich trat die gaffende Menge zur Seite, um die beiden vorbeizulassen. Gemeinsam schleppten sie sich das letzte Stück weiter die Straße entlang zum Bezirksgericht. Tamara blutete, ein furchtbares Gefühl der Ausweglosigkeit lastete auf ihr. Knapp vor dem Gebäude wurde ihr die Handtasche entrissen. Der Gendarm bemerkte es zu spät und konnte nur mehr erkennen, wie der Dieb hinter einer Hausmauer verschwand. »Haltet den Dieb!«, rief er den Leuten zu. Doch diese hatten sensationsgierig nur eines im Sinn: Wie geht es jetzt weiter?

Als sich Fladinger mit der Baronin dem Eingang des Bezirksgerichts näherte, kam ihnen der Richter mit erhobenen Händen entgegengelaufen. Sein Kopf war hochrot, und seine Augen starrten entsetzt auf die Menschen. So eine Hetzjagd hatte er zuvor noch nie in Mürzzuschlag gesehen. »Es ist vorbei, gehen Sie jetzt nach Hause! Es gibt nichts mehr zu sehen!«, rief er laut in die Menge.

Nicht weit weg davon stand der Pfarrer Prangl, neben ihm mit weit aufgerissenen Augen ein kleines Mädchen. »Stell dich ruhig her zu mir!«, sprach er zu dem erschrockenen Kind. Mit ängstlicher Stimme fragte es den Pfarrer: »Was macht man denn mit dieser armen Frau?«

»Sie muss bestraft werden, mein Kind!«, antwortete er ihr streng und blickte ärgerlich auf den Gendarmen, der schützend vor der Baronin ging. »Was hat die Frau angestellt?«, wollte das Mädchen wissen und stellte sich auf die Zehenspitzen, weil die Leute ihr die Sicht verstellten. »Sie hat sich ohne Glauben, ohne Zucht und ohne Gehorsam von den Freuden der schlechten Welt verlocken lassen!«

»Und wer ist die Frau?«, fragte die Kleine neugierig. Der Pfarrer hob sie plötzlich heftig mit beiden Händen hoch und setzte sie auf seinen Arm, damit sie mehr sehen konnte. »Da schau nur! Das war eine Frau von hohen Gaben, einer nicht gewöhnlichen Bildung des Geistes und mit allen Anlagen für ein glückliches Leben! Und nun sieh, was daraus geworden ist, weil sie nicht die Kraft hatte, der bösen Lust zu widerstehen!«, flüsterte er dem Kind ins Ohr und warf der Baronin einen zornigen Blick zu.

Diese erkannte in der Menge den kleinwüchsigen Pfarrer Prangl mit dem knabenhaften Gesicht, der ein kleines Mädchen im Arm hielt, das mit ausgestrecktem Finger auf sie zeigte. Gleich hinter dem Pfarrer konnte sie das aufgedunsene Gesicht des Amtsdieners Glück erkennen, und neben ihm stand eine große, hagere Frau. Es schien seine Gattin zu sein. Unmittelbar daneben standen der Bürgermeister und der Apotheker. Mund und Augen hatten sie alle weit aufgerissen. Sie sah, wie der Pfarrer gestikulierte und auf das kleine Mädchen einredete, während Glück sich an die beiden drängte, um zu hören, was der Pfarrer zu sagen wusste. Ihr war nun klar, dass sich der Amtsdiener beim Pfarrer nach ihren Papieren erkundigt haben musste. Diese Spitzelei musste der Auslöser für die heutige Amtshandlung gewesen sein. Warum war sie bloß nicht rechtzeitig abgereist! Was würde nun mit ihr geschehen? Verzweifelt wankte sie die letzten Schritte auf das Amtsgericht zu.

»Das, mein Kind, soll dich ihr furchtbares Beispiel lehren!«, sprach der Geistliche mit einem sanft drohenden Ton weiter auf das kleine Mädchen ein. Das verstand jedoch kein Wort. Es erschrak über den Anblick der wütenden Menge und drückte seinen Kopf gegen den Mantel des Pfarrers, um sich das Geschehen nicht weiter ansehen zu müssen. Fast brutal fasste er mit der rechten Hand ihren kleinen Kopf und drehte ihn der johlenden Menge zu. »Da, sieh hin, mein Kind, und lerne daraus! Es muss dir für das ganze Leben eine Lehre sein! Gott hat den Menschen die böse Lust in die Brust gesetzt nach seinem unerforschlichen Ratschluss; wir müssen sie leiden, denn unser Leben haben wir, um von Gott geprüft zu werden. Aber wehe dem, der die böse Lust zu löschen glaubt, indem er den teuflischen Verlockungen folgt! Ihm wird der Hölle Schandmal eingebrannt, das Feuer verschlingt ihn, auf Erden schon erreicht ihn der Fluch! Sieh hin, mein armes Kind, sieh hin, wie Gottes Gerechtigkeit mit starkem Arm das geschändete Weib zur Strafe schleift!«

Das zutiefst verschreckte Mädchen hielt sich inzwischen mit beiden Händen Augen und Ohren zu, aber der Pfarrer schüttelte es fest. »Hast du mich verstanden, Kind?« Eine ältere Frau aus dem Bezirksgericht, die das Verhalten des Pfarrers beobachtete und hörte, wie er auf das kleine Mädchen einredete, meinte empört: »Hochwürden, lassen Sie doch das arme Kind zu seinen Eltern gehen!« Sie warf ihm einen verärgerten Blick zu und versuchte, das Mädchen aus seinen Händen zu befreien. Er hielt es aber weiter fest im Arm, und erst als das Mädchen laut zu weinen begann, stellte er es mit Murren auf den Boden zurück und gab ihm einen festen Klaps auf den Rücken. »Jetzt geh schon heim, du dummes Ding. Und pass auf, dass dich am Weg keine Steine treffen!«, schickte er ihr noch nach.

Dann redete er belehrend auf die Frau ein: »Es ist gut, dass das Mädchen so etwas miterlebt hat. In Zukunft wird es sich führen lassen. Der Trotz des Menschen muss gebrochen werden!« Die Frau wandte sich wortlos und kopfschüttelnd um und ließ den Pfarrer stehen. Der bekreuzigte sich mit einem Blick gegen den wolkenlosen Himmel, bevor er zurück in die Pfarrkanzlei marschierte.

Inzwischen war der Bezirksrichter mit Fladinger und der verstörten Baronin im Gebäude verschwunden. Einige Zeit stand die Menschenmenge noch tuschelnd zusammen, bis nichts mehr zu sehen war. Endlich verließen auch die Letzten diskutierend und mit den Händen gestikulierend den Platz. Dass die Baronin dem Bezirksgericht vorgeführt worden war, sahen sie als beste Bestätigung aller ihrer üblen Nachreden.

Noch stundenlang waren hitzige Diskussionen aus den Wirtshausstuben zu vernehmen, und so entging es den meisten aufgebrachten Mürzzuschlagern, dass die Baronin zu späterer Stunde in einem Fuhrwerk heimlich zum Bahnhof gefahren wurde. Von dort brachte sie ein Gerichtsdiener mit dem nächsten Zug nach Leoben ins Gefangenenhaus. Es wurde ihr verwehrt, in die Wohnung zurückzukehren, um ein paar Habseligkeiten mitzunehmen. Als sie vom Richter aufgefordert wurde, ihre persönlichen Papiere und Dokumente vorzuweisen, brach sie in Tränen aus. Sie inszenierte sich aufs Heftigste und erklärte schreiend, dass sie alles, was sie nun bräuchte, um die lächerlichen Vorwürfe entkräften zu können, in der Handtasche mitgetragen hatte, die ihr am Weg zum Bezirksgericht gestohlen worden sei. Der Gendarm könne das bezeugen. Er bestätigte zudem, dass die Mürzzuschlager sie beinahe umgebracht hätten, wäre er nicht schützend und die wütende Menge zurückdrängend vor der gnädigen Frau Baronin gegangen. Eine regelrechte Hetzjagd hätte man auf sie beide gemacht, wie auf zwei Tiere, die zum Abschuss freigegeben worden waren. Der Bezirksrichter ließ daraufhin erbost nach dem Amtsdiener Glück suchen, der als Einziger in diese geheime Aktion eingeweiht gewesen war.

Zu Hause wartete die Zofe Anuschka vergeblich auf Tamara. Sie konnte diesen Aufruhr rund um die schreckliche Einvernahme beim Bezirksgericht kaum fassen. Hatte sie doch von Anfang an die Baronin gewarnt, nach Mürzzuschlag zu kommen, so fühlte sie sich nun in ihrer Befürchtung bestätigt, dass ihnen hier nichts Gutes bevorstand. Sie hatte Angst vor der Rückkehr des Bezirkshauptmannes aus Wien in den kommenden Stunden, weil sie ihm dann über die entsetzliche Verhaftung und die Vorführung seiner geliebten Tamara beim Bezirksgericht berichten musste.

Dem armen Mann bleibt auch nichts erspart, schwirrte ihr unter Tränen im Kopf herum. Sie konnte nicht ahnen, dass ihn der Polizeipräsident in Wien darüber bereits in Kenntnis gesetzt hatte und er mit der bitteren Wahrheit nach Mürzzuschlag zurückkommen würde. Zwei Tage wartete Anuschka verzweifelt auf den Baron Hervay und wagte es nicht, das Haus zu verlassen.

Mittwoch 22. Juni 1904

An einem sonnigen Tag wie diesem hielt es den tüchtigen Gastwirt Erwin Pfandl nicht länger in seiner Wirtsstube. Es war ein prächtiger Juninachmittag; im Licht der Sonne funkelte der Rosegger-Garten, den er im Innenhof für seine Gäste zu einem adretten Platz gestaltet hatte. Er stellte sich, wie so oft, vor die Eingangstür des Wirtshauses, und sein Blick, mit der Hand gegen das grelle Licht abgeschirmt, wanderte über die belebte Wienerstraße. Das hektische Treiben der Leute auf der Straße und das ständige Gerede wegen der Verhaftung der Baronin von Hervay belasteten ihn noch zusätzlich zu seinen anderen Problemen. Kurz überkam ihn ein schlechtes Gewissen, weil er der Baronin die Zuflucht in seiner Gaststube verwehrt hatte, als ihn der Gendarm Fladinger wegen der wütenden Leute auf der Straße darum gebeten hatte. Aber das verflog rasch. Weil, wie kam er denn dazu, dieser skandalösen Frau bei ihm Zuflucht zu gewähren? Bei nächster Gelegenheit werde ich Fladinger schon meine Meinung dazu sagen, kam ihm in den Sinn. Unbeherrscht wären dann gar womöglich alle in sein Wirtshaus gestürmt, um dem Luder ihre Meinung zu sagen. Sein Mitleid mit dieser ruchlosen Person hielt sich in Grenzen.

Kaum merklich hob Pfandl die Augenbrauen und überlegte. Er musste heute endlich wieder mal raus aus dem Ort und hatte im Grunde genommen andere Sorgen als das glücklose Ende der hochnäsigen Baronin. Er erinnerte sich, dass sein Zorn auf das zügellose Leben dieser Frau schon damals in ihm aufgelodert war, als ihn der Amtsdiener Glück von den Ungereimtheiten bei Hervays erzählt hatte. Diese Frau war echt ein Unglück für den Bezirkshauptmann!

Vor seinem inneren Auge tauchten erneut die Bilder des Tumults auf, als der verwirrte Sepp Grabler auf die am Boden liegende Baronin losgestürzt war. Mit einem festen Griff hatte er den Mann gepackt und in die sensationsgierige Menge zurückgeworfen, aus der er hervorgestürmt war. Pfandl hatte diesen eigenartigen Blick von Sepp wieder vor sich, als wäre der behinderte Mann gierig auf die hilflose Frau gewesen. Er war ihm ja schon vor dem Angriff aufgefallen, weil er aus dem Mund sabberte und sich die Kappe vom Kopf gerissen hatte. Er hatte auch seinen Arbeitskittel aufgeknöpft, sodass seine grau behaarte Brust zum Vorschein kam. Unbeherrscht rang er dabei heftig nach Luft. Erst dann war er zur Baronin hingestürzt. Womöglich hatte Grabler die auf der Straße liegende Frau mit seinem Kittel nur vor dem Bespucken und den Schlägen beschützen wollen? Pfandl hatte es trotzdem für das Beste gehalten, den aus der Menge hervorstürzenden Mann von ihr wegzureißen. Wäre da nämlich nicht dieser schreckliche Vorfall in Grablers Jugendzeit gewesen, hätte er dessen Verhalten vielleicht sogar für kühn und tapfer halten können. Doch so traute er dem Sepp nicht, der immer mehr zum Eigenbrötler geworden war. Sein alter Vater Ignaz hielt ihn die meiste Zeit in der Tischlerwerkstatt mit Arbeit in Schach. Etliche Frauen in Mürzzuschlag fürchteten sich vor dem mittlerweile in die Jahre gekommenen Sepp mit seinen großen, stierenden Augen.

Sie fühlten sich belästigt, wenn er sich lüstern nach ihnen umdrehte und ihnen lang nachstarrte, bevor er sich humpelnd davonmachte.

Gedankenverloren griff Pfandl nach seiner Pfeife, ging zurück in den Hausflur und warf einen kurzen Blick in den Spiegel an der Garderobe. Über seine Stirn liefen tiefe Falten, und unter den Augen zeigten sich dunkle Ringe. Die Anstrengungen der letzten Monate hatten sichtbare Spuren hinterlassen. Pfandl war 41, etwas über einen Meter 80 groß, hatte hellblondes Haar, blaue Augen, einen Schnauzbart und trug eine Brille. Da er sich sportlich mit Skifahren und Bergsteigen betätigte, hatte er eine athletische Statur mit breiten Schultern, schlanken Beinen und sehr kräftigen Händen. Er hatte stets Einfälle parat, um den Fremdenverkehr in der Gegend zu fördern, und freute sich über Besuche von nah und fern. Zudem verfasste er ausführliche Berichte in einer für ihn typischen blumigen Sprache für Zeitungen und stand mit der regionalen Presse in regem Kontakt.

Die letzten Wochen strichen an ihm vorbei wie ein flatternder Vorhang. Um noch mehr Gäste bewirten zu können, hatte er das alte Kaffeezimmer in einen Speiseraum umgestaltet, mit derselben aufwändigen Holztäfelung wie im *Rosegger-Stüberl.* Zu seinem Bedauern tranken die Leute nämlich frühmorgens ihren Kaffee lieber im *Café Semmering* als bei ihm. Zusätzlich zerrten noch die Anstrengungen zum Semmeringjubiläum Ende Mai an seinen Nerven. Er hatte für die künstlerische Gestaltung der Festspiele in Mürzzuschlag verantwortlich gezeichnet. Außerdem war Erwin Pfandl Obmann der von ihm vor vier Jahren ins Leben gerufenen *Rosegger-Gesellschaft* mit Sitz im eigenen Haus im *Rosegger-Stüberl.* Diese Vereinigung mit namhaften Unterstützern hatte er jedoch widerwillig auf nachdrückliches Verlangen des Dichters schon vor einiger Zeit in *Waldheimat-Gesellschaft* umbenennen müssen.

Im Grunde genommen zeigte sich Pfandl von solchen Aufforderungen – einigen Leuten war sein Kult um Peter Rosegger, den großen Sohn der Gegend, zu viel – unbeeindruckt. Trotzdem hallten gerade jetzt Peter Roseggers Zeilen bei ihm nach, die er kürzlich per Brief erhalten hatte:

Schau, Erwin, einmal musst du auch für dich selbst ein bissel was tun. Ja, ich bin wunderlich geworden, dass mir sogar euer Jahresbericht keine rechte Freude macht, trotzdem die Reihung in meinem Sinne ausgeführt wurde. Zu viel Personen-Kultus! All die Reden an mich, die Ehrungen aller Art sind hier das dritte Mal abgedruckt. Der »Rosegger-Kult« gibt für eine satirische Feder allerdings viel Stoff, der aber mit weniger Bosheit und mehr Humor behandelt werden müsste.

Pfandl hob die Hand und wischte sich ein paar Schweißtropfen aus dem Gesicht, als er dumpfe Schritte im Hausgang hörte. Er seufzte und warf dem Bürgermeister Anton Hopfer einen genervten Blick zu, der wie jeden Mittwoch auf ein Krügerl Bier vorbeikam. Hopfer war hochrot im Gesicht, und seine Mundwinkel zuckten nervös, als wäre er kurz davor zu explodieren. Pfandl ärgerte sich, dass er sich nicht früher dazu entschieden hatte, den Ort für ein paar Stunden zu verlassen.

»Gut, dass ich dich antreffe, Pfandl!«, rief der Bürgermeister schon von Weitem und atmete tief ein und wieder aus. »Es geht um den Besuch eines Berliner Zeitungsredakteurs.«

»Ach ja?«, meinte Pfandl, während er wieder einmal feststellte, wie gern sich der Mann wichtigmachte. Hektisch schritt Hopfer auf ihn zu. Die beiden Männer waren, obwohl sie gemeinsam zur Schule gegangen waren, nie sonderlich gut miteinander ausgekommen. Der Hauptgrund lag in ihren unterschiedlichen Interessen, was den Fremdenverkehr betraf. Pfandl kämpfte mit aller Kraft für die Entwicklung des Fremdenverkehrs, der Bürgermeister hingegen zog dessen unzähligen Ideen, Gäste in die Region zu locken, ins Lächerliche. »Was interessieren mich Fremde bei uns, wenn ich vor lauter Arbeit im Ort selbst nirgendwo hinkomme!«, hatte er zuletzt forsch zu Pfandl gesagt.

Für den Bürgermeister lagen das Glück und die Zukunft der Gemeinde vor allem in der Industrialisierung. Das Schicksal, das dadurch der Region drohte, nämlich, dass deswegen bald keine Gäste mehr kommen würden, schien ihn nicht zu berühren. Mürzzuschlag war ein wichtiger Industriestandort geworden. Es gab so viel Beschäftigung in der Stahlindustrie, dass viele Menschen aus allen Teilen der Monarchie sich hier ansiedelten. Und die Industrialisierung schritt immer weiter voran, es entstand Hütte um Hütte, Schornstein um Schornstein senkte seine Rauchschwaden nieder auf die von Pfandl unentwegt beworbene Sommer- und Winterfrische Mürzzuschlag. Selbst langjährige treue Sommergäste beschwerten sich schon wegen dieser fremdenverkehrsfeindlichen Verhältnisse. Ein halbes Dutzend angesehener Hotels und 20 gute Gasthöfe standen für Fremde zur Verfügung und hatten Angst um ihre Existenz, was für den Bürgermeister allerdings keine große Bedeutung hatte. Für ihn hatte die Zukunft mit der Industrie Vorrang. Er lachte auch über Pfandls Versuche, aus Mürzzuschlag einen Wintersportort zu machen. Dabei hatte Pfandl im Winter doch erfolgreich die Nordischen Spiele organisiert. Aber auch das hatte den Bürgermeister nicht beeindruckt. Und was könnte dieser an der touristischen Vermarktung des Ortes völlig uninteressierte Bürgermeister jetzt für ein Problem wegen einem Journalisten haben?

»Aha, ein Zeitungsredakteur aus Berlin. Will der über unsere Großfürstin berichten?«, fragte Pfandl spöttisch. Der Bürgermeister starrte ihn schweigend an. »Ich meine unsere Lügenbaronin«, fügte Pfandl mit einem boshaften Lächeln hinzu. Hopfer hatte nämlich die Baronin immer hofiert und war eifrig um sie herumgeschwänzelt. Der Bürgermeister hatte den Zynismus in Pfandls Stimme entweder vor Aufregung nicht gehört oder ihn nicht hören wollen.

»Ach wo. Die Sache ist seit gestern erledigt. Ich bin wegen einer anderen Angelegenheit hier«, erklärte er. »Können wir morgen darüber reden? Ich wollte mich gerade auf den Weg auf die Pretulalpe machen«, entgegnete ihm Pfandl abweisend. »Es wird nicht lang dauern und es ist dringend. Ein gewisser Journalist Kappstein aus Berlin hat sich angekündigt. Er will Anfang Juli für ein paar Tage nach Mürzzuschlag kommen. Er interessiert sich für unsere Gegend und den Dichter Rosegger, um den seiner Meinung nach zu viel Personenkult betrieben wird«, wusste der Bürgermeister aufgebracht zu berichten, während sie sich in die Wirtstube begaben.

»Was heißt hier zu viel Personenkult? Ehre, wem Ehre gebührt! Das ist aber eine erfreuliche Nachricht, dass dieser Journalist kommen will«, begeisterte sich Pfandl nun und schenkte ihnen beiden ein Krügerl Bier ein. Er hatte eine Vorliebe für Zeitungsleute und konnte sich stundenlang mit ihnen über Gott und die Welt unterhalten. Und was den Personenkult um Rosegger betraf, da hatte er seine eigene Meinung und ließ sich von niemandem dreinreden. Seine Augen strahlten, und er sah beinahe glücklich aus.

»Nein, ist es nicht! Ich befürchte eine Unmenge Schereien um nichts! Was soll es bringen, wenn ein Berliner Journalist sich hier umschaut und darüber in einer Reisezeitschrift schreibt, die es bei uns gar nicht zu kaufen gibt?«, meinte der Bürgermeister und runzelte dabei finster die Stirn. »Und was die Fremden betrifft, die sollen bleiben, wo sie sind!«, fügte er mit Bestimmtheit hinzu.

»Was wird es uns schon schaden, wenn jemand über unsere schöne Gegend und Rosegger schreibt?«, erwiderte Pfandl mit einem aufgesetzten Lächeln. »Ich werde mich schon um diesen Kappstein kümmern«, bot er an.

»Das sollst du auch! Aber denk daran, es geht dabei überhaupt nicht um deinen lächerlichen Roseggerkult! Du wirst mit diesem Journalisten Betriebsbesichtigungen in unseren Werken durchführen. Und du zeigst ihm, wie fortschrittlich wir hier am Fuße des Semmering sind. Ich möchte nämlich nicht, dass wir wie hinterwäldlerische Trottel dargestellt werden, über die dann in der ganzen Gegend hier gelacht wird. Wehe dir, er weiß etwas an uns auszusetzen und steckt seine Nase in alle möglichen Sachen«, fügte er grollend hinzu. »Ich möchte ihn so schnell wie möglich wieder los sein. Und du sorgst gefälligst dafür, dass in der nächsten Zeit nichts vorfällt, was ihn hier stören könnte!«

In einem unwillkürlichen Ausdruck seiner verärgerten Stimmung leerte der Bürgermeister das Krügel Bier mit ein paar wenigen Zügen. Einen Augenblick herrschte Schweigen, dann meinte Pfandl selbstsicher: »Was soll denn schon vorfallen? Erst im nächsten Winter tut sich doch wieder was bei uns!«

»Wie meinst du das?«, fragte der Bürgermeister überrascht.

»Ich plane, die Winterspiele nächstes Jahr größer aufzuziehen, um noch mehr Leute anzulocken!«

»Seltsam, wie die Dinge bei dir ihren Lauf nehmen! Und wer übernimmt das hohe Defizit der Winterspiele von heuer?«

Pfandl hielt inne. Die Frage setzte unerfreuliche Gedanken bei ihm in Gang. Der Bürgermeister war zugleich der Sparkassendirektor, und die Winterspiele hatten tatsächlich trotz hoher Besucherzahlen ein beachtliches Defizit eingefahren, das es nun abzudecken galt. Um den Fehlbetrag von 5.000 Gulden zu decken, versuchte der Wirt, mit anderen Veranstaltungen Gewinn zu machen. Aber leider waren diese Bemühungen bisher vergeblich, und so stand er in der Kreide bei der Sparkasse.

»Da habe ich schon eine Idee. Jetzt aber warte ich erst mal den Besuch Kappsteins aus Berlin ab!«, antwortete er mit einem angestrengten Lächeln, um einen Streit mit dem Bürgermeister zu vermeiden. »Du mit deinen Einfällen, Pfandl! Ich warne dich, ich stelle dir die Schulden bald fällig!«, drohte der Bürgermeister mit ernster Stimme und roten Wangen. »Bei mir läuft es eben ein wenig anders als in so mancher Amtskanzlei im Ort«, gab Pfandl zur Antwort und bemerkte das nervöse Zucken im Gesicht des Bürgermeisters. Dessen Gesichtsröte wurde noch tiefer. »Wehe dir, Pfandl! Verlier bloß kein Wort darüber! Die leidige Sache mit dem Bezirkshauptmann ist vor dem Zeitungsmenschen geheim zu halten. Und sieh zu, dass bis Anfang Juli nichts mehr von diesem ganzen Blödsinn in der Zeitung zu lesen ist!« Hopfer sah den Wirt mit einem nachdenklichen, festen Blick an: »Die Schwindlerin ist endlich weggesperrt, und der Hervay wird sich wieder beruhigen. Also muss jetzt ein für alle Mal Ruhe einkehren im Ort! Verstehst du?«

»Es wird alles gut gehen, nimm mich beim Wort«, antwortete Pfandl friedfertig und schaute dabei dem Bürgermeister fest in die Augen. In dem Moment kam der junge Gemeindediener Karl Riederer in die Wirtsstube, um dem Bürgermeister ein Telegramm zu überreichen. Es war von Kappstein aus Berlin und beinhaltete die Information: *Komme am 3. Juli um 10 Uhr vormittags in Mürzzuschlag an und erwarte Sie am Bahnhof.* »Hol der Teufel diese neugierigen Journalisten!«, fluchte der Bürgermeister, machte eine zornige Geste und presste die Lippen zusammen. Er verabschiedete sich mit der grantigen Aufforderung, Kappstein am 3. Juli vom Bahnhof abzuholen.

Gleich darauf packte Pfandl seinen Rucksack und machte sich auf den Weg, dem Almpeterl im *Rosegger-Schutzhaus* auf der Pretulalpe einen Besuch abzustatten. In die Berge zu wandern, dabei die wunderbare Natur zu bestaunen, war für ihn, wie im Dickicht eines dunklen Waldes eine klare, frische Quelle zu finden. Gerade jetzt brauchte er Ruhe und musste weg aus dem Ort. Das Schutzhaus war für ihn zu einem beliebten Kraftplatz geworden. Vier Jahre war es her, dass auf seine Idee hin die kleine Hütte oben am Berggipfel errichtet worden war. Er beabsichtigte, die Hütte in den nächsten Monaten auszubauen, um mehr Übernachtungsmöglichkeiten zu bieten. Plötzlich kam ihm eine Idee: Wie wäre es, mit dem Journalisten gleich am ersten Tag auf die Pretulalpe zu wandern und dort eine Nacht mit ihm beim Almpeterl, so wurde der Almwirt Peter Bergner von allen genannt, zu verbringen? Die Werksbesichtigungen könnte er auch auf den zweiten oder dritten Tag verschieben. Der Almpeterl könnte Kappstein ein paar eindrucksvolle Episoden erzählen und so für einen gelungenen Bericht in besagtem Reisemagazin sorgen. Bergner war ein Meister darin, dichtend zu beschreiben, wie idyllisch es in der einsamen Bergwelt in einer kleinen beschaulichen Schutzhütte, abseits vom Trubel und der Hektik, sein kann. Sein plötzlicher Einfall erleichterte Pfandl den Aufstieg auf den Berg. Gut, dass diese komische Wirtschafterin nicht mehr in der Schutzhütte ist, dachte er so nebenbei.

An sonnig klaren Tagen hatte man von der Pretulalpe einen wunderbaren Ausblick, man sah ins obere Mürztal und bis nach Mariazell. Gegen Osten machte sich der Wechsel breit, hinunter zum Dorf Rettenegg. An besonders klaren Tagen konnte der Wanderer ostwärts die ungarische Tiefebene und die Riegersburg, nordwärts sogar den Dachstein sehen. Stets prächtig anzuschauen, erfreute ihn der dunkle Hochwaldrücken des Teufelsteins, dessen Hänge den Mittelpunkt der von Rosegger so benannten »Waldheimat« bildeten.

In Pfandls Rucksack waren nicht nur Brot, Speck, Butter und Eier für seinen Freund, den Almpeterl oben in der unbekümmerten Natur, sondern auch das *aktuelle Grazer Tagblatt*. Er nahm immer Zeitungen mit auf die Pretulalpe, um den einsamen Mann auf dem Laufenden zu halten und ihm die Langeweile zu vertreiben. Er sollte schließlich das Lesen nicht verlernen, seinen Geist wachhalten und darüber Bescheid wissen, was in der Welt vor sich ging.

Von allen Alpengipfeln seiner engeren Mürzzuschlager Heimat war es für Pfandl am leichtesten und bequemsten, die Pretul zu besteigen. Wege und Pfade gab es viele. In drei Stunden konnte er den Gipfel über den Eckbauer und das Geieregg erreichen, oder als Alternative in vier Stunden gemütlich über die Ganzalpe und vorbei am Kaiserhaus. Ganz wie es ihm gerade Freude bereitete. Wanderer, die sich aus Ratten oder Rettenegg auf den Weg zur Pretul machten, benötigten ungefähr gleich lang. Einige folgten der Route entlang des Kammes der Fischbacher Alpen übers Stuhleck dem Alpsteig entlang zur Hütte, um beim urigen Almpeterl einzukehren, der stets ein paar lustige Lieder und Reime auf Lager hatte.

Nach einem flotten Fußmarsch traf der Wirt beim Schutzhaus ein. Die grünen Fensterbalken leuchteten ihm frisch entgegen und hoben sich vom braunen Gebälk ab. Die Tafel am Eingang zeigte den Schriftzug: »Rosegger-Alpenhaus auf der Pretul-Alpe, Seehöhe 1.656 m, erbaut 1899. Dem größten Sänger der Berge und ihrem treuesten Sohne« und erfreute ihn jedes Mal aufs Neue, bevor er durch die Holztür ins Innere der Hütte trat. Der Name Pretul vom Slowenischen prĕdol, Bergübergang, Pass, ließ den Schluss zu, dass der Gipfel in den vergangenen Jahrhunderten nicht nur eine natürliche Grenze, sondern auch einer der Übergänge über die Fischbacher Alpen zwischen Ost- und Obersteiermark, vor allem aber zwischen dem oberen Feistritztal und dem oberen Mürztal war. Unter anderem wurde der Übergang auch für kriegerische Zwecke genutzt. Hauptsächlich waren es aber – wie heute – friedliche Menschen, die die Pretul als Übergang benutzten. Da gab es die Bauern aus dem oberen Feistritztal und auch aus dem angrenzenden Joglland, die, um ihr karges Einkommen etwas aufzubessern, Eier, Butter, Topfen sowie lebende Geißkitzen und Lämmer im oberen Mürztal zum Kauf feilboten. Vorwiegend waren es Frauen, die mit ihren schweren Lasten im Buckelkorb noch vor Tagesanbruch über die Pretul mussten. Beim Anstieg wurden sie manchmal von Männern zum Tragen der Lasten begleitet. In Mürzzuschlag angekommen, boten sie dann ihre Waren feil und gingen am selben Tag den 15 bis 20 Kilometer langen, nicht immer ungefährlichen Weg, der sie wie beim Hinweg nahe am Pretulgipfel vorbeiführte, ins Feistritztal zurück. Dazu kamen die Bewohner aus der nördlichen Oststeiermark, um einer Arbeit im Mürztal nachzugehen, auch Bauern und Knechte, um ihr Vieh aufzutreiben und zu versorgen. Gerade für solche Menschen und auch für Bergtouristen ließ Pfandl vor vier Jahren das hölzerne Schutzhaus errichten, sieben mal sieben Meter groß, samt Anbau. Auf Vermittlung des steirischen Heimatdichters kam Peter Bergner, ein Bauernsohn aus Metnitz in Kärnten, der zuvor beim Pfarrer Kneipp in Wörishofen als Bademeister gearbeitet hatte, als erster Hüttenwirt auf die Pretul. Zur Trinkwasserversorgung diente dem Wirt eine einige 100 Meter unterhalb zutage tretende Quelle, an deren kleiner Brunnenhütte auf einer Tafel zu lesen stand: »Rosegger-Quelle; rein und hell ist dieser Quell wie Dein Trachten und Dein Dichten/Frisch wie Deine Waldgeschichten«

Der urige Hüttenwirt Peter Bergner saß im kleinen Aufenthaltsraum der Hütte und sinnierte dahin. Niemand würde dem kleinen, zarten Mann mit dem feinen, bleichen Gesicht, dem graublonden Haar unter einem alten Filzhut und den großen, hellen Augen die mutige Seele ansehen, die in ihm wohnte. Sonnenschein leuchtete beim Öffnen der Tür in die Stube und auf Bergners Antlitz. Er blickte von den vergilbten Blättern alter Zeitungen auf und freute sich mit einem Lächeln in den Augen über Pfandls unerwarteten Besuch. Die Hütte war bescheiden eingerichtet, aber gemütlich. Im Stüberl waren die Blockstämme, die im Winter die Hütte warmhielten, von einer heimeligen Verkleidung bedeckt. Der Fußboden sowie der im Nebenraum über eine Falltür zugängliche Keller waren mit geteerten Holzdielen ausgelegt. Ein großer Kachelherd mit Ofenaufsatz diente Bergner zum Heizen und Kochen. Im Dachstock befanden sich die Schlafstellen mit dicken Decken. Für die Hausgäste gab es eine Hüttenordnung sowie ein in braunes Leder gebundenes Gästebuch, ein Geschenk Pfandls zur Hütteneinweihung. Ein kleiner Arzneischrank an der Wand barg verschiedene Behelfsmittel, die der Hüttenwirt zur Behandlung wunder Füße und Gelenke seiner Gäste benötigte. Der Rauhaardackel Liddy lag zu seinen Füßen unter dem hölzernen Bauerntisch. Pfandl packte die mitgebrachten Sachen aus, während der Hüttenwirt in die Kammer nebenan ging, um aus dem Keller ein kühles Bier für seinen gern gesehenen Gast aus Mürzzuschlag zu holen.

»Erwin, dass du heute noch zu mir heraufkommst, überrascht mich!«, sagte Bergner, an einem alten Stück Brot kauend. Pfandl nahm einen großen Schluck aus der Bierflasche und streckte ihm die mitgebrachte Zeitung hin. Er atmete tief durch und fuhr sich mit dem Handrücken über das Gesicht.

»Gibt es einen speziellen Grund für deinen Besuch, oder hast du dir nur mal wieder ein paar Stunden freigenommen?« Bergner wischte sich die Hände an einem Lappen ab und setzte sich an den Tisch zurück zu seinem Gast und Freund. »Ich war heute im Tal unten ziemlich verzweifelt. Jetzt, hier am Berg allerdings, fühle ich mich wieder besser. Soll ich dir sagen, warum?« Pfandls Blick ging zur Zeitung.

Bergner nickte stirnrunzelnd. »Wenn es dir ein Bedürfnis ist, gerne!«

»Du weißt es ja gar nicht zu schätzen, wie es hier am Berg noch friedlich und ruhig ist. Kein Mensch denkt oder tut etwas Schlechtes. Du hast das Glück, an einem stillen Ort zu leben, frei vom Zwang der neidischen Gesellschaft. Anders als bei uns unten im Tal, in Mürzzuschlag, wo nur noch über das Fehlverhalten des Bezirkshauptmannes und seine skrupellose Gemahlin diskutiert wird.«

Der Almpeterl schüttelte den Kopf, nachdem er einen Moment über Pfandls Worte nachgedacht hatte. »Ach ja, euer fescher Franz, der Herr Baron! Lasst ihn doch in Ruhe. Er lebt halt jetzt sein Leben mit dieser unbekannten Fürstin.«

»Na ja, du weißt, wie das ist. Die Leute reden gern. Vor allem, wenn ein Mann herumerzählt, wie verliebt er in sein Weib ist, und nicht wahrhaben will, was für ein Luder sie ist!«, meinte Pfandl kopfschüttelnd und wollte nicht näher auf den Vorfall von gestern mit der Baronin und dem Gendarmen Fladinger eingehen.

»Ja, die Liebe macht oft blind. Trotzdem kann er sich darüber freuen. Schau mich an, Erwin. Ich bin ein alter einsamer Mann, der noch nie in seinem Leben etwas so Schönes wie Liebe erfahren hat. Ich hätte auch gerne eine Frau an meiner Seite, die mich liebt. Damit du mich verstehst, es muss ja keine reiche Baronin sein. Aber ich bin einsam! Dem Bezirkshauptmann bleibt dieses Schicksal erspart, und gerade deshalb sind die Mürzzuschlager neidisch. Die waren nie anders, oder?«

Pfandl ahnte, worauf der Almwirt hinauswollte. Schon länger erzählte dieser seinen Besuchern, dass er nicht länger allein auf der Pretulalpe oben leben wolle. In Murau hatte er bereits vor Jahren eine Hütte gepachtet gehabt und in dieser Zeit eine Frau kennengelernt, die er unbedingt heiraten wollte. Sogar die Eheringe hatte er schon besorgt, doch dann ließ sie ihn sitzen. Gekränkt gab er die Hütte in Murau auf und zog weg. Aus Enttäuschung vergrub er später die Ringe vor der Hütte auf der Pretul.

Pfandl hatte ihm als Haushälterin vor längerer Zeit eine

Frau aus der Brucker Gegend gefunden, die schon seit Jahren Witwe war und recht tüchtig sein sollte. Doch nachdem sie schließlich auf der Pretul eingezogen war, um dem Hüttenwirt zur Hand zu gehen, hatte sie ihm angeblich nur Ärger eingebracht. Sie war faul und unwillig, laut Bergner. Auch bei Pfandl selbst hatte sie bei seinen Besuchen einen unangenehmen Eindruck hinterlassen. Nachdem das Arbeitsverhältnis im Streit aufgelöst worden war, hatte der Almpeterl seinem Freund vorgeworfen, sich zu wenig nach dem Vorleben der Frau erkundigt zu haben.

Eine andere Frau aus Wien, der er per Brief das Geld für die Bahnkarte nach Mürzzuschlag geschickt hatte, war nach dem Erhalt der Kronen wie vom Erdboden verschwunden gewesen. Mit einem Fräulein aus Graz stand Bergner schon länger in Briefkontakt, die wiederum konnte sich nicht entscheiden, zu ihm auf die Alm zu ziehen oder doch lieber in der Stadt zu bleiben. Ein Leben in den Bergen sei ein zu großer Verzicht auf die Annehmlichkeiten des Stadtlebens, schrieb sie schließlich dem enttäuschten Brieffreund. Pfandl sah ein, dass die passende Frau für ein Hüttenleben so hoch oben erst gefunden werden musste. Noch dazu war der Almpeterl mit seinen 48 Jahren auch kein Märchenprinz mehr, ziemlich schwerhörig und in der Abgeschiedenheit ein wenig zum Sonderling geworden.

»Such mir noch einmal eine Frau, Erwin!«, bat der Almpeterl flehentlich und setzte seinen treuherzigen Blick auf. »Einmal noch, bevor es für mich zu spät ist.«

»Ach was, so schnell ist deine Zeit hier nicht vorbei!« Pfandl winkte lapidar ab. Er legte den Kopf schief und betrachtete die Zeitung, die vor ihm lag.

»Wenn ich dir nur mit der Richtigen helfen könnte«, meinte er dann, um guten Willen zu zeigen. Er war ratlos, woher er eine Frau nehmen sollte, und wollte dem Jammern seines Freundes daher nicht zu viel Bedeutung schenken. »Weißt du, Peterl, die Hütte ist im Moment noch zu klein, als dass zwei Personen jeden Tag hier miteinander leben können. Ich hatte vor, mit dem Gewinn der Nordischen Spiele die Hütte auszubauen. Wir haben mit den Spielen große Bekanntheit erreicht, der jedoch ein hoher Verlust gegenübersteht, und jetzt muss ich sparen. Du musst dich noch eine Zeit lang gedulden!«

»Bei dir geht es immer nur ums Geld«, sagte der Almpeterl mit einem traurigen Lächeln und schüttelte verständnislos den Kopf. »Es ist schlimm, wenn man kein Geld für anstehende Investitionen hat!«, rechtfertigte sich Pfandl, hob die Bierflasche und nahm einen großen Schluck. »Soll ich dir sagen, was viel schlimmer ist?«, fragte Bergner. Pfandl nahm einen zweiten Schluck aus der Flasche und nickte. Er betrachtete das leichte Heben und Senken des Brustkorbes des Hüttenwirts unter seiner Strickweste und wurde nachdenklich. »Einsam auf einer abgelegenen Almhütte zu leben und jeden Tag darauf zu warten, dass vielleicht jemand vorbeikommt und dir Gesellschaft leistet. Das ist für mich viel schlimmer!« Bergners Stimme schwankte.

Für Pfandl selbst wurde die Atmosphäre in der kleinen Hütte beklemmend. Er wusste, dass der Almpeterl in seinem bisherigen Leben nicht viel Glück mit den Frauen gehabt hatte. Der Mann vor ihm war jetzt bald 50 Jahre alt und noch immer auf der Suche nach dem passenden Gegenstück. Was sollte er ihm Tröstliches sagen? Er sah seinem Freund in die Augen, hielt kurz inne und schüttelte dann den Kopf, während er die Zeitung aufschlug und mit dem Finger zur Überschrift der Seite 21 deutete: »Der Meuchelmord in Neuberg«.

»Ich suche eine Frau und keinen Mörder!«, meinte der erschrockene Hüttenwirt und schaute verwirrt. Pfandl erklärte: »Der Mörder, ein junger Mann, wurde gestern zum Tod durch den Strang verurteilt. Schuld daran ist jedoch eine Frau, dass er jetzt sein Leben lassen muss!« Pfandl schüttelte verärgert den Kopf. »Und was hat das mit mir zu tun?«, fragte ihn erstaunt der Hüttenwirt und warf einen Blick auf die Zeitung.

»Ich will dir damit nur sagen, dass es besser ist, keine Frau zu haben als ein solch durchtriebenes Weibsbild, wie die Hüttenbrennerin aus Neuberg es war. Gott hab sie selig«, erwiderte Pfandl und schlug ein Kreuz. »Was hat das Weib denn verbrochen?«, fragte ihn der Almpeterl neugierig, während er versuchte, selbst einen Blick in die Zeitung zu tun. »Sie hat den Hüttenbrenner die ganze Zeit belogen und betrogen. Das brave Eheweib hat sie ihm nur vorgespielt!«, meinte Pfandl mit Zorn in der Stimme.

Fragen schwirrten in Almpeterls Kopf herum. »Und deshalb hat er sie umgebracht? Mir war, als lebten die beiden glücklich und zufrieden zusammen. Erst vor ein paar Wochen waren sie hier bei mir in der Hütte und erzählten von der vielen Arbeit in der Schmiede. So kann man sich täuschen!« Er schüttelte dabei den Kopf.

»Nein, er hat sein Weib nicht umgebracht! Aber es stimmt schon, der Schmiedemeister täuschte sich arg in dem Weibsstück, als er sie vor vier Jahren geheiratet hat. Vor einem Jahr ist ein junger, fescher Wagnergehilfe im selben Haus eingezogen, und diesen verführte die elende Hüttenbrennerin mit aller List. In der Zeitung steht, dass der Kerl nicht mal 20 Jahre alt war und noch nie zuvor ein Weib berührt hatte. Unerfahren wie er war, konnte er ihrem falschen Treiben nicht widerstehen. Bis ihnen eines Tages der

Hüttenbrenner auf die Schliche gekommen ist und die beiden mehrmals ertappte. Er wandte sich in seiner Verzweiflung an den Meister des Burschen, und dieser versetzte den Gehilfen zuerst nach Kapellen, dann nach Knittelfeld. Auf Hüttenbrenners Warnung hin besserte sich die Frau für kurze Zeit. Jedoch wollte der junge Bursch ohne seine Geliebte nicht mehr leben. In der Zeitung steht geschrieben, dass sich der verzweifelte Wagnergehilfe aus Liebeskummer beim Weidinger in Mürzzuschlag einen Revolver gekauft hat und sich erschießen wollte, der arme Mann.«

»Ich dachte, es war Mord?«, fragte ihn Bergner und hob die Augenbrauen. »Wer hat jetzt wen umgebracht in Neuberg?« Pfandl hatte das Frage- und Antwortspiel satt und zeigte sich gereizt. »Dann hör mir zu, was hier so steht!« Er nahm die Zeitung an sich und las den letzten Teil des Artikels über den Meuchelmord in Neuberg vor:

»Am 30. April 1904 erfuhr der Schmiedemeister Georg Hüttenbrenner, dass der heute Angeklagte Josef Christof in Neuberg anwesend sei, und tatsächlich sah er ihn am 1. Mai auf einer Anhöhe nächst seiner Wohnung. Nachmittags kehrten die Eheleute Hüttenbrenner in einen Gastgarten in Neuberg ein. Bald darauf erschien Christof außerhalb des Gastgartens an dessen Zaun und rief Marie Hüttenbrenner zunächst in herrischer, dann in bittender Weise zu sich. Doch erfolglos. Gleich darauf erschien er selbst im Gastgarten. Die Eheleute Hüttenbrenner standen deshalb auf, um in das Gastzimmer zu gehen und damit der Zudringlichkeit des Christof zu entgehen. Georg Hüttenbrenner ging voraus, ihm folgte dessen Ehegattin. Da vernahm er hinter sich plötzlich einen Schuss. Er drehte sich rasch um, sah seine Frau nach vorne zur Erde fallen und hinter ihr den Josef Christof mit einem noch rauchenden Revolver stehen.

Georg Hüttenbrenner sprang sofort auf Josef Christof zu und schlug auf die Hand, in der sich der Revolver befand, da krachte ein zweiter Schuss. Hüttenbrenner bemühte sich erfolglos, dem Christof den Revolver zu entreißen. Erst der herbeigeeilte Bahnwächter Sommersgutter konnte sich des Revolvers bemächtigen, den Christof während des Ringens gegen seine Schläfe zu richten versuchte. Christof entriss sich darauf den Armen beider Ergreifer, lief zur nahen Mürz und sprang in diese. Ohne jedoch Schaden zu nehmen, kam er gleich ans Ufer, worauf seine Festnahme durch einen Wachtmeister erfolgte. Beim Verhör gab er an, nur nach Neuberg gekommen zu sein, um seine Geliebte noch einmal sehen zu wollen und sich dann selbst zu töten. Er schrieb ihr, er wolle sie am 1. Mai beim Frühgottesdienst noch einmal sprechen. Sie meinte daraufhin: »Wenn du dir viel Geld verschaffen könntest, käme ich zu dir«, und sagte dem Treffen nach dem Gottesdienst in Neuberg zu. Christof war sehr traurig über ihre Zeilen und nahm sich für diesen Tag ein Zimmer in einem Gasthof in Neuberg. Marie Hüttenbrenner, der inzwischen mehrere Verhältnisse mit Männern nachgesagt worden sind, kam nicht zur Verabredung. Als Christof dann die Eheleute glücklich im Gastgarten gesehen hatte, beschloss er, zuerst Marie Hüttenbrenner und dann sich selbst zu erschießen. Er folgte den Eheleuten, als sie gegen das Gastzimmer zugingen, und schoss gegen das Hinterhaupt der unmittelbar vor ihm gehenden Marie Hüttenbrenner. Das Geschoss des ersten Schusses drang der Marie Hüttenbrenner in das Gehirn ein und hatte deren augenblicklichen Tod zur Folge. Christof bestreitet beim Verhör, den zweiten Schuss gegen ihren Mann abgegeben zu haben, sondern beteuert, den Revolver gegen sich selbst gerichtet zu haben. Hüttenbrenner habe ihm zuvor jedoch den Revolver aus der Hand geschlagen. Bei der Verhandlung bestreitet der Angeklagte ebenso sein Geständnis am Tatort, aus Mordabsicht nach Neuberg gekommen zu sein. Der Staatsanwalt stellte die Tat als eines jener Liebesblödnisse unserer Zeit hin, von welchen wir noch lange nicht gesunden werden. Er verwirft die Verantwortung auf Sinnesverwirrung. Der Verteidiger jedoch stellte den Angeklagten als ein Opfer seiner Jugend und der leichtsinnigen Frau hin, die ihn mit knapp 19 Jahren mit allerlei Aufmerksamkeiten überhäufte und später verführte. Die Geliebte hätte Christof, auch als er bereits weg war aus Neuberg, nachweislich Liebesbeteuerungen zukommen lassen. Er nahm ein paar Briefe in die Hand und zeigte diese dem Staatsanwalt. Der Angeklagte weinte, insbesondere bei der Rede des Verteidigers, in herzerschüttender Weise. Die Geschworenen bejahten die Schuldfrage wegen absichtlicher Tötung. Der Gerichtshof verurteilte Josef Christof wegen Verbrechen des Meuchelmordes zum Tode durch den Strang. Der Angeklagte nahm in heftiger Erregung das Urteil entgegen.«

»Ihr Tod ist bedauerlich, doch der junge Bursche sah wohl keinen anderen Ausweg. Liebe macht blind, so wie beim Bezirkshauptmann Hervay«, meinte der Almpeterl daraufhin traurig und ließ den Kopf hängen. Er wusste nicht, wie er darüber denken sollte. »Liebesblödnisse unserer Zeit«, wiederholte er leise. Pfandl holte tief Luft und setzte wieder an: »Auch wenn es Eifersucht, verletzte Eitelkeit oder ähnlich niedere Beweggründe waren, ich gebe diesem Weibsbild die Schuld am Mord! Und der junge Bursche wird deswegen gehängt oder muss den Rest seines Lebens in einer dunklen Gefängniszelle sitzen!«

Derselbe Gedanke ging dem Almpeterl die ganze Zeit auch schon durch den Kopf. »Dass so etwas bei uns im

Mürztal passiert, hätte ich mir nicht gedacht!«, antwortete er entrüstet. »Ein Mord in unserer schönen Gegend? Dass es so was gibt«, fügte er kopfschüttelnd hinzu. »Dieses hinterlistige Weibsbild!« Pfandl griff nach seiner Hand, um ihn zu beruhigen. »Ich wollte dir mit diesem Beispiel nur sagen, dass es besser ist, allein zu sein, als mit der falschen Frau zu leben«, antwortete er und hoffte insgeheim, ihm mit diesen Worten die Trübsal vertreiben zu können und vorerst Ruhe zu haben.

»Aber Erwin, deshalb sind doch nicht alle Frauen schlecht. Das hier ist ein Einzelfall. Sieh das doch ein. Wir beide wissen, dass es eine böse Leichtfertigkeit war von dieser Hüttenbrennerin. Sobald du aber die Richtige für mich findest, wird sie mir hier oben treu und hilfsbereit sein«, ließ der Hüttenwirt nicht locker. »Ein Einzelfall und treu?«, fragte Pfandl, schüttelte den Kopf und lächelte zynisch. »Dann warte ab, was hier sonst noch steht!«

Er blätterte zwei Seiten weiter bis zum nächsten Bericht. »Wir haben ja schon öfters von dieser arroganten Baronin gesprochen, die dem feschen Baron Hervay den Kopf verdreht hat. Seit einem Jahr treibt sie nun ihr Unwesen in Mürzzuschlag, und gestern setzte man ihrem Lügentreiben endlich ein Ende. Ich habe es mit eigenen Augen gesehen. Du kannst dir nicht vorstellen, was los war im Ort, als man sie abgeführt hat!«

»Du meinst das Weib, das der Bezirkshauptmann zur Ehefrau genommen hat? Schau einer an«, Almpeterls Augen begannen, neugierig zu glänzen. »Was gibt's Neues von ihr? Lass es mich wissen!«

Pfandl hielt ihm mit zwinkerndem Auge die Zeitung entgegen. »Da, die paar Zeilen kannst du selbst lesen. Dann wirst du sehen, dass es mit den Weibern kein Einzelfall ist.

Glaub mir, du wirst noch froh sein, dass du hier auf der Pretulalpe alleine lebst. Auch ohne eine Baronin oder eine gnädiges Fräulein aus Graz.« Bergner zog die Zeitung näher an sich heran. Sein Blick wanderte verwundert über die Zeilen auf der Seite, die Pfandl zuvor aufgeschlagen hatte.

Die Gattin des Bezirkshauptmannes von Hervay wurde heute verhaftet und dem Kreisgerichte in Leoben eingeliefert. Sie ist des Verbrechens der Bigamie und der Urkundenfälschung beschuldigt. Wie erhoben wurde, war sie viermal verheiratet und wusste stets unter falschem Namen und falschen Vorspiegelungen ihren nächsten Gatten zu fangen. Sie gab sich als Tochter eines russischen Großfürsten aus. Verschiedene Anzeichen deuten darauf hin, dass sie geistig anormal ist. Man hat sie in Begleitung eines Beamten nach Leoben gebracht, wo man sie vor Gericht stellen wird. Wahrscheinlich hat sie dem Geistlichen, der sie in Mürzzuschlag traute, gefälschte Ausweisschriften vorgelegt. Die noble Dame erwartet eine harte Strafe im Arrest.

Der Almpeterl überlegte einen Moment. »Das ist ja furchtbar, was bei euch im Tal alles passiert! Da war es beim alten Kneipp ruhiger«, meinte er entsetzt.

»Peterl, ich brauche deine Hilfe«, wechselte Pfandl schlagartig das Thema, während ihnen der aufgebrachte Hüttenwirt einen Birnenschnaps einschenkte. »Anfang Juli kommt so ein Zeitungsmensch aus Berlin zu Besuch, um einen Bericht über unsere Gegend zu schreiben. Ich möchte mit ihm zu dir heraufkommen. Du bist der richtige Mann, um Fremden die schöne Bergwelt näherzubringen und zu zeigen, welch wunderbare Möglichkeiten es bei dir für den Sommertourismus gibt. Lass dir ein paar lustige Episoden einfallen und schreib dir schon mal ein paar Sätze dazu auf.«

»Wenn ich dir damit einen Gefallen tun kann, mache ich das sehr gerne. Ich werde diesen Journalisten sicherheitshalber auch warnen, sich vor unseren Weibsbildern in Acht zu nehmen«, scherzte der Almpeterl und nahm einen Schluck Schnaps. »Unterstehe dich! Ich musste dem Bürgermeister versprechen, dem Journalisten unsere Gegend so schmackhaft wie möglich zu machen. Bei uns sind die Menschen noch immer friedlich und gesittet. Schau besser, dass du deine Hütte bis dahin ordentlich beieinander hast, wenn ich mit diesem Kappstein heraufkomme«, zwinkerte er ihm zu und wusste natürlich, dass es im Tal schon längst nicht mehr gesittet zuging.

»Wenn dir das mit der Ordnung so wichtig ist, dann solltest du mir jetzt schleunigst eine Lebensgefährtin suchen, Erwin. Eine hübsche Frau, die kochen und putzen kann und, wenn Zeit bleibt, ein wenig lieb zu mir ist. Vor allem sollte sie mir nicht den ganzen Schnaps im Keller austrinken«, scherzte der Almpeterl und lachte laut auf. Seine kleinen Augen funkelten dabei. »Bring sie am besten gleich mit diesem Journalisten mit«, meinte er schelmisch.

Pfandl wollte auf die Anspielung nicht mehr eingehen. Er trank sein Bier aus und machte sich auf den Heimweg. Als er aus der Hütte trat und die klare Bergluft einatmete, verspürte er eine aufkommende innere Unruhe. Er ging zur Rosegger-Quelle und schüttete sich kaltes Wasser ins Gesicht, um sich zu beruhigen. Wenn nur in nächster Zeit nicht noch mehr Unvorhergesehenes geschieht, dachte er bei sich. Der bevorstehende Besuch Kappsteins machte ihn nun doch nervös.

Nach seiner Rückkehr ins Tal war er überrascht, seinen Freund Rosegger im Dichtererker des *Rosegger-Stüberls* vorzufinden. Seine Lippen formten sich zu einer neugierigen Frage, doch ehe er noch etwas sagen konnte, rief Rosegger ihm zu: »Stell dir vor, Erwin, ein Herr Kappstein, seines Zeichens Redakteur aus Berlin, hat sich bei mir angemeldet. Er möchte mich besuchen und eine Biografie über mich schreiben.«

»Was du nicht sagst, Peter!« Pfandl ließ einen kurzen Pfiff hören, dann fügte er mit nachdenklichem Ton hinzu: »Soll er nur kommen, dann werde ich ihm die Waldheimat von ihrer schönsten Seite zeigen. Er beabsichtigt nämlich auch, uns in Mürzzuschlag einen Besuch abzustatten, um über die Sommerfrische in unserer Gegend zu berichten. Ich komme gerade vom Almpeterl, den ich gemeinsam mit dem Berliner Schreiber aufsuchen werde. Was hältst du davon, wenn wir uns alle oben auf der Pretulalpe treffen?« Pfandl erwartete eine Absage des Dichters, doch dieser fügte mit einer halb kritischen und halb lächelnden Miene hinzu: »Deine Idee ist großartig, ja, großartig, Erwin! Wirklich, ich bin begeistert, denn so brauche ich Herrn Kappstein nicht in meinem Sommerhaus in Krieglach empfangen.«

Der Wirt war überrascht von dieser Reaktion. Nicht einmal zur Eröffnung vor vier Jahren war der Dichter auf die Hütte gekommen! Während der nächsten Stunden blieb diese Begegnung angenehm in seinen Gedanken, denn er war voller Vorfreude, dass sein langgehegter Plan endlich Wirklichkeit wurde und sein Idol tatsächlich die Pretulalm mit der daneben liegenden Rosegger-Quelle besuchen wollte. Das würde eine Werbung sein!

Donnerstag, 23. Juni 1904

Vom Norden zogen dunkle Wolken über Mürzzuschlags Himmel, sie spiegelten Hervays düstere Stimmung wider. Es war, als wandte sich die Sonne von ihm ab – so wie die Liebe. Warum hat sie mir das nur angetan?, grübelte er.

Bisher hatte der Bezirkshauptmann den Augenblick der Rückkehr nach Mürzzuschlag immer genossen, wenn er zuvor in Wien gewesen war. Doch diesmal empfand er seine Ankunft am Bahnhof als einzige Schmach. Die Zeiten, in denen er sich auf das Heimkommen freute, waren mit einem Schlag vorbei. »Zuhause« wurde zu einer leeren Worthülle.

Es war offenkundig, dass er nicht nur vor seiner Familie, sondern vor dem ganzen Ort einen Gesichtsverlust erlitten hatte. Jetzt ging es für ihn darum, den letzten Funken Ehre zu retten. Er wusste nicht, was er tun könnte, und suchte verzweifelt nach einem Fadenende, an dem er sich festhalten konnte, um sich wenigstens für ein oder zwei Tage über Wasser zu halten. Er musste sich der Wahrheit stellen: Es gab keine Hoffnung, dass diese Sache noch gut ausgehen könnte.

Auch der Polizeipräsident in Wien hatte keinen brauchbaren Ratschlag für ihn gehabt, wie er dieser Schande um sein Ehedrama entrinnen könnte. Im Gegenteil. Seine Augen zeigten eher Schadenfreude als Mitgefühl, als er die dicke Akte über seine Gattin samt den Spitzelberichten, Umzugsmeldungen und Rückfragen bei anderen Polizeibehörden auf den Tisch knallte. Er erklärte ihm unmissverständlich, dass seine Situation ausweglos sei. »Wir sprechen hier nicht von Taschenspielertricks, sondern von schändlicher Ehefälschung«, sagte er so laut, dass Hervay erschrocken zusammenzuckte.

Er hatte dabei das Gefühl, dass sein wirkliches Leben draußen vor dem Fenster gerade vorbeisauste, während sie beide im Präsidium saßen und über seine klägliche Zukunft sprachen, die unweigerlich in einer Katastrophe enden würde. Er betete insgeheim, dass alles nur ein schlechter Traum sei, und biss die Zähne fest zusammen. Aber es nützte alles nichts. Er schüttelte fassungslos den Kopf: Wie konnte das alles möglich sein? Auf seiner Stirn hatten sich Schweißperlen gebildet. Nachdem er die bittere Wahrheit über seine Tamara gehört hatte, verließ er entmutigt die Kanzlei und hörte noch, wie sich der Polizeipräsident mit seinem Amtsdiener über die unwürdige Lage »eines suspendierten Bezirkshauptmannes aus dem Mürztal« unterhielt. Zu aller Schmach vermeinte er, am Weg nach draußen sogar ein Lachen der beiden Männer zu vernehmen. Die Akten gaben über brisant peinliche Themen Aufschluss, über die ein Ehrenmann besser nicht reden sollte. Die beiden schienen sich jedoch prächtig darüber zu amüsieren.

Er dachte an seine Tamara und zwang sein Herz zu verstummen. Die Zugfahrt nach Mürzzuschlag verbrachte er zu Tode betrübt, und sie kam ihm endlos vor. Mit ihrer unheimlichen Macht hatte ihn Tamara ins Verderben gestürzt. Ihre Liebe war ein Fluch für ihn und seine Familie. Er dachte an seine fatale Fehlhandlung wegen der Heirat mit ihr ohne gültige Dokumente und starrte verloren aus dem Fenster. Sie hatte ihn bewusst unter Druck gesetzt, dass sie ihn verlassen würde, wenn er den Pfarrer nicht davon überzeugen konnte, sie ohne Dokumente zu vermählen. »Solang ich nicht deinen Namen trage, werde ich hier nie in Frieden leben können«, waren ihre letzten Worte, bevor sie für ein paar Tage nach Wien reiste, um ihm zu zeigen, dass sie auch ohne ihn sein konnte. Als sie zurückkam, hatte er bereits alles in die Wege geleitet. Er war es, der nicht mehr ohne sie leben wollte. Bis vor Kurzem war tatsächlich Ruhe eingekehrt, doch dann fingen diese Erkundungen beim Pfarrer an, die er anfangs als Spinnereien abgetan hatte. Und er hatte eine Vermutung, wer dahintersteckte.

Zurück in Mürzzuschlag stand Hervay ratlos am Fenster der kleinen Dienstwohnung, die seiner Kanzlei angeschlossen war. Im Raum herrschte nur schummriges Licht. Er hatte noch immer das verächtliche Lächeln des Polizeipräsidenten vor Augen. Nachdenklich hob er den Kopf, als er durch ein Geräusch gestört wurde.

Ohne ihn anzuschauen, betrat sein Amtsdiener Glück gebückt das Zimmer und blieb vor ihm stehen. Hervay musterte ihn von oben bis unten. Dann spreizte er die Beine und stellte sich aufrecht vor den kleinen Mann hin. »Geben Sie mir Feuer, Glück!«

»Jawohl, Herr Bezirkshauptmann.« Mit zittriger Hand zündete sein Amtsdiener ihm wie gewohnt die Zigarre an. Das Herz schlug ihm dabei bis zum Hals. Nervösen Blickes stand er vor dem Vorgesetzten und überlegte hin und her: Was hatte der Polizeipräsident wohl gesagt? Und hegte sein Vorgesetzter einen Verdacht, dass er da seine Finger im Spiel gehabt hatte?

Der Baron blies einige kleine Rauchkringel in die Luft, dann seufzte er tief, bevor er den Kanzleidiener forsch mit lauter Stimme aufforderte: »Den Bezirkshauptmann müssen Sie sich jetzt abgewöhnen!«

Glück starrte zu Boden. »Jawohl, Herr Baron!«, entgegnete er unsicher. »Ich habe ja nur gemeint, denn vor ein paar Monaten durfte ich nicht mehr Herr Baron zu Ihnen sagen, weil …«

»Meinen Sie nicht so viel, Glück! Das können Sie sich auch abgewöhnen«, unterbrach ihn Hervay.

»Jawohl, Herr Baron!«

»Jetzt tun Sie, was ich Ihnen sage. Lassen Sie mich sofort allein! Ich will Sie nicht mehr sehen«, fügte Hervay mit lauter Stimme hinzu und fuhr sich mit der Hand über sein dichtes Haar, das mit Pomade streng nach hinten gekämmt war. Nun schaute ihm Glück betreten in die Augen. Er seufzte dabei tief auf: »Tut mir leid, dass ich nicht behilflich sein kann!«

Hervay drückte die Zigarre wieder aus und schüttelte wütend den Kopf. »Schauen Sie besser, dass Sie aus meiner Kanzlei verschwinden!«, fuhr er Glück zornig an. Dieser war fassungslos und stand wie versteinert da. So ungehalten kannte er den Bezirkshauptmann nicht. Er blieb mit offenem Mund stehen.

Dass er nicht mit Hervay reden durfte, traf den Amtsdiener unvorbereitet. Glück hatte stundenlang auf die Rückkehr des Bezirkshauptmannes aus Wien gewartet und brannte darauf zu erfahren, was sich bei der Unterredung mit dem Polizeipräsidenten ergeben hatte. Er wollte wissen, ob sich seine Vermutungen über die »gefallene Baronin«, wie er sie bereits überall nannte, bewahrheitet hatten. Er selbst war es ja, der alles gut eingefädelt hatte, doch war man bei der vorgesetzten Behörde nicht gewillt gewesen, ihm Ergebnisse der Untersuchungen bekannt zu geben. Das würde alles persönlich mit dem Baron besprochen werden. Glück hatte das Bedürfnis, immer alles wissen zu müssen, es war fast wie eine Sucht für ihn. Nach Dienstschluss erzählte er seiner Schwester im *Café Semmering* dann die Vorkommnisse in der Bezirkshauptmannschaft, und so machten die Tratschereien schnell die Runde.

Als langjähriger Amtsdiener hatte Glück die Angewohnheit, als Erster in der Kanzlei aufzutauchen und bis zur letzten Stunde zu bleiben, damit ihm ja nichts entgehen konnte. Einige seiner Kollegen waren der Meinung, der unterwürfige Hans Glück hätte Angst vor seinem bösen Weib zu Hause. Es war kein Geheimnis, dass es um den Haussegen bei den Glücks schon lange eher schlecht bestellt war. Das stimmte einerseits, andererseits wollte er im Amt endlich befördert werden, so wie er es sich seit Jahren seiner Meinung nach verdient hatte. Außerdem hatte ihm der Bezirkshauptmann ja sogar versprochen, sich um sein Avancement zu kümmern. Zu lange saß er schon in der verrauchten Kanzleistube und schrieb sich die Finger wund.

Dem Statthalter in Graz hatte er vor einem Jahr zugesagt, den jungen aufstrebenden Mann, der als erster Bezirkshauptmann in Mürzzuschlag eingesetzt werden sollte und nicht ortskundig war, nach bestem Wissen und mit aller Kraft zu unterstützen. Die Zusammenarbeit mit Hervay im Amt ging anfangs reibungslos. Der Baron schätzte ihn mehr als seine übrigen Kollegen und dankte oft für seinen aufopfernden Einsatz. Er vertraute Glück. Sogar nach Hause zum Abendessen lud ihn der gnädige Bezirkshauptmann einmal ein. Dort stellte er ihm seine Gattin, die in Mürzzuschlag nicht wenig umstrittene Tamara von Hervay, vor. Eine übertrieben auffällig geschminkte und energische Frau traf er im Hause Hervay an, die ihr Dienstmädchen vor ihm schikanierte und kindisch herumtänzelte.

Als er zuvor dem Bürgermeister Hopfer von der Einladung erzählt hatte, empfahl ihm dieser, der Baronin über alle Maßen zu schmeicheln und ihr ein offenes Ohr zu schenken, da sie gerne und viel erzählte. So machte er bewusst der Baronin schöne Augen und bewunderte ihre Redegewandtheit, obwohl sie ihm zuwider war. Doch sie reagierte einige Male auf harmlose Erzählungen von ihm ganz eigenartig, als hätte er sie damit beleidigt. Im Laufe des Abends wurde sie ihm gegenüber immer unfreundlicher, ja sogar boshaft. Ihre Augen wirkten kalt, und ihre Stimme klang verächtlich.

»Herr Amtsdiener! Ein Mann in Ihrem Alter müsste doch längst in einem höheren Dienstgrad angesiedelt sein. Ihnen fehlen wohl Titel und Mittel, vorwärts zu kommen! Oder sitzen Sie zu fest im Sattel des Amtsschimmels? Sie hatten sich in der Vergangenheit doch wohl nichts zuschulden kommen lassen? Oder wie erklären Sie sich Ihr Unglück, Herr Glück?«, bemerkte sie mit spitzer Zunge und machte sich mit einem hellen Auflachen lustig über seine Betroffenheit. Der Baron bemühte sich mit verlegener Miene, die Worte seiner Gemahlin zu beschwichtigen, und versprach, sich um Glücks längst anstehende Beförderung zu kümmern. Er hätte es sich doch schon längst verdient, so sein Vorgesetzter an jenem Abend.

Es vergingen Wochen. Nichts dergleichen geschah. Der Bezirkshauptmann dürfte sein Versprechen aufgrund des hohen Alkoholkonsums an dem Abend vergessen haben. Ein paar Wochen nach der Einladung kam die aufgebrachte Baronin ins Amt und verlangte von Glück, dass er ihr als Gattin und engster Vertrauten des Bezirkshauptmannes die ungeöffnete Post zu übergeben hätte. Sie fuchtelte übertrieben mit den Händen und führte sich gekünstelt auf, als würde sie für ein Theaterstück vorsprechen. Den Hut trug sie tief in die Stirn gedrückt, und ihre Kleidung war schwarz, als würde sie zu einer Beerdigung gehen. Um den Hals hatte sie unzählige Schmuckstücke, und die Hände waren voll mit Armbändern und Ringen. »Bereits am frühen Morgen grübelt mein nervöser Gatte, welch unangenehme Post ihn im Büro erwarten könnte! Von heute an werde ich zum Schutz des Gemütszustandes des Herrn Bezirkshauptmannes die Post vorsortieren und ihm schonend übergeben. Im Grunde genommen wäre das ja Ihre Aufgabe, Herr Glück! Wie ich jedoch sehe, sind Sie dazu nicht in der Lage, und mein Gatte wirkt zusehends verstörter, wenn er aus dem Amt nach Hause kommt.«

Zum Entsetzen des Amtsdieners stimmte der Bezirkshauptmann am selben Tag noch dieser Vorgangsweise zu. Glück traute seinen Ohren nicht, als er ihn aufforderte, die Amtspost durch einen jungen Kollegen in die private Wohnung bringen zu lassen. Diese neue Regelung brachte das Fass zum Überlaufen. So etwas hatte es noch nie in einem Amt gegeben, dass die Gattin eines hochrangigen Beamten die Post vorsortierte und öffnete. Obwohl die Post einzig und allein seine Obliegenheit war! Doch was sollte er tun? Gehorsam hatte er ab dann täglich einen der jungen Adjutanten zur Baronin zu schicken, sogar wenn sich der Bezirkshauptmann auf Reisen befand. Was die beiden wegen der Post so lange zu besprechen hatten, war ihm zunächst unklar gewesen, denn der Adjutant blieb manchmal stundenlang aus. Aber er war ja wirklich nicht so beschränkt, wie die Baronin wahrscheinlich glaubte! Auf jeden Fall bestand die Baronin darauf, jedes Schriftstück in Händen zu halten, bevor es ihrem nervösen Gatten vorgelegt werden durfte.

Von da an sah man den gebückten Amtsdiener immer öfter auch in der Mittagspause im *Café Semmering* bei seiner Schwester verweilen. Er schüttete seinen ganzen Kummer bei ihr aus. Was das Amt betraf, teilte sie seine Meinung und ließ ihn unzufrieden wissen, dass er nicht nur zu Hause einem herrischen Weib untertan war, sondern jetzt auch in der Bezirkshauptmannschaft. Doch was die Ehe betraf, gab sie ihm die Schuld daran, dass aus seiner Gattin eine zänkische, boshafte Frau geworden war. Im Kaffeehaus bekam er manchmal kritische Bemerkungen der Mürzzuschlager über den stolzen Bezirkshauptmann, sehr oft aber über seine zwielichtige Gattin mit. Obwohl diese vorgab, vermögend zu sein, beschwerten sich etliche Geschäftsleute in Mürzzuschlag über die steigende Zahlungsunfähigkeit der vornehmen Dame, die stets die neueste Mode trug. Selbst der Pfarrer erzählte einmal verlegen dem Bürgermeister, dass noch gewisse Unterlagen von der Baronin bezüglich der Verehelichung ausständig wären. Weder ihr Gatte noch die Baronin selbst zeigte sich bereit, die fehlenden Dokumente nachzubringen, und er als Geistlicher Rat wäre sehr besorgt darüber. Hatte er der Dame doch vertraut, als sie ihm sogar einen Schwur leistete, alles Fehlende ehest nachzubringen.

Das und die immer wieder aufflackernden Spekulationen über eine undurchsichtige Vergangenheit der Baronin von Hervay brachten Glück auf einen gefinkelten Plan. Falls es stimmte, dass mit der Eheschließung der beiden nicht alles in Ordnung war, wäre man in der Bezirkshauptmannschaft diese unmögliche Frau, die sich einbildete, alles bestimmen zu können, endlich los. Und auch der Bezirkshauptmann, den er als Person noch immer schätzte, könnte sich problemlos von dieser schamlosen Person scheiden lassen, mit der er womöglich wegen der fehlenden Dokumente gar nicht richtig verheiratet war. Dass der verblendete Mann erkannte, welche falsche Schlange er da anbetete, dafür wollte er schon noch sorgen. Und dann wären wieder neue Wege offen, er hatte schon eine gute Idee. Natürlich sah er es auch als große Chance, eine Beförderung durch den Statthalter zu erhaschen, falls es sich bestätigen sollte, dass aufgrund seiner Aufmerksamkeit eine solche Verfehlung ans Licht kam. So ließen er und ein weiterer Kollege, den er auf seine Seite brachte, beim Statthalter in Graz Vermutungen laut werden, dass es wohl Ungereimtheiten gab, was die Eheschließung des Bezirkshauptmannes betraf. Dazu möge man sich an den Mürzzuschlager Pfarrer Prangl wenden.

Bei der darauffolgenden Befragung durch den Statthalter versuchte der Pfarrer, eine mögliche Mitschuld von sich zu weisen, indem er angab, vom Bezirkshauptmann zum Absegnen des Eheversprechens genötigt worden zu sein. Regelrecht erpresst hätte ihn der Herr Bezirkshauptmann. Der Verdacht eines solchen gravierenden Amtsmissbrauches zog natürlich weitere Untersuchungen nach sich.

Da war ein großer Stein ins Rollen gekommen, größer, als Glück es gedacht hatte. Natürlich hatte er gewusst, dass mehr hinter den Machenschaften der Baronin stecken musste, wenn sie die Dienstpost vorab sehen wollte, um angeblich den Bezirkshauptmann zu schonen. Sie hatte mit Sicherheit sehr viel zu verbergen, was ihre Herkunft und ihr Vorleben betraf, und wollte deshalb rechtzeitig über alles informiert sein. Dass es aber daraufhin soweit kam, dass man den Bezirkshauptmann von einem Tag auf den anderen suspendiert und seine Gattin zum Bezirksrichter vorgeladen hatte, war im Plan gar nicht vorgesehen gewesen. Es hätte lediglich ein kleiner Hinweis werden sollen. Er wollte ja eigentlich nur diese zwielichtige Baronin loswerden. So rechtfertigte Glück sein Vorgehen jedenfalls vor sich selbst.

Neben dem schlechten Gewissen wegen dem Unglück des Bezirkshauptmannes gab es aber auch eine gewisse Genugtuung in seinem Herzen. Es hatte sich bestätigt, dass seine wochenlange Suche nach dem Haken an der Geschichte der Tamara von Hervay Sinn gemacht hatte. Geschah ihr recht, dass alles aufgekommen war! Warum, zum Teufel, hatte sie ihm nicht den Respekt gezollt, der ihm gebührte? Er hatte sich schließlich ein Leben lang bemüht, aber wie alle anderen hatte sie seine Anstrengungen nicht zu schätzen gewusst. Im Gegenteil, sie hatte ihm ihre Verachtung deutlich gezeigt. Diese Frau musste von dem hohen Ross, auf dem sie zu Unrecht saß, heruntergeholt werden, und er, Glück, würde von ihrem Fall profitieren, weil nun endlich seine unbestechliche Tüchtigkeit anerkannt würde. Das war sein Beitrag, um die Waagschalen in Mürzzuschlag wieder ins notwendige Gleichgewicht zu bringen.

Allerdings hatte Glück gehofft, sich bei seinem Vorgesetzten nach dessen Rückkehr aus Wien erklären und entschuldigen zu können. Es war doch keine böse Absicht ihm persönlich gegenüber gewesen. Beim Statthalter hatten sie lediglich über ein leichtes Vergehen ihres Vorgesetzten berichten wollen, dessen Auslöser seine Gattin gewesen war. Er versuchte daher noch einmal, zum Sprechen anzusetzen. Aber vergeblich, der Baron wollte ihn so schnell wie möglich loswerden. Er stampfte mit dem Fuß auf und schrie ihn an: »Glück, Sie sollen mich jetzt in Ruhe lassen! Verstehen Sie nicht? Verschwinden Sie!«

Der Amtsdiener fühlte sich verscheucht wie eine lästige Fliege. Er begriff, dass es keinen Sinn hatte, noch länger im Amt zu bleiben. Hervays Blick ließ keine weiteren Worte mehr zu. Leisen Schrittes und unverrichteter Dinge verließ Glück mit gesenktem Kopf das Zimmer. Sein schlechtes Gewissen lastete auf ihm. Das Schließen der schweren Tür war kaum zu hören. Ob er draußen auf den Baron warten sollte? Er verwarf den flüchtigen Gedanken und begab sich auf den Weg ins *Café Semmering*, um sich Rat bei seiner Schwester Kathi zu holen. Nach Hause wollte er nicht gehen. Sein sonst so blasses Gesicht war gerötet. So aufgelöst, wie ihm der Bezirkshauptmann erschien, musste er in Wien ganz schlechte Nachrichten erfahren haben. Glück hatte plötzlich ein ungutes Gefühl und wurde sich bewusst, dass er der Auslöser von Hervays Misere war. Er bekam es mit der Angst zu tun, denn er ahnte, dass dieser Skandal noch nicht alles war, was auf den suspendierten Bezirkshauptmann zukommen würde.

Der Baron stand schwer atmend im Zimmer. Stille war eingetreten, nachdem Glück sich wie ein geschlagener Hund aus dem Raum geschlichen hatte. Nun war niemand mehr da, vor dem er sich seiner Tränen hätte schämen müssen, wenn er die Ereignisse der letzten zwei Tage an sich vorbeiziehen ließ. Seine Vorladung in Wien, der verzweifelte Besuch bei seinen Eltern. Als er beim Frühstück andeutete – er war erst spät abends angekommen –, dass es im Amt Probleme gäbe, zeigte ihm sein Vater nur seine tiefe Verachtung und beschuldigte ihn wie üblich, an allem Missgeschick, das die Familie je zu erleiden hatte, schuld zu sein. Wehe, wenn er Schande über die Familie bringen sollte! Seine Mutter dagegen schaute ihn nur missbilligend an und zog sich sofort in ihr Zimmer zurück. So wie sie es immer tat, wenn ihr etwas gegen den Strich ging. Er wollte sich den verletzten Stolz seiner Mutter gar nicht vorstellen, wenn das ganze Ausmaß seines Versagens offenbar wurde. Wochenlang würde sie sich im Zimmer einsperren und wegen starker Kopfschmerzen auf dem alten Diwan liegen. Sein letzter Besuch bei den Eltern war einfach entsetzlich gewesen. Ungeachtet seiner verzweifelten Situation überhäufte ihn sein Vater mit Fragen über seine Gattin und ihre Vermögensverhältnisse. Das ging so lange, bis er unverrichteter Dinge das elterliche Gut verlassen hatte und verzweifelt nach Mürzzuschlag zurückgekehrt war. Er versuchte, die Gedanken daran zu verdrängen, und starrte verdrossen in die dunkle Nacht hinaus.

Es war knapp ein Jahr vergangen, seit ihm durch Vermittlung des Ministers, seinem ehemaligen Vorgesetzten in Wien und gutem Freund der Familie, der Posten als Oberhaupt des Bezirkes Mürzzuschlag angeboten worden war. Ein sehr begehrter Beamtenposten im Mürztal, dessen war er sich anfangs gar nicht bewusst. Gleich nach Amtsantritt musste er auf Befehl des Vaters zur Hofrätin, einer engen Bekannten der Familie gehen, damit sich diese um sein Fortkommen in Mürzzuschlag kümmerte. Er tat es nur ungern. Seine Freude über den großen Karriereschritt hielt sich in Grenzen. Vom ersten Tag an verspürte er Angst. Er kannte dieses Gefühl, es war eine innere Ängstlichkeit, die er von klein auf mit sich trug. Sie war sein Schatten. Würde er den Erwartungen des Ministers entsprechen? Bereits seit Kindertagen lag die Angst zu versagen und deswegen nicht geliebt zu werden, schwer und drohend auf seinem Leben. Der Vater schenkte ihm kaum Aufmerksamkeit, die Mutter tadelte ihn umso mehr. Sie bestimmte sein Leben. Seine Arbeit in Wien beim Minister gestaltete sich ähnlich, er musste sich in Geduld und Demut der Obrigkeit fügen. Sein Vorgesetzter fand Gefallen an dem feschen jungen Mann, der unauffällig seine Arbeit tat und immer eine gute Figur machte, und als er von Hervays Mutter gebeten wurde, doch etwas für die Karriere ihres Sohnes zu tun, ließ er ihn, ohne lange zu zögern, nach Mürzzuschlag versetzen, wo gerade ein neuer Posten geschaffen worden war.

Die Stellung würde gut passen für den attraktiven jungen Mann mit dem sicheren Auftreten eines Sohnes aus gutem Hause, meinte der Minister. Hervays Neider meinten, es würde ihm jedes Glück in den Schoß fallen, ohne dass er selbst etwas dazu beisteuern müsse. Die Wahrheit, wie es hinter der Fassade aussah, interessierte niemanden. Das jugendliche Aussehen zählte, dann vor allem die Karriere, die vor ihm stand. Mit 40 würde der einst unbedeutende Baron Hervay Hofrat und mit 50 Exzellenz sein. Das war zumindest der Plan seiner Mutter. »Ich wünsche Ihnen Glück. Denn Pech zu haben, ist die ärgste Talentlosigkeit, die einzige, die man bei uns nicht verzeiht!«, waren die letzten Worte des Ministers damals bei seiner Abreise zum Amtsantritt in Mürzzuschlag. Jetzt war es soweit. Er hatte Pech, das Pech, belogen und betrogen worden zu sein. Nicht nur das. Er hatte durch seine Dummheit seine Ehre verloren und für immer versagt. Beim Minister hatte er damit auf jeden Fall das ganze Vertrauen verspielt.

Bei seiner Versetzung und Beförderung waren etliche Beamte übergangen und zu bösen Neidern geworden. Im Präsidialbüro des Ministers waren einige Kriecher und Streber zornig, weil man Hervay ihnen vorgezogen hatte. In Graz erhoffte man sich, durch die Besetzung eines jungen, studierten Aristokraten reicher Herkunft frischen Wind nach Mürzzuschlag zu bekommen. Der Amtsschimmel stank in Mürzzuschlag zum Himmel, erzählten sich die Beamten in Wien und Graz. Und die Mürzzuschlager selbst waren schon ein eigenes Volk. Sogar im vergangenen Jahr, als der russische Zar im Jagdschloss des Kaisers im Mürztal weilte, gab es bei Weitem nicht das anderorts übliche

Getue. Die Leute blieben gerne unter sich, man beredete die Ereignisse und das Trara, das darum gemacht wurde, lieber im Wirtshaus.

Die Entscheidung, dass das Amt des Bezirkshauptmanns ihm zufiel, traf Hervay überraschend. Da hatte wohl die Mutter alles schön eingefädelt und die Hofrätin in Mürzzuschlag ihre Trümpfe ausgespielt. Gerade weil er von der verstaubten Verwaltung wenig Ahnung hatte, setzte man letztendlich die Hoffnung in ihn, dem hochmütigen Bürgertum in Mürzzuschlag Paroli zu bieten. Der Bürgermeister, der Apotheker, der Notar, der Postverwalter, der Salinendirektor samt den alten Hammerherren mit all ihren eingebildeten Damen: von allen Seiten übertriebene Freundlichkeit aus Eigennutz, dabei tiefes Misstrauen gegenüber dem jungen Baron, der ihnen aus Wien als Bezirkshauptmann geschickt worden war. Zwei junge, eifrige Herren waren ihm als Adjutanten zugeteilt worden, die allerdings mehr damit beschäftigt schienen, ihn zu beobachten, als ihn zu unterstützen. Das alles in Mürzzuschlag, einem Markt mit lieben, stillen Häusern, die alle fromm an die kleine weiße Kirche gerückt waren. Ein idyllischer Ort inmitten von Wiesen, Wäldern und Bergen, der nach außen etwas Liebes, Braves, Altväterisches und Törichtes an sich hatte. Der Blick nach innen zeigte etwas anderes.

Den Leuten im Mürztal wurde nachgesagt, engstirnig und konservativ zu sein. Die alteingesessenen Mürzzuschlager hatten – mit wenigen Ausnahmen – nichts am Hut mit der immer schneller fortschreitenden Veränderung ihrer Welt durch die Industrialisierung. Die Leute hier hatten eine eigene Wahrheit, Modernität lag ihnen fern. In der frischen Luft das Feld zu bestellen, hatte mehr Wert, als sicheres Geld in der Fabrik zu verdienen. Vernichtete ein Unwetter die Ernte, nannten die Bauern es Gottes Wille. Wurde nicht nach den Bauernregeln angebaut, drohte Strafe von oben. Und es bemerkte kaum jemand, dass es so nicht bleiben konnte. Im Oktober 1844 wurde feierlich die Eisenbahnstrecke von Graz nach Mürzzuschlag eröffnet. Zwar galt das Stationsgebäude in Mürzzuschlag als Bahnhof erster Kategorie, doch feierten die Mürzzuschlager lieber im Bahnhofsrestaurant, als sich eine Zugfahrkarte in die große Stadt zu kaufen. Einen Blick über den Tellerrand zu tun, bedurfte größerer Überwindung, als bei ärgstem Schneetreiben auf die Pretulalpe zu wandern. Auch der Heimatdichter Rosegger traute der modernen Technik anfangs nicht und schrieb von schwarzem Teufelsspuk oder einem Ungeheuer mit Rädern, das auf einer eisernen Straße wie ein kohlschwarzes Wesen daher kriecht. Bis er eines Besseren belehrt wurde und einsah, wie wichtig der Bau der Eisenbahn für die Menschen in der Region war. Leider stand seine Ablehnung des Fortschritts bereits auf Papier, und was ein Rosegger gesagt oder geschrieben hatte, musste wohl richtig sein für die Leute in seinem Umfeld. Der in die Jahre gekommene Waldbauernbub vom Alpl galt als Meinungsbildner.

Von seinen Eltern erzogen zu beständig schlechtem Gewissen und mit dem Auftrag der Tante, stets dienstbeflissen und ergeben zu sein, kam Hervay als Bezirkshauptmann nach Mürzzuschlag. Die Menschen dort waren keine Freunde von Neuerungen. Als Inhaber eines neugeschaffenen Amtes stand Hervay unter ständiger Beobachtung der Bevölkerung. Man sah ihm auf der Straße nach, dem großen, gut aussehenden Mann mit der nach außen zur Schau getragenen Selbstsicherheit, die viele für Hochmut hielten. Doch dieses Auftreten sollte bloß seine tiefe innere Unsicherheit verbergen. Nicht nur einmal stand er hinter seiner verschlossenen Bürozimmertür, hielt sich den Kopf und wusste keine Antwort auf die vielen ihm gestellten Fragen. In seinem Kopf klang ein verzweifelter Schrei: Lasst mich doch alle in Ruhe!

Und nun diese Schande! Er hatte nicht die Kraft, in die gemeinsame Wohnung zu gehen. Dem Ort, an dem er einst so glücklich war mit seiner Tamara. Stille. Nur das Ticken seiner Taschenuhr war zu vernehmen. Es war eine ruhige, laue Juninacht. Eine tiefe Beklemmung verengte ihm die Brust. Jede Minute, die vergangen war, ohne Tamara sehen zu können, war eine Qual. Er wollte sie zur Rede stellen. Jedoch hatte man sie bereits wie eine Schwerverbrecherin zum Bahnhof getrieben und nach Leoben ins Gefangenenhaus gebracht. All diese Gedanken quälten ihn. Nun stand er starr da wie das Kaninchen vor der Schlange. Gebannt, gelähmt und bewegungslos. Wie ein in die Enge getriebenes Tier. Ratlos. Er spürte, dass ihn die Schlange längst gewittert hatte. Ihn und seine grenzenlose Dummheit. Er hätte dem Treiben seiner Tamara längst ein Ende setzen müssen.

Nun war es zu spät. Sein Stolz und sein Egoismus waren zu groß gewesen, hatten ihn daran gehindert zu sehen, was er hätte sehen sollen, und zu tun, was nötig gewesen wäre. Panik überfiel ihn, er ließ den Blick durch den Raum gleiten. Auf dem Tisch lagen Zeitungen, er schlug sie auf, überall Berichte über den Skandal um die Frau des Bezirkshauptmannes. Er konnte nicht mehr vor der Öffentlichkeit fliehen, die Karten lagen auf dem Tisch. Die bittere Wahrheit war ans Licht gekommen. Im Moment machte ihm die Stille mehr Angst als alles andere. Er hörte auf seinen flachen Atem. Seine Welt stand still. Sie war so leer und trostlos ohne seine Tamara.

Natürlich war es leichtsinnig gewesen, die Beziehung überhaupt anzufangen. Es war ein Wahnsinn zu glauben, dass es gut gehen könnte, einer unbekannten Frau sein Herz und seine Hand zu schenken. Sie hatte ihn damals jedoch sofort um den Finger gewickelt. Ihre Verführung glich einem Abenteuer. Gefühle, die er zuvor nie verspürt hatte, weckte diese Frau in ihm. Geheimnisse im Dunkeln. Sie hatte mit ihm diese lüsternen Geheimnisse bereits bei seinem ersten Besuch im *Hotel Lambach*, in dem sie damals wohnte, geteilt. Bei Tageslicht sogar. Damit fing alles an. Er beabsichtigte, lediglich zum Tee vorbeizuschauen, und blieb die ganze Nacht. Im August vorigen Jahres hatte er sie geheiratet. Nein, es war keine übliche Hochzeit. Es war mehr oder weniger ein Ehegelöbnis vor dem Pfarrer in kleinem Kreise. Überredungskunst und viel Geld hatte es benötigt, dass sich der ehrwürdige Herr Pfarrer dazu bewegen hatte lassen, diese Segnung vorzunehmen.

Tatsächlich konnte ihm der Polizeipräsident aufgrund der Nachforschungen nun beweisen, dass seine geliebte Tamara nicht nur wesentlich älter war, als sie sich ausgegeben hatte, sondern sich immer noch mit einem gewissen Peter Meurin, mit Landsitz aus London, in aufrechter Ehe befand. Das war der Grund, warum sie keine Papiere beim Pfarrer vorzuweisen hatte. Doch nicht nur das musste er vom Polizeipräsidenten erfahren. Ihre Ehe mit Meurin wurde im Oktober 1901 geschlossen und war bereits ihre vierte Vermählung. Tamaras Herkunft war nicht aus aristokratischem Haus, im Gegenteil. Erschwerend kam dazu, dass der Name Tamara von ihr frei erfunden worden war, um etwaige Nachforschungen zu verkomplizieren. Sie hieß in Wirklichkeit Leontine Bloch-Bellachini und war die Tochter des bekannten jüdischen Zauberers Samuel Bellachini.

Nun hatte er es schwarz auf weiß, dass sie ihn nicht nur belogen, sondern auch um seinen guten Ruf gebracht hatte.

»Ich sehe meine Fehler ein und bin zu allem bereit. Ich war wie im Rausch, aber das ist vorbei, jetzt bin ich wieder wach«, hatte er dem Polizeipräsidenten in der Hoffnung, alles irgendwie wieder ins Lot bringen zu können, gesagt. Aber auf seine Frage, was er denn nun tun könne, gab dieser ihm mit einer tiefen Stirnfalte im Gesicht lakonisch zur Antwort: »Ihrer Frau wird man den Prozess wegen Bigamie und Urkundenfälschung machen. Was den betrogenen Beamten betrifft, hat sich dieser früher wegen solcher Weibergeschichten erschossen, jetzt geht er besser nach Amerika. Das ist ein freies Land, das Platz für solche Versager hat.« So sah es aus. Es gab keine Chance mehr. Auf schnellstem Wege hatte er das Amt verlassen, gedemütigt und verzweifelt.

Noch einmal schaute er über die Papiere und Zeitungen auf seinem Tisch. Da lag auch ein Brief. Als er ihn öffnete, las er mit starrer Miene:

Werter Herr Bezirkshauptmann! Ihre Exzellenz Herr Baron Franz Hervay von Kirchberg! Als ein ehrlicher Mann, der Sie, werter Herr Bezirkshauptmann, sehr schätzt und bewundert, erlaube ich mir, Ihnen hiermit mitzuteilen, dass Sie Ihre Gattin, die Frau Baronin, schon einige Zeit sehr gemein hintergeht. Sie ist Ihnen untreu und geniert sich nicht, junge Männer in das gemeinsame Eigenheim einzuladen, während Sie nicht zu Hause sind. Ihre scheinheilige Gattin betrügt sie schon längere Zeit mit einem Ihrer Adjutanten, sie geniert sich auch nicht, während Ihrer Abwesenheit das eheliche Bett zu besudeln. Mit so einer schmutzigen Person wie Ihrer Gattin, die vorgibt, ein treues Eheweib zu sein, werden Sie sehr schnell ins Unglück stürzen, wenn Sie dem ruchlosen Treiben dieser Person nicht sofort ein Ende setzen und sich von ihr trennen. Ich flehe Sie an, dies zur Kenntnis zu nehmen und mir zu vertrauen. Sie haben eine bessere Frau verdient, die Sie wirklich liebt. Reagieren Sie rasch, bevor es zu spät ist! Ein anonymer Schreiber, der es ehrlich mit Ihnen meint.

Er hatte eigentlich gehofft, von Tamara ein paar Zeilen lesen zu können. Seine Augen verschwammen, als er den Brief erneut las. Die Schrift kam ihm eigentümlich bekannt vor, aber das war jetzt alles nicht mehr wichtig. Das Märchen war endgültig zu Ende geträumt, und auch andere Leute wussten Bescheid über ihre Treulosigkeit, nicht nur der Polizeipräsident in Wien. Je länger er darüber nachdachte, desto mehr verachtete er die Frau, die er einst so sehr geliebt hatte. Er schloss die Augen und versetzte sich in die Zeit vor einem Jahr zurück. Er fragte sich, was geblieben war? Sein Gesicht wirkte verstört, die Augenlider zitterten, die Haut war fahl, und er stützte sich am Fensterbrett ab. Nicht viel war ihm geblieben außer jeder Menge peinlicher Zeitungsartikel, in denen er seinem ehrwürdigen Namen Schande und Spott bereitete. Welche schreckliche Erniedrigung für die ganze Familie Hervay!

Nachdem er sich genügend Mut angetrunken hatte, machte er sich, in seinem Vorhaben bestärkt, auf den Weg in die gemeinsame Wohnung, die Tamara so aufwendig eingerichtet hatte.

Freitagvormittag, 24. Juni 1904

Auf der Brücke über dem rauschenden Bach verharrte Eva Glück einen Moment lang. Ihr Mantel war bereits nass vom Gewitterregen, der aus allen Richtungen durch die Straßen von Mürzzuschlag fegte. Sie schloss die Augen und ließ ihren Gedanken freien Lauf. Vermutlich war es ein Fehler, dass sie sich mit Rudi Klauer eingelassen hatte. Er war zweifelsohne ein gut aussehender junger Mann mit seinen strahlend blauen Augen, die es ihr so angetan hatten. Ihr gefiel, dass er ein interessant geschnittenes Gesicht, einen schön gebauten Körper mit kräftigen, zärtlichen Händen hatte und obendrein so unkompliziert war. Rudi beanspruchte sehr wenig Zeit von ihr und fand es nicht störend, dass sie sich meistens nur nachts in ihrer Dachkammer treffen konnten.

Das Ärgerliche an der Beziehung schien ihr, dass er immer alles auf die leichte Schulter nahm. Rudi war selten im Besitz von Geld und machte trotzdem keine Anstalten, einer geregelten Arbeit nachgehen zu wollen. Sie zeigte sich zwar einsichtig, doch regte sich schon länger ein immer stärker werdendes Gefühl von Enttäuschung deswegen in ihr. Vorgestern hatte sie ihn zum ersten Mal auch darauf angesprochen, was sie bisher noch nie getan hatte, weil sie ihn nicht unter Druck setzen wollte. Es hatte ihm gar nicht gefallen, aber dieses letzte Mal, da er bei ihr gewesen war, war er sowieso irgendwie ganz eigenartig gewesen.

Trotz des Regens freute sie sich, dass sie gerade hier so alleine durch den Ort gehen konnte und Gelegenheit hatte, über alles nachzudenken. Gut, dass ihre Tante, die Kaffeehausbesitzerin Katharina Glück vom *Café Semmering*, ihr den Auftrag gegeben hatte, nach dem morgendlichen Aufräumen im Kaffeehaus für sie zum Postamt zu gehen. Während der Arbeit konnte sie nämlich nicht über ihre Situation nachdenken. Der Lärm und die Hektik im Kaffeehaus hinderten sie daran. Im Gegensatz zu Rudi wusste sie oft nicht, wo ihr der Kopf stand, und wünschte sich ein paar Hände mehr zum Anpacken. Er hatte den ganzen Tag Zeit, um sich herumzutreiben. Nicht, dass sie ihm misstraute, eigentlich war es ihr egal, was er tagsüber machte. Nur, dass er sich keine Arbeit fand, freute sie nicht. Er hatte ihr nämlich versprochen, sie zu ehelichen, wenn er etwas Geld gespart hätte, aber es kam ihr allmählich vor, als wären das nur inhaltsleere Worte.

Gestern Nachmittag war wegen einer möglichen Heirat sogar ein Gespräch beim Pfarrer vereinbart gewesen, aber Rudi war einfach – und das war schon einmal passiert – nicht aufgetaucht. Sobald es ernst wurde mit seinem Eheversprechen, war ihr Verlobter anscheinend wie vom Erdboden verschluckt und ließ sie alleine zurück. Mittlerweile sollte sie ihn gut genug kennen, sie wunderte sich, warum sie wieder auf seine leeren Versprechungen reingefallen war. Wie beim letzten Mal würde er wieder erst Tage später reumütig bei ihr auftauchen. Ihr Körper verkrampfte sich bei diesem Gedanken, und sie hielt sich am Brückengeländer fest.

Mit seinen Versprechungen war Rudi großzügig. »Irgendwann werden wir eine eigene kleine Familie sein, das verspreche ich dir, Eva!«, hatte er ihr einmal sogar ins Ohr geflüstert, bevor er frühmorgens mit leisen Schritten ihre Kammer verlassen hatte. Dass er sich daraufhin noch für ein paar Stunden im Warteraum des Bahnhofs hinlegte, war kein Geheimnis. Ob er dann mit dem Zug wegfuhr oder sich in der Gegend von Mürzzuschlag um eine Gelegenheitsarbeit erkundigte – sie hatte schon lange aufgegeben, das in Erfahrung zu bringen. Hin und wieder bot ihm sein Freund Karl Riederer vom Gemeindeamt an, beim Sportunterricht auszuhelfen. Die beiden hatten sich vor einiger Zeit beim Skifahren kennengelernt und trafen sich seither immer wieder, wenn Rudi in Mürzzuschlag war. Der war zwar ein guter Sportler, doch fehlte es ihm an Ausdauer, hatte ihr Karl einmal erzählt. Ebenso war er der Meinung, dass Verlässlichkeit keine Stärke von Rudi war. Wenn er ihr wenigstens eine seiner üblichen kurzen Nachrichten durch seinen Freund zukommen hätte lassen, dachte Eva sehnsuchtsvoll.

Karl war der einzige Freund von Rudi hier in Mürzzuschlag. Auch er war ein recht fescher junger Mann, um die 25 Jahre alt, ziemlich groß und hatte blondes Haar mit widerspenstigen Wirbeln. Karls Miene war stets freundlich lächelnd, und seine graublauen Augen strahlten jedes Mal, wenn er sie im Kaffeehaus antraf. Im Gegensatz zu Rudi hatte er eine feste Anstellung als Schreiber im Amt des Bürgermeisters und musste nicht von der Hand in den Mund leben. Karl war sehr sportlich und half in der Freizeit im Winter in der kleinen Skischule des Turnlehrers Heinrich Pokorny aus. Er und Pokorny arbeiteten an einem Buch über sportliche Betätigungen und hatten sich schon vor Jahren beim Tischler Grabler eigene Skier aus Fichtenholz anfertigen lassen. Jeden Winter unterrichteten sie Skibegeisterte auf der Auersbachwiese. Der Wirt Pfandl hatte schnell Karls Begabung erkannt und förderte ihn seither in seinen sportlichen Tätigkeiten.

Rudi war weniger ehrgeizig, was den Sport betraf. Er beteiligte sich auf Karls Wunsch hin zwar bei den Nordischen Spielen und hatte sogar in einem der Bewerbe die Silbermedaille gewonnen. Ihr Vater verachtete diese »neumodische Zeitverschwendung«, wie er es nannte. Zu Hause durfte über Sport und Freizeit nicht gesprochen werden, da ihre Eltern der Ansicht waren, die jungen Leute sollten sich besser ihre Kräfte für Holzarbeiten oder Hausarbeiten aufsparen und nicht unsinnigerweise beim Sport vergeuden. »Ein Mann, der tagsüber kräftig bei der Arbeit zugreift, der braucht keinen Sport zum Ausgleich betreiben«, hörte sie noch die bissigen Worte ihrer Mutter, die dafür ebenfalls kein Verständnis aufbrachte.

Den Karl kannte sie schon, seit sie ein kleines Mädchen war. Vor drei Jahren hatte sie auf sein längeres Bitten hin sogar versucht, auf Skiern zu stehen, und gemeinsam waren sie über die Stöckelwiese abgefahren, auf der von Pfandl öfters Skiwettläufe veranstaltet wurden. Als sie gar zu oft stürzte, lachten die anderen, fast alles junge Männer, über sie. Nur Karl aber lachte sie nicht aus, im Gegenteil, er redete ihr gut zu, es von Neuem zu versuchen. Und es ging immer besser. Das Skifahren mit den jungen Männern hatte ihr außerordentlich gut gefallen, doch als ihre strenge Mutter davon erfuhr, wurde sie sehr wütend und beschimpfte Karl und seine Freunde. Sie drohte ihnen sogar: »Wenn einer von euch nochmals auf die Idee kommt, meine Tochter auf dumme Gedanken zu bringen, schlage ich ihm den Kopf ein!« Von da an war ihre Mutter noch misstrauischer als sonst und beobachtete sie auf Schritt und Tritt. Die jungen Männer machten seither einen weiten Bogen um ihre Mutter, wenn sie im Ort auf sie trafen. Ihrem mittlerweile nur noch resignierenden Vater warf die Mutter vor, in der Erziehung seiner Tochter komplett versagt zu haben, wie bei allem in seinem Leben.

Vor einem Monat hatte ihr Karl auch angeboten, mit ihm eine längere Fahrt mit dem Rad zu unternehmen, doch das passte ihrem Freund Rudi wiederum gar nicht. Er war eifersüchtig und verpasste seinem Freund eine Ohrfeige mit der Drohung, seiner Eva ja nicht zu nahe zu kommen. Je länger sie an Karl und Rudi dachte, umso mehr kam sie ins Grübeln, ob nicht der Karl die bessere Wahl für eine Ehe wäre. Karl war auch fesch, er schien mit weniger Problemen belastet zu sein als Rudi, und er hatte offensichtlich auch keine Geldprobleme.

Aber jetzt musste sie sich beeilen. Sie wusste, dass sie nicht zu lange vom Dienst wegbleiben durfte. Als sie sich der Poststation näherte, bemerkte sie eine eigenartige Stimmung unter den Menschen dort und hielt kurz inne. Ihr Blick fiel auf die Menschentraube, die sich am Platz vor dem Postamt die Beine in den Bauch stand. Männer deuteten mit der Zeitung in der Hand auf die gegenüberliegende Seite, wo sich der Kaiserstein und die *Villa Lambach* befanden und schimpften obendrein recht lautstark. Einige Frauen hielten sich ein Taschentuch vor das Gesicht. Andere warfen ihr einen verzweifelten Blick zu. Was war da los? Dass sich die Leute noch über dem Vorfall mit der Baronin unterhielten, schloss sie aus. Denn wie sie die Mürzzuschlager kannte, erlosch deren Sensationslust meist recht rasch. Manche warteten geradezu gierig auf den nächsten, noch tragischeren Vorfall, über den sie sich den Mund zerreißen konnten.

Als sie sich drinnen beim Postschalter hinter etlichen Leuten anstellen musste, hörte sie, wie die Frau des Apothekers gerade ihrer Nachbarin erzählte: »Ich habe diese Hexe angespuckt.« Ihr Haar war vom Wind zerzaust, und der Mantel war nass vom Regen. Die zweite Dame dürfte die Gattin des Bürgermeisters gewesen sein, hatte jedoch den Hut sehr tief in das Gesicht gesetzt, hielt sich ein Taschentuch davor und meinte schluchzend: »Aber dass sie ihn ins Grab gebracht hat, ist wohl das Ärgste an der Geschichte. Mein Mann und ich haben schon vor Wochen diesen Skandal gewittert.« Dann nahm sie den Arm der Apothekerin und stützte sich bei dieser, als würde sie am Grab ihres eigenen Gatten stehen. Eva war erstaunt über diese Stimmung in der großen Poststelle. Selbst die Bediensteten hinter dem Schalter wirkten schockiert, und niemandem kam ein Lächeln über die Lippen.

Sie wollte den Gesprächen weiter lauschen, doch plötzlich wurde sie vom Anblick eines Mannes in einer dunkelblauen Hose und einem grünen Hemd abgelenkt. Der Mann schlief auf der Holzbank vor dem hinteren Ausgang des Gebäudes. Sie blickte genauer hin, um zu sehen, ob es sich um ihren Rudi handelte. Nein, doch nicht! Aber es hätte schon möglich sein können, dass er sich dort oder im Bahnhofsgebäude aufhielt. Heute hätte sie ihm ihre Meinung gesagt und gedroht, mit ihm Schluss zu machen, so wütend war sie auf ihn.

Nachdem sie das kleine Paket für ihre Tante von der aufgeregten Dame mit den geröteten Augen hinter dem Postschalter in Empfang genommen hatte, überquerte sie den Platz vor dem Postgebäude und ging um die Ecke zum Eingang des Warteraumes vom Bahnhofsgebäude. Dort warf sie einen kurzen Blick in das Innere, ob sie Rudi dort ausfindig machen konnte. Auch hier war nichts von ihrem Verlobten zu sehen. Erzürnt gab sie die Suche nach ihm auf. Sie dachte daran, dass er ihr mittlerweile bereits mehr als 80 Kronen schuldete. Es hatte alles keinen Sinn, sie liebte ihn zwar, aber sie konnte sich nicht auf ihn verlassen. Also brauchte sie sich auch nicht weiter darüber Gedanken zu machen, ob sie heute mit ihrer Tante nach Bruck fahren sollte oder nicht. Wieder verkrampfte sich ihr Körper, aber dieses Mal aus Angst vor dem, was ihr bevorstand.

Ohne sich weiter um das Gerede und Getümmel vor dem Postamt zu kümmern, trat sie den Weg entlang der Bahngasse zurück ins Kaffeehaus an. Inzwischen hatte es stärker zu regnen begonnen. Auf dem Rückweg tappte sie mehrmals in schmutzige Pfützen, und ihre Strümpfe wurden mit Dreck bespritzt. Als eine Windböe den Schirm umdrehte und der Wind ihr ins Gesicht peitschte, fiel ihr das Paket zu Boden. Sie hob den kleinen Karton rasch auf und versuchte, so gut es ging, den Schmutz zu entfernen und eilte weiter. Mit ihren Fingern fuhr sie sich durch die feuchten Haare und versuchte, die Frisur in Ordnung zu bringen, bevor sie die Eingangstür zum *Café Semmering* öffnete. Das Kaffeehaus war voll mit lärmenden Gästen, und mittendrin erkannte sie ihren Vater an einem Tisch in der Ecke sitzen. Er redete gerade aufgeregt mit seiner Schwester, ihrer Tante, und fuchtelte mit den Händen in der Luft herum. Beide blickten zu ihr, als sie den Gastraum betrat. Ihr Vater legte seinen Finger auf die Lippen, was so viel bedeutete, dass sie zu Hause auf keinen Fall erwähnen durfte, dass sie ihn während der Dienstzeit bei seiner Schwester im Kaffeehaus angetroffen hatte. Schnellen Schrittes kam ihre Tante auf sie zugeeilt. Sie holte tief Luft. Sie schien sehr aufgeregt und redete auf Eva ein: »Mein Gott, Kind! Schau dich doch um, so viel Arbeit. Wo bist du solang geblieben?« Eva streckte ihr das kleine Paket entgegen, nachdem sie die letzten Schmutzflecke weggewischt hatte. Sie wollte sich deswegen entschuldigen, doch die Tante riss ihr den Karton wortlos aus der Hand. »Draußen regnet es so stark, und am Postschalter stand ich eine Ewigkeit«, flüsterte Eva leise. Ihre Tante winkte verächtlich ab und zerrte an Evas nassem Mantel, weil diese ihn nicht schnell genug auszog. »Es ist bald 10.30 Uhr. Los Eva, geh sofort an die Arbeit! Siehst du nicht, wie viele Leute hier sind?« Ihre Nichte wollte sich nicht aufregen, sie kannte ihre Tante, die eigentlich ein gutes Herz hatte, und warf einen schnellen Blick in das Gastzimmer. Dabei stellte sie sich erstaunt die Frage, was wohl geschehen war, weil kaum ein Sitzplatz mehr frei war im Lokal. An einem Freitagvormittag waren noch nie so viele Gäste im Kaffeehaus. Eigentlich müssten die alle, so wie auch ihr Vater, längst bei der Arbeit sein, ging es ihr durch den Kopf.

Rasch schnappte sie sich die Geldtasche und versuchte, sich auf ihre Arbeit zu konzentrieren. Der Trubel im Lokal verwunderte sie. Ihre Kolleginnen kamen mit dem Bedienen gar nicht nach, und ihre Tante rannte wie aufgescheucht von einem Tisch zum anderen. Die Gäste steckten die Köpfe zusammen und diskutierten lautstark. Sie verzogen ihre Gesichter dabei. Einige der Damen hielten sich Taschentücher vor das Gesicht, um ihre Tränen zu verbergen. Eva überlegte, ob die Verhaftung der Frau von Hervay vor ein paar Tagen tatsächlich noch so ein Aufsehen bei den Mürzzuschlagern erregte, oder ob sonst etwas Tragisches passiert war.

»Was ist denn eigentlich los?«, fragte sie mit großen Augen ein vorbeilaufendes Serviermädchen. »Der starke

Regen kann wohl nicht der Grund dafür sein, dass so viele Leute plötzlich bei uns im Kaffeehaus sitzen?«, setzte sie neugierig hinzu.

»Sag mal, Eva, hast du etwa nicht mitbekommen, was heute früh passiert ist?«, fragte das Mädchen und schüttelte fassungslos den Kopf mit den hochgesteckten Locken. Ihr kleines hübsches Gesicht wirkte geistesabwesend, und die Augen waren glasig gerötet. Eva beobachtete das bedrückte Verhalten des Mädchens und hob die Augenbrauen.

»Was ist denn nun los?«, fragte sie angespannt und spürte ein flaues Gefühl im Magen. »Der Bezirkshauptmann …«, stammelte das Mädchen, und Tränen stiegen ihm in die Augen. Es wirkte fast zu betroffen, um weitersprechen zu können, und fügte erst nach einer Weile hinzu: »Er hat sich heute früh erschossen!«

»Was hat er getan?« Eva starrte sie ungläubig an.

»Der dumme Mann hat sich vor Liebeskummer umgebracht!«, rief ihr eine Frau zu, die das Gespräch mitverfolgt hatte.

Eva war entsetzt. Hatte sie richtig gehört? Mit großen Augen suchte sie den Raum ab und warf ihrem Vater einen bösen Blick zu. So wie er aussah, musste er schon etliche Gläser Wein getrunken haben. Er lächelte teilnahmslos vor sich hin und wirkte abwesend. Sie kannte diesen Blick von zu Hause. Er hatte ihn sehr oft, nachdem es Streit mit ihrer Mutter gegeben hatte. Eva schaute so lange zu ihm, bis er ihren zornigen Blick bemerkte. Ein Kloß aus Wut steckte plötzlich in ihrer Kehle. Sie schämte sich für ihren Vater. Sie hatte mitbekommen, dass er an dieser ganzen Intrige gegen den jungen Bezirkshauptmann und vor allem gegen dessen Gattin beteiligt war, ja sie wohl sogar angezettelt hatte. Ihr wurde heiß, und der Gedanke daran, dass ihr Vater bei der Suspendierung des Barons seine Finger mit im Spiel und damit womöglich auch seinen Tod verursacht hatte, wurde ihr unerträglich. Plötzlich überwältigte sie das Gefühl, ihm ins Gesicht sagen zu müssen, wie sehr ihr sein übles Gerede über die Arbeit im Amt und den Bezirkshauptmann schon lange auf die Nerven ging.

Ihr Vater zuckte zusammen, als er sie auf seinen Tisch zukommen sah. Er schaute zu ihr auf, so gut er es trotz der kleinen blutigen Äderchen in seinen Augen vermochte. »Er hat sich erschossen, Vater! Sind Sie jetzt endlich zufrieden?«, fragte sie ihn mit angewiderter Miene. Er schluckte und holte tief Luft. Er wollte ihr sagen, dass es nicht stimmte, was sie dachte. Doch sie drehte sich wütend um und rannte weinend in die Küche. Er vernahm nur mehr, dass die Tür zugeschlagen wurde, und empfand das unangenehme Gefühl, von seiner Tochter durchschaut worden zu sein. Er hatte doch gewusst, dass es zu nichts Gutem führen würde, und trotzdem hatte er nicht die Finger davon lassen können, im Privatleben des Bezirkshauptmannes solang herumzustochern, bis er dessen Geheimnis gelüftet hatte. Jetzt saß er plötzlich da und schämte sich dafür, dass das Ganze durch ihn in Bewegung gebracht worden war. In Glücks Brust begann es heftig zu klopfen, als würde sein Herz zerspringen. Sein schäbiges Verhalten widerte ihn plötzlich an, und er fühlte sich selbst als Versager. Sowohl als Amtsdiener als auch zu Hause bei seiner boshaften Frau. Nun war der Bezirkshauptmann tot, und er hatte ihn womöglich auf dem Gewissen.

Bald werden alle wissen, dass ich es war, dachte er zermürbt. Inzwischen hatte der Regen aufgehört. Er stand, vom Alkohol beeinträchtigt, auf und schwankte langsam aus dem Kaffeehaus. Er schlich sich regelrecht nach Hause und war froh, dass ihm niemand begegnete, der ihn auf den Selbstmord seines Vorgesetzten ansprechen konnte. Er schämte sich. Und er empfand Müdigkeit, Resignation und auch Zorn auf seine Frau Maria, die ihm seit langen Jahren das Leben zur Hölle machte. Er gab ihrer Boshaftigkeit die Schuld an seinem Verlangen, die Fehler anderer aufzudecken, um seine eigenen Schwächen zu verdecken.

Daheim angekommen, schloss er leise die Tür hinter sich. Seine Frau hatte das Geräusch im Vorraum trotzdem vernommen und kam aus ihrem Zimmer geeilt. Sie beobachtete ihn mit verkniffenem Blick und fragte: »Schon zu Hause? Hast du dich etwa vom Amt weggeschlichen?« Er ignorierte ihre boshaften Worte und wollte diskussionslos an ihr vorbeigehen. Er sah sie mit einem unfreundlichen Blick an. Sie war eine alte Frau geworden, hatte ein verbittertes Gesicht voller Falten mit geschwollenen Augenlidern. Die mittlerweile grau gewordenen Haare hatte sie schlampig zusammengeknotet, und ihre Gesichtsfarbe war fahl. War sie vor einigen Jahren noch eine fesche Frau gewesen, so kleidete sie sich jetzt wie eine alte Frau mit einer dunkelblauen Küchenschürze, dicken Wollstrümpfen und braunen Schlapfen, die sie anscheinend auch sonntags nicht mehr auszog. Sie runzelte die Stirn und räusperte sich laut, ohne auf seine Antwort zu warten.

»Stimmt es, dass sich der Baron eine Kugel in den Kopf gejagt hat?«, fragte sie ihn jetzt mit stechendem Blick. Er versuchte, an ihr vorbeizukommen, doch sie stand wie ein Fels vor ihm. Glück drehte sich um und ging zurück zur Garderobe. »Ja, heute früh«, antwortete er tonlos, während er seinen Mantel auszog und einen freien Platz dafür suchte. Ich hasse sie, dachte er, als sie ihm den Weg in die Küche versperrte. »Und warum ist so ein eifriger Amtsdiener wie du nicht in der Kanzlei und geht beflissen seiner Arbeit nach? Es könnte dir ja etwas entgehen!«, fauchte sie ihn nun boshaft an.

»Weil der Statthalter das Amt schließen lassen hat, bis sein Konzipient aus Graz die Leitung übernimmt!«, rechtfertigte er sich und verspürte zugleich Ärger, dass er ihr damit auf die Nase gebunden hatte, bis dahin dienstfrei gestellt worden zu sein.

Ihr Verhalten bestätigte ihm jeden Tag aufs Neue, dass jegliches Mitgefühl für ihre krankhaften Launen vergebens war. Er verabscheute sie mittlerweile so sehr, dass er ihr am liebsten aus dem Weg ging, anstatt mit ihr zu reden. Sie lachte laut auf, versuchte, ihn zu provozieren, und meinte vorwurfsvoll: »Anstatt dich vertreiben zu lassen, hättest du besser hartnäckig sein sollen. Doch das liegt dir ja nicht!«

»Aha, schon wieder diese alte Leier! Es geht dir wohl nicht aus dem Sinn!«, gab er zermürbt zur Antwort und wusste, worauf sie wieder anspielen wollte.

Sie schaute ihn voller Verachtung an: »Wenn du nicht so ein jämmerlicher Kriecher wärst, könntest du jetzt sogar neuer Bezirkshauptmann werden! Aber wer soll schon vor dir Respekt haben? Schau dich doch an, Hans!«

»Du bist doch krank! Lass mich endlich in Ruhe mit deinen Beleidigungen!«, antwortete er darauf knapp. Erneut versuchte er, an ihr vorbeizukommen. Sie stand aufrecht vor ihm, streckte den Rücken durch und verengte ihre Augen zu Schlitzen. Sie hatte wieder diesen typischen Blick aufgesetzt, den er nur zu gut an ihr kannte, wenn sie Streit mit ihm suchte.

»Du bist und bleibst ein Versager!«, warf sie ihm an den Kopf. Sie wusste, damit konnte sie ihn am meisten kränken.

»Hör endlich auf mit deinen ewigen Boshaftigkeiten!«

Ihre Provokation zeigte Wirkung. Er biss sich wütend auf die Unterlippe und packte seine Frau zum ersten Mal im Leben fest an der Hand. »Lass mich los!«, schrie sie ihn laut an, und er zuckte selbst vor seiner groben Reaktion zurück. Noch nie hatte er sie so derb angegriffen. »Das kann doch nicht dein Ernst sein, dass du es nicht schaffst, im Amt weiterzukommen. Musst halt jetzt vor dem Statthalter in Graz am Boden kriechen, das kannst du ja so gut!«

Zornig blickte er ihr ins Gesicht. Wie eine Furie stand sie vor ihm. Der plötzliche Gedanke, dass für ihn alles leichter wäre, wenn sie tot wäre und nicht der Bezirkshauptmann, schoss ihm durch den Kopf. »Hast du mir sonst noch was zu sagen?«, fragte er ärgerlich und wollte seine Aktentasche auf den Schuhkasten stellen. »Nein, du weißt ja, was ich von dir halte!«, sagte sie spöttisch. Ihr Gesichtsausdruck mit den zusammengekniffenen Augen spiegelte ihre Unzufriedenheit mit sich selbst, mit ihm und mit der ganzen Welt wider.

»Was für ein verbittertes altes Weib du geworden bist, Maria!«, sagte er angewidert, und seine Finger umklammerten den Griff der Aktentasche. Ihr Gesicht wirkte plötzlich leer. Mit dieser Antwort hatte sie nicht gerechnet. »Und du bist ein elender Versager!«, warf sie ihm entgegen. Sie starrte ihn verächtlich an. »Ein elender Versager!«, wiederholte sie noch einmal laut. Er musste schlucken und erinnerte sich, dass sie ihn beim letzten Streit sogar aus dem Haus gesperrt hatte. Er schloss die Augen und wappnete sich für ihren nächsten boshaften Angriff. Seine Finger krallten sich noch tiefer im Ledergriff der Tasche fest und er biss die Zähne zusammen, als sie vor ihm auf den Boden spuckte und laut »Pfui Teufel!« schrie. Danach drehte sie sich weg, um in ihr Zimmer zu gehen.

Sein Herz raste vor Wut, und als sie ihm den Rücken komplett zugekehrt hatte, war es soweit. Er schlug ihr mit der rechten Hand in einem weiten Bogen seine schwere Aktentasche über den Kopf, so fest, dass sie zu Boden stürzte. Maria schrie laut auf, und er vernahm einen dumpfen Aufprall. Er empfand nichts als blanke Genugtuung. Er war stolz darauf, dass er sich dieses Mal nicht alles von ihr gefallen lassen hatte, und fühlte sich stark und befreit. Er atmete tief durch, während er ihr in feindseligem Ton zuflüsterte: »Das hast du nun davon!«

Seine Frau lag reglos am Boden. Vermutlich wartete sie, bis er ihr aufhalf und sich entschuldigte. Er beugte sich über sie und bemerkte, dass sie flach atmete. Der Schock verlieh ihr einen Gesichtsausdruck, wie er ihn noch nie an ihr gesehen hatte. Wahrscheinlich hatte sie nicht mit seiner zornigen Reaktion gerechnet. Bevor er über ihren Körper stieg, um in die Küche zu gehen, trat er ihr mit dem Fuß ins Gesäß, worauf er ein leises Winseln vernahm. Er konnte den Gedanken nicht verdrängen, wie stolz er war, ihr diesen Schlag versetzt zu haben. All die Jahre hatte er sich genügend Mühe um sie gegeben, aber es hatte alles nichts genützt. Egal was er machte oder auch nicht machte, egal ob er früh oder spät von der Arbeit nach Hause kam, er konnte seiner Frau nichts recht machen. Sie hatte immer etwas an ihm auszusetzen und behandelte ihn wie den letzten Dreck. Anstatt ihr aufzuhelfen oder sich für sein Ausrasten zu entschuldigen, wechselte er rasch die Kleidung.

Maria lag noch immer im Vorraum, regte sich nicht und wimmerte leise vor sich hin. Hastig packte er ihr Handgelenk. Dabei spürte er ihren gleichmäßigen Puls, was ihn beruhigte. »Wenn ich weg bin, darfst du ruhig wieder aufstehen!« Mit diesen Worten stieg er über ihren Körper hinweg. Er zog sich eine wetterfeste Jacke über und knallte die Haustür laut zu. Im Freien blickte er sich ein paarmal um, ob ihn jemand sah. Wenige Augenblicke später machte er sich in der Hoffnung, dass ihm die Höhenluft guttun würde, auf den Weg zur Pretulalpe. Die frische Luft nach dem Regen ließ ihn durchatmen. Mein Gott, ein kleiner Schlag, es wird ihr schon nichts passiert sein, ging ihm durch den Kopf. Endlich war er fertig mit ihr.

Sein ganzes Leben war nicht geworden, wie er es sich vorgestellt hatte, und er verspürte keine Lust mehr, noch länger mit dieser boshaften Fuchtel verheiratet zu sein. Er würde sich von ihr scheiden lassen, egal wie die Leute in Mürzzuschlag darauf reagieren werden. Es kam ihm vor, als ob sein Wutausbruch heute einen Vulkan in ihm zum Ausbruch gebracht hätte, der bereits jahrelang geschwelt hatte. Eine sonderbare Erleichterung machte sich in ihm breit. Er pfiff ein frohes Lied vor sich hin. Vielleicht bleib ich übers Wochenende sogar oben auf der Pretul, kam ihm in den Sinn. Und vielleicht würde seine Frau sogar nun endlich zur Vernunft kommen und ihn in Zukunft in Ruhe lassen. Ein Lächeln schlich sich auf seine Lippen.

Frohen Mutes wanderte er über die Wiesen und Wälder der Pretulalpe entgegen. Das Gewitter hatte sich verzogen, nur ein leises Grollen war aus der Ferne noch zu hören. Gelegentlich warf er einen Blick auf Mürzzuschlag. Der Ort wurde kleiner und kleiner, bis er endgültig aus seinem Blickfeld verschwand. Er fühlte sich kraftvoll und zufrieden, dass er seiner bissigen Frau endlich eine gehörige Lektion erteilt hatte.

Freitagnachmittag, 24. Juni 1904

Es war vorbei. Blut klebte an seinen Händen, an der Kleidung und den Wanderschuhen. Sein rechter Hemdärmel war zerrissen. Er warf die Axt ins Loch, sie landete irgendwo im Dunkeln. Er hörte das leise Wimmern des Hundes und blickte noch einmal auf die verstümmelte Gestalt im Kellerloch. Er konnte Bergners Körper am unteren Ende der Stiege hängen sehen. Sein Magen zog sich zusammen. Er musste sich seiner Kleidung so schnell wie möglich entledigen. Er hatte keine Ahnung, wie viel Zeit das Ganze gedauert hatte. Er wischte sich das Blut von den Händen und griff in die Jackentasche, ob er noch alles bei sich trug.

Abhauen, bevor noch jemand daherkommt! Der Gedanke flammte auf und trieb ihn hinaus. Er schüttelte verstört den Kopf, als er die Tür hinter sich schloss. Dunkle Regenwolken zogen auf, der Wind wurde immer stärker. Wahrscheinlich kam das Gewitter vom Vormittag zurück. Er schaute an sich hinunter, erschrak über seine verschmutzte Kleidung und stellte sich vor, wie sein Gesicht wohl aussah. Bestimmt auch voll Blut. Sein Körper verkrampfte sich. Wie sollte er so ins Tal zurück?

Auf keinen Fall durfte er denselben Weg nehmen, den er zur Schutzhütte hinauf gegangen war. Womöglich traf er auf die beiden Holzknechte mit dem jungen Knaben im

Holzschlag, die er beim Bergaufgehen von Weitem gesehen hatte. Sie selbst dürften vorhin mit der Arbeit zu beschäftigt gewesen sein, um ihn zu bemerken. Jetzt aber könnten sie ihm womöglich lästige Fragen stellen, wo er gewesen war und warum er voller Blut war. In seinem aufgebrachten Zustand mochte er weder angesprochen noch gesehen werden.

Sein Puls beschleunigte sich nochmals. Jetzt hieß es durchatmen und so schnell wie möglich von der Pretulalpe verschwinden. Auf den verwirrten Grabler Sepp von der Tischlerei würde er sicher nicht mehr treffen. Dieser befand sich ja bereits auf dem Weg zurück ins Tal, als er ihm vor Stunden beim Aufstieg begegnet war. Obwohl er ein wenig humpelte, war der Sepp recht flott unterwegs gewesen. Sein Auftauchen hatte ihn gleich auf eine gute Idee gebracht: Er würde seine schwarzen Straßenschuhe gegen dessen Goiserer Wanderschuhe tauschen. »Du bist ja bald im Tal, und ich habe noch einen längeren Aufstieg vor mir. Und meine Schuhe sind eh viel schöner, kannst ein bisschen damit bei den Weibern angeben«, hatte er zu ihm gesagt. Natürlich zeigte sich der dumme Kerl zuerst unwillig, aber als er seinen entschlossenen Blick bemerkte, bekam er wohl Angst und willigte in den Tausch ein. Die Wanderschuhe passten sogar recht gut, und auch der Sepp wirkte ganz zufrieden.

»Aber morgen wirst du sie mir wieder zurückgeben? Bring sie mir zur Tischlerei in die Hammergasse, kennst du die überhaupt?«, hatte er noch gesagt. »Aber ja, du kriegst sie sicher zurück, ich werde sie schon nicht verkaufen!«, antwortete er ihm fröhlich lachend und fand es unterhaltsam, wie der Grabler Sepp mürrisch mit den Händen fuchtelte und mit seinen Straßenschuhen weitergegangen war.

Ob er ihn erkannt hatte? Sie hatten ja noch nie vorher miteinander zu tun gehabt. Obwohl – es tat eigentlich nichts zur Sache. Dem dummen Behinderten würde sowieso niemand Glauben schenken. Niemand würde sich die Mühe machen und dem Grabler Sepp seine Version vom Schuhtausch abnehmen, das wusste er. Schon gar nicht nach dem Vorfall mit der Baronin vor dem Gasthof *Zur Post*, über den in Mürzzuschlag so viel gesprochen worden war. Niemand würde dem Mann glauben, und im Notfall würde er dem Grabler alles sprichwörtlich in die Schuhe schieben können.

Jetzt aber weg von der Hütte, schoss ihm durch den Kopf. Nach Rettenegg konnte er nicht flüchten, der Weg war zu weit. Übers Geieregg nach Mürzzuschlag kam für ihn ebenfalls nicht infrage. Dort befanden sich bestimmt noch die Holzarbeiter, die er beim Aufstieg erblickt hatte. Somit schien es ihm besser, die Pretulalpe vorbei an den Ganzalmhütten in den Pretulgraben abzusteigen, dort würde er sicher niemandem begegnen, und von dort die Straße weiter nach Langenwang zu marschieren. Also los! Er rannte wie wild über den unregelmäßig bewachsenen Almboden, über Stock und Stein. Einmal langsam, dann wieder schneller, so gut es ihm möglich war. Äste peitschten ihm entgegen, als würden sie versuchen, ihn aufzuhalten. Doch niemand konnte ihn jetzt noch bremsen, auch nicht erwischen.

Als er von Weitem die erste kleine Halterhütte auf der Ganzalm erkannte, wusste er, dass er auf dem richtigen Weg war, und von nun ging es nur mehr durch den Hochwald weiter bergab ins Pretultal. Eine noch nie gespürte Unruhe rumorte in ihm. Schnaufend musste er kurz Halt machen; kaum hatte sein Keuchen nachgelassen, rannte er weiter talwärts. Aber wie ging es weiter? Wenn er nur schon an den Ganzalmhütten vorbei wäre! Vor allem durfte ihn niemand in diesem verdreckten, blutverschmierten Gewand erblicken. Am Rand der Wiese entlang schlich er sich in den nächsten Jungwald, die Almhütten standen noch weit entfernt. Kurz überlegte er, sich in der kleinen Hütte zu verstecken, doch da sah er eine Gestalt vor der Halterhütte sitzen.

Auf der Wiese unter der Hütte weideten Rinder. Der Almhirt, der vor seiner Hütte saß, bewegte sich nicht, er war vielleicht eingeschlafen. Durch den Jungwald schimmerten ein paar Sonnenstrahlen. Er versuchte, sich langsam von einem Baum zum anderen zu bewegen, um vom Mann vor der Hütte nicht bemerkt zu werden. Er warf einen Blick zu den Wolken, sie wurden immer mehr. Die Überlegung, dass bei diesem Wetter die nächsten Tage kaum Wanderer auf die Alm gehen würden, beruhigte ihn.

Wenn jemand von Rettenegg oder von der anderen Seite aus auf die Pretul gewandert war, würden sie den Wirt halt unten im Kellerloch finden. Tödliche Unfälle kamen dutzendweise vor. Warum nicht auch auf der Pretulalpe? Der Hüttenwirt schien ihm recht unvorsichtig, so allein dort oben. Und wenn ein Verdacht aufkam? Na und? In kürzester Zeit wird man den Fall vergessen haben, beruhigte er sich in Gedanken. Er vermutete, dass dieser Fall genauso wie zuletzt der Mord in Neuberg die sensationsgierigen Leute nur für kurze Zeit interessieren würde.

Er wählte einen steilen Weg durch den Wald. Die Ganzalm mit ihren Holzhütten lag bereits ein kleines Stück hinter ihm. Die Zweige unter seinen Füßen knackten, er kämpfte sich durch das Dickicht, vorbei an einem kleinen Bächlein, wo er, so gut es ging, versuchte, sich die klebrigen Hände zu waschen. Das Blut war bereits eingetrocknet und haftete an seiner Haut wie Pech und Schwefel. Als wäre er verdammt, es ewig an sich zu tragen. Ab heute war er ein Mörder. Seine

Schuld war ihm bewusst und durchdrang ihn, ließ ihn sogar kurz schaudern. Sein Atem stockte, als er sich mit den verschmierten Händen den Schweiß aus dem Gesicht wischte und den süßlichen Geruch daran wahrnahm.

Der Wald war still, kein Luftzug, der ein wenig Abkühlung bringen konnte. Schweiß stand schon wieder auf seiner Stirn. Er kontrollierte die Umgebung und wischte sich die Tropfen mit der Hand weg. Verdammt nochmal! Er hatte keine Ahnung, wo er sich befand. Weit konnte es nicht mehr sein zu den ersten großen Bauernhöfen im Pretulgraben. Ein hastiger Blick zurück, die hohen Bäume reckten ihre Wipfel mahnend in den Himmel, die Alm lag weit entfernt. Über ihr hatte sich ein Gewitter zusammengebraut.

Nur nicht erwischen lassen! Er griff hastig in die Hosentaschen. Das Geld vom Almpeterl war noch da, die Taschenuhr ebenfalls. Zum Glück hatte er sie im letzten Moment am Tisch liegen gesehen. Mit dem Geld würde er für längere Zeit über die Runden kommen. Anfangs müsste er sich sowieso ein paar Tage versteckt halten. Er zählte das Geld nach, 260 Kronen. Dies munterte ihn wieder auf und gab ihm die nötige Kraft weiterzugehen. Er fragte sich, woher der Almpeterl so viel Geld hatte. Eigenartig, dachte er, dass den Sonderling dort oben nie jemand gewarnt hatte, sich vor einem Überfall zu schützen.

Vor ihm lag jetzt eine saftige Wiese, auf der Kühe weideten. Am Ende des Feldes konnte er ein größeres Bauernhaus erkennen. Links davon befand sich ein Kuhstall, und vor dem Haus lag ein Gemüsegarten mit einem Brunnen, aus dem munter Wasser plätscherte. Vor dem Garten hatte jemand eine Wäscheleine gespannt. Dort musste er schnell hin, ungesehen. Auf der gegenüberliegenden Seite befand sich ebenfalls ein Bauernhof. Ein größerer, doch bis dorthin schien es ihm zu weit zu sein. So entschied er sich für den ersten Bauernhof in der Hoffnung, dass sich niemand im Haus befand. Um diese Jahreszeit würden die Leute wahrscheinlich noch das letzte Tageslicht ausnützen und irgendwo am Feld oder im Wald arbeiten. Die Kühe grasten ruhig, und es hatte nicht den Anschein, dass sie demnächst von einem Knecht in den Stall getrieben würden. Er riss sich zusammen und bemühte sich, seine Gefühle und Gedanken wieder in den Griff zu bekommen. Er spürte sein Herz wild in der Brust trommeln.

Er war einfach losgerannt! Orientierungslos den Berg hinunter, um von oben wegzukommen. Von dem, was er getan hatte. Auch vor sich selbst und der Angst, dort oben bei der Hütte erwischt zu werden. Es war aber auch Wut, die ihn trieb. Die Wut auf sich selbst, warum er verdammt war, so ein trostloses Dasein zu führen. Eine drückende Stimmung von Ausweglosigkeit lastete schwer auf seiner Brust und wollte nicht weichen. Er sah ein, dass er irgendwann nach Mürzzuschlag zurückkehren musste, aber vorerst konnte er den Gedanken daran kaum ertragen. Auf jeden Fall würde nichts mehr so sein, wie es einmal war. Ich bin jetzt ein Mörder! – das war es, was ihm ständig durch den Kopf schoss. Etliche Jahre seines Lebens würde er im Gefängnis verbringen, sofern die Polizei ihm nicht glaubte, dass es Notwehr war. Wenn er vom Kaiser nicht begnadigt wurde, hatte er Pech, und sein Leben endete am Galgen. Sie durften ihm nicht auf die Schliche kommen.

Sollte man ihn verdächtigen, würde er versuchen, den Mord dem Grabler Sepp in die Schuhe zu schieben. Ein flüchtiger Blick auf dessen Wanderschuhe, die er an seinen Füßen trug, bestätigte ihm diese Möglichkeit. Sie hatten Blutspritzer, die mittlerweile eingetrocknet waren. Er brauchte die Schuhe nur wieder auszutauschen. Die Einträge im Hüttenbuch hatte er ebenso gesehen. Es waren heute bereits etliche Leute oben beim Hüttenwirt gewesen. Darunter musste sich der Mörder befinden, würden sich die Leute denken. Die Gedanken rasten in seinem Kopf hin und her. Der Duft der Gräser und Bäume blieb von ihm unbemerkt. Die Hitze im Kopf wurde unerträglich. Er rannte wie ein gejagtes Tier weiter über das Feld talwärts hin zu dem kleinen Bauernhof, den er vom Wald aus gesehen hatte. Weit und breit nur Wald und Wiesen. Dazwischen die beiden Bauernhöfe. Schwer atmend warf er sich hinter einem Baum zu Boden, um zu beobachten, ob sich jemand im Haus oder Stall befand. Etwas krachte, er schreckte zurück. Es war nur ein Ast unter seinem Fuß. Das Geräusch erinnerte ihn an das Krachen, mit dem die Kellerluke zugefallen war.

Er kniff die Augen zusammen, und die Bilder tauchten wieder vor ihm auf. Der Hüttenwirt hatte eine Flasche Bier aus dem Vorratskeller für ihn holen wollen. Als er wieder bei der Luke herausklettern wollte, drückte er ihn bei den Schultern zurück nach unten und ließ ihn nicht aus dem Loch heraus. »Her mit dem Geld!«, schrie er ihn an und drohte ihm mit der Faust. Doch der Hüttenwirt ließ sich nicht einschüchtern, sondern versuchte, ihm mit der Hand ins Gesicht zu schlagen. Mit zornigen Augen forderte er ihn auf, sofort seine Almhütte zu verlassen. Der kleine Mann drohte ihm mit der Gendarmerie und dass er sein freches Verhalten in Mürzzuschlag melden würde.

»So was ist mir schon einmal passiert. Damals habe ich eine ganze Horde von Zigeunern mit List davongejagt. Glaub bloß nicht, dass du ungeschoren davonkommst!«, drohte er ihm. Es gelang ihm, ein Stück Holz neben der

Luke zu fassen zu kriegen, damit versuchte er, auf den Kopf des Angreifers einzuschlagen. Natürlich vergeblich! Er packte den knochigen Arm des Mannes und schüttelte ihn so lange, bis das Holzstück zu Boden fiel. Einen Augenblick beobachtete er den kleinwüchsigen Hüttenwirt, der sich gegen ihn zu wehren versuchte. Was sollte er mit ihm tun? Mit festem Druck schob er den Wirt langsam wieder ganz über die Stiege in das Kellerloch hinunter, wo eine Petroleumlampe in einer Ecke am Boden etwas Licht schenkte. Der tobende Wirt versuchte mehrmals, über die steile Stiege wieder hinauf in die Hütte zu kommen. Dabei stieß er zornig hervor: »Dir werde ich es noch zeigen, du verdammter Lump!« Mit seinen kurzen Armen versuchte er, von der Stiege aus auf seinen Angreifer einzuschlagen. Seine Augen blitzten vor Zorn und zeigten seine ungebrochene Kampfbereitschaft.

Als er den aufgebrachten Hüttenwirt noch immer mit dem Oberkörper aus der Luke ragen sah, wurde er so richtig wütend. Er wusste nicht, von wo diese Wut herkam. Er wusste nur, dass er sich den ganzen Tag schon nicht richtig im Griff hatte, unbeherrscht, aufbrausend und zu schnell gekränkt war. Vielleicht lag es auch am vielen Alkohol, den er gestern konsumiert hatte. Als ihm sein Blick verschwamm, sah er nur mehr die kleinen Äuglein des Mannes blitzen. Er stieß ihm den Hut vom Kopf und riss den Mann am Haarschopf. Die plötzlichen Kräfte, die in ihm tobten, waren stärker als Einsicht und Vernunft. Er versetzte dem Mann einen Fußtritt gegen die Brust, sodass der laut polternd im Kellerloch landete.

Es trat kurze Stille ein. Dieser eigensinnige alte Mann hatte keinen blassen Schimmer davon, was es hieß, immer der Verlierer und Versager zu sein. Die Leute hießen ihn einen verdammten Nichtsnutz und zeigten mit den Fingern auf ihn. In den letzten Tagen war er umhergeschlichen wie ein geprügelter Hund. Zermürbt hatte er sich auf den langen Weg zur Pretulalpe gemacht. Er hatte es sowieso schon länger vorgehabt, und nun passte es auch gut, um Abstand zu gewinnen. Aber was musste er sich dort vom Hüttenwirt anhören? Abermals nichts als kluge Belehrungen. »Es wäre besser, mal die Schuld bei sich selbst zu suchen und nicht immer bei den anderen!«, hatte Bergner ihm mit einem dreckigen Lachen empfohlen, als er sich beklagt hatte, dass es gar nicht gut lief bei ihm. Kein Wunder, dass er ausgerastet war! Er brauchte sich schließlich nicht alles gefallen lassen. Was bildete sich der alte Mann eigentlich ein?

Bevor der Hüttenwirt, der inzwischen wieder laut schimpfte, herausklettern konnte, ließ er die Falltür zum Kellerloch los. Durch den Aufprall schnappte der Riegel von selbst zu. Der gefangene Hüttenwirt hatte keine Möglichkeit mehr, sich eigenständig aus dem Loch zu befreien. Sofort macht er sich in der Hütte auf die Suche nach dem Geld des Wirtes. Es musste einiges da sein, hatte er gehört. Zuerst versuchte er es bei dem kleinen Wandschrank mit den zwei versperrten Laden, aber da war nichts außer Salben und Pflaster. Vielleicht in der Tischschublade? Er brauchte nicht lange, um sie aufzubekommen. Wieder nichts. Er atmete tief durch und dachte nach. In der ebenfalls versperrten Kredenzlade war verschiedener Krimskrams, aber auch ein abgegriffenes schwarzes Gebetsbuch. Er blätterte darin, und siehe da, das ersparte Geld seines Opfers war darin versteckt. Hinter fast jeder Buchseite fand er einen sorgfältig gefalteten Schein. Das war auf jeden Fall genug für Bier, Zigaretten und Essen sowie ein neues Hemd. Als er mit dem Durchsuchen der Hütte fertig war – er wurde noch einmal fündig – setzte er sich an den Tisch und hörte dem wütenden Klopfen des Mannes zu. Er hatte ihn gut weggesperrt.

»Lass mich raus, du dummer Esel, und wir vergessen die ganze Sache!«, rief der Almpeterl ihm durch die Falltür zu und tat, als würde er ihn ungeschoren davonkommen lassen. »Da unten sollst du schmoren, bis dich irgendwann wer findet!«, antwortete er ihm belustigt. Er stampfte dabei laut mit dem Fuß auf den Boden und aß genüsslich von dem Brot mit dem Selchfleisch, das anscheinend der Hüttenwirt für seine eigene Nachmittagsjause gerichtet hatte. Mit einem Zug trank er auch die angebrochene Flasche Wein leer, die auf der Anrichte stand. Hungrig vom Wandern stopfte er alles regelrecht in sich hinein und schlang seinen ganzen Frust hinunter.

Die erste Frage des Wirts beim Betreten der Hütte war gewesen, ob er nicht eine brave Frau für ihn mitgebracht hätte. »Weißt du, ich suche eine, die fleißig ist und auf mich schaut!«, lachte er. »Für alles andere brauch ich keine, da komm ich schon selbst zurecht«, meinte er und fasste sich zwischen seine Beine. »Bei einem Kerl, wie du es bist, schaut es noch ganz anders aus!«, fügte er grinsend hinzu. »Die Frauen kannst du heutzutage alle vergessen!«, hatte er ihm verärgert geantwortet. »In deinem Alter hat man mit den Frauen Spaß!«, schnalzte Bergner lüstern mit der Zunge und machte eine typische Handbewegung. Dabei lachte er so laut auf, dass es in der Hütte hallte. »Mit welchen Frauen?«, fragte er ihn genervt. »Die fleißigen Mädchen arbeiten den ganzen Tag und haben keine Zeit für einen Mann. Die faulen aber, die sitzen daheim und lassen andere für sich arbeiten. Und die lustigen Frauen, die betrügen ihre Männer, sobald diese außer Haus sind!«, fügte er verärgert hinzu.

Doch der Hüttenwirt hörte nicht mehr auf, sich über seinen Unmut lustig zu machen, statt ihn aufzumuntern. Hätte er nur einen Funken von Mitgefühl gezeigt. Nein, laut ausgelacht hatte er ihn. »So, jetzt bring ich dir noch ein Bier, und dann verschwindest du besser wieder!«, schlug er ihm vor und stand auf, um zum Kellerloch zu gehen. »Unser Herrgott wird schon wissen, warum er uns so schwer prüft!«, fügte er hinzu und warf einen Blick auf das Kruzifix im Herrgottswinkel.

Das hatte er nun davon, dieser Narr, der nur eine fleißige Frau im Kopf hatte und auf den Herrgott dabei vertraute. Heute musste wohl sein Gott geschlafen haben, lästerte er in Gedanken. Er packte die Taschenuhr, die am Tisch lag, und steckte sie in seine Hosentasche. Selbst wenn sie nicht viel wert ist, dachte er sich dabei. Er wollte schon die Hütte verlassen, als er vom Kellerloch her wieder die Hilferufe des Hüttenwirts und abermals lautes Klopfen vernahm. Erschrocken horchte er auf. »Jetzt mach doch endlich auf, du Depp!«, rief der Wirt zu ihm hinauf, weil er seine Schritte in der Hütte vernommen hatte und ahnte, dass er verschwinden wollte.

Es wird heute wohl niemand mehr vorbeikommen, und wenn, wird jeder annehmen, der Mann ist betrunken in das Kellerloch gestürzt, und der Riegel der Falltür ist von selbst zugeschnappt, dachte er und wankte leicht angeheitert zur Hüttentür hinaus. Vor der Hütte zündete er sich eine Zigarette an. Was scherte es ihn, was aus dem Mann im Kellerloch nun werden sollte. Der würde sich schon beruhigen. Draußen wartete der kleine Hund des Wirtes und wollte hineingelassen werden, er bellte ihn frech an. Er öffnete die Tür einen Spalt und schubste ihn mit dem Fuß hinein. Der Hund jaulte kurz auf und verschwand in der Hütte. Drinnen bellte er laut weiter. Er ging ein paar Schritte um die

Hütte und plötzlich überfiel ihn das Gefühl, dass ihn das Gebell des Hundes mit Sicherheit verraten würde.

Er ging zurück in die Hütte. Der Hund stand abwehrend vor dem verschlossenen Kellerloch und bellte ihn an. Aufgeregt peitschte er mit dem Schwanz und machte große Augen. Bei dem Lärm müsste jeder vorbeigehende Wanderer aufmerksam werden. Und dann? Was dann? Dann würden sie den Alten finden. Und der würde alles erzählen. War es aus Angst oder war es vor Wut? Er drehte sich nochmals um und warf einen Blick zur verschlossenen Falltür, aus der wieder das Schreien drang. »Hallo! Ist da jemand? Ich bin hier unten eingesperrt!«, rief der Hüttenwirt mittlerweile mit verzweifeltem Klang in seiner Stimme.

Als er näher kann, bellte ihn der Hund laut an, sprang ihm an sein Bein und zog an der Hose. Unbeherrscht riss er die Falltür auf und blickte direkt in die weit aufgerissenen Augen des Almpeterls, der ihm mit einer Faust drohte und sich mit der anderen Hand an der Stiege festhielt. Sein Oberkörper ragte bereits aus dem Kellerloch. Das Bellen des Hundes hallte, und in seinen Ohren fing es an zu dröhnen. Alles in seinem Kopf drehte sich. Der Wirt streckte ihm die Hand mit seinen knochigen Fingern entgegen und schrie ihn an: »Du verdammter Dreckskerl! Du Nichtsnutz! Lass mich sofort raus und dann verschwinde aus meiner Hütte!«

Der Zorn auf den Hüttenwirt brodelte wie Gift in ihm auf. Eine eigenartige Erinnerung überkam ihn, doch er konnte sie nicht zuordnen. Er starrte auf den Wehrlosen, der ihm zornig in die Augen blickte und drohte. Ohne lange zu überlegen, griff er nach einer Axt, die neben ihm auf der Anrichte lag und schlug damit auf den Boden, um ihn zu erschrecken. Der Knall verfehlte seine Wirkung.

Anstatt in das Kellerloch zurück, kletterte der Wirt einfach weiter nach oben. Plötzlich bekam er furchtbare Angst vor dem Mann mit diesem wütenden Blick und den drohenden Händen. Er schlug mit der Axt voller Wucht mehrmals auf seinen Kopf ein. Der Hüttenwirt schrie und schrie, bis seine Schreie verstummten. Das Blut lief ihm in Strömen über das Gesicht. Eine Fontäne davon ergoss sich über die Stiege und spritzte bis zum Hüttenboden herauf. Beim Anblick des Blutes überkam ihn ein bisher noch nicht gekannter Rausch. Er drosch weiter auf den Rücken, dann auf die Hände des Mannes ein. So lang, bis dieser reglos auf der letzten Sprosse vor dem Kellerboden lag. Überall auf der Stiege und am Boden der kleinen Vorratskammer war Blut. Er bückte sich und warf auch den kläffenden Hund mit großer Wucht in das Kellerloch. Im Schein der Lampe erschien der kleine Vorratsraum wie in rotes Licht gehüllt. Das Wimmern des Wirtes war verstummt, er lag mit einem Fuß im letzten Leiternholm verkeilt. Der Umriss seines kleinen Körpers war gut erkennbar. Heftig ließ er die hölzerne Falltür zukrachen. Stille trat ein, auch das Winseln des Hundes verklang.

Aber jetzt Schluss mit diesen Gedanken. Nun war er hier und musste sich schnellstens der Kleidung entledigen und das Blut von den Händen waschen. Beim Bauernhof sah er niemanden, auch nicht im Garten nebenan. Er schlich verstohlen um das Holzhaus herum. Aus dem Brunnen floss klares Wasser, und auf der Wäscheleine dahinter befanden sich etliche Kleidungsstücke. Was für ein Zufall. Heute muss Waschtag gewesen sein, dachte er sich und lächelte, als er einen Eimer mit Seifenlauge neben dem Brunnen stehen sah. Er holte sich ein Hemd, eine Hose sowie Unterwäsche und ein Paar Socken von der Leine und wusch sich mit der Seifenlauge das Blut vom Körper ab. Zum Schluss schüttete er sich mehrmals einen Eimer kaltes Wasser über den Kopf. Das tat ihm gut und ließ ihn abkühlen.

In aller Ruhe zog er die gestohlenen Wäschestücke an und warf seine schmutzigen Sachen in die Jauchengrube, bevor er die Eingangstür zum Bauernhaus mit dem Fuß auftrat und in die Küche schritt. Am Holztisch war alles für das Abendessen vorbereitet. An der Küchentür hing eine grüne Männerjacke, die zog er sich über und wollte wieder gehen. Doch er verspürte schon wieder Hunger, und so nahm er sich einen Teller, holte vom Küchenherd etliche Schöpfer Sterz aus der Pfanne und schlürfte dazu etwas saure Suppe aus dem Krug, welche die Bäuerin für das Abendessen vorbereitet hatte. Jetzt war aber höchste Zeit für ihn, den beschaulichen Hof zu verlassen, bevor die Bauersleute heimkehrten.

Schon als Kind hatte er sich solch eine kleine Landwirtschaft gewünscht. Er beneidete seine Mitschüler, deren Eltern einen Bauernhof führten. Als er seinem Vater einmal davon erzählte, dass er lieber Bauer werden würde, als später ein Werksarbeiter zu sein, zog dieser seinen Gürtel aus der Hose und schlug auf ihn ein. »Ich werde dir deine Flausen schon noch aus dem Kopf treiben. Schau, dass du bald aus der Schule kommst. Wir brauchen jemanden, der so schnell wie möglich arbeitet und Geld heimbringt!«, schrie er ihn an, während er auf ihn eindrosch. Mit Schaudern kam ihm in den Sinn, woran ihn der Blick des Hüttenwirtes erinnert hatte, und warum er plötzlich so heftig mit der Axt auf ihn eingeschlagen hatte. Er zuckte zusammen und erinnerte sich daran, dass seine Mutter immer weggesehen hatte, wenn ihn der Vater schlug. Nachts hörte er sie manchmal im Schlafzimmer darüber reden, und sobald sie sich dazu äußerte, dass er ihn nicht immer verprügeln sollte, konnte er hören, wie der Vater auf sie einschlug.

In diesen einsamen Augenblicken fühlte er nur Mitleid mit sich selbst. Mit 14 Jahren war er bereits größer und stärker als sein Vater, der jeden Tag betrunken vom Wirtshaus nach Hause kam und ihm und seiner Mutter das Leben zur Hölle machte. Wenn er Geld beim Kartenspiel verloren hatte, war seine Laune überhaupt nicht mehr zu ertragen. An einem Winterabend, es war schon spät, schickte ihn seine Mutter los, um nach dem Vater zu sehen. Es war Zahltag und er hatte einiges Geld dabei. Sie war davon überzeugt, dass er wieder einen über den Durst getrunken hatte und womöglich, wie es in der Vergangenheit öfters vorgekommen war, vor dem Heimweg noch eine Wirtshausrauferei angezettelt hatte. Doch der Wirt wusste nur davon zu berichten, dass er schon vor Stunden nach einer Streiterei am Wirtshaustisch zornig und ohne die Zeche zu begleichen durch den hinteren Ausgang entwischt sei. Er habe vor der Rauferei sein ganzes Geld beim Spiel verloren und sei außer sich gewesen.

Er suchte den ganzen langen Weg nach seinem Vater ab, konnte ihn aber nirgends finden. Erst an der letzten Weggabelung, fünf Minuten vom Wohnhaus entfernt, sah er eine dunkle Gestalt zusammengekauert im Schnee liegen. Beim genauen Hinschauen erkannte er seinen betrunkenen Vater. Der dürfte im Rausch gefallen und dann eingeschlafen sein. Er beugte sich über ihn, dabei wäre er fast selber gestürzt. Er wollte ihm aufhelfen, doch dann hörte er ihn laut aufschnarchen und wich voller Ekel zurück. Der Vater stank nach Alkohol und Zigaretten. Er schauderte in der Kälte und hatte Angst, seinen Vater aufzuwecken. Er hätte nur wieder auf ihn eingeprügelt. So ging er allein zurück nach Hause und erzählte seiner Mutter, dass sein Vater nicht mehr im Wirtshaus gewesen sei. Statt sich weiter den Kopf zu zerbrechen, zeigte sie sich unbesorgt und ging mit den Worten zu Bett: »Von mir aus kann der Schurke bleiben, wo er ist!«

Er selbst konnte lange nicht einschlafen. Er wälzte sich im Bett hin und her und grübelte, ob er nicht doch den Vater ins Haus bringen sollte. Er wachte mit verschwollenen Augen auf, als es wild an der Haustür klopfte. Zaghaft öffnete er die Tür, und ein bitterkalter Wind blies ihm entgegen, als der Nachbar vor ihm stand. Der hatte den Vater erfroren am Straßenrand gefunden.

Dieser Bauernhof hier wäre der geeignete Ort für ihn zum Aufwachsen gewesen. Er stellte den Krug mit der sauren Suppe zurück und ärgerte sich über seinen absurden Gedankengang. Mit solchen Träumen war es längst vorbei. Es spielte auch keine Rolle mehr. Sein Vater, der ihn nur gehasst und geschlagen hatte, lebte nicht mehr. Und er brauchte auch keine Skrupel deswegen zu haben. Für seinen Vater schien nämlich nicht der Tod, sondern das Leben der größte Feind gewesen zu sein. An seine Kindheit, in der er unter ihm gelitten hatte, wollte er ab jetzt nie mehr erinnert werden. Heute hatte er sich in Gedanken an seinem grausamen Vater gerächt und endlich die Kraft gefunden zurückzuschlagen.

Es war nicht seine Absicht gewesen, dem Almpeterl etwas anzutun. Lediglich sein Geld wollte er ihm stehlen. Er wusste, dass dieser seinen Pachtzins für das nächste Jahr immer brav zusammensparte. Allerdings hatte er beim ersten Schlag auf den Hüttenwirt seinen Vater vor Augen, darum diese Angst und auch die Wut. Er hatte ohne jegliche Gnade auf seinen Vater eingeschlagen und sich für all die Schläge und Demütigungen, die er durch ihn erleiden musste, revanchiert.

Ein Geräusch riss ihn aus den Erinnerungen. Ein entferntes Rumpeln und Poltern war zu hören. Es kam vom Wald her. Vorsichtig ließ er einen Blick aus dem kleinen Fenster gleiten. Da sah er von Weitem ein Pferdefuhrwerk von der Waldlichtung kommen. Ein Mann und eine Frau saßen auf dem Wagen, der eine Fuhre Holz aufgeladen hatte. Es waren der Huberbauer und seine gutmütige Frau. Er kannte die beiden vom Markt in Mürzzuschlag, wo sie Brot und Gemüse verkauften. Sie waren sehr harmonisch miteinander und geschäftstüchtig. Der Bauer bediente die Kunden, während sie sich um das Kassieren kümmerte. Ein neidischer Zorn überkam ihn, wie die beiden so vertraut nach getaner Arbeit auf den Hof zusteuerten. Er schloss für einen Moment die Augen. In Gedanken sah er sich selbst mit seiner geliebten Frau, die ihm treu und ergeben war, auf dem Wagen sitzen. Wie sie nach getaner Arbeit zufrieden und müde aus dem Wald kamen, um gemeinsam das Abendessen zu genießen, das die Frau für sie beide vorbereitet hatte. Er warf einen Blick auf den Herd und dann zurück auf den Tisch, wo die Teller und zwei Gläser standen.

Seine Augen trübten sich, und ein eigenartiges Rauschen füllte seinen Schädel: Die Bauersleute werden die Gendarmerie holen, wenn sie den Einbruch bemerken. Soll ich lieber auf sie warten?, überlegte er sich beim Anblick der säuberlich aufgeräumten Stube. Es begann leicht zu regnen, die Tropfen trommelten leise auf das Dach, und er blickte zum Fenster. Noch hatten die beiden den Hof nicht erreicht. Er könnte sie im Stall oder im Keller einsperren, wie den Hüttenwirt oben auf der Pretulalpe, während er für ein paar Tage am Hof unentdeckt lebte. Hier in der Abgeschiedenheit würde ihn niemand suchen. Aber sein Vorhaben schien ihm zu gefährlich. So nahmen seine Gedanken eine andere Richtung und er schlich sich unbemerkt vom Hof. Oberhalb des Hügels hinter dem Stallgebäude versteckte er sich in einem kleinen Waldstück. Er kletterte auf einen verwitterten Hochstand, der an einem Baum befestigt war, und beobachtete das Ehepaar. Sie saßen vertraut auf dem Wagen und machten einen müden, aber zufriedenen Eindruck. Wahrscheinlich hatten sie den ganzen Tag lang hart gearbeitet.

Tränen trübten ihm den Blick, und er machte sich auf den Weg in Richtung Langenwang. Er fragte sich aber, was er dort tun sollte. Vielleicht sollte ich mich rasieren und mir die Haare schneiden lassen, damit ich mich besser fühle, ging ihm durch den Kopf. Vielleicht sollte ich aber besser vorerst für ein paar Tage untertauchen und mich in einer der verlassenen Almhütten hier verstecken, war sein nächster Gedanke. Von den Bauersleuten war nichts mehr zu sehen, sie waren im Haus verschwunden. Er fühlte sich auf einmal völlig hilflos und verloren wie in seiner Kinderzeit, mit all seinen Sorgen und Ängsten.

Samstag, 25. Juni 1904

Es war eine sehr schmutzige Angelegenheit, die den Baron Franz Hervay von Kirchberg dazu zwang, sich für diesen Ausweg aus seiner verfahrenen Situation zu entscheiden. Die harten Worte des Polizeipräsidenten in Wien hatten ihm zugesetzt. Dass seine geliebte Tamara bei seiner Rückkehr aus Wien bereits in Leoben im Gefängnis saß, traf ihn ebenfalls sehr hart. In seinem knapp gehaltenen Abschiedsbrief erwähnte er die Enttäuschung über die miesen Verräter in der Bezirkshauptmannschaft. Er hätte deren schlechten Charakter und Absichten in all seiner Euphorie rund um Tamara komplett übersehen. Sobald er seine Tugendhaftigkeit auch nur ein wenig beiseitegelegt hatte, hätten seine Feinde ein böses Spiel mit ihm getrieben und ihn seiner Ehre beraubt. Daher hätte er, Hervay, ohne langes Zögern den Freitod durch den Revolver gewählt.

Das Dienstmädchen Anuschka gab Fladinger am Vormittag im Wachzimmer zu Protokoll, dass der Baron erst am Donnerstag spät abends aus Wien in die gemeinsame Wohnung des Ehepaares zurückgekehrt war, und dass sie ihm ausführlich berichtet hätte, wie er, Fladinger, am Dienstag frühmorgens mit geschultertem Gewehr die Frau Baronin von der Villa zum Bezirksgericht geschleppt habe. Anuschka berichtete, dass sein Gesicht alle Farbe verloren habe, seine Hände gezittert hätten und er überhaupt ziemlich mitgenommen gewirkt habe. Nachdem der Baron anschließend, ohne ein Wort zu sagen, in das Esszimmer gegangen war, wollte sie ihn nicht mehr stören und verabschiedete sich daher mit der Bitte, einfach nach ihr zu läuten, falls er sie noch benötigte. An dem besagten Abend meldete er sich nicht mehr bei ihr. Sie ging noch vor Mitternacht zu Bett und fand vor Sorge kaum Ruhe in dieser Nacht.

Am nächsten Morgen, als sie in der Küche darauf wartete, dass der Baron aufstand, um wie gewohnt um 9 Uhr zu frühstücken, wurde sie plötzlich durch einen lauten Knall aus ihren Gedanken gerissen. Es zählte zu ihren Aufgaben, rechtzeitig das Frühstück vorzubereiten und solang zu warten, bis die gnädige Frau und der Herr Baron beliebten aufzustehen und nach ihr zu läuten. Am Wochenende konnte das schon etwas länger dauern. Doch diesmal war der Baron alleine und stand dann für gewöhnlich etwas früher auf. Sie war also verwundert darüber gewesen, dass es immer noch so ruhig im Haus war. Dann plötzlich dieser dröhnende Knall. Es war ein Pistolenschuss, dessen Echo verstärkt durch die hohen Räume der Wohnung durch das ganze Haus hallte. Sie konnte ihn aus dem Schlafzimmer des Barons vernehmen. Daraufhin eilte sie durch die Wohnung und öffnete die Tür zu seinem Zimmer. Da lag er regungslos in seinem Bett. Sie schrie laut auf und rüttelte an seiner Schulter, als könnte sie ihn wieder zum Leben erwecken, obwohl sein Hinterkopf halb weggeschossen war. Sie war in dieser grausamen Situation ganz auf sich allein gestellt, als sie ihn so blutüberströmt in seinem Bett vorfand. Er hatte nicht einmal seine Augen geschlossen, gab Anuschka zu Protokoll. Sie standen noch weit offen und starrten sie an. Panik war noch immer darin zu erkennen und auch große Verzweiflung. Der Baron lag nur in seiner Unterwäsche da, und sie hatte bei dem furchtbaren Anblick nicht die geringsten Zweifel daran, dass er Selbstmord begangen hatte. Die Pistole hielt er noch immer fest umklammert in der rechten Hand.

»Auf dem Polster war alles voller Blut, und sogar am Boden hatte sich eine regelrechte Pfütze gebildet«, erzählte sie mit zittriger Stimme Gendarm Fladinger im karg eingerichteten Wachzimmer und wischte sich die Tränen aus den vom Weinen verquollenen Augen. Anuschka musste schwer schlucken und sich zwingen, über den Vorfall zu reden.

»Der arme Mann! Jetzt hat der Unglückliche sein junges Leben mit einem Stück Blei ausgelöscht«, schluchzte Anuschka. Ein kurzes Schweigen setzte ein. Sie wischte sich noch ein paar Tränen aus dem Gesicht. »Dabei war doch der Herr Baron so ein netter, liebenswürdiger, ehrlicher Mensch!« Sie warf Fladinger einen vorwurfsvoll traurigen Blick zu.

»Die Sache ist ziemlich heikel! Denken Sie, dass sich der Baron nur umgebracht hat, weil ihn seine Frau belogen hat?«, fragte der Gendarm und betrachtete sie mit prüfender Miene. Sie machte eine abwehrende Geste mit der Hand und meinte mit Bestimmtheit: »Nein, er hat sich sicher wegen der Schande umgebracht, weil er als Bezirkshauptmann suspendiert worden ist.«

»Denken Sie das tatsächlich?«, fragte er sie überrascht und zog die Augenbrauen ungläubig hoch. »Der arme betrogene Mann hat sich doch sicher nur wegen diesem dreisten Luder umgebracht«, fügte er erzürnt hinzu.

Anuschka schien entsetzt und rollte mit den Augen. »Ein Ehrenmann wie der Baron hätte sich doch nicht wegen einer dummen Lügengeschichte umgebracht. Irgendwann hätte er seiner Tamara alles verziehen! Aber der verantwortungslose Unfug seiner Amtsdiener, die ihn verraten haben, und das hinterhältige Verhalten des Statthalters haben ihn Stolz und Ehre gekostet! Es ist ja inzwischen wohl allen bekannt, dass der Statthalter die einmalige Chance genützt hat, Hervay als Bezirkshauptmann abzuservieren und seinen Neffen auf diesen begehrten Posten zu setzen. Das war das Todesurteil für diesen ranghohen Offizier!«

Ein peinliches Schweigen folgte ihren Worten. Und Fladinger dachte kurz daran, dass es der diensteifrige Amtsdiener Hans Glück gewesen war, der das alles angezettelt hatte. Er war wiederholt zum Pfarrer und auch zum Bürgermeister ins Amt gerannt, um sich über die Eheschließung der Hervays zu informieren. Erst dann hatten die Tratschereien um die ehemalige Baronin von Lützow, verehelichte Hervay, wieder von vorne begonnen, über die in Mürzzuschlag eigentlich längst Gras gewachsen war. Denn nach fast einem Jahr interessierte sich sonst niemand mehr dafür, wie die Ehe des Bezirkshauptmannes zustande gekommen war. Aber dann war durch Glück alles wieder in Aufruhr geraten. Das war jedenfalls die Meinung des Gendarms.

Er warf Anuschka einen fragenden Blick zu und sah, dass sie ihn nachdenklich betrachtete. »Niemand bringt sich um, weil er seinen Dienstposten verloren hat«, meinte er ein wenig aufgebracht und dachte dabei über seine eigenen Worte nach. »Falsch«, entgegnete Anuschka. »Ein nervöser junger Mann, der ständig Angst davor hat zu versagen, schon! Er befand sich in bitterer Verzweiflung«, versuchte sie ihm zu erklären. Fladinger wunderte sich, woher sie denn das so genau wissen wollte. Womöglich war sie selbst heimlich in den feschen Baron verliebt gewesen? Aber das hatte jetzt ohnedies keine Bedeutung mehr. Er zog eine Braue in die Höhe und sagte: »Das wäre alles, Fräulein Anuschka!«

Sie zögerte, richtete sich ihr Schultertuch und meinte dann: »Fast hätte ich es vergessen: Ich muss auch noch eine Anzeige machen. Vor geraumer Zeit muss nämlich jemand – ich war ja ganz aus dem Häuschen wegen dieses furchtbaren Anblicks und scheute mich, die Wohnung wieder zu betreten – den gesamten Schmuck der Baronin aus ihrem Schlafzimmer gestohlen haben. Der Schmuck war sicher noch da, als ich den armen Mann gefunden habe. Und heute Morgen war er weg. Pfui, kann ich da nur sagen! Ach ja, noch etwas: Auch Ihr Verhalten am Dienstag war nicht in Ordnung an dem Tag, als Sie die Frau Baronin wie ein Stück Vieh durch den Ort zum Bezirksgericht geschleppt haben. Die Situation war einfach nur scheußlich! Abgesehen von der wartenden Menschenmenge, der Sie damit eine grauenhafte Hetzjagd geboten haben! Wenn Sie nur wüssten, wie sehr ich Ihr Verhalten ebenso verabscheue wie dieses ganze Mürzzuschlag!«

Er sah sie mit offenem Mund an, machte eine kurze Notiz zum verschwundenen Schmuck im Protokoll und meinte dann: »Wir werden uns darum kümmern. Wegen Dienstag: Der Fall war klar! Die Baronin ist eine Betrügerin, und Sie können ja jederzeit wieder aus Mürzzuschlag abreisen, wenn es Ihnen hier nicht gefällt. Bei uns herrscht eben Zucht und Ordnung.« Seine forschen Worte standen dabei im Widerspruch zu seiner zerknirschten Miene.

Sie fixierte ihn mit ihren Augen und meinte kurz angebunden: »Was die Baronin ist, das haben andere zu entscheiden, nicht Sie! Sie sind lediglich ein einfacher Gemeindegendarm. Und ja, das ist alles!« Ihre Stimme war jetzt bestimmt und klar. Er betrachtete ihre Hände, als sie nach der Handtasche griff. Sie hatte kräftige, breite Hände, ihr Gesicht war ebenfalls breit und ausdrucksvoll. Das Dienstmädchen hätte sich die Grobheiten der Mürzzuschlager auf dem Weg zum Bezirksgericht bestimmt nicht gefallen lassen. Wahrscheinlich hätte sie zurückgeschlagen. Der Gedanke gefiel ihm, er fand die Vorstellung gar nicht so schlecht. Wahrscheinlich hätte sich die aufgebrachte Meute auch nichts anderes verdient, dachte Fladinger, sogar mich haben sie ja mit Dreck und Steinen beworfen, diese Verrückten.

Nachdem Anuschka die Wachstube verlassen hatte – mit schnellem, festem Druck hatte sie die Tür zum Wachzimmer geöffnet und laut hinter sich zugeschlagen – ging er nachdenklich zum Tisch zurück, auf dem die Zeitungsartikel über den Selbstmord des Barons lagen. Auf seinem rundlichen Gesicht bildeten sich plötzlich Kummerfalten. Verlegen wischte er sich den Schweiß ab. Ob sie gemerkt hat, wie sehr mich das alles belastet? Ob sie mein nervöses Zucken gesehen hat?, fragte er sich und warf einen prüfenden Blick in den Spiegel, der über dem Waschbecken angebracht war.

Fladinger hatte den Eindruck, dass das Dienstmädchen eine kluge Frau war und mehr als nur ein Geheimnis hütete. Denn allzu oft steckte hinter einer scheinbar großen Liebe ein Rätsel. Manchmal sogar ein ganz schmutziges. Seiner Meinung nach war Anuschka über das Verhalten und die Vergangenheit der Baronin bestens informiert, wenn nicht sogar ihre Komplizin. Sie waren einander offensichtlich sehr zugetan, das war ihm vorigen Dienstag bereits in der Wohnung aufgefallen.

Anuschka war eine noch recht junge, üppige, gut aussehende Frau, die wusste, was sie wollte. Ihre langen strohblonden Haare trug sie zu einem Zopf geflochten. Der eleganten Kleidung nach war nicht gleich anzunehmen, dass sie nur das Dienstmädchen der Hervays war. Sie schien Fladinger, selbst genügend Geld zu besitzen und bereits einiges von der Welt gesehen zu haben. Vor allem fand er sie sehr redegewandt und schlagfertig.

Wie auch immer, jetzt sollte endlich Ruhe in Mürzzuschlag einkehren, dachte er sich, nahm den Zeitungsartikel der gestrigen Abendausgabe in die Hand und begann zu lesen. Hervays Selbstmord war ein schockierendes Ereignis, ein Ende, das den Baron und die von ihm so geliebte Sünderin gleichermaßen betraf.

Grazer Volksblatt, 24. Juni 1904, Abendausgabe

Aus Mürzzuschlag wird uns telegrafiert, dass sich heute früh morgens der Bezirkshauptmann von Mürzzuschlag, Franz Hervay von Kirchberg, erschossen hat. Die Nachricht erregt begreiflicherweise ungeheure Sensation und man wird mit dem armen Mann, der durch eigenes Verschulden oder durch die List eines dämonischen Weibes seinem jungen, hoffnungsreichen Leben so rasch ein Ende bereitete, Mitleid haben müssen. Über von Hervay sind herbe Tage hereingebrochen, er sah seine in Mürzzuschlag begonnene schöne Zukunft teilweise oder ganz vernichtet, den Selbstmord jedoch kann man heute noch nicht recht begreifen. Dass er einer abenteuerlichen Frau zum Opfer gefallen ist und sich dadurch auf sein Haupt in Anbetracht seiner bedeutungsvollen Stellung die größten Unannehmlichkeiten gehäuft haben, hätte einem Manne wie Hervay die Hoffnung auf eine Klärung der mehr als unleidigen Angelegenheit nicht schwinden lassen sollen. Von Hervay wird seit dem Moment, wo er auf Urlaub geschickt wurde, wie ein Verzweifelter um seine Position gerungen haben, dass er aber zur Waffe griff, gibt seinem Eheroman einen Abschluss, wie er tragischer nicht mehr sein kann.

Damit ist auch der wichtigste Zeuge in dem gerichtlichen Verfahren gegen seine Frau hinweg. Hervay hat dieser damit eine Waffe in die Hand gedrückt, welche, wird sie von der abenteuerlichen Gefangenen im Kreisgericht Leoben zur Selbsthilfe ausgenützt, sein Andenken schwer wird beschmutzen können. Was Frau Hervay bis heute dem Untersuchungsrichter über ihre Ehe mit dem jungen Bezirkshauptmann eröffnet hat, entzieht sich noch der Öffentlichkeit, die Nachrichten von ihrem stolzen Auftreten lassen jedoch vermuten, dass sie nicht die einzige Schuldige zu sein gesonnen ist. Wie weit die Angaben dieser ein Unglück für von Hervay bildenden Frau auf Richtigkeit beruhen, wird ja die gerichtliche Untersuchung und die Einvernahme jener Zeugen, welche über die Eheschließung Auskunft geben können, ergeben. Volle Wahrheit in die nun in ein so trauriges Stadium getretene Affäre zu bringen, wird um des Toten willen notwendig sein.

Mit dem Selbstmord von Hervays ist ein Staatsbeamter aus diesem Leben geschieden, der infolge seiner Verbindungen mit hohen Kreisen und dank eines ihm eigen gewesenen gewinnenden Benehmens ungeachtet seiner verhältnismäßig noch jungen Tätigkeit schon zu einer wichtigen Stellung im Staatsdienst gelangt ist und wahrscheinlich mit ziemlicher Sicherheit die Stufenleiter der staatspolitischen Karriere erklommen hätte. Sein Großvater war Gardekapitän, Feldzeugmeister und General der Kavallerie Baron Boxberg, und eine nahe Verwandte von ihm, Baronin Boxberg, war Hofdame beim Hofstaat des Erzherzogs Josef und nachher beim Fürsten von Bulgarien. Unterrichtsminister von Hartel war dem nun auf der Bahre Liegenden ein warmer Freund. Innerhalb von acht Jahren avancierte von Hervay viermal, und als Sekretär im Unterrichtsministerium wurde ihm die Stelle eines Bezirkshauptmanns in der am 1. Jänner 1903 in Wirksamkeit getretenen neuen Bezirkshauptmannschaft in Mürzzuschlag übertragen. Von Hervay wurde vom Kaiser mit dem Franz-Joseph-Orden und mit dem goldenen Verdienstkreuz mit der Krone ausgezeichnet. Bezirkshauptmann von Hervay ist im Juli 1870 geboren und stand somit im 34. Lebensjahr.

Bezirkshauptmann von Hervay beging den Selbstmord gegen 9 Uhr früh in seiner im Gebäude einer großen Villa gelegenen Privatwohnung. Er ist gestern Nachmittag von Wien nach Mürzzuschlag zurückgekehrt und verübte heute kurz nach dem Aufstehen die Tat. In Mürzzuschlag herrscht über die Handlung von Hervays Entsetzen. Das Gebäude der Bezirkshauptmannschaft ist von Hunderten von Menschen umlagert, die um ihn trauern.

Die Verhaftung seiner Frau ging dem Bezirkshauptmann von Hervay furchtbar nahe und sie dürfte auch einer der Hauptgründe des Selbstmordes gewesen sein. Von Hervay liebte seine unwürdige Gattin mit voller Hingebung und Herzlichkeit. Es schmerzte ihn ganz besonders, dass diese durch einen Justizsoldaten eingeliefert und mit einer Diebin in eine Zelle gesperrt wurde. Seine Kavalierehre war dadurch auf das Tiefste verletzt, und da mochte er wohl den fürchterlichen Entschluss gefasst haben, zu dessen Ausführung er schritt, als ihm vom Wiener Polizeipräsidenten die Mitteilung gemacht wurde, dass er einer durchtriebenen Schwindlerin zum Opfer gefallen sei. Die Benachrichtigung des Vaters von Hervays von dessen Selbstmord geschah durch den Konzeptspraktikanten der Bezirkshauptmannschaft.

Doktor Montel, der derzeitige Leiter der Bezirkshauptmannschaft, wollte die Trauerbotschaft nicht auf telegrafi-

schem Wege dem alten Herrn übermitteln. Um 6 Uhr abends trafen Herr von Hervay und der Konzeptspraktikant in Mürzzuschlag ein. Mit festem militärischem Schritt und einem Zug im Gesicht, dem man den Schmerz nicht ansah, begab sich von Hervay in die Bezirkshauptmannschaft. Ungebeugt nahm er die Kondolenz entgegen.

Nichts fesselte die Neugierde der Mürzzuschlager so sehr wie ein handfester Skandal, und wenn diesem noch eine blutige Katastrophe folgte, waren sie vor Sensationsgier gar nicht mehr zu beruhigen. Fladinger vermutete, wer der *Grazer Tageszeitung* diesen ausführlichen Bericht zugespielt hatte. Eine derartige Wortgewandtheit hatte nur einer, den er bestens kannte, und das war der Wirt Erwin Pfandl. Dieser hatte sehr schnell gelernt, dass die Zeitungen am ehesten überschwängliche und emotional ergreifende Texte eins zu eins übernahmen und abdruckten, ohne dass sie dabei etwas verdrehten. Fladinger erinnerte sich an die zuletzt veröffentlichten Berichte vor und nach den Nordischen Spielen und zum Jubiläum am Semmering. Pfandl hatte alles bestens in Szene gesetzt und zwischen den Zeilen gekonnt rübergebracht, dass alles, was Rang und Namen hatte, nach Mürzzuschlag geströmt war und die interessantesten Menschen davon in seinem Wirtshaus nächtigten oder zumindest ihre Mahlzeiten dort eingenommen hatten. Das beste Beispiel für sein Werbegeschick war das für den Dichter Rosegger eigens geschaffene und überladene *Rosegger-Stüberl* im eigenen Wirtshaus. Dort verkehrte die Prominenz von überall, und egal ob namhafte Schriftsteller, Künstler, Schauspieler, Politiker oder Adelige, die meisten hinterließen ihre Spuren in Form von Bildern, Texten oder einem Gastgeschenk.

Fladinger fragte sich, woher Pfandl diese ausführlichen Informationen zu Franz Hervay von Kirchberg und seiner Frau bekommen hatte. Er tippte dabei auf den Amtsdiener Glück. Er legte den Zeitungsausschnitt zusammen mit dem Protokoll der Aussagen des Dienstmädchens Anuschka zu seinen Unterlagen, den Rest der Zeitung warf er in den Papierkorb. Plötzlich verspürte er eine aufkommende Müdigkeit, die Augen wurden ihm schwer, und er stützte den Kopf auf seine Arme am Schreibtisch. Draußen hatte es stärker zu regnen begonnen. Die schrecklichen Vorkommnisse um das Ehepaar Hervay drückten wie eine schwarze schwere Finsternis auf sein Gemüt. Er öffnete die Lade seines Tisches und warf einen kurzen Blick auf den Revolver, den Hervay benutzt hatte. Fasziniert nahm er ihn in die Hand. Hervay hatte den Revolver hervorragend gepflegt, so wie seine Uniform, die sein ganzer Stolz war. Fladinger schnupperte am Lauf und erhaschte einen Rest des Schmauchgeruchs der kürzlich benutzten Waffe.

Insgeheim fragte er sich, warum er sich nicht tatsächlich darum bemüht hatte, die Baronin ohne großes Aufsehen von ihrer Villa weg zum Bezirksgericht zu bringen. Er schloss die Augen und versuchte, an etwas anderes zu denken als an die schreckliche Erinnerung, wie er die Baronin durch die hasserfüllte Menschenmenge von Mürzzuschlag zum Bezirksgericht getrieben hatte. Zuletzt sah er noch einmal die vor Entsetzen weit aufgerissenen Augen der Baronin vor sich, als der Grabler Sepp sich mit aller Kraft und starrem Blick auf sie stürzen wollte. Einzig der Wirt Pfandl hatte den Mut, den gestörten Tischlermeistersohn wegzustoßen. Langsam verblassten die Bilder.

Fladinger wusste nicht, wie lange er am Schreibtisch eingenickt war. Jedenfalls wurde er durch ein lautes Klopfen geweckt. Er blickte erschrocken auf, als die Tür aufging und Pfandl eintrat. Sein Hut und sein Mantel waren vom Regen durchnässt, die Brille angelaufen. Knapp hinter ihm folgte ein junger Mann. Er kannte ihn, es war Patritz, der Knecht des Bauern Bockreiter, der wochentags Milch und Butter zu den umliegenden Häusern im Geieregg austrug und am Samstag sogar bis zur Pretulalpe hinaufgehen musste, um den Almpeterl zu beliefern. Er war noch sehr jung, ein kleiner, schmächtiger Knabe mit braun gebranntem Gesicht und hellen Augen. Auf dem Kopf trug er einen zerknitterten braunen Hut, und seine Kleidung wirkte alt und abgetragen und war ebenfalls nass vom Regen.

Fladinger dachte noch zu träumen. Pfandl stand breitbeinig da und grüßte ihn forsch, wie es seine Art war. Der Knecht nickte nur, anstatt etwas zu sagen, so als hätte er etwas angestellt und Pfandl würde ihn daraufhin zum Wachzimmer bringen, damit ihm die Gendarmerie eine Strafe dafür erteilte. »Jetzt sag schon, Patritz, was du heute oben auf der Pretulalpe gesehen hast«, forderte ihn Pfandl streng auf und schubste den eingeschüchterten Knaben mit der Hand ein Stück nach vor zum Tisch des Gemeindegendarms.

Fladinger starrte die beiden Eindringlinge verblüfft an. Der junge Knecht stand da mit weit aufgerissenen Augen, zitterte am ganzen Körper und nahm seinen Hut vom Kopf. Die blonden Haare fielen ihm ins Gesicht. Er wirkte merkwürdig verwirrt und trat von einem Fuß auf den anderen. »Herr Gendarm, ich habe einen Unfall zu melden!«, stammelte er hervor. »Alles war voll Blut, und ich hatte einen solchen Schrecken, als ich …«, fügte er zaghaft hinzu, stockte und wischte sich mit der Hand das Regenwasser vom Gesicht.

Fladinger spürte einen Schauder seinen Rücken herunterlaufen, als er das Wort »Blut« vernommen hatte. »Nicht schon wieder Blut!«, rief er Pfandl mit erschreckten Augen zu, und dieser konnte seinem Gedanken auf Anhieb folgen. Der Gendarm stand auf, schritt zum Wasserhahn und schenkte dem Knecht ein Glas Wasser ein. »Hier, Patritz, trink einmal, und dann erzählst du mir in aller Ruhe, was du gesehen hast. Wo ist alles voller Blut?«, fragte er ihn in müdem Ton und setzte sich wieder schwerfällig an seinen Tisch, wo er vor ein paar Minuten noch, den Kopf in die Hände gestützt, geschlafen hatte.

Der Knecht trank ein paar Schlucke und begann langsam zu erzählen: »Herr Gendarm! Ich habe heute wie gewöhnlich um 7 Uhr früh dem Almpeterl auf der Pretulalpe die Milch hinaufgebracht. Ich bin in die Hütte gegangen, wo er sonst immer schon auf mich gewartet hat. Doch er war nicht da. Da hab ich nach ihm laut gerufen: Almpeterl! Stehen Sie heute nicht auf? Ich bekam keine Antwort und so meinte ich, dass der Almpeterl heute aber schon früh unterwegs sein müsste. Ich habe die volle Milchkanne auf den Tisch gestellt und bin dann weitergegangen, um das Rindvieh vom Bockreiter zu hüten. Wie ich dann viel später zurückgekommen bin, um das leere Milchgeschirr abzuholen, hat die volle Milchkanne immer noch am Tisch gestanden. Genauso, wie ich sie in der Früh hingestellt hab, Herr Gendarm. Dann bin ich in die Schlafkammer vom Almpeterl geschlichen und hab nach ihm geschaut. Ich war schon einmal dort, weil ich in der Hütte übernachtet hab, wie ein Gewitter aufgezogen ist und ich mich nicht mehr ins Tal zurückgetraut habe. Da war er aber auch nicht, der Hüttenwirt. Ich überlegte, wo er sein könnte, und als ich wieder aus der Hütte gehen wollte, hab ich von irgendwo her den Hund vom Almpeterl leise bellen gehört. Ich hab gehorcht. Das Bellen ist vom Boden heraufgekommen, dort, wo der Almpeterl seine Vorräte hat. Man kommt durch eine hölzerne Falltür am Boden über eine steile Stiege in den Keller. Mit Müh und Not hab ich die Falltür geöffnet, die blutverschmiert war. Es hat ganz eigenartig gerochen, und unten war es finster. Schnell hab ich von der Anrichte eine Kerze geholt und angezündet, weil ich dachte, der Hund ist unten eingesperrt und den muss ich unbedingt heraufholen«, wusste er mit starrem Blick zu erzählen und wurde dabei immer leiser.

»Und dann hast den Hund raufgeholt Patritz, oder?«, fragte ihn Fladinger neugierig. Doch der Knecht brachte kein Wort mehr heraus und starrte mit leeren Augen auf den Boden. Er hielt sich für einen Moment am Arm von Pfandl fest, und dieser merkte, dass ihm das Entsetzen zu schaffen machte. »Nein, hat er nicht«, mischte sich Pfandl ein. »Weil dort alles voller Blut war, hat er zu mir gesagt.«

»Verdammt nochmal! Was war voller Blut? Jetzt sag schon!«, forderte Pfandl den total verstörten Knecht auf und rüttelte ihn am Arm.

Patritz bekam ganz nasse Augen, der Schweiß stand ihm auf der Stirn und er zitterte am ganzen Leib. Er kam sich unendlich schuldig vor, weil er nicht oben geblieben war beim Almpeterl und ins Tal gerannt war. Der Gedanke, dass der vielleicht noch gelebt haben könnte, quälte ihn zu sehr. »Der Almpeterl war voller Blut. Und die Stiege war voller Blut! Ich hab dann noch einmal mit der Kerze hinuntergeleuchtet, da unten ist auch der kleine Hund gelegen. Ich kenne ja den Hund vom Almpeterl. Ein weißer kleiner Hund ist das. Auch der war rot vom Blut, aber er hat noch gelebt und gewinselt.« Patritz griff noch einmal mit zittriger

Hand nach dem Wasserglas und trank es leer. »Der Almpeterl aber hat sich gar nicht mehr gerührt, Herr Gendarm. Ein Bein hat sich in der Stiege verfangen! Ich wusste gleich, der ist tot, und hab die Falltür zugeschlagen und wollte einfach nur mehr aus der Hütte raus«, stammelte er hervor.

Fladinger starrte den Knecht erschrocken an. Er erhob sich von seinem Stuhl, um keuchend einzuatmen. Dann warf er einen fragenden Blick zum Wirt und meinte entsetzt: »Nicht schon wieder ein Toter!« Er schloss für einen Moment die Augen und griff sich verzweifelt an die Stirn. Er wollte sich zwingen zu glauben, dass er noch träumte. Da riss ihn Pfandls Stimme brutal in die Wirklichkeit zurück: »Und Fladinger, glaub ja nicht, dass der Hüttenwirt da von selber hinuntergefallen ist!«

Fladinger zuckte erschrocken zusammen und antwortete gereizt: »Natürlich ist der patscherte Kerl in das Kellerloch gefallen! Wahrscheinlich hat er wieder zu viel getrunken!« Er trat einen Schritt zurück, ließ sich in seinen Stuhl fallen und begann langsam, ein paar Notizen zu machen. Er wirkte hilflos und mit der neuen Situation komplett überfordert. Anstatt weitere Fragen zu stellen, starrte er auf seinen Notizzettel: *25. Juni 1904, Knecht Patritz meldet Unfall auf der Pretulalpe. Peter Bergner tot nach tödlichem Sturz über die Kellerstiege im Schutzhaus. Alles voll Blut.*

Pfandl starrte zuerst ihn und dann auch den Knecht Patritz wütend an. Dieser hielt sich verzweifelt die Hände vor das Gesicht. »Was hast du dann gemacht, Patritz?«, blaffte ihn Pfandl an und riss ihm die Hände vom Gesicht. Der Knecht erschrak. »Ich bin zum nächsten Bauernhof gerannt, und der Bauer dort hat gesagt, ich soll schnell zum Pfandl ins Wirtshaus rennen. Der kennt sich oben aus in der Hütte und soll nachschauen kommen. Das hab ich auch so gemacht«, antwortete der Knabe total verschreckt und setzte verzweifelt hinzu: »Das war doch nicht falsch, oder?«

»Nein, schon gut, Patritz«, meinte Pfandl jetzt besänftigend und strich dem jungen Knecht über den Kopf. »Aber sag mal, was hast du dem Bauern noch erzählt?«, fragte er in ruhigerem Ton, damit der Bursche in seiner Aufregung weiter berichten konnte und dann vielleicht sogar der dumpfe Fladinger endlich verstehen würde, dass es kein Unfall gewesen war. Pfandl erinnerte sich nämlich, dass ihm der verstörte Patritz in seiner ersten Aufregung viel mehr erzählt hatte als jetzt im Wachzimmer dem Gendarmen Fladinger. Der Bub starrte zuerst verlegen auf den Boden, dann riskierte er einen fragenden Blick in Pfandls Augen. Dieser wiederholte: »Was hast du dem Bauern noch erzählt, Patritz?«

»Dass dort auch eine Axt unten im Kellerloch gelegen ist, hab ich erzählt. Und dass die Axt auch voller Blut war«, stammelte er verzweifelt hervor, und man hatte den Eindruck, er habe ein schlechtes Gewissen, weil er vorher darauf vergessen hatte, es im Wachzimmer vor dem Gendarmen zu erwähnen. »Wie? Eine Axt voller Blut?«, fragte Fladinger erstaunt nach. Er blickte von seinem Notizblatt auf.

»Warum hast du das nicht gleich gesagt, Patritz!«, schrie er den eingeschüchterten Knecht an, der erschrocken den Mund aufriss, ohne ein Wort zu sagen. Pfandl schaute verärgert zu Fladinger und dann zum eingeschüchterten Knecht. Er konnte dem starren Blick des Buben entnehmen, dass dieser sich wie ein reuiger Sünder vorkam. Patritz griff sich mit einem seiner dünnen Hände ins Gesicht, das ganz bleich geworden war, und wartete einen Moment. »Ich war mir doch sicher, der Almpeterl hat nicht mehr gelebt. Darum bin ich, so schnell es ging, aus der Hütte gerannt. Mehr kann ich dazu nicht mehr sagen!« Er zitterte am ganzen Körper und fragte verzweifelt: »Darf ich jetzt wieder heimgehen?« Danach konnte man nichts mehr aus ihm herausbringen. Daher bat Fladinger den Erwin Pfandl, den total verstörten Knecht zum Bauern Bockreiter zu bringen und sich für morgen früh bereit zu halten, um mit ihm auf die Pretulalpe zu gehen.

Der Gendarm befand sich nun im Gewissenskonflikt. Einerseits dachte er, dass dem Hüttenwirt Bergner sicher ein Missgeschick widerfahren war, aber andererseits konnte es sich natürlich ebenso gut um einen Überfall gehandelt haben. In diesem Fall müsste von ihm die k. u. k. Staatsanwaltschaft in Graz verständigt werden. Das Protokoll über die Anzeige und Zeugeneinvernahme des jungen Patritz wies aber nur seine Vermutung über einen Unfall mit wahrscheinlicher Todesfolge auf. Den Nachnamen des Knechts des Bauern Bockreiter hatte er vergessen zu erfragen, ebenso hatte er verabsäumt, das Protokoll unterschreiben zu lassen. Daher blieb er lieber standhaft bei seiner Variante, dass es ein Unfall war. Der Hüttenwirt Peter Bergner dürfte nach einem Sturz über die steile Stiege, die in ein Kellerloch in der Schutzhütte führte, der Annahme eines erregten Zeugen nach seinen Verletzungen erlegen sein. Genaueres dazu müsse durch einen Lokalaugenschein eruiert werden, der jedoch nicht vor dem nächsten Tag erfolgen könnte, schrieb er.

Immer wieder versuchte sich Fladinger einzureden, dass dem Almpeterl oben auf der Pretul sicher ein Unfall passiert war. Er meldete daher dem Bezirksgericht einen Unfall des Hüttenwirts Bergner mit Todesfolge auf der Pretulalpe weiter. Zur Sicherheit bat Fladinger aber das hohe Bezirksgericht um weitere Anweisungen. Damit war die Anzeige über den Tod des Almpeterls im Schutzhaus für Fladinger erledigt. Das Bezirksgericht meldete den Unfall an das zuständige Landesgericht weiter.

Sonntag, 26. Juni 1904

In Pfandls Kopf herrschte ein ziemliches Durcheinander von Trauer, Schrecken, Kummer und Ärger. Aber ein Gedanke drängte sich immer wieder und immer stärker in den Vordergrund: Spätestens zur Ankunft des Zeitungsredakteurs aus Berlin musste in Mürzzuschlag wieder die gewohnte Ruhe eingekehrt sein! Zu viele aufsehenerregende Vorfälle hatten sich in den letzten Monaten ereignet, die sich auf das Gesamtbild seiner beschaulichen Heimat äußerst schlecht auswirkten. Und wenn jetzt das mit dem Mord auf der Pretulalpe womöglich sogar über die Grenzen des Landes hinweg bekannt wurde, wer sollte dann in so einer Gegend, in der womöglich ein Mörder sogar noch frei herumlief, Urlaub machen wollen?

In der Sonntagsmesse war für die beiden Toten Franz von Hervay und Peter Bergner gebetet worden, und die Stimmung unter den Leuten schien sehr getrübt. Zur Überraschung mancher Kirchgeher hatte Pfarrer Prangl kein Wort über das von ihm sonst sehr gerne und oft angesprochene Thema der »sündigen Baronin, die ihrer gerechten Strafe durch Gott entgegengehe«, verloren.

Nachdem die frommen Mürzzuschlager den Kirchgang beendet hatten, verteilten sie sich auf die verschiedenen Lokale im gesamten Ort. Die Gaststube im Gasthof *Zur Post* in der Wienerstraße war zwar jeden Sonntag gut besucht, doch heute waren einige Gäste sogar gezwungen, das Wirtshaus wieder zu verlassen, weil sie keinen freien Platz mehr fanden, weder an der Schank noch an einem der Tische. Auch das *Rosegger-Stüberl* war voll besetzt. Wer etwas darauf hielt, in Mürzzuschlag zu sehen und gesehen zu werden, traf sich eben nach der Kirche beim Wirt Pfandl, speziell, wenn es so viel zu bereden gab wie heute. Im Gasthof *Zur Post* traf sich nicht nur die Prominenz von Mürzzuschlag, auch die einfachen Bauersleute beredeten dort gern die Ereignisse der Woche. An besonderen Tagen konnte man sogar den Dichter Peter Rosegger dort antreffen, der immer zahlreiche Verehrer um sich scharte.

Lautes Stimmengewirr hallte durch die hohen Räumlichkeiten. Der Ober und das Servierfräulein rannten mit ihrem Schreibblock und Tabletts voller Gläser von einem Tisch zum anderen. Jeder wollte so schnell wie möglich bedient werden. Wein und Bier flossen reichlich. Zentrales Gesprächsthema war immer noch der Selbstmord des Bezirkshauptmannes. Aber je mehr getrunken wurde, desto mehr wechselte der Gesprächsinhalt vom betrogenen Baron zu dessen unrühmlicher Gattin, die sich seit Tagen in Leoben im Gefängnis befand. Ihre skandalöse Vergangenheit wurde ja täglich auch in den regionalen Zeitungen in alle Einzelheiten zerpflückt und mit neuen Gerüchten und Vermutungen angereichert. Die Tageszeitungen in Mürzzuschlag waren bereits am frühen Vormittag ausverkauft. Die neugierigen Bewohner standen für die aktuellen Abendausgaben vor den Läden Schlange. Ihre Sensationsgier wollte so schnell wie möglich befriedigt werden, man könnte ja sonst eine Neuigkeit verpassen. So manche Skeptiker fühlten sich in ihren boshaften Vermutungen über die arrogante Baronin bestätigt und äußerten lautstark die Ansicht, das Unglück schon längst vorhergesehen zu haben.

Der Termin für die Beerdigung von Hervays war für Montag, dem 27. Juni in der Familiengruft in Peggau anberaumt. Es war beschlossen worden, dass eine namhafte Delegation unter der Leitung des Bürgermeisters der Bestattung beiwohnen sollte, um dem Bezirkshauptmann die letzte Ehre zu erweisen. Dass die Baronin im Landesgericht einsaß, einem Prozess entgegensah und beim Begräbnis ihres Gatten nicht dabei sein konnte, war geradezu eine Genugtuung für die Mürzzuschlager. Dem ganzen boshaften Gerede um sie – und natürlich traf auch sie allein die Schuld am Tod des Bezirkshauptmanns – wurde mehr Beachtung geschenkt als den Erzählungen, dass sich am Tag des Selbstmordes ihres belogenen und betrogenen Mannes oben im Schutzhaus auf der Pretulalpe auch ein folgenschwerer Unfall zugetragen hatte. Der junge Knecht Patritz hatte die Leiche des Hüttenwirts, der wohl über die steile Stiege in das Kellerloch gestolpert war, gefunden. Der arme Patritz stand unter Schock, wurde berichtet, es musste ein schrecklicher Anblick gewesen sein.

Zu diesem Zeitpunkt wurde noch allgemein die ursprünglich von Fladinger vertretene Unfalltheorie verbreitet und diskutiert. Pfandls von Anfang an geäußerte Überzeugung, dass es sich sicher um einen Raubmord gehandelt habe, war dagegen noch nicht vielen Menschen zu Ohren gekommen. Der Wirt war ja heute von früh am Morgen bis vor Kurzem auf der Pretulalm gewesen. Die neuen Erkenntnisse der Gerichtskommission hatten sich daher ebenfalls noch nicht verbreitet.

»Wird er wieder mal zu viel getrunken haben und dann wegen der steilen Stiege ins Kellerloch gefallen sein«, meinte der Apotheker schulterzuckend zu seinem an der Theke stehenden Nachbarn. »So hat es halt der Gendarm Fladinger gestern erzählt«, fügte er hinzu. »Auf den Almpeterl!«, meinte er noch und nahm einen großen Schluck von seinem Bier.

»Ich habe von meiner Frau gehört, dass der Wirt da oben sowieso die meiste Zeit betrunken war. Dem hat wohl die frische Luft nicht gut getan«, grinste der Fleischermeister über das ganze Gesicht und hob ebenfalls das Glas.

»Meine Herren! Ich halte nichts von diesen Gerüchten. Mein Sohn Wilfried war am Freitagvormittag mit dem Leutnant Pycha oben beim Almpeterl. Er war nicht angetrunken und hat sich bester Gesundheit erfreut«, meinte der Arzt Doktor Ertl. Er saß an einem der Nachbartische und hatte das Gespräch der beiden Männer mitbekommen.

»So ein Unfall im Haus, das kann schon passieren, wenn man unvorsichtig ist. Also macht nicht solch ein Aufsehen darum!«, zischelte die vornehme Gattin des Apothekers. Ihre neugierigen Augen richtete sie dabei über die Schulter ihres Gatten hin zum Wirt. Pfandl, der ihre Worte sehr wohl vernommen hatte, warf ihr daraufhin einen verärgerten Blick zu. Sie fühlte sich eigenartig ertappt, drehte ihren Kopf verunsichert auf die Seite und schob sich verlegen den Hut mit der Spielhahnfeder zurecht.

Pfandl war ja tatsächlich von Anfang an, als Patritz ihm von seinem Erlebnis auf der Pretulalm erzählt hatte, sicher gewesen, dass der Hüttenwirt auf keinen Fall aus Unachtsamkeit die Stiege hinuntergestürzt sein konnte. Zu oft hatte er bereits den flinken kleinen Mann dabei beobachtet, wie er die Getränke für seine Gäste geschickt aus dem Vorratskeller heraufholte. Für ihn schien der Fall bereits aufgrund der Erzählung des Knechtes klar: Der Hüttenwirt auf der bis dahin so friedlichen Alm war einem Meuchelmörder zum Opfer gefallen. Wie oft hatte er den gutgläubigen Almpeterl gewarnt, vorsichtiger zu sein, und ihm empfohlen, sich einen großen Wachhund zuzulegen, der ihn beschützen hätte können. Aber vergeblich.

Der Wirt lehnte in der für ihn typischen Haltung an der holzvertäfelten Wand neben dem Bürgertisch, der sich gegenüber dem großen Stammtisch befand, an dem die älteren Bauern saßen. Er hatte die Arme fest vor dem Oberkörper verschränkt. Angespannt blickte er die lange Theke entlang über die Tische und weiter zur Eingangstür der Wirtsstube. Nach wie vor herrschten reges Kommen und Gehen im Wirtshaus. Pfandl war bekannt dafür, immer alles im Blick und unter Kontrolle zu haben. Ihm entging nichts, und wer ihn näher kannte, wusste, dass er mit seinen Gedanken stets bei der Sache war und sich sehr ereifern konnte, wenn etwas seiner Meinung nach nicht passte. Bei seiner Kleidung legte er großen Wert auf Tradition. Die steirische Tracht nach dem Vorbild von Erzherzog Johann passte genau zu ihm, und er trug sie bei jeder Gelegenheit. Pfandl war sehr belesen – wie seine Mutter – und ein vielseitig interessierter, kluger Mann. Seine großen dunklen Augen hatte er ebenfalls von seiner Mutter. Und sobald ihm etwas gegen den Strich ging, weiteten sich diese Augen. Er sah dann erstaunt und auch kampflustig aus, obwohl er im Grunde genommen ein friedliebender Mensch war.

Jetzt weiteten sich seine Augen auch gerade, weil er sich daran erinnerte, wie dieser unfähige Fladinger gestern einfach nicht hören wollte, dass es da oben auf der Pretul ganz sicher keinen Unfall gegeben hatte. Heute Vormittag wurde seine Meinung, dass jemand heimtückisch nach Bergners Leben getrachtet und ihn zusätzlich beraubt hatte, ja dann bestätigt. So ein gemeines Verbrechen! Vom Landesgericht Graz, genauer von der Staatsanwaltschaft, war sofort nach der Meldung durch das Bezirksgericht eine Kommission angeordnet worden, die vor Ort die Umstände prüfen sollte. Dem knappen Bericht des Gendarms Fladinger konnte man ja nur entnehmen, dass der Knecht vom Bockreiter in Panik davongelaufen war, als er das viele Blut und den toten Almpeterl zufällig im Kellerloch der Schutzhütte aufgefunden hatte, und dass der Sturz vermutlich auf einen Unfall zurückzuführen sei.

Vertieft in seine Gedanken, fühlte er ein Unwohlsein in sich aufsteigen und betrachtete müde die Menge. Neben ihm stand ein leeres Bierkrügerl. Es war bereits das zweite, das er in schnellen Zügen leergetrunken hatte. Er hatte gehofft, der Alkohol könnte seine desperate Stimmung aufhellen. Ein schwerer Trugschluss. Er kniff die Augen zusammen. Gestern nach der Meldung bei Fladinger im Wachzimmer hatte er den total verwirrten Knecht vom Bauern Bockreiter nach Hause gebracht und dann lediglich ein paar Stunden geschlafen. Er hatte sich wegen dem Unglück auf der Pretulalpe sehr schlecht gefühlt und war stundenlang im Zimmer auf und ab gegangen. Seine Frau lag verärgert im Bett und sah ihn vorwurfsvoll an. »Entschuldige, was soll ich machen?«, murmelte er. »Ich komme nicht zur Ruhe, bevor ich nicht Gewissheit habe, was mit dem Almpeterl oben in der Schutzhütte geschehen ist.«

Am nächsten Tag musste er bereits um 8 Uhr früh gemeinsam mit dem Gendarmen und den zwei Herren der in Mürzzuschlag angekommenen Kommission des Landesgerichtes den Weg hinauf zur Pretulalpe marschieren. Pfandl kannte die schnellste Route dorthin und war von Fladinger gebeten worden, die Herren rasch und kundig anzuführen. Es war auch in seinem Sinne, sich so schnell wie nur möglich

Klarheit zu verschaffen. Hätte ihn seine Frau nicht davon abgehalten, wäre er ja noch am selben Abend hinauf zum Schutzhaus gegangen, um Nachschau zu halten. Der Sonntagvormittag war dann für ihn nicht nur sehr anstrengend gewesen, sondern auch zermürbend, und erst seit Kurzem war er mit den Herren wieder zurück in Mürzzuschlag. Nach einer kurzen Pause hatte sich die Kommission in der Wirtsstube seines Gasthauses zusammengesetzt, um über die ersten Eindrücke in der Schutzhütte zu beraten.

Weil Sonntag war, konnte er ihnen nur einen Tisch im großen Raum mitten unter den restlichen Wirtshausbesuchern anbieten, aber für die nächsten Tage sagte Pfandl zu, dass sie das *Rosegger-Stüberl* benutzen konnten. Im großen Gastzimmer war es laut, und etliche neugierige Blicke galten dem Tisch mit den unbekannten Herren. Der mit dem Fall beauftragte Gemeindegendarm Fladinger saß müde und ratlos wirkend an der Stirnseite des Tisches. Sein matter Blick wanderte über die vor ihm liegenden zahlreichen Zeitungsberichte über den Hervay-Skandal. Pfandl hatte sie aus dem Zeitungsständer hervorgeholt, um sie den Herren zu zeigen. Der Wirt würde dann wie immer die für ihn interessantesten Berichte ausschneiden und in ein Buch kleben. Er sammelte nämlich sämtliche Zeitungsberichte, die wichtige Vorkommnisse aus der Gegend beinhalteten, und machte sich eigene Notizen dazu.

Neben dem von der Bergwanderung sichtlich erschöpften Fladinger saß der mit dem ersten Zug aus Graz angereiste Kommissär Professor Doktor Gartler von der Staatsanwaltschaft. Er war um die 40 Jahre alt, schlank, nicht sehr groß und hatte hinter seiner Brille eng nebeneinanderliegende Augen, die streng auf die Zeitungsartikel am Tisch gerichtet waren. Er machte einen konzentrierten Eindruck.

In seiner Begleitung befand sich ein junger Gerichtsdiener, Walter Moser, der in sich zusammengesunken mit ausdruckslosem Gesicht am Tisch saß und das laute Treiben im Wirtshaus über sich ergehen ließ. Dieser war Doktor Gartler zur Seite gestellt worden, um den Fall mit ihm gemeinsam aufzuarbeiten. Der junge Mann war gut aussehend, mit dichtem hellbraunem Haar und grünbraunen Augen. Seinen Angaben nach stand er erst kurz im Gerichtsdienst und sollte bei diesem Fall erste Erfahrungen sammeln. Er nippte an einem Glas Wasser und verhielt sich eingeschüchtert ruhig. Die Eindrücke in der Schutzhütte hatten ihm wohl einen ordentlichen Schock versetzt. Ihnen gegenüber saß der Bezirksarzt von Rettenegg. Das Unbehagen über den heutigen Arbeitseinsatz war ihm noch anzusehen. Er war es, der über die mit Blut verschmierte Stiege in das Kellerloch zum Toten hinuntergestiegen war, die Leiche untersucht und den Totenschein ausgestellt hatte. Sein Gesicht war blass und er wirkte niedergedrückt. Ein Wachebeamter aus Rettenegg, der mit ihm von dort aus auf die Pretul aufgestiegen war, war ja noch immer oben, um die Hütte zu bewachen.

Die Männer kamen nach dem Lokalaugenschein in der Schutzhütte einstimmig zur Erkenntnis, dass sich dort am Vortag kein schrecklicher Unfall, sondern ein grausamer Mord zugetragen haben musste. Doktor Gartler beabsichtigte, eine abermalige Einvernahme des Rinderhirten Patritz vorzunehmen. Bereits beim Eintreffen auf der Pretulalm waren dem Kommissär einige Blutspuren außerhalb der Hütte und an der Hüttentür aufgefallen, also schloss er schon vor dem Betreten der Räumlichkeiten nicht aus, dass jemand anderer an dem Vorfall beteiligt gewesen war. Er holte einen Notizblock aus seiner Tasche hervor und notierte sich genauestens die Stellen, wo sich Blutspuren befanden. Pfandl, der die Hütte wie seine eigene Westentasche kannte, meinte bereits nach dem Betreten der Gaststube, dass in der Hütte jemand nach Wertgegenständen gesucht haben musste. Dass der Hund des Hüttenwirtes nicht zu sehen war, gab ihm ebenfalls zu denken. »Vor ein paar Tagen war noch mehr Ordnung in der Schutzhütte«, bemerkte Pfandl.

Er erklärte den Männern die Umstände: »So gut es halt ging, sorgte der Almpeterl alleine für sich und seinen kleinen Hund. Er war aber ständig auf der Suche nach einer passenden Frau.« Beim Aufstieg zum Schutzhaus hatte er den Herren schon erzählt, dass er dem Hüttenwirt bereits einmal eine Haushälterin vermittelt hatte, die aber leider Bergners Erzählungen nach zu nichts taugte. Der Almpeterl war mehr als unzufrieden gewesen mit der Situation und hatte die Frau nach fast einem Jahr wieder von der Pretulalpe zurück ins Dorf geschickt, setzte Pfandl kopfschüttelnd hinzu, führte die Geschichte aber nicht weiter aus. »Es ist halt nicht leicht, jemanden zu finden, der sein Leben im Tal gegen eine schlecht bezahlte Arbeit beim Hüttenwirt auf engstem Raum eintauschen will.« Damit versuchte Pfandl, das einsame Leben des Almpeterls abschließend zu erklären.

Mit gemischten Gefühlen blickten sich die Männer in der Hütte um. Links von der Eingangstür stand auf einer Bank eine blecherne Wasserkanne, auch zwei kleine hölzerne Schubladen, die zu dem an der Wand befestigten Medikamentenkästchen zu gehören schienen, lagen darauf. Neben den beiden Lädchen befand sich ein Küchenmesser mit abgebrochener Klinge, das wohl zum gewaltsamen Öffnen des Kästchens verwendet worden war. Die abgebrochene Spitze des Messers lag neben einer Blechbüchse auf der Kredenz, die rechts vom Herd stand. Auf dem Herd befanden sich gebrauchte Teehäferl, außerdem ein sogenannter Schnellsieder, also ein Kupfertopf, mit dem man Wasser am Herd rasch erhitzen konnte, daneben waren auch einige benutzte Gläser. Gegenüber von der Eingangstür, in der linken Ecke des Gastzimmers, standen auf einem Tisch drei Bierflaschen, eine Weinflasche und ein Krügel – alle leer. In der Tischmitte stand ein Brotkorb mit einer Semmel und einem Stück Brot. Auf einem Holzbrett waren noch eingetrocknete Reste von Geselchtem zu erkennen. Auf dem Tisch lagen einige Zeitungsblätter und daneben eine Ansichtskarte, die der Hüttenwirt wohl erst unlängst geschrieben hatte.

»Die Karte ist vom Almpeterl an seinen Vetter Johann Bergner in Kärnten gerichtet«, meinte Pfandl, der einen kurzen Blick darauf warf, bevor er sie nachdenklich zurücklegte. Auf dem zweiten Tisch im rechten Zimmereck, gegenüber der Kredenz, stand eine Schüssel mit Brennsterz. Neben einem weiteren Teehäferl lagen dort auch noch einige Stücke Würfelzucker. Die geschlossene Falltür in der Mitte des Zimmers wies Blutflecke auf. Die Hebevorrichtung zum Öffnen dieser Falltür war ebenfalls mit Blut verschmiert. Der Riegel der Tür war halb zugeklappt, sodass man sie vom Kellerloch aus nicht mehr öffnen konnte. Pfandl erwähnte beim Anblick des Verschlusses, dass er Bergner mehrmals dringend darauf aufmerksam gemacht hatte, wie leicht er durch ein ungewolltes Zufallen der Falltür von oben im Keller eingesperrt werden könnte.

Doktor Gartler verlangte nach einem Tuch, um beim Öffnen der Falltür den blutverschmierten Hebel nicht angreifen zu müssen. Bereits beim Aufmachen der hölzernen Klappe machte sich ein übler Geruch in der Hütte bemerkbar. Als Pfandl dann mit einer Petroleumlampe in das Kellerloch leuchtete, bot sich allen ein grauenhafter Anblick. Die Männer warfen nur einen kurzen Blick in das düstere Kellerloch, bevor sie sich mit vorgehaltener Hand ekelerfüllt abwandten. Aber es nützte nichts, sie mussten ja herausfinden, was passiert war, also rissen sie sich zusammen und schauten sich das grausige Bild, das sich ihnen bot, genauer an. Eine kleine verkrümmte Gestalt mit zertrümmertem, blutverschmiertem Schädel war am Fuß der Stiege zu erkennen. Mit den Beinen hatte sich der Mann wohl beim untersten Trittbrett der Stiege verfangen, darum die eigenartig verdrehte Lage. Neben der Leiche lagen eine blutverschmierte Axt und eine volle Bierflasche. Dass es sich bei dem Mann um den Hüttenwirt Peter Bergner handelte, konnte Pfandl mit Sicherheit aufgrund seiner Kleidung bestätigen. Direkt neben der Leiche kauerte leise winselnd der kleine Hund des Hüttenwirtes. Er blickte erschöpft dem Licht entgegen und war ebenfalls mit eingetrocknetem Blut verschmiert. Er jaulte auf, als er Pfandl erkannte und dieser rief erschrocken seinen Namen: »Liddy!«

»Nicht einmal am Ende der Welt ist man mehr sicher. Das Böse ist überall!«, fluchte Doktor Gartler im Gastraum der Hütte und schüttelte entsetzt den Kopf. Nun hatten sie die traurige Bestätigung. Der Knecht hatte sich nicht getäuscht, als er am Vortag komplett verstört im Wachzimmer zu Protokoll gegeben hatte, dass der Hüttenwirt auf der Pretulalpe mit Sicherheit nicht mehr am Leben gewesen war. Im Kellerloch und auf der Stiege befand sich auch, genau wie er gesagt hatte, tatsächlich viel eingetrocknetes Blut. Nach diesem grauenhaften Anblick konnten die Männer den Schock von Patritz gut verstehen. Sie konnten wegen des üblen

Geruchs fast nicht atmen. Pfandl riss energisch eines der Fenster auf, um Frischluft in die Stube zu lassen. Der Gendarm Fladinger wurde von einem Moment auf den anderen kreidebleich im Gesicht und begab sich schwerfällig ins Freie, um sich dort zu übergeben. Er schnappte nach Luft, ließ sich auf die Bank vor der Hütte fallen und starrte Doktor Gartler mit großen Augen an, als der ihn kurz darauf harsch aufforderte, in die Hütte zurückzukehren. Er und Moser hatten die Gelegenheit genützt, auch etwas Luft zu schnappen. Fladinger schüttelte heftig den Kopf, er wirkte von dem Gesehenen total betroffen und überfordert. »Es tut mir leid, ich kann nicht«, entschuldigte er sich.

In der Stube schloss Doktor Gartler langsam wieder die Falltür, und die Männer warteten gemeinsam vor der Hütte auf das Eintreffen des Bezirksarztes, der einen weiteren Gendarmen aus Rettenegg mitbringen würde. Der Kommissär machte sich noch einige Notizen und wollte sich mit dem Gerichtsdiener besprechen, der mit großen Augen und offenem Mund vor ihm stand. »Das ist mein erster Mordfall«, konnte dieser nur verlegen beitragen.

Pfandl bot jedem an, einen kräftigen Schluck Schnaps aus dem Flachmann zu nehmen, den er im Rucksack mit sich getragen hatte, und meinte aufmunternd: »Meine Herren, trinken Sie mal, um die Nerven zu beruhigen!« Er selbst trank abschließend auch und wischte sich dann nervös den Schweiß von der Stirn. »Wehe dem Mörder, wenn ich den erwische!«, rief er zornig in die Runde. Doktor Gartner meinte besänftigend: »Aber, aber, Herr Pfandl, das ist wirklich nicht Ihre Sache! Dafür haben wir die Gerichte.«

Kurze Zeit darauf trafen bereits der Arzt aus Rettenegg und ein junger sportlicher Gendarm ein. Der Arzt kämpfte vom raschen Aufstieg noch mit dem Atem und erkundigte sich über die Lage. Pfandl half ihm, über die steile Stiege in das Kellerloch hinunter zu steigen. Der Arzt bestätigte ihnen, mühsam nach Luft ringend, dass der Hüttenwirt mit Sicherheit mit der im Kellerloch liegenden Axt erschlagen worden war. Er fügte noch hinzu, dass dem Mann ein Teil des Schädels fehlte, und hob endlich auch den winselnden Hund aus dem Kellerloch. Vorsichtig nahm Pfandl Liddy entgegen und ging mit ihm zur Rosegger-Quelle, um ihm dort zu trinken zu geben. »Mir scheint, das arme Ding ist zwar völlig verstört, aber unverletzt«, meinte er beim Zurückkommen und strich Liddy tröstend über den blutbefleckten Kopf.

»Weitere Details zur Leiche erlaube ich mir, den Herren vorerst zu ersparen«, entgegnete der Arzt auf die Frage von Doktor Gartler, ob es denn noch weitere Verletzungen gäbe. »Genaueres wird dann nach der Obduktion zu berichten sein.«

»Ich hab schon viele grausame Mordfälle gesehen, aber dieser hier stößt mich besonders ab«, sagte der Kommissär zu den Anwesenden mit ernster Stimme. Er veranlasste, dass die kleine Falltür bis zur Bergung des Toten wieder verschlossen wurde, und ordnete an, dass die Hütte zur Sicherheit durch einen der anwesenden Gendarmen bewacht werden musste.

Fladinger beteuerte heftig, dass er nicht auf der Pretulalpe bleiben könne, und schlug vor, dass sein junger Kollege aus Rettenegg diese Aufgabe übernehmen solle. Der erklärte sich dazu bereit, nachdem ihm Doktor Gartler einen fragenden Blick zugeworfen hatte, und nahm einen großen Schluck Schnaps zur Stärkung. Pfandl erklärte dem jungen Gendarmen in wenigen Worten die Gepflogenheiten in der Hütte, und Doktor Gartler sagte ihm zu, dass am nächsten Tag so schnell wie möglich die Leiche des Hüttenwirtes abgeholt werden würde. Er gab dem jungen Gendarmen den Auftrag, vor der Hütte zu wachen und sich am Abend erst in das Schlafgemach am Dachboden zu begeben, nachdem er die Tür von innen verriegelt hatte. »Lassen Sie auf keinen Fall Touristen in die Hütte. Es darf nichts verändert werden!«

Gemeinsam machte sich die Kommission an den Abstieg von der Pretulalpe. Pfandl trug den kleinen Hund im Rucksack mit und übergab ihn bei der Ankunft im Wirtshaus seiner Frau: »Eines von den Mädchen soll ihn sauber machen und ihm zu trinken und zu fressen geben. Der Arme hat viel durchmachen müssen, und für den Almpeterl war der Hund sein bester Freund. Also suchen wir ein gutes Platzerl für ihn!«

»Als ob wir nicht schon genug zu tun hätten heute am Sonntag«, hatte seine Frau verärgert gemeint, bevor sie eines der Mädchen rief.

Ja, es gab viel zu tun und viel zu regeln. Dass ihm auch gar nichts erspart blieb, dachte er und wischte sich mit seinem Sacktuch den Schweiß von der Stirn. Um alles musste er sich kümmern. »Meine Herren! Sie sollten schleunigst den Mörder finden, um den furchtbaren Mord an Peter Bergner so schnell wie möglich abschließen zu können! Nicht, dass mir sonst die Gäste ausbleiben«, sagte Pfandl zu den Kommissionsmitgliedern am Bürgertisch in strengem Ton. Seine Stimme klang energisch, seine Augen blitzten. Daraufhin herrschte kurze Stille. Nur das Gerede von den Nachbartischen war im Hintergrund zu vernehmen.

»Das Geschäft muss weitergehen, nicht wahr, Herr Pfandl«, antwortete Doktor Gartler schließlich gelassen und warf ihm dabei einen Blick über seine Brille hinweg zu.

Fladinger gähnte vor Müdigkeit und erschrak, als Pfandl noch einmal sehr laut seine Ansprüche äußerte.

»Meine Herren! Ich mache Sie für eine rasche Aufklärung dieses Mordfalles verantwortlich!«, dozierte er mit erhobenem Zeigefinger und versuchte, seiner Stimme dabei möglichst viel Überzeugungskraft zu verleihen. Er warf einen prüfenden Blick durch die Gaststube und war froh, dass anscheinend niemand seine lautstarke Bemerkung vernommen hatte, weil an allen Tischen die Leute mit eigenen Themen beschäftigt waren. Er fuhr fort: »In wenigen Tagen wird ein für die Region wichtiger Zeitungsredakteur aus Berlin anreisen. Ein gewisser Herr Kappstein. Ich kenne ihn nicht persönlich, weiß aber, dass er nicht unbekannt ist in der Fremdenverkehrsbranche. Bis dahin muss diese leidige Mordsgeschichte wieder vom Tisch sein!«

Doktor Gartler wandte sich zur Seite. Er blätterte in seinen Notizen und tat so, als hätte er Pfandls mahnende Worte überhört. Fladinger dagegen horchte auf, als er den Namen Kappstein vernahm. Der Bürgermeister hatte mit ihm über diesen Besuch gesprochen und ihm sogar den strikten Auftrag erteilt zu kontrollieren, ob Pfandl mit dem Redakteur auch die aufgetragenen Werksbesichtigungen vornehme. Falls nicht, müsse er dies sofort im Gemeindeamt berichten, und zwar noch bevor der Redakteur die Gegend wieder verlassen hatte. Er mache ihn dafür verantwortlich. Denn wehe, wenn nicht gut über den modernen, aufstrebenden Industrieort Mürzzuschlag geschrieben würde, hatte der Bürgermeister gedroht.

An einem der benachbarten Tische saßen der Gewerke Karl Nierhaus, der Bürgermeister Hopfer sowie ein älterer Herr. Es war Doktor Hans Ertl, ein leitender Arzt der Wasserheilanstalt und der Präsident des Verbandes steirischer Skiläufer, der auf Initiative von Pfandl vor einem Jahr gegründet worden war. Die Gaststube im Gasthof *Zur Post* war das Stammlokal des Vereins. Die drei Herren unterhielten sich gerade lautstark über die große Semmeringfeier vom 30. Mai. Pfandl hatte eine eigens dafür verfasste Festrede vorgetragen. Er hatte auch als Beitrag zur Feier ein historisches Festspiel mit lebenden Bildern auf die Bühne gebracht. Alles, was Rang und Namen hatte, war zur Präsentation in Mürzzuschlag anwesend gewesen, selbst der Heimatdichter Rosegger hatte diesmal sein Versprechen gehalten und zu Pfandls Freude daran teilgenommen.

Einerseits ging es dem Wirt bei dieser Feierlichkeit darum, den Fremdenverkehr zu fördern, und andererseits auch darum, das große Defizit durch die Nordischen Spiele damit abdecken zu können. Der Erfolg dieser Veranstaltung war zwar sehr groß, jedoch der Gewinn leider ziemlich niedrig gewesen. Somit riss das Defizit aus den Nordischen Spielen weiterhin ein großes Loch in ihr Budget, und sie hatten für den Kredit bei der Sparkasse einen Wechsel über 4.000 Kronen unterschreiben müssen, der jederzeit fällig gestellt werden konnte. Diese Situation belastete Doktor Ertl sehr. Erwin Pfandl meinte zwar immer, er solle sich keine Sorgen machen; tatsächlich lag auch auf ihm deswegen ein großer Druck. Schließlich war er persönlich für diesen hohen Geldbetrag haftbar. Für ihn bedeutete das: Ihre wunderschöne Gegend, die von Rosegger in so wunderbaren Worten beschriebene Waldheimat, musste eine gute Presse haben, sonst war seine Existenz bedroht.

Am Bürgertisch richteten die mit dem Mordfall Bergner betrauten Herren ihre Blicke inzwischen erstaunt auf den Wirt, der zur Bestätigung seiner Forderung sogar auf die Schank geklopft hatte und dessen Wangen förmlich glühten. Wie konnte Pfandl davon ausgehen, dass der Mordfall auf der Pretul in wenigen Tagen aufgeklärt sei? Jetzt hielt der Wirt dem Kommissär sogar provokant eine Postkarte vor die Nase, auf der stand: »Juchhe, auf der Alm ist's lustig.« Er erklärte: »Sehen Sie, so wollen es die Leute haben. Bei uns hier soll es lustig und gemütlich zugehen! Wir können keine Mordfälle in der Waldheimat gebrauchen. Haben Sie verstanden?«

»Dafür, dass hier so grausige Sachen passieren, kann ich aber nichts!«, entgegnete ihm Doktor Gartler von der Grazer Staatsanwaltschaft erbost. Er ärgerte sich über das vorlaute Benehmen des Wirtes. Pfandl verharrte für einen Moment; plötzlich sah er wieder die grausamen Bilder in der Hütte vor sich. Er schüttelte darüber entsetzt den Kopf. Auch sein Vorhaben, gemeinsam mit dem Heimatdichter Rosegger und dem Redakteur aus Berlin den Almpeterl auf der Pretulalpe zu besuchen, war damit gescheitert. Für einen Augenblick empfand er Enttäuschung und Ärger. Er holte sich ein neues Bier, bevor er sich wieder an die Herren wandte:

»Sie müssen mich verstehen! Die Presse sitzt mir ständig im Nacken. Es reicht, dass noch immer etliche Journalisten wegen dieser leidigen Skandalgeschichte mit der Baronin keine Ruhe geben. Denken Sie sich nur, was erst los ist, wenn die neugierige Meute von dem scheußlichen Mord auf der Pretul Wind bekommt. Als Besitzer des Schutzhauses werden die Journalisten eine Stellungnahme von mir verlangen!«

Er nahm noch einen Schluck aus seinem Krügerl. »Womöglich werde ich dafür verantwortlich gemacht, für zu wenig Sicherheit oben gesorgt zu haben«, fügte er dann erstmals mit leiserem Ton hinzu und betrachtete die Zeitungsartikel auf dem Tisch. »Die Presse … so ein Unsinn!«, fiel ihm Fladinger ins Wort und warf einen hilfesuchenden Blick zu Doktor Gartler, der aber Pfandls Worten nachdenklich lauschte, sich die Brille zurecht richtete und den Zeitungen zuwandte.

»Tatsächlich ist alles voll mit dem Hervay Skandal«, gab sich Doktor Gartler erstaunt beim schnellen Durchblättern. »Ein tief gefallener Mensch, dieser vornehme Herr Bezirkshauptmann«, ergänzte er und schüttelte bedächtig den Kopf. »Jetzt ist er tot.«

»Dagegen war der Almpeterl oben auf der Pretul ein ganz einfacher Mensch«, seufzte Pfandl und setzte betrübt fort: »Und er ist auch tief gefallen, ins Kellerloch, und auch tot. Aber durch die Hand eines Mörders.«

»Schon gut, Herr Pfandl, beruhigen Sie sich jetzt. Wir wissen, dass Sie mit dem Almpeterl befreundet waren. Aber jetzt kümmern Sie sich lieber um Ihre Gäste!«, versuchte ihn Doktor Gartler zu besänftigen.

Pfandl setzte daraufhin eine noch finsterere Miene auf und meinte mit weit aufgerissenen Augen: »Finden Sie den Mörder, bevor ich es tue!«

»Das ist alleine unsere Sache und nicht Ihre! Und wegen der Journalisten: Sobald wir über den Mord auf der Pretulalm mehr wissen, werde ich es sein, der die Presse davon unterrichtet und nicht Sie, Herr Pfandl!« Dem Wort »ich« verlieh Doktor Gartler einen besonderen Ton.

»Wenn Sie weiterhin so untätig sind, kann ich womöglich sogar die Winterspiele nächstes Jahr ohne Zuschauer abhalten«, stieß Pfandl empört hervor.

»Deswegen können wir auch nicht schneller arbeiten, als es uns die Zeit erlaubt! Die Pretulalpe ist nicht um die Ecke, wo man in fünf Minuten hinaufspazieren kann«, entgegnete Gartler mit ernstem Blick.

Pfandl nahm einen letzten kräftigen Schluck aus seinem Bierkrügel, und bevor er etwas entgegnen konnte, mischte sich der Gemeindegendarm ein. Er schien plötzlich wieder wach zu sein: »Beruhigen Sie sich, Herr Pfandl. Wir dürfen hier nichts überstürzen. Der alte Hüttenwirt war wohl sehr leichtsinnig dort oben!«

»Wie bitte? Ich bringe Ihnen sofort den Knecht Patritz her in die Gaststube, und Sie befragen ihn noch einmal, aber dieses Mal genauer!«, antwortete Pfandl empört und spielte mit dem Gedanken, Fladinger anzuschreien. Aber er hielt sich diesmal zurück. Zu viele Gäste waren in seiner Wirtshausstube. Für wie blöd hielt ihn denn der Gendarm? Wieso sollte dieser Mordfall nicht rasch zu klären sein? Bergner wurde hinterlistig beraubt und dabei kaltblütig erschlagen. Der Mörder musste irgendwo in der Gegend herumlaufen und würde sich bestimmt verdächtig verhalten. Es läge an der Gendarmerie, dieses grausame Verbrechen so rasch wie möglich aufzuklären, bevor der Täter womöglich nochmals zuschlug.

»Erst vor einiger Zeit hat es doch schon einen Mordversuch an Bergner gegeben. Die Milch, die ihm jemand Unbekannter in einer Blechkanne vor die Hüttentür gestellt hatte, war vergiftet, wie sich später herausstellte. Seine damalige Haushälterin hat angegeben, dass die Milchkanne von einem fremden Mann gebracht worden war und nicht wie üblich vom Knecht des Bauern Bockreiter.« Er geriet in Rage: »Unsere Monarchie ist dem Untergang geweiht! Einen unwürdigen Selbstmörder hohen Ranges betrauert das ganze Land, und dem Opfer eines Meuchelmörders unterstellt dieser sorglose Gendarm hier, leichtsinnig gewesen zu sein! Ich fasse es nicht, Fladinger! Wenn hier wer leichtsinnig war, dann sind Sie es. Ich erinnere mich noch sehr gut daran, wie Sie die Baronin zum Bezirksgericht geschleppt haben. Das war eine sehr leichtsinnige Sache!« Pfandl zweifelte inzwischen gar nicht mehr nur an den Fähigkeiten von Fladinger, sondern sogar an seinem Interesse an der Klärung des Falles. Der Weg auf die Pretulalpe war ihm wohl zu anstrengend gewesen.

»Jetzt beruhigen Sie sich endlich, Herr Pfandl!«, versuchte ihn Doktor Gartler erneut zu besänftigten. Gleichzeitig warf er Fladinger einen fragenden Blick zu. »Lassen Sie uns doch vernünftig reden, meine Herren. Hatte der Almwirt Feinde?«

»Wie? Feinde? Nein, das glaube ich nicht, meine Herren!«, erklärte Fladinger verlegen. »Wie kommt der Herr Pfandl dann darauf, dass er schon einmal ermordet werden sollte?«

Doktor Gartlers Stimme nahm einen strengen Ton an: »Haben Sie Beweise?«, fragte er den Wirt und zog die Augenbrauen hoch.

»Nein, natürlich nicht, der Almpeterl wollte es nicht anzeigen, weil er ja nach ein paar Tagen eh wieder gesund war, und wir haben damals den Täter nicht gefunden. Zu der Zeit hat der Almpeterl das Gästebuch zum Eintragen für die Besucher oben auf der Pretul noch nicht so sorgfältig geführt wie jetzt«, gab sich Pfandl geschlagen und hob die Schultern.

»Wie? Es gibt ein Buch, in dem alle Besucher der Schutzhütte eingetragen sind?«, zeigte sich Doktor Gartler interessiert.

»Selbstverständlich gibt es das«, wusste Pfandl erfreut zu antworten, und im Handumdrehen war er hinter der Schank verschwunden. Er kam mit einem Gästebuch in der Hand zurück an den Tisch und hob es vor den Männern stolz in die Höhe. »Da ist es!«

Unter den erstaunten Blicken der Männer legte er ihnen das Buch im braunen Ledereinband vor, auf dem »Besucher der Rosegger-Schutzhütte« stand. Hektisch schlug er die zuletzt beschriebene Seite mit den Einträgen vom 24. Juni auf. Er hatte es heute unbemerkt aus der Hütte mitgenommen und in eine Seitentasche seines Rucksackes gesteckt. Es herrschte Stille am Tisch, die Verblüffung war groß.

Doktor Gartler warf Fladinger einen fragenden Blick zu: »Haben Sie davon gewusst?« Fladinger hob verwundert die Schultern und verdrehte die Augen, während er nach dem Buch griff und »Nein!« brummte. Er sah ein, dass es von ihm ungeschickt gewesen war, Pfandl in der Hütte alleine zu lassen. Der musste das Hüttenbuch wohl unbemerkt eingepackt haben, als er aus der Hütte rannte, um sich zu übergeben. Er erinnerte sich daran, dass er auch nicht wieder zurück in den Gastraum gehen wollte, wo sich der eigenartige Geruch, von dem ihm so übel geworden war, bis in die letzten Ritzen verbreitet hatte. Das konnte ja auch niemand von ihm verlangen, oder?

»Fladinger! Sie hatten von mir den Auftrag, alles im Auge zu behalten, damit weder etwas verändert noch entwendet werden konnte!«

»Hab ich doch gemacht. Und der junge Gendarm von Rettenegg war ja auch oben«, antwortete Fladinger. Er zuckte müde mit den Schultern, warf dann einen neugierigen Blick auf das Buch und tat gerade so, als würde ihn der Vorwurf nicht betreffen.

»Wo haben Sie das Gästebuch her?«, fuhr Doktor Gartler Pfandl an. Die Leute am Nebentisch wurden aufmerksam und drehten die Köpfe in Richtung ihres Tisches. Plötzlich fanden sie Interesse an der lauten Diskussion am Bürgertisch und wurden hellhörig. Pfandl hob beschwichtigend die Hände, er wusste, dass er sich auf diese Frage eine passende Antwort einfallen lassen musste. Er runzelte die Stirn, während er einen Moment verstreichen ließ, und meinte dann gelassen: »Meine Herren! Sehen Sie, ich wollte nur auf Nummer sicher gehen. Damit wollte ich eben verhindern, dass das Gästebuch nicht auch noch gestohlen wird. Man kann ja nie wissen, wie wir leider gesehen haben!« Ein ziemlich selbstzufriedenes Lächeln begleitete seine gut zurechtgelegte Antwort.

»Herr Doktor Gartler, Sie haben doch sicher auch die aufgebrochene Geldlade beim Tisch bemerkt?«, fragte er, damit geschickt das Thema wechselnd. Schweigen. Doktor Gartler gelang es nicht, seinen Ärger über Fladinger zu verbergen. Obwohl er ihm aufgetragen hatte, alle Auffälligkeiten zu notieren, war es dem Gendarmen ebenso wenig wie ihm aufgefallen. Er hatte schon vermutet, dass er sich auf Fladinger nicht verlassen konnte, nun wurde es immer deutlicher. Der Rinderhirt vom Bockreiter war ohnedies schon für eine neuerliche Befragung vorgesehen, womöglich war bei seiner Befragung tatsächlich auch geschludert worden. Er verdrehte die Augen, griff wütend nach dem Buch und blätterte darin. Das Datum stand immer ganz oben auf der Seite. Der 24. Juni 1904 war das zuletzt beschriebene Blatt und wies folgende Eintragungen auf:

Franz Wurzer und Sohn, Bäckermeister, Rettenegg
Wilfried Ertl, k. und k. Leutnant, Mürzzuschlag
Josef Pycha, k. und k. Leutnant, Mürzzuschlag
Hans Glück, Amtsdiener, Mürzzuschlag
Ferdinand Dworschak, Taubenzüchter, Brünn
Sepp Grabler, Handwerksbursche, Mürzzuschlag

Pfandl erklärte: »Vom 1. Dezember weg bis jetzt waren über 400 Gäste in der Schutzhütte zu Besuch. Im Winter kommen hauptsächlich Skifahrer hier herauf. Alle Besucher sind so ordentlich und tragen sich im Buch hier ein. Sollte jemand nicht schreiben können, was ja noch gelegentlich vorkommt, so trägt der Almpeterl den Namen dann eben selbst ein. Das Gästebuch war natürlich meine Idee. Ich führe schon viele Jahre ein Gästebuch hier im Gasthaus.« Er lächelte voller Stolz und tippte mit dem Finger auf den Namen Sepp Grabler. »Der hier zum Beispiel kann nicht selber schreiben«, ergänzte er zum besseren Verständnis von Doktor Gartler.

»Der Bäckermeister Wurzer mit seinem Sohn, sind die irgendwie verdächtig?«, fragte Doktor Gartler in die Runde. »Aber nein«, meinte Pfandl. »Der Wurzer steht jeden Tag um 3 Uhr auf, und einmal in der Woche marschiert er nach dem Backen mit einem Rucksack voll Brot und Semmeln hinauf zum Schutzhaus. Dort angekommen, trinkt er dann einen heißen Tee und muss baldigst zurück in sein Geschäft. Diesmal hatte er wohl einen seiner Knaben mit dabei. Eine sehr gute Leistung von den beiden. Wie Sie mittlerweile wissen, ist es kein Spaziergang da hinauf.«

»Das kann man wohl sagen!«, warf Fladinger leise ein und konnte seine müden Augen kaum mehr offenhalten. Auf Doktor Gartlers nächste Frage, wer denn dieser Sepp Grabler sei, bemerkte Pfandl mit einer leichten Handbewegung: »Ach was, der mittlerweile ältere Mann ist ein komischer Einzelgänger. Ein Kauz ist der. Er ist der Sohn vom alten Tischlermeister Grabler da um die Ecke unten in der Bahngasse. Sepp ist von Kind auf ein wenig behindert und schaut seit seinen

Jugendjahren immer hinter den jungen Frauen her. Er hat sich aber schon lange nichts mehr zuschulden kommen lassen!«

Doktor Gartler horchte auf und drehte sich auf die Seite. »Aha, schon lange nicht mehr, das heißt, da war schon einmal was? Der Mann ist also verdächtig? Was meinen Sie, Fladinger?« Er schaute den Gendarmen gespannt an, seine buschigen Augenbrauen hoben sich auf der kahlen Stirn. Mit einer knappen Bewegung aus dem Handgelenk forderte er ihn nochmals auf, seine Frage zu beantworten. »Ist der Grabler verdächtig?«

Fladinger zuckte erschrocken zusammen, warf einen unsicheren Blick auf den Eintrag im Gästebuch und seufzte tief durch. »Schon möglich! Er verliert schon mal die Nerven, wenn es ungemütlich wird. Dann wird er recht grantig. Aber sein Vater hat ihn fest unter Kontrolle«, gab er zur Antwort. Und in dem Moment fiel ihm der Vorfall mit der Baronin am Dienstag vor Pfandls Wirtshaus ein.

»Grantig werden andere Männer auch manchmal!«, fuhr ihm Gartler mit einer abweisenden Handbewegung ins Wort. »Sagen Sie mir, ob er Ihrer Einschätzung nach als Täter infrage käme.« Es entstand eine kurze Pause. Fladinger wirkte plötzlich wieder hellwach. Auf seiner Stirn machte sich eine tiefe Sorgenfalte breit. Er hatte ein schlechtes Gefühl und bemühte sich, das Thema lieber dem Wirt zu überlassen. »Nicht wahr, der Grabler ist doch nicht verdächtig, oder was meinen Sie, Herr Pfandl?«

»Mir geht da etwas im Kopf herum«, antwortete der Wirt, nun in einem ganz anderen Ton als vorher. Er fuhr sich mit der Hand über den Schnauzbart und dachte angestrengt nach, bevor er sich dazu äußerte. »Es ist zwar schon sehr lange her, aber in jungen Jahren hat der Grabler Sepp doch ein junges Mädchen bei der Mürzbrücke unten vergewaltigt. Und erst vorigen Dienstag hat er sich auch ganz eigenartig benommen. Ich sehe noch seinen starren Blick vor mir, wie er sich auf die Baronin stürzen wollte.«

Doktor Gartler brauchte eine Weile, bis die Worte bei ihm angekommen waren. Dann wandte er sich fragend an Fladinger, der am Tisch saß und nachdenklich vor sich hinstarrte: »Interessant! Eine Vergewaltigung. Ich gehe davon aus, dass er die Strafe abgesessen hat?«

»Ja, fünf Jahre hat er bekommen, man hat ihn sofort gefasst, weil er sogar seinen Arbeitskittel am Tatort zurückgelassen hat. Und er hat gleich gestanden, die Tat damals im Rausch begangen zu haben, was ihm angeblich sehr leid getan hat. Er hat sich auch seitdem wirklich nichts Schlimmes mehr zuschulden kommen lassen. Er arbeitet fleißig bei seinem alten Vater in der Tischlerei. Ach ja! Und er trinkt keinen Tropfen Alkohol mehr«, antwortete Fladinger mit überzeugter Miene.

»Wer war denn das Mädchen damals?«, wollte Doktor Gartler wissen und warf einen fragenden Blick in die Runde. Darauf herrschte eine Weile Stille am Tisch. Pfandl hielt sich zurück und überlegte kurz, ob er den Namen der Frau tatsächlich bekanntgeben sollte. Zu seinem Erstaunen kam jedoch Fladinger anscheinend in Fahrt. Er richtete sich auf, räusperte sich und gab die Antwort: »Katharina Glück, die Besitzerin vom *Café Semmering* in der Hammergasse war es.« Er holte tief Luft und deutete auf den Eintrag im Gästebuch. »Die Glück, das ist die Schwester von dem Amtsdiener Hans Glück hier, der da ebenfalls namentlich angeführt ist. Er war wohl auch am 24. zu Besuch in der Schutzhütte. Dieser Hans Glück ist wiederum einer der Amtsdiener vom ehemaligen Herrn Bezirkshauptmann, Gott hab ihn selig.«

»Richtig«, stimmte ihm Pfandl zu. »Der Vater von dem Mädchen wurde nach dem Vorfall ganz seltsam. Er hat sich selbst die Schuld an der Vergewaltigung gegeben, weil er seine Tochter im Dunklen in die Backstube nach Lambach geschickt hatte. Er ist ein paar Jahre später verstorben. Seitdem führt sie das Kaffeehaus alleine weiter. Die Glück ist zwar noch nicht alt, so um die 40, und auch eine fesche Person, aber sie will seither von den Männern wohl nichts mehr wissen und ist ledig geblieben«, wusste Pfandl zu berichten.

Fladinger nickte. »Aber was ich noch sagen wollte. Von diesem Hans Glück hier«, er deutete auf den Eintrag im Buch, »dem Bruder von der Katharina Glück, erzählt man sich, dass er den Bezirkshauptmann beim Statthalter in Graz verraten hat«, ergänzte er eifrig. Er freute sich, weil er annahm, einen wichtigen Hinweis geliefert zu haben, und lachte kurz auf. »Wen interessiert das denn? Das hat doch nichts mit dem Mord zu tun«, warf Pfandl verärgert ein und schüttelte den Kopf.

Doktor Gartler wirkte plötzlich nachdenklich. Während er vor sich hin sinnierte, sortierte er die Zeitungsberichte am Tisch und fasste sich am Kinnbart. »Ich muss schon sagen, bei euch im Mürztal geht es ja ärger zu als bei uns in Graz.«

Pfandl wollte schon nach dem Gästebuch greifen, um es wieder hinter die Schank zu legen. In einem Anflug von schlechtem Gewissen meinte er: »Ich weiß schon, dass ich das Buch nicht mitnehmen hätte dürfen. Es befand sich aber immer gut versteckt hinten in der Tischlade, da hätte es vielleicht niemand sonst gefunden. Ich wollte nur einen Blick darauf werfen, wer an dem Tag oben in der Hütte war.«

»Soso«, antwortete Doktor Gartler in ruhigem Ton und strich sich mehrmals mit der linken Hand über seinen grauen Kinnbart. »Jetzt haben wir es ja zum Glück vor uns. Dieser Grabler war also am 24. Juni oben auf der Pretulalm. Und dieser Amtsdiener Glück anscheinend ebenfalls. Es war Freitag, hätte der Mann nicht in der Kanzlei sein müssen, um die Angelegenheiten dort weiter zu regeln? Da hat es ja bestimmt genug zu tun gegeben nach dem Selbstmord des Bezirkshauptmannes.« »Der Statthalter hat die Bezirkshauptmannschaft umgehend schließen lassen, nachdem er vom Selbstmord erfahren hat. Sämtliche Amtsdiener mussten ihre Kanzleien verlassen, und der Trakt des Bezirkshauptmannes wurde abgeriegelt. Erst wenn der Stellvertreter – das wird ein Baron Schönfeld aus Graz sein, wurde bereits bekannt gegeben – die Leitung der Behörde übernommen hat, werden weitere Vorkehrungen getroffen. Das ist der Stand der Dinge, wie er mir bekannt ist«, beantwortete Fladinger Doktor Gartlers Frage.

»Das sind ja auf jeden Fall ganz interessante Erkenntnisse, die wir durch dieses Hüttenbuch bekommen«, gab sich Doktor Gartler zufrieden und warf Fladinger einen nachdenklichen Blick zu. »Wir werden die Herren alle befragen müssen, wann sie die Hütte betreten und wieder verlassen haben. Auch die beiden Offiziere natürlich, da gibt es keine Ausnahmen!«

Der junge Gerichtsdiener Moser reckte den Kopf interessiert über den Tisch hinweg zum Gästebuch. Der vorher den ganzen Tag so ruhige und unsichere Mann wirkte auf einmal viel aufgeweckter, seit er von dem Buch und den Einträgen erfahren hatte. Man konnte förmlich spüren, wie die Gedanken hinter seiner Stirn auf Hochtouren arbeiteten. Dann sprach er zum ersten Mal Fladinger direkt an: »Dann bin ich ja schon gespannt auf Ihren Bericht, Herr Gemeindegendarm!« Er hegte nämlich ernste Zweifel, ob dieser die betreffenden Männer schnell genug für eine Aussage auftreiben würde.

Fladinger schoss das Blut in die Wangen, er wurde rot. »Welchen Bericht meinen Sie?«, fragte er erstaunt, atmete tief durch und richtete die Augen auf den jungen Mann. »Ich nehme an, Sie werden uns wohl so bald wie möglich darüber berichten, wann die im Gästebuch eingetragenen Herrschaften für eine Aussage zur Verfügung stehen!«

Doktor Gartler beobachtete die beiden Männer und hielt sich aus dem Gespräch heraus. Er wollte dem jungen Mann, der ihm zum Einlernen zur Seite gestellt worden war, nicht ins Wort fallen. »Das wird nicht einfach werden«, antwortete Fladinger nervös und blickte hilflos zu Pfandl. Aber der starrte ihn wütend an, die ansonsten großen Augen hatte er zu schmalen Schlitzen verengt, und sagte verächtlich: »Das werden Sie wohl schnell hinkriegen können! Der Grabler und der Glück, die beiden wohnen doch gleich da unten. Da geht man einfach hin. Und was die beiden Offiziere betrifft, fragen Sie den Ertl Hans da drüben, wo sich die beiden aufhalten. Was diesen Dworschak aus Brünn betrifft, erkundigen Sie sich am besten im Amt beim Bürgermeister. Dieser Mann ist kein Einheimischer, sondern bestimmt ein Gast hier in Mürzzuschlag. Bei mir aber jedenfalls nicht, weil ich kenne meine Gäste!«

»Jaja, Herr Pfandl. Ist schon genug mit Ihrer Aufgabenverteilung. Wen wir wann und wo letztendlich befragen, überlassen Sie ruhig uns«, warf Doktor Gartler nun sehr bestimmt ein. Natürlich war er für die Hinweise dankbar, doch wollte er Fladinger nicht bloßstellen. Später würde er ihn schon persönlich zur Rede stellen und wegen seines mangelnden Diensteifers rügen.

Nun stellte sich Pfandl nochmals in Positur: »Die Presse möchte spätestens morgen Abend darüber berichten, was sich im Schutzhaus zugetragen hat. Also strengen Sie sich an, meine Herren!«, forderte er die Beamten auf. Dabei machte er sich gar keine großen Hoffnungen, er war nämlich felsenfest überzeugt davon, dass Fladinger mit dem Fall sowieso restlos überfordert war. In Gedanken heckte er also bereits einen Plan aus, wie er sich selbst auf die Suche nach dem Meuchelmörder machen würde. Nach seinen ersten Eindrücken bezweifelte er außerdem, dass auch nur einer von den Anwesenden imstande war, gründlich und vor allem schnell genug zu ermitteln.

»Die Presse wird sich gedulden müssen, Herr Gastwirt!«, stellte Doktor Gartler mit grimmiger Miene klar, dann ergänzte er, wieder etwas verbindlicher: »Aber wir haben einen Vorsprung! Noch ist alles in Aufruhr wegen dieser leidigen Hervay-Geschichte. Trotzdem dürfen wir keine Zeit verlieren! Vertrauen Sie mir, ich hab noch nie einen ungelösten Fall zu den Akten gelegt!«

Pfandl lehnte mit einem verkniffenen Lächeln auf den Lippen an der Wand. Er fuhr sich mit der Hand übers Gesicht und polterte: »Bei uns im Mürztal geduldet sich niemand, glauben Sie mir! Auch nicht, wenn ein Herr von der Staatsanwaltschaft eingeschaltet ist. Ich empfehle Ihnen daher, dass Sie sich wenigstens zusätzlich Verstärkung holen!«

»Überlassen Sie das nur uns, Herr Pfandl! Kümmern Sie sich doch lieber um Ihre Dinge, wenn ich bitten darf.« Nun war Doktor Gartler gründlich sauer und ließ es sich auch anmerken.

Pfandl ärgerte sich ebenfalls über die Abfuhr und tat daher wichtig: »Wie recht Sie haben! Es gibt genug Arbeit für mich, und die Abschiedsrede für den Almpeterl muss ich auch noch verfassen. Rosegger hat schon deswegen nachgefragt!« Er machte eine kurze Pause und drehte sich dann beleidigt zum Tisch nebenan. »Meine Herren, ich bin gleich bei Ihnen, entschuldigen Sie, dass es länger gedauert hat!«, sagte er zu den dort Sitzenden.

Er fühlte sich aber sehr unwohl bei dem Gedanken, dass er nun in die Ermittlungen um die Mordsache von der Pretulalpe offensichtlich nicht mehr einbezogen werden sollte, nachdem er es doch gewesen war, der in der Früh die Kommission zur Schutzhütte gebracht hatte. Ich kenne die Gegend wie meine eigene Westentasche. Spätestens in ein paar Tagen kommen sie gekrochen und bitten um meine Unterstützung!, dachte er trotzig.

Er griff nach dem Gästebuch und wollte sich beleidigt umdrehen. »Lassen Sie das Buch hier! Das ist Beweismaterial und wird von mir beschlagnahmt«, meinte Doktor Gartler mit verkniffener Miene und griff seinerseits nach dem Buch. Pfandl war jedoch schneller, nahm es und blätterte rasch auf die Seite vom 30. März. Dort befand sich ein zusammengefalteter Zeitungsbericht. Er reichte ihn Doktor Gartler. »Ich wollte Ihnen nur etwas zeigen. Hier, lesen Sie den Artikel, damit Sie sich ein Bild über den Almpeterl machen können! Sogar die *Deutsche Alpenzeitung* hat Ende März einen Besuchsbericht im Schutzhaus von einem Wiener Journalisten abgedruckt. Und für Sie ist es ja auch wichtig, möglichst viel über das Opfer und die Verhältnisse hier bei uns zu erfahren.«

Gartler nahm Pfandl das Gästebuch aus der Hand und räusperte sich verlegen, weil er wusste, dass es tatsächlich wichtig war, über die Geschehnisse in Mürzzuschlag informiert zu sein. In diesem Moment sah er, dass Fladinger vor Müdigkeit die Augen nicht mehr offenhalten hatte können und eingeschlafen war. Der Kommissär glaubte, nicht richtig zu sehen und rüttelte am Arm des Gendarms, um ihn wieder aufzuwecken.

Dieser Mann hier war wohl keine große Hilfe! Langsam dämmerte ihm, dass Pfandl doch wichtig bei der Aufklärung des Mordfalles sein könnte. Er runzelte die Stirn und legte seine Hand auf das Buch. Mit der anderen nahm er den Zeitungsartikel entgegen und bedankte sich. Pfandl bemerkte Doktor Gartlers geändertes Verhalten und versuchte ebenfalls einzulenken: »Meine Herren, wenn Sie noch Fragen haben, wissen Sie ja, wo Sie mich finden. Im

Unterschied zu anderen kenne ich mich nämlich hier in der Gegend aus. Ich darf mich jetzt verabschieden. Ich wünsche Ihnen noch einen interessanten Abend!«

Doktor Gartler revanchierte sich mit einer Information: »Dienstag in der Früh wird ein Gendarmerie-Postenführer namens Ulbrich mit der Bahn aus Graz anreisen. Er ist sehr erfahren in der Auffindung von Raubmördern und Hauseinbrechern und wird uns in diesem Fall unterstützen. Als Erstes soll er diesen Grabler aufsuchen«, erklärte er und rüttelte Fladinger erneut an der Schulter. »Halten Sie sich bereit, Fladinger, Sie holen Dienstag früh um 8 Uhr Ihren Kollegen aus Graz am Bahnhof ab«, forderte Doktor Gartler den verwirrt blinzelnden Gendarm auf.

»Der Postenführer Ulbrich wird bestimmt eine Menge Fragen haben und über alles informiert werden wollen«, führte er weiter aus, »da wartet noch viel Arbeit auf uns!« Plötzlich lagen tiefe Falten auf seiner Stirn. Fladinger starrte ihn verwundert an und verzog den Mund, er hatte kein Wort davon verstanden, was soeben gesagt worden war. Aber Pfandl wusste natürlich etwas zu sagen: »Eine weise Entscheidung! Der Ulbrich hat doch vor vier Jahren diesen Raubmörder vom Grazer Schlossberg hinter Gitter gebracht?«

»Schau einer an! Unser Herr Gastwirt ist ja bestens informiert!«, nickte Doktor Gartler anerkennend und schmunzelte. Pfandl hatte gleich eine Antwort parat: »Ich lese halt täglich die Zeitungen. Ein pflichtbewusster Mürzzuschlager muss ja wissen, was um ihn herum passiert.«

Aber zugleich beschäftigte ihn ein anderer Gedanke: Der Grabler ist doch kein Mörder. Er hat nicht das Format eines Mörders … Der Behinderte! Oder doch? Dabei schossen ihm die Bilder vom vorigen Dienstag vor seinem Wirtshaus durch den Kopf. Dass der Grabler Sepp ein Mädchen vergewaltigt hatte und dafür im Zuchthaus gewesen war, wusste man. Dass das junge Mädchen, das daraufhin längere Zeit mit einem schweren Nervenfieber darniederlag, zu allem Unglück auch noch schwanger geworden war, dagegen nicht. Er hatte es von seiner Mutter erfahren, die es ihm seinerzeit einmal erzählt hatte. Sie war es auch gewesen, die dem Vater von Kathi geholfen hatte, einen Platz in Bruck zu finden, wo das Mädchen ein paar Monate zur Erholung sein konnte. In Wahrheit brachte sie aber dort ein Kind zur Welt, das von einem kinderlosen Ehepaar adoptiert wurde. Davon war nie etwas in Mürzzuschlag bekannt geworden. Pfandl musste seiner Mutter auch versprechen, nie ein Wort darüber zu verlieren, und er hatte sein Wort gehalten. Die arme Kathi Glück hatte sicher genug mitmachen müssen damals, da brauchte sie auch nicht später wieder blödes Gerede. Der Grabler war überführt worden und deswegen im Zuchthaus gesessen. Aber das war alles lange her. Andererseits: Wer wusste schon, wozu so jemand fähig war? Was sollte man denken? Vor lauter Anspannung zog sich sein Magen zusammen und er warf einen Blick auf das leere Bierglas.

»Vergessen Sie nicht, den Artikel über den Almpeterl zu lesen!«, damit verließ er endgültig den Tisch mit der Gerichtskommission. »Nein, nein, ich vergesse es sicher nicht, ich wollte ihn gerade zur Hand nehmen!«, rief ihm Doktor Gartler nach, der bemerkt hatte, dass Pfandl dieser Artikel wichtig war. Er musste leider vermuten, dass er ohne diesen übereifrigen Wirt nicht viel weiterkommen würde in der Mordsache auf der Pretulalpe. Auf Fladinger konnte er sich nicht verlassen.

Mit einem leichten Schlag auf die Schulter weckte er den Gendarm endgültig auf und bat seinen jungen Begleiter, Fladinger alles zu erklären, was dieser zuvor verschlafen hatte. Dann wandte er sich dem von Pfandl übergebenen Artikel zu:

Deutsche Alpenzeitung
III. Jahrgang 1903/1904 Heft 21

Der Almpeterl

Wer von den Wienern Skiläufern kennt ihn nicht, den Almphilosophen der Pretul-Alpe, Peter Bergner, kurzweg »Almpeterl« genannt; den einen der wenigen glücklichen und zufriedenen Menschen, der da oben im Roseggerhaus, im herrlichen Mittelgebirge der grünen Steiermark, bei Mürzzuschlag haust.

Und wie wenn er durch das Vorbild unseres steirischen Dichterfürsten, dessen stolzen Namen das Alpenhaus ziert, zum Dichten angeregt worden wäre, so mutet es mich an. Hat doch des Winters Einsamkeit da droben in seinem Stück Welt seine poetische Denkungsweise wecken gelernt. Mag ihm auch in seinen jüngeren Jahren mancherlei widerfahren sein, sei es, dass der Blitz in einen Baum schlug, unter dem er stand, sodass er die Sprache verlor, taub und gelähmt ward, beweglich ist er doch wieder geworden wie nur einer der Jungen, die Sprache stellte sich auch wieder ein, nur fehlen dieser Walze einzelne Stifte und auch die Taubheit hat nachgelassen; mag er vom Heuboden, durch einen Tritt auf eine nicht aufliegende Latte, in die leere Tenne hinuntergestürzt oder mit dem Kopf in ein Sägegatter geraten sein, eines hat er sich zu erhalten gewusst: ein glückliches, zufriedenes Gemüt und ein Stück Lebensweisheit. Wer ihn kennt und nur ein bisschen studiert hat, der hat ihn sicher auch beneiden gelernt, und mancher »gebildete« Städter könnte sich an diesem Prachtmenschen, dessen Bedürfnislosigkeit schon ans Fabelhafte grenzt, ein Muster nehmen.

Folgen wir einmal einer solch fröhlichen Skifahrerschar, und wir lernen am besten unseren Almpeterl kennen, denn meist wird bei ihm Station gemacht.

Ein kalter, grauer Wintermorgen bricht an, da beginnt es sich in Pfandls Gasthof Zur Post zu regen, bequem haben's die Skifahrer hier, können sie doch fast aus dem Bett heraus auf die Skibahn treten. Gleich hinter dem Gasthof beginnt das Terrain zu steigen, und schon trappelt hier die muntere Schar bergwärts. Lilienfelder, scherzweise auch Lilienstengel genannt, und Norweger friedlich vereint, alle von einem Drange beseelt, dem lustigen Wintersport zu huldigen. Ist gar ein Anfänger dabei, dann gibt's sicherlich viel Kurzweil, und rasch verfliegt die Zeit. Herr Erwin Pfandl hält heute auch mit, was er wohl gerne auch öfter täte, würde sein Amt als Wirt dies gestatten, ist er doch ein schneidiger Skimann, der in Wort und Tat eifrig für die Sache eintritt.

Bis weit hinauf zum letzten Bauern ist der Pfad ausgetreten und die dann folgenden Hohlwege sind meist bis knapp unter dem Kamme, wenn längere Zeit kein Schneefall eintrat, von den Holzknechten oder den Hörnerschlittenfahrern ausgeführt. Ist der Schnee hart und der Weg vereist, dann wird vom Haus weg das beliebte »Langholzführen« in Szene gesetzt, beide Skier an eine lange Leine gespannt und rückwärts gezogen; mag vielleicht der eine oder der andere Skimann es »unfair« nennen, ich bin kein so verbissener Skiist, dass ich von Anfang bis Ende einer Tour die Brettln immer an den Füßen haben muss; wie ich am ökonomischsten vorwärts komme, so wird's auch gemacht, und mancher, dem früher ein mitleidsvolles Lächeln die Lippen umspielte, ist jetzt ein eifriger Anhänger der Langholzführergilde. Selbst am Kamme, wenn der Schnee beinhart ist, wird so fortgewandert. Manchmal wird in einer Almhütte eine kleine Pause abgehalten, meist jedoch in einem Zug bis zum Peterl gewandert in circa drei Stunden. Braust am Kamme der Sturm, so kann man sicher sein, dass der fürsorgliche Peterl seinen Gästen entgegengefahren kommt und Pfad macht, so war's auch das letzte Mal. Keine fünf Schritte weit konnte man sehen, Nebel und Schnee bildeten bei dem Schneetreiben ein einförmiges Grau. Da taucht auf einmal eine dunkle, zusammengekauerte Gestalt auf, die den steilen Hang heruntersaust, und Peterl steht wie aus dem Boden gestampft vor uns, ein lautes »Juhui« zum Gruße ausrufend. Eitel Freude lacht in seinem Gesicht und »Ski Heil« tönt's allerwärts. Seinen langen, verschlissenen braunen Mantel, die losen Ecken hinter eine weiße, aufgekrempelte Schürze gesteckt, einen Erdäpfelsack mit Spagat über den Kopf gebunden, ein paar Fäustlinge an den Händen, deren Provenienz ich vergeblich zwischen den verschiedenen aufgesetzten Flecken zu erkennen suchte. So steht er vor uns, und nur die neuen Lilienfelder Ski, ein Geschenk des Internationalen Alpen-Skivereins, stechen aus der sonstigen Ausrüstung wohltuend heraus. Seine früheren Ansteckhuafn bestanden aus einem Paar ungleich dicker Pfosten mit einer vorsintflutlichen Bindung. Bald sind wir im Alpenhaus angelangt. Peterl bemüht sich um jeden, so viel er nur kann, höflich und zuvorkom-

mend sucht er sich mit Feuereifer gerne allerwärts nützlich zu machen. Ist erst einmal der Rummel vorüber, so folgt der Reinigungs- die Kochperiode. Was verschlägt's, dass ihm einmal beim Hersagen eines seiner Gedichte die Erbswurstsuppe anbrennt, ist vielleicht die Welt schon aus ihren Angeln geraten, weil er einmal mit einem Frankfurterwasser Tee aufgegossen, sodass dann dieser, wie er sagte, »etwas geschmirgelt« schmeckte. Nein, es sind dies dichterische Freiheiten, die wir Peterl gern zugutehalten. »Peterl«, ruft dann einer, »sagen Sie uns Ihr neuestes Skipoem!« Und ist einmal der Hunger der Gäste gestillt, dann geht es ans Erzählen.

Erstaunlich sind seine Redseligkeit und die Fülle der Gedanken, die er aus seinem Inneren schöpft. Trägt er warm empfunden eines seiner Gedichte vor, so fühlt er sicherlich das mit, was er spricht, dabei hat er eine sehr ausgewählte, blumenreiche Ausdrucksweise. Sein in Hexametern gehaltenes Vorwort zu der von ihm seinerzeit herausgegebenen geschriebenen Zeitung Das Pongauer Extrablatt, *zeugt von einem dichterischen Schwung, der geradezu verblüfft. Dem Zeitgeist folgend, hat er in einem seiner letzten Gedichte die Automobilität besungen. Einst besuchten wir Peterl zu zweien, und als wir die Hütte verließen, waren wir infolge der anstrengenden Konversation stockheiser. Peterl liest sehr viel, darunter manch wissenschaftlich Werk. So sehen wir in ihm den einfachen Müllerburschen, einen Prachtmenschen, ein Naturkind mit einer gesunden Weltanschauung, unverbildet, mit einem gemütvollen Herz, einem wahren, offenen Charakter, der jedem freudvoll zu Diensten steht. Ist er jemandem besonders zugetan, dem erzählt er dann vielleicht die Geschichte seiner Brautschau; ich will mich keiner Indiskretion schuldig machen und nur verraten, dass er vorläufig die beiden »Ringle« unter einem Baum vergraben hält. So ließe sich noch manches von Peterl erzählen. Verlassen wir jetzt unseren Freund, nicht ohne vorher durch eine kleine Überzahlung der Rechnung die helle Freude und ehrliche Dankbarkeit in seinen Augen aufblitzen zu machen. Er gibt uns noch ein Stück das Geleite und kehrt dann in seine Einsamkeit zurück.*

Wir haben jetzt Gelegenheit, in circa einer Stunde das Stuhleck zu besuchen, und können dann je nach der Güte des Schnees von vier Routen, steile oder sanfte, Wiesen- oder Hohlweg-Abfahrten wählen, alle von großer, landschaftlicher Schönheit. Sitzt dann erst die ganze Skigilde wieder beim fröhlichen Abendessen, kann man von den geröteten frischen Gesichtern und blitzenden Augen Lebenslust und Freude lesen, als die verjüngende Wirkung dieses herrlichen Sportes. Dies ist nur eine der vielen schönen Touren von Mürzzuschlag, welches so recht geschaffen scheint, unser österreichisches Davos zu werden, wozu die jetzt zum ersten Male hier stattfindenden Nordischen Spiele mit Konkurrenzen in aller Art Wintersport gewiss viel beitragen werden.

Terrain und Schneeverhältnisse sind geradezu ideal und lange gibt's hier noch Schnee, wenn die Sonne nördlich des Semmerings schon alles weggetaut hat. Von Wien und Graz leicht erreichbar, befinden wir uns hier in unmittelbarer Nähe hochalpiner Gebirge und nehmen bei einem Ausflug von Wien die herrliche Fahrt über den Semmering mit schönen Blicken auf Rax und Schneeberg mit in Kauf. Wird erst einmal der Fahrpreis der Bahn für die Wintersportgäste von

Mürzzuschlag verbilligt werden, dann wird allwöchentlich von der von Jahr zu Jahr rasch anwachsenden Skifahrerschar der größte Teil hierher ziehen, zu fröhlichem Getriebe; denn nur die Südbahn ist der Prinz, der dies Dornröschen wecken kann. Ski Heil!

Montag, 27. Juni 1904

Der Himmel war bewölkt, und es hatte leicht zu regnen begonnen. Die Stimmung draußen kam ihm ebenso düster vor wie seine eigene. Es war bereits finster, er stolperte und wäre fast gestürzt. Kein einziger Stern am Himmel leuchtete ihm auf seinem Weg Richtung Ort. Er ging alleine die Straße entlang, niemand war zu sehen. Ihm war es, als sei er weit weg vom wirklichen Leben. Unter seinen Füßen knirschten die Steine. Seine Angst, womöglich doch erwischt zu werden, erzeugte eine furchtbare Unruhe in ihm. Es war höchste Zeit gewesen, sein Versteck zu verlassen und bei ihr vorbeizuschauen. Vor allem war es notwendig, mit ihr darüber zu reden, auch wenn er sich nicht sicher war, ob das eine wesentliche Verbesserung für ihn bringen würde. Er hatte die letzten Tage genügend Zeit gehabt, über alles nachzudenken. Sie würde sich nie mehr ändern, was er zwar akzeptieren musste, jedoch nicht einsehen wollte. Plötzlich sah er die Szene vor sich, wie er das letzte Mal bei ihr auf Besuch war. Was für ein Unheil war dadurch auf ihn zugekommen!

Er fuhr sich nervös mit der Hand über die Stirn, wischte sich die Regentropfen aus dem Gesicht. Im Ort selbst war es wenigstens nicht mehr ganz so finster, ein paar Lichter wiesen ihm den Weg. Er ging über den Hauptplatz und dann ein Stück entlang des Flusses. Gleich hinter der Wasserheilanstalt befand sich das baufällige Gebäude, in dem sich ihre Wohnung befand. Besser gesagt, dort hauste sie seit eineinhalb Jahren. Es regnete noch immer leise vor sich hin. Zwar nicht dicht, jedoch unangenehm. Ein kühler Wind blies ihm ins Gesicht. Die Jacke war bereits nass, zum Glück hielten die Schuhe gut trocken. Er blieb vor dem schäbigen Ziegelbau stehen und überlegte kurz, wieder umzukehren. Er stemmte seine Hände in die Hüften, drehte sich noch einmal um, warf einen prüfenden Blick in die Seitengasse und seufzte tief durch. Er wusste, warum er so ungern hierher kam zu diesem Haus. In diese Bruchbude. Jedes Mal, wenn er den düsteren Ort wieder verlassen hatte, ärgerte er sich, da gewesen zu sein. Die im Ort verrufene dunkle Gasse wurde von den Leuten lieber gemieden und zählte zu den Schandflecken der Gemeinde. Er kämpfte ein paar Sekunden mit sich und dachte: Wenn es nur schon vorbei wäre.

Von der Gaslaterne gegenüber fiel dumpfes Licht auf die regennasse Straße. Der Regen verschlang die Lichtstrahlen und ließ sie im feuchten Erdboden versickern. Es war alles trostlos hier in dieser armseligen Gegend hinter der Wasserheilanstalt. Ihm war lieber, gar keine feste Wohnadresse zu haben, als hier gemeldet zu sein. Das Haus, in dem sie wohnte, war zweistöckig und ziemlich heruntergekommen. Er wusste nur, dass einige Bewohner ganz alleine und verlassen hausten, weil sie niemanden mehr hatten, ihre Angehörigen entweder verstorben waren oder den Kontakt mit ihnen abgebrochen hatten. Andere wiederum teilten sich mit etlichen heruntergekommenen Durchreisenden ihre kleine Wohnung. Es waren wohl Gleichgesinnte, die nur für ein paar Tage einen Unterschlupf in Mürzzuschlag suchten und dann irgendwann wieder das Weite suchten. Menschen, die nur ein geringes oder gar kein Einkommen hatten, fanden hier in diesem Haus ein Quartier. Wie die Leute von irgendwoher überhaupt an diese Adresse kamen, war ihm schleierhaft. Womöglich hatte es sich von Graz bis Wien schon herumgesprochen, dass es in Mürzzuschlag dieses Haus gab, wo man sich für wenig Geld mit jemandem ein Zimmer teilen konnte? Die Gemeinde stellte den meist mittellosen Bewohnern diese ziemlich verkommene Bude, abseits vom Zentrum und gut versteckt, sehr billig zur Verfügung. Die Mieten, sofern sie überhaupt einigermaßen regelmäßig einkassiert werden konnten, waren nicht hoch. Somit war selten Geld für Renovierungsarbeiten vorhanden. Ein paar der schmutzigen Scheiben im Erdgeschoss waren schon vor einiger Zeit von übermütigen Jugendlichen eingeschlagen worden, niemand hatte sich um eine Reparatur gekümmert.

Die Haustür stand wie immer offen. Er sah sich ein letztes Mal um, bevor er das Haus betrat. Im Flur roch es muffig nach Schimmel und kaltem Rauch. Das trübe Deckenlicht konnte den Gang kaum erhellen. In einer Ecke standen Schachteln und eine Tasche mit leeren Flaschen. Von der Decke hingen Spinnweben, und hinter dem Glas der Lampe befanden sich unzählige tote Fliegen. Es war schon lange nicht mehr ausgemalt worden, und an einigen Stellen war der Bodenbelag aufgerissen, sodass der Beton zum Vorschein kam. Es musste ewig her sein, dass hier jemand saubergemacht hatte. Er ließ den Kopf hängen. Von ganz oben hörte man Lärm, für ihn die schlimmste Geißel in diesem Gebäude. Entweder musste man ausufernde Streitgespräche oder dummes Gelächter mit anhören. Viele der Menschen hier schienen wohl schwerhörig sein, weil sie sich nur schreiend unterhielten. Bei jedem Besuch dachte er sich, wie unerträglich der Lärm sei.

Er schaute sich nochmals um. Eigentlich war alles unerträglich hier. Er ging den Flur entlang, seine Schritte hallten. Die Schuhe hinterließen nasse Spuren auf dem abgetretenen Bodenbelag. Dieses Haus passte zu ihr. Heruntergekommen, so wie mittlerweile ihr ganzes eigenes Leben war. Die alte Holzstiege in den ersten Stock knarrte beim Hinaufgehen. Im düsteren Gang huschte ihm eine magere Katze entgegen. Er fuhr ein wenig zusammen, als er sah, dass ihre Wohnungstür – sie bewohnte die letzte Wohnung in diesem Stockwerk – nur leicht angelehnt war. Ob sie gerade Besuch hatte?

Leise drückte er gegen die angelehnte Wohnungstür und warf einen neugierigen Blick in die Küche. Im Halbdunklen saß eine hagere Frau am Küchentisch. Ihr Kopf war mit offenem Mund nach hinten gebeugt. Ihre ursprünglich schwarzen Haare, die inzwischen von einigen grauen Strähnen durchzogen waren, hingen zerzaust nach hinten. Sie musste wohl am Esstisch eingeschlafen sein und schnarchte unregelmäßig vor sich hin.

Mit leisen Schritten trat er näher, und seine Blicke streiften durch den Raum. Auf der Eckbank lagen alte Zeitungen, über das verschlissene Sofa war ein Leintuch gespannt. Es war ziemlich vergilbt und hatte ein paar Flecke. Dunkelrote Vorhänge mit großem Blumenmuster bedeckten das Fenster. Zwei Töpfe, ein paar Teller, dazu einige Gläser und Flaschen standen auf der Küchenkredenz. Darüber hatte sie lieblos zwei Geschirrtücher geworfen. Auf dem Herd stand eine Pfanne mit eingetrockneten Speiseresten. In der Abwaschschüssel waren nur ein paar Biergläser. Daneben lagen ein zerknüllter Waschlappen, eine Seife und altes Zeitungspapier. Es schien ihm sinnlos aufzuräumen, denn in ein paar Tagen würde es wieder gleich unordentlich aussehen.

Von der Küchenuhr über dem Herd konnte er das Ticken vernehmen. Die ganze Küche stank mehr nach Zigarettenrauch als nach Gekochtem. Sie hatte sicher schon lange nicht mehr gelüftet und sich auch nichts Frisches zu essen zubereitet. Die Wohnung war zwar klein, reichte jedoch für sie alleine aus, wäre sie nicht so unordentlich beieinander gewesen. Sie bestand aus einer Wohnküche, einer Schlafkammer nebenan und einer kleinen Speis. Das Gemeinschaftsklo war am Gang, das Wasser musste man mit Eimern aus dem Brunnen vor der Wasserheilanstalt holen. Zum Glück war der Sohn des Vormieters der Wohnung nicht am Inventar interessiert gewesen, nachdem sein allein lebender Vater verstorben war. So blieb die Wohnung möbliert, und sie konnte damals, als sie plötzlich so dringend eine Unterkunft brauchte, von einem Tag auf den anderen einziehen.

Sie wollte nie, dass er ihr Schlafzimmer betrat, da es ihr intimster Bereich sei. Sie hatte ihm auch verboten, in der Wohnung abends die Vorhänge aufzuziehen, und als er es einmal tun wollte, sagte sie zu ihm mit erregter Stimme, als hätte er ein Schwerverbrechen begangen: »Mach sofort die Vorhänge wieder zu! Was denkst du dir! Da sieht ja jeder vom Nachbarhaus in meine Wohnung herein und hat seine Freude dabei, mich auszuspionieren!« Daraufhin hatten sie wieder einmal Streit gehabt, und er forderte sie auf, lieber die Wohnung in Ordnung zu bringen, dann müsste sie keine Angst haben, dass jemand hereinsehen könnte.

»Was machen Sie, Mutter, wenn jemand von der Gemeinde herkommt und sich die Wohnung anschauen will?«, hatte er sie in ernstem Ton gefragt, aber lediglich einen unbekümmerten Lacher von ihr zu hören bekommen. »Und wenn schon, dann sollen sie ruhig sehen, wie ich hier leben muss«, entgegnete sie ihm schnippisch. Er hatte nur verständnislos den Kopf geschüttelt. Sie dachte wohl, wenn man schon armselig wohnte, dann konnte es auch unordentlich ausschauen.

Dabei wollte er ihr schon längst einmal sagen, dass sich eine Frau aus einer der anderen Wohnungen bereits über sie im Gemeindeamt beschwert hatte. Er wusste jedoch, dass er damit nur einen weiteren Streit auslösen würde, und das wollte er sich lieber ersparen. Von den Beschwerden der Nachbarin hatte er durch seinen Freund Karl, der in der Gemeindestube die Mietwohnungen verwaltete, erfahren. Dieser bat ihn auch, doch seiner Mutter ins Gewissen zu reden, auf die Wohnung besser achtzugeben, sie sei wirklich sehr unordentlich. Woher Karl die Umstände in ihrer Wohnung überhaupt bekannt waren, entzog sich seiner Kenntnis, es war ihm auch egal. Das alles lag jetzt schon fast ein halbes Jahr zurück. Seitdem hatte sich nichts an ihrer Wohnsituation geändert.

So wie er sie kannte, hatte sie es heute wieder einmal nicht mehr geschafft, ins Bett zu gehen. Ein paarmal hatte er sie auch schon auf dem Sofa eingeschlafen angetroffen, wahrscheinlich, wenn die Männerbesuche, über die im Haus ebenfalls gesprochen wurde, anstrengend gewesen waren. Dann schnarchte sie laut zwischen den vielen Kissen und der Puppe, die sie wohl noch aus ihrer Kinderzeit hatte.

Als er seinen Freund Karl unlängst darauf angesprochen hatte, ob er von dem Gerücht im Ort wüsste, dass einige Frauen aus dem Haus, das ja der Gemeinde gehörte, der Prostitution nachgingen, tat der geradeso, als hätte er seine Frage überhört und reagierte nicht darauf. Es schien ihm, als wollte Karl mit den Leuten hier lieber nicht mehr zu tun haben als notwendig. Und das war, einmal im Monat vorbeizukommen und den Mietzins abzukassieren.

Eine der Nachbarinnen von gegenüber hatte ihn jedoch bereits beim letzten Mal im Stiegenhaus angesprochen und sich darüber entrüstet, dass das Haus hier in den letzten Monaten zu einer Art Bordell geworden war. Sie hatte zwar nicht direkt über seine Mutter gesprochen, aber gemeint: »Ich bin zwar bei Weitem nicht die Älteste hier, aber anscheinend die Einzige im Haus, die nicht die Beine für Geld breit macht!«

Jetzt wollte er sich aber nicht länger damit aufhalten, worüber die Leute im Ort redeten. Er sah zu seiner am Tisch schnarchenden Mutter und wäre am liebsten gleich wieder gegangen. Doch er hatte eine heikle Sache mit ihr zu besprechen. Sie musste nämlich eine Aussage für ihn machen. Er brauchte dringend ein Alibi für den 24. Juni, das war der vorige Freitag, und sie musste, sofern es notwendig wäre, bestätigen, dass er sich bei ihr in der Wohnung aufgehalten hatte. Angewidert ging er zur Abwaschschüssel und schüttete Wasser aus dem Eimer hinein.

Jedes Mal, wenn er seine Mutter besuchte, wirkte sie verbrauchter und älter. Ihr eigentlich hübsches Gesicht zeigte inzwischen schon einige Falten, und ihre Zähne waren fleckig vom Rauchen. Er raffte sich auf und näherte sich dem Esstisch mit den beiden Stühlen. Heftig verrückte er den freien Sessel, der dabei ein kratzendes Geräusch machte. Sie erschrak, riss den Kopf ruckartig nach vorne und stützte ihn in die Hände. Die Haare fielen ihr ins Gesicht. Sie saß nur in diesem roten Hausmantel da, den sie abends meistens trug. Darunter trug sie schwarze Strümpfe, ihre Schuhe lagen unter dem Tisch. Er schüttelte den Kopf und kniff die Augen zusammen. Natürlich waren wieder Männer da gewesen! Er hasste es, wenn sie sich so gehen ließ.

»Lass den Lärm und setz dich hin«, fauchte sie, ohne ihn zu begrüßen. Ihre Stimme klang heiser. Sie verdeckte ihre nackte Haut, so gut es ging, mit dem Mantel und rückte sich den Stuhl zurecht. Er tat, was sie ihm anschaffte, so wie er es im Grunde immer getan hatte, nahm den Sessel und setzte sich zu ihr. Sie hatte eine eigenartig süßliche Ausdünstung. Der Geruch verursachte ihm Unbehagen.

Nachdem sie sich eine Zigarette angesteckt hatte, nahm sie ein paar kräftige Schlucke aus der Bierflasche, die vor ihr stand. Dann wischte sie sich mit der Hand über den Mund. »Da, trink mal«, meinte sie zu ihm mit ihrer rauchigen Stimme. Er schüttelte den Kopf, ihr Anblick war ihm peinlich. Sie war jedoch nicht immer so gewesen. Irgendetwas hatte ihr in den letzten Monaten arg zugesetzt. Wahrscheinlich waren es diese Männerbesuche. Er wollte sie schon fragen, ob sie tatsächlich inzwischen für Geld ihren Körper anbot. Denn wie sie so dasaß und aussah, war ihr das wohl zuzutrauen. Aber dann überlegte er es sich, dass es wohl besser wäre, er fragte sie ein anderes Mal danach. Er wollte sich das lieber erst gar nicht vorstellen, dass sie jemand dafür bezahlte.

Sein Alibi war sowieso im Moment wichtiger. Er faltete die Hände und bedachte sie mit einem fragenden Blick. »Heute kommst du erst daher. Wo warst du so lange?«, fuhr sie ihn an. »Wo soll ich schon gewesen sein, Mutter? Ich hab mich halt in der Gegend herumgetrieben.« Sie schüttelte den Kopf und saugte an der Zigarette, bis die Glut hell aufleuchtete. »Red nicht so blöd herum! Ich hab dir doch gesagt, du sollst nur das Geld besorgen und dann den Hüttenwirt im Kellerloch einsperren!«

»Hab ich ja gemacht«, antwortete er leise, ohne sie anzuschauen. »Fangen Sie jetzt bitte nicht an, Fragen zu stellen«, fügte er bittend hinzu. »Was ich brauche, ist für den Freitagnachmittag ein Alibi!«

»Was heißt hier Fragen stellen? Jeder weiß, dass der Alte in der Hütte umgebracht worden ist! Wieso hast du das gemacht?«, fragte sie ihn. Dabei starrte sie ihn enttäuscht an und blies Zigarettenrauch in die Luft. »Davon war nie die Rede! Und jetzt brauchst du ein Alibi. Sonst heißt es Galgen oder lebenslanger Knast. Ist dir das klar?« Es gab eine längere Pause. Er holte tief Luft und zuckte verlegen mit den Schultern.

Sie hatte jetzt wieder diesen gleichgültigen Ausdruck in ihrem Gesicht, gleichgültig und enttäuscht zugleich. »Ich wollte ihn nicht umbringen. Doch dann hab ich plötzlich den Vater vor mir gesehen. Da konnte ich nicht mehr aus und hab auf ihn eingedroschen. Einmal, zweimal. Fragen Sie mich nicht, ich weiß es nicht mehr. Als ich das Blut gesehen hab, konnte ich nicht mehr aufhören. Mich trieb wohl der Wahnsinn an. Den weißen Hund hab ich eh verschont.«

Während er innehielt und tief durchatmete, begann sie zu sticheln: »Von mir bekommst du kein Alibi! Wegsperren sollte man dich! Bist du denn komplett übergeschnappt? Dein Vater ist doch schon lange unter der Erde. Den hättest nicht mehr erschlagen brauchen! Hättest lieber den Hund vom Almpeterl umgebracht, doch nicht den alten Sonderling selbst! Wo denkst du hin? Dir kann man gar nichts auftragen. Ehrlich gesagt, warst du noch nie für etwas zu gebrauchen. Das hat der Karl vom ersten Tag an gewusst, gleich, wie wir dich gesehen haben. Bereits als Kind hatten wir nur Ärger mit dir. Verdammt, wie recht er damals hatte! Frag nicht, welche Scherereien ich jetzt wegen dir bekommen werde!«

In ihrer Stimme lagen Wut und gleichzeitig Resignation. Sie hustete ein paarmal, nahm noch einen kräftigen Schluck aus der Flasche und hielt sie in der Hand, als würde sie sich daran festklammern. Sie schauten einander an. Er nahm ihr die Flasche weg und schob sie beiseite. Sie versuchte nicht, danach zu greifen, wahrscheinlich aus Müdigkeit. »Wieso sollten Sie denn jetzt Scherereien haben? Niemand wird draufkommen, dass ich es war, wenn Sie sagen, dass ich den ganzen Nachmittag bei Ihnen hier in der Küche gesessen bin!«

»Dass ich nicht lache! Dein Name wird jetzt wohl im Hüttenbuch stehen! Oder hast du das vergessen?« Sie schaute ihn streng an.

Er gab sich Mühe, seine Unsicherheit zu verbergen. Schon als Kind hatte sie ihn immer als dumm hingestellt. »Ach was! Denken Sie, ich bin so blöd? Ich hab mich unter einem fremden Namen eingetragen. Sollte man überhaupt draufkommen, kann ich immer noch sagen, dass ich bei Ihnen war. Und deshalb bin ich jetzt hier! Außerdem standen auch andere Namen im Hüttenbuch! Ich bin nicht der Einzige, den man verdächtigen kann! Also wissen Sie, was Sie zu sagen haben, sollte die Gendarmerie Sie fragen!«

»Aha, einen anderen Namen. Da hast du dir ja mal was gedacht dabei! Trotzdem hatte der Karl recht«, sagte sie schnell und wandte sich von ihm ab. Er erklärte ihr ganz stolz: »Ich hab mich zwischen dem Hans Glück und dem Sepp Grabler unter dem Namen Ferdinand Dworschak aus Brünn eingetragen, da war noch genügend Platz im Gästebuch. Es sollte so ausschauen, als ob der Grabler der letzte Besuch oben war.«

»Ach so, die beiden waren am Freitag auch oben auf der Pretulalpe?«, fragte sie und runzelte dabei nachdenklich die Stirn. Sie rückte ein wenig zur Seite und warf ihm einen vorwurfsvollen Blick zu. »Wahrscheinlich haben dich der Glück und der Grabler gesehen und werden dich sicher verraten. Geschieht dir schon recht!«

»Ach was! Den Grabler Sepp hab ich nur kurz von Weitem gesehen und den Glück überhaupt nicht, der muss lange vor mir oben gewesen sein«, entgegnete er ihr schnell. »Interessant, der Glück und der Grabler waren auch oben am Freitag«, wiederholte sie nochmals und überlegte eine Weile, fast so, als ob sie über etwas Wichtiges nachdenken müsste. Mit einem schiefen Lächeln schaute sie zu ihm auf. »Interessant!«, wiederholte sie.

»Also wenn alles gutgeht, wird man wohl einen von den zwei Männern verdächtigen. Aber was geht mich das an! Schau selbst, wie du aus der Sache rauskommst!«, meinte sie dann. »Das geht Sie sehr wohl was an, Mutter! Sie sagen, dass ich bei Ihnen war und dann komme ich erst gar nicht in Verdacht.« Sie zog den Hausmantel fester zu und warf einen Blick auf eine der Zeitungen, die vor ihr lagen. Am Titelbild war Tamara von Hervay abgebildet. »Wenn es halt sein muss, dann mach ich das, sonst geht es dir wie diesem vornehmen Luder hier, die sitzt jetzt auch im Gefängnis anstatt in ihrer protzigen Wohnung. Aber glaub mir, der Karl, der hätte dich lachend in den Kerker geschickt!«,

Er wäre am liebsten aufgestanden und auf und davon gegangen, weil er ihre Art schrecklich fand. Er zitterte vor Zorn. »Der Vater hat mich doch überhaupt nie leiden können. Geben Sie doch zu, die meiste Zeit haben Sie weggeschaut, wenn er mich geschlagen hat! Ich war Ihnen doch egal! Jetzt können Sie wenigstens einmal was für mich tun«, presste er hervor und legte verzweifelt die Hände vor sein Gesicht. Er wollte ihr nicht sagen, wie sehr er sie dafür als

Kind deswegen schon gehasst hatte. Im Gegenteil, er nahm ihre Hand und blickte sie hilfesuchend an. Er musste sie dazu bringen, ihm das Alibi zu geben.

»Helfen Sie mir, Sie sind meine Mutter! Haben Sie mich denn auch nie leiden können, genau wie der Vater?« Er hielt den Blick mit Tränen in den Augen auf sie gerichtet, und sein Gesicht zuckte dabei. Seine Mutter wusste nicht, wie ihr geschah. Verunsichert wischte sie seine Hand weg und nahm die Bierflasche. »Was soll das heißen, nie leiden können?«, fragte sie verlegen. Sie wusste nicht, wie sie auf seinen ungewohnten Ausbruch reagieren sollte. »Du bist und bleibst eben ein Taugenichts. Das weißt du doch selbst! Wir hätten dich einfach nie bei uns aufnehmen sollen«, fügte sie hinzu und richtete sich mit der Hand ihr langes Haar. Auf ihrem Gesicht zeigte sich eine traurige Resignation.

»Jetzt ist es heraus! Ich wollte dir immer schon die Wahrheit sagen. Vielleicht passt es heute?«, meinte sie mit brüchiger Stimme. »Ich dachte mir, falls du mal vernünftiger geworden wärst, dann würde ich es dir sagen. Aber jetzt, jetzt hast du den Almpeterl am Gewissen! Und du sagst, du hast ihn wegen dem Vater erschlagen. Du hast ja gar keine Ahnung, was in mir dabei vorgeht! Vielleicht ist es jetzt schon zu spät, dass du die Wahrheit erfährst.«

Er wusste zuerst nicht, was sie meinen könnte, doch dann dämmerte ihm allmählich etwas. »Dann raus mit der Wahrheit!«, stieß er zwischen zusammengebissenen Zähnen hervor. Jetzt kam bestimmt wieder eine Gemeinheit ans Licht. Wahrscheinlich war er überhaupt nicht sein Vater. Er hätte gute Lust gehabt, ihr seine Gedanken ins Gesicht zu sagen. Sicher hat sie den Vater beschissen und ihm dann gesagt, ich bin von ihm!, ging ihm durch den Kopf.

Doch sie kam ihm zuvor: »Als der Karl und ich seinerzeit aus Krain nach Bruck gekommen sind, war unsere Ehe schon einige Zeit im Argen. Ich hab mir aber eingebildet, dass vielleicht ein Kind die Ehe retten könnte. Ich konnte aber nicht schwanger werden, weil …, na egal. Auf jeden Fall hatte ich die fixe Idee, dass, wenn wir ein Kind hätten, alles wieder gut werden würde. Eines Tages hab ich dann zufällig erfahren, dass im Krankenhaus ein junges Mädchen aus Mürzzuschlag Eltern für ihren neu geborenen Sohn sucht. Da sind wir halt hingegangen, der Karl und ich. Obwohl er gar nichts davon gehalten hat, ist er trotzdem mit. Er hat ein ganz komisches Gesicht gemacht und gemeint, so wie du ihn angeschaut hast, wird das nichts mit dir und ihm. Ich hab aber nicht locker gelassen und tagelang gebettelt. So haben wir dich dann an Kindes statt angenommen. Jetzt schau nicht so entsetzt! Du kannst mir wirklich glauben, dass der Karl gar nicht dein richtiger Vater war. Aber er hat recht gehabt. Es ist nicht gut gegangen. Ich bilde mir ein, gerade wegen dem kleinen Kind zu Hause hat er mit dem Gasthausgehen und Trinken begonnen. Mit jedem Tag ist es schlimmer geworden. Und wie er dann tot war, bin ich mit dir alleine übrig geblieben. Jetzt verstehst du vielleicht, warum du an meinem ganzen unglücklichen Leben mitschuldig bist!«

Nach diesen Worten stand sie auf und weinte leise vor sich hin. Sie nahm aus Verlegenheit die Pfanne vom Herd und legte sie zu den Gläsern in die Abwaschschüssel. Er sagte nichts, ließ den Kopf hängen. Unvermittelt drehte sie sich um und ging hinaus. Als die Wohnungstür hinter ihr zuschlug, war es für ihn wie eine Erlösung.

Oh Gott, sie ist nicht meine Mutter, ging ihm mehrmals durch den Kopf. Irgendwie war die Erkenntnis auch eine Erleichterung für ihn. Sie schien sich draußen im Klo übergeben zu müssen. Was trank sie auch so viel! Um sich abzulenken, räumte er die leere Flasche vom Tisch, hob ein paar Sachen vom Boden auf und legte sie auf das Sofa. Er nahm sich vor, trotz dieser Eröffnung jetzt in Ruhe mit ihr zu reden. Er holte sich eine Flasche Bier aus der Speis und trank sie mit ein paar großen Schlucken leer. Danach wartete er. Eine Weile waren noch ihre würgenden Geräusche vom Gang zu hören, dann kam sie wieder herein. Er schwieg, denn er wusste nicht genau, was er ihr sagen sollte. Sie setzte sich wieder nieder, zündete sich eine Zigarette an, kniff ihre geröteten Augen zusammen und betrachtete ihn eine Weile. Er versuchte, ruhig zu bleiben.

»Hast du wenigstens das Geld gefunden, da, wo ich es dir beschrieben habe?«

»Ja! Wie Sie es gesagt haben, das Geld war da. Der Alte hatte es sehr gut versteckt. In der Kredenzschublade, da war es hinter etlichen Seiten im Gebetsbuch. Und stellen Sie sich vor, in einer alten Kaffeedose waren auch noch ein paar Geldscheine! 230 Kronen waren es insgesamt.« Stolz holte er das Bündel aus seiner Tasche hervor und legte es auf den Tisch. Sie brauchte ja nicht alles so genau wissen, schließlich hatte er auch schon etwas verbraucht von dem Geld.

»Wichtig ist, dass du die Tischlade nicht vergessen hast. Da hat er das meiste Geld versteckt. Hast du wohl dort nachgeschaut?«, fragte sie eindringlich und mit einem mahnenden Ton.

Er hob den Kopf und rieb sich nachdenklich das Kinn. Sie würde sich nie ändern! Nie machte er ihr was richtig. Als könnte sie seine Gedanken lesen, fauchte sie ihn mit bösem Blick an: »Hab ich dir nicht aufgetragen, dort sollst du auf jeden Fall nachschauen?«

»Glauben Sie mir, das hab ich ganz sicher gemacht! Dort war aber nichts mehr, das können Sie ruhig glauben«, fügte er mürrisch hinzu. Sie tat so, als hätte sie ihn beim Lügen ertappt.

Alte Erinnerungen wurden in ihm wach. Schon als Kind hatte sie diese Angewohnheit gehabt, ihm keinen Glauben zu schenken, wenn er ihr etwas erzählt hatte. Wobei er sich eingestehen musste, dass er sie sehr wohl manchmal angelogen hatte. Auf jeden Fall damals, als sie ihn losgeschickt hatte, nach dem Vater zu suchen. Aber da hatte sie ihm komischerweise geglaubt. Er hatte dann bald erkannt, dass die Menschen seine Lügen lieber hörten und auch leichter glaubten als die Wahrheit. Der Ferdinand Dworschak, der Sohn eines Taubenzüchters aus Brünn, kam zum Beispiel besonders bei den besseren Damen immer gut an. Er schmunzelte, als er daran dachte, dass die von ihm erfundenen Geschichten manchmal so gut waren, dass er fast selbst daran glaubte und direkt enttäuscht war, wenn er bemerkte, dass sie nicht wahr waren.

»Das gibt es nicht, in der Tischlade muss Geld gewesen sein! Du hast sicher darauf vergessen, so wie ich dich kenne!«, riss ihn die Stimme der Mutter aus seinen Gedanken. Sie stand auf, schwankte und stützte sich Halt suchend auf den Küchentisch. »In der Tischlade hatte er immer die zusammengesparte Hüttenpacht versteckt«, fügte sie hinzu, griff sich an den Kopf und konnte anscheinend überhaupt nicht verstehen, dass dort kein Geld mehr gewesen sein sollte.

»Und was ist mit der Taschenuhr? Hast du ihm wenigstens die abgenommen?« Er zog die Uhr mit einem Siegeslächeln aus dem Hosensack und hob sie stolz in die Höhe. Er wollte ihr damit imponieren und zeigen, dass er nicht darauf vergessen hatte. Tief atmete er durch und meinte Lob heischend: »Aber ja, schauen Sie nur her!«

»Sehr gut! Du darfst sie behalten! Aber das Geld, das gehört mir! Es steht mir schließlich zu.« Ihre Augen funkelten bei diesen Worten, und sie zog eine Grimasse, sodass ihre Zähne zum Vorschein kamen. Plötzlich fing sie zu lachen an. Es war ein nervöses Lachen, das in ein lautes Räuspern überging. »Mir steht auch was zu davon!«, antwortete er zornig und schüttelte heftig den Kopf. »Dir steht gar nichts zu davon! Du weißt ja gar nicht, wie knapp ich bei Kasse bin«, sagte sie hart zurück. Sie nahm das Geld, steckte es in die Tasche ihres Hausmantels und meinte: »Es steht alleine mir zu! Sieh es doch einfach als Preis für dein Alibi, für deine Freiheit!« Dabei lachte sie laut auf.

»Außerdem ist es sowieso mein Geld, ich hab es mir verdient!«, sagte sie bestimmt. Dann räusperte sie sich, bevor sie – und er kannte das gut – wie ein Wasserfall zu reden begann: »Der alte Bergner hat mich damals davongejagt! Einfach so, ohne mir auch nur etwas Geld für die harte Arbeit zu geben. Ich hab für ihn dort oben die ganze Drecksarbeit gemacht. Von früh am Morgen bis in die Nacht! Ich musste mit kaltem Wasser den Boden schrubben und überall nach dem Rechten schauen. Wenn Gäste da waren, holte ich Wasser vom Brunnen und die Getränke aus dem kalten Kellerloch und musste ihren Dreck wegputzen, du kannst dir gar nicht vorstellen, wie es bei diesem Plumpsklo manchmal ausgeschaut hat. Es war mir zum Kotzen dabei. Und er? Er hat mit diesen Leuten gesungen, auf lustig und fröhlich gemacht und ihnen diese schrecklichen Gedichte vorgetragen. Nie hat er mich hinunter ins Tal mitgenommen! Ich war wie eingesperrt auf der Pretulalpe, dabei hatte ich gehofft, dort oben ein besseres Leben führen zu können. So wie es mir der Pfandl seinerzeit bei seinem Besuch in Bruck vorgegaukelt hat, als er mir vorschlug, als Haushälterin auf die Pretulalpe zu gehen. Tagelang war ich auf mich alleine gestellt, wenn der Bergner im Tal unten war und, wie ich später erfahren hab, sich sogar mit anderen Frauen getroffen und amüsiert hat. Stell dir vor, denen hat er dann Ansichtskarten geschrieben und sie gefragt, ob sie ihn nicht heiraten wollen. Aber ich bin ja nicht blöd, sehr schnell bin ich dem alten Sack auf die Schliche gekommen und hab ihn zur Rede gestellt.«

»Und hat es was geholfen?«, fragte er, als würde es ihn interessieren.

»Nein, wie du siehst. Sonst wäre ich ja jetzt nicht hier in diesem Loch! Ich hab in meiner Wut einmal sogar versucht, ihn zu vergiften. Aber es war umsonst, nicht einmal die vergiftete Milch hat dem alten Sack richtig geschadet. Ich sag es dir, der magere Bergner war zäh wie Rindsleder. Er hat mir nur die Hütte vollgekotzt, und ich musste sie putzen. Eine Woche lang hab ich ihn gepflegt, weil er mir dann doch wieder leidgetan hat. Wie er wieder gesund war, hat er mir versprochen, mich, sobald sich das Wetter bessern würde, nach Mürzzuschlag mitzunehmen. Also hab ich mich gehütet, noch was zu sagen, und brav meine Arbeit getan. Aber im Inneren hab ich ihn gehasst.«

Bei diesen Worten warf er ihr einen bösen Blick zu: »So, wie Sie den Vater gehasst haben und jetzt mich! Oh, entschuldigen Sie! Ich meine Ihren geliebten Karl, er war ja nicht mein Vater, wenn man Ihren Worten überhaupt irgendeinen Glauben schenken kann«, fügte er zornig hinzu. Er war überhaupt nicht enttäuscht, dass der Karl nicht sein richtiger Vater war. Er hatte sich früher als Kind immer schon einen anderen Vater gewünscht. Einen, der ihm etwas beibringen konnte oder mit ihm in den Wald gegangen wäre und bei dem er sich beschützt vorgekommen wäre. Jeder andere Vater wäre ihm lieber gewesen als der, den er damals hatte.

Ihre Augen funkelten, und sie fuhr ihn laut an: »Unterbrich mich nicht, wenn ich dir von da oben erzähle! Im Sommer ging es ja einigermaßen, aber dann, in diesem Winter, war fast jeden Tag schlechtes Wetter am Berg. Um den Alten und das alles dort oben zu ertragen, bin ich immer öfter in das Kellerloch hinuntergestiegen und hab mir einen Rausch angetrunken. Was gerade da war, hab ich getrunken. Am liebsten war mir Schnaps. Kann schon sein, dass er darüber wütend war. Er hat ja alles wieder nach oben auf die Alm schleppen müssen! Einmal hat er einen Eimer Wasser über mich geschüttet, um mich wach zu kriegen, wie ich dort eingeschlafen bin. Aber auch nur deswegen, dass ich brav weiter arbeite für ihn. Von den anderen Dingen will ich gar nicht reden, die er von mir verlangt hat.«

Sie legte ihre Hände vor das Gesicht und senkte den Kopf. »Es war alles so sinnlos«, fügte sie verdrießlich hinzu.

»Schauen Sie sich doch an! Es ist noch immer alles sinnlos! Daran hat sich bei Ihnen gar nichts geändert!«, warf er ihr wütend entgegen. Seine Augen funkelten, und die Hände ballte er zur Faust zusammen. Vor allem ärgerte es ihn, dass sie ihm das Geld abgenommen hatte. Er konnte diese Jammerei über die Zeit auf der Pretulalpe nicht mehr ertragen. Jetzt verdiente sie halt ihr Geld, indem sie anderen Männern einen zwielichtigen Dienst erwies. Er versuchte, sich zu beherrschen und seine Wut auf sie zu verbergen. Im Grunde genommen war sie gar nicht seine Mutter. Aber gut, sie hatte ihn großgezogen und es ging ihr sehr dreckig. Doch wer war seine wirkliche Mutter?

Sie holte tief Luft und redete weiter. Langatmig erzählte sie, dass sie im guten Glauben und auf Anraten des Gastwirts Pfandl zum Almpeterl auf die Hütte gekommen sei. Nach dem Tod ihres Mannes, der sich ja schon vor Jahren zu Tode gesoffen hatte, dachte sie, wieder Hoffnung zu finden, und hatte die Absicht, auch oben zu bleiben, wenn der Almwirt nur gut zu ihr wäre. Sie selbst wollte unbedingt wieder einen Mann haben. Daher zog sie von Bruck auf die Pretulalpe. Jedoch der Bergner hatte zwei Gesichter, und es wurde immer unerträglicher in der kleinen Hütte mit dem Mann, den sie bald einfach nicht mehr riechen konnte. Auf engstem Raum mussten sie zusammenleben, es war kein Platz, um sich zurückziehen zu können. Von den anderen Dingen gar nicht erst zu reden, er war ja kaum zu befriedigen, der alte Lustmolch. Und war es mal einen Tag ruhiger, kamen sicher am nächsten Tag in aller Frühe Gäste daher, die umsorgt werden mussten. Am schlimmsten waren aber sein erbärmliches Stottern und diese übertriebene Fröhlichkeit gewesen. Bei der nächstbesten Gelegenheit wollte sie zurück ins Tal gehen, nicht ohne sich zuvor das Geld zu nehmen, das ihr für die Arbeit zustand. Sie kannte die geheimen Verstecke des Almpeterls. Alleine wäre es ihr aber unmöglich gewesen, im tiefverschneiten Winter den Weg zu finden. Sie hoffte, dass er sie eines Tages mitnehmen würde. Er ahnte wohl, was sie vorhatte, er war ja nicht dumm. Zwei Tage vor Weihnachten, es hatte aufgehört zu schneien, und der Wind war so eisig kalt, dass es ihr Tränen in die Augen trieb, fragte er sie plötzlich, ob sie mit ihm rodeln gehen möchte. Es war das erste Mal, dass er mit ihr etwas unternehmen wollte. Anfangs war sie skeptisch, später erfreut und überrascht zugleich. Er versprach ihr außerdem, dass er sich bessern würde, sie netter behandeln und vor den Leuten nicht als seine Dienstmagd hinstellen würde, damit für sie die Einsamkeit oben auf dem Berg erträglicher sei. Sie schöpfte Hoffnung und nahm seine Versprechen für bare Münze.

Er holte den großen Schlitten hinter der Hütte hervor, säuberte ihn vom Schnee, breitete ein dickes Fell für sie darüber und fuhr mit ihr durch die hohen Schneemassen in Richtung Waldlichtung. Es war ein sehr sonniger Tag. Der Schnee staubte beim Fahren, und die kleinen Eiskristalle funkelten im Licht. Tief eingehüllt in das Fell freute sie sich über die unerwartete Abwechslung und genoss die wärmenden Sonnenstrahlen. Sie hatte heißen Tee für den Ausflug zubereitet, den sie unterwegs tranken. Trotz der Kälte empfand sie Wärme und Geborgenheit. Als sie sich bereits ziemlich weit weg von der Hütte in der Nähe vom Geieregg befanden, schlug er ihr plötzlich vor, gleich nach Mürzzuschlag weiterzufahren. Mit einem Lächeln erklärte er, dass er ihr endlich diesen langersehnten Wunsch erfüllen wolle. Sie hätte es verdient, in Mürzzuschlag fein zu übernachten und erst am nächsten Tag zurück zur Hütte zu marschieren, meinte er grinsend. Bergner jauchzte auf, so wie er es bei seinen Gästen tat, und schob den großen Holzschlitten fest an. Immer schneller ging es den Hang ins Tal hinunter. Sie klammerte sich mit beiden Armen an ihm fest. All der Ärger und Groll waren während der Schlittenfahrt vergessen. Sie ahnte nicht, dass es ein hinterhältiges Spiel von ihm war, eine fiese Lüge. Seine Augen blitzten lustig, so wie sie es sonst nur taten, wenn ihn seine besten Freunde aus Mürzzuschlag besuchten. Unterwegs erzählte er, wie schön es zur Weihnachtszeit im Ort unten sei, umgeben vom Geruch der Weihnachtsbäckerei. Im malerisch verschneiten Mürzzuschlag angekommen, quartierten sie sich beim Pfandl im Wirtshaus ein. Sie wunderte sich über die Großzügigkeit des Postwirts, der den Almpeterl und sie sofort zum Bleiben einlud. An jenem Abend ignorierte sie alles, was ihr an dem Hüttenwirt nicht passte. Sie genoss es, bedient zu werden und legte sich müde von den Anstrengungen der Schlittenfahrt ins Bett.

Als ihr am nächsten Morgen Pfandl erklärte, dass der Almpeterl sich bereits auf dem Rückweg zur Pretulalpe befände, traute sie ihren Ohren nicht. Als sie vor Zorn zu schreien begann, wies er sie mit strengen Worten zurecht: »In meinem Haus wird nicht geschrien und schon gar nicht von einer Frau.«

Als er aber bemerkte, dass sie wirklich keine Ahnung gehabt hatte, dass der Hüttenwirt sie nicht wieder mit nach oben mitnehmen wollte, fragte er verwundert: »Hat der Almpeterl nie darüber geredet, wie unzufrieden er mit Ihnen ist?« Dann erklärte er ihr, dass dem Hüttenwirt vor allem ihre Trunksucht nicht gepasst habe und dass er sie deshalb nicht mehr leiden könne, weil sie ständig betrunken im Kellerloch gelegen sei, statt sich um die Hütte und seine Gäste zu kümmern. Pfandl meinte, dass es keinen Sinn habe, wenn sie versuchen wollte, noch einmal zu ihm hinauf auf die Alm zu gehen. Sie solle besser hier im Ort Arbeit und Bleibe suchen. Schließlich hätte der Almpeterl, soweit er wisse, bereits eine neue Frau aus Graz an der Angel, die er hinaufholen und eventuell sogar heiraten wolle. Und das hätte der tüchtige Hüttenwirt auch verdient, dass er endlich eine gute Frau fände.

»Ich konnte es nicht mehr hören, wie gut und liebenswert der Hüttenwirt von der Pretulalpe war. Mir wurde immer mehr bewusst, dass alle nur den lustigen Almpeterl kannten und gernhatten und ihm daher seine Version der Geschichte abnahmen. Er konnte jedes böse Gerede über mich in die

Welt setzen, alle würden ihm, dem stets lustigen und netten Hüttenwirt, glauben. Nach dem Gespräch mit Pfandl schien es mir sinnlos zu erklären, welcher Tyrann der Almpeterl in Wirklichkeit sein konnte. Die nächste Frau hätte es besser am eigenen Leib erfahren sollen, was es heißt, dort oben auf der Pretul in diesem kleinen Schutzhaus als Haushälterin ihm ausgeliefert zu sein«, meinte sie schadenfroh. »Aber jetzt hast du ihn umgebracht, und niemand wird mir bestätigen, dass dieser Mann zwei Gesichter hatte!«

Sie wusste, dass es in Mürzzuschlag nicht unüblich war, dass ständig Gerüchte im Umlauf waren, besonders, wenn sie Leute betrafen, die noch nicht lange im Ort waren. Ganz am Anfang hatte sie versucht, sich dagegen zu wehren, dass sie nur als faule Säuferin und sonst noch einiges dargestellt wurde, aber vergebens. Dabei hatte sie sogar das Gefühl, dass sie Pfandl doch irgendwie leidtat. Warum hätte er ihr sonst mit der Wohnung geholfen, als sie damals ohne alles kurz vor Weihnachten dastand? Und so war sie schließlich in Mürzzuschlag gelandet, ohne es selbst zu wollen. Pfandl war es, der ihr schließlich riet, sie möge doch alles so hinnehmen, wie es war und endlich den Mund halten. Die Leute würden irgendwann schon aufhören zu reden, und was vorbei sei, sei eben vorbei.

»Eine Frau hat dem Manne zu gehorchen! Ob im Tal oder auf dem Berg«, erklärte er ihr ernsthaft bei einem ihrer nächsten Besuche in seinem Wirtshaus. Er stampfte mit dem Fuß auf den Boden und bat sie, gefälligst nie mehr vorbeizukommen. Sie musste einsehen, dass der Almpeterl dort oben auf der Pretulalpe für alle der beste und gutmütigste Mensch war und bleiben sollte. Niemand wollte hören, was sie dazu zu sagen hatte, schon gar nicht Pfandl, dessen Scheinwelt, in der alles immer im besten Licht erscheinen sollte, durch ihre Geschichten in Gefahr war. Also schwieg sie lieber. Ihr Leben fühlte sich aber seit diesen Tagen immer trüber an, und sie hörte auf, darüber nachzudenken, was sie tun könnte, um etwas aus ihrem Leben zu machen.

»Das Einzige, was mir geblieben ist, war der Gedanke, dass ich irgendwann an diesem gemeinen Kerl da oben auf der Alm Rache nehmen würde. Und das nicht mit Worten, denn die Wahrheit interessiert doch sowieso niemanden in Mürzzuschlag«, erklärte sie mit verkniffener Miene und fügte hinzu: »Das *Rosegger-Schutzhaus* ist und bleibt Pfandls Heiligtum, es darf auf keinen Fall in Verruf gebracht werden, und jetzt hast du Idiot dort oben den Hüttenwirt umgebracht! Frag mich nicht, was der Postwirt mit dir anstellt, sollte er erfahren, dass du der Mörder vom Almpeterl bist! Er wird dich fertigmachen!«

Er war jetzt kaum eine Stunde bei ihr und hatte viel mehr erfahren, als ihm recht war. Immer mehr wurde ihm klar, warum er den Almpeterl um seine Habseligkeiten berauben sollte. Es war ihr nur um ihre Rache gegangen! Sie hatte ihm ja diesen Tipp mit dem Geld in der Almhütte vor einer Woche gegeben. Jetzt begriff er, dass es dieser boshaften Frau überhaupt nie darum gegangen war, dass er selbst dadurch zu Geld und einer wertvollen Taschenuhr kommen könnte.

Aber er brauchte sie trotzdem, obwohl er sie inzwischen nur noch von Herzen verabscheute. »Der Pfandl kann mich nicht fertigmachen, wenn Sie mir ein Alibi geben. Ich verspreche Ihnen, mich zu bessern. Ich werde demnächst heiraten und eine Familie gründen«, meinte er in der Hoffnung, dass sie dann einlenken, ihm ein wenig Geld lassen würde und auch, wenn notwendig, sein Alibi bestätigen würde.

Jedoch beeindruckten sie seine Beteuerungen anscheinend überhaupt nicht, sie fragte auch nicht weiter nach. Eigentlich hatte sie sich für sein Leben ja nie interessiert. Sie lachte ihn nur spöttisch an: »Wie kannst du nur von Heirat reden? Schau dich mal an! Nur weil du gut aussiehst, wird dich doch keine heiraten. Zum Heiraten braucht man Geld. Zeig mir eine Frau, die nicht auf das Geld bei einem Mann aus ist!«

Er ärgerte sich, denn es war ihm ernst, er hatte sich entschlossen, er wollte bei Eva sein Eheversprechen einhalten. Er wollte auch so glücklich sein wie die Leute, die er beim Huberbauer gesehen hatte! Und für die Hochzeit benötigte er das Geld vom Almpeterl, welches sie aber an sich gerissen hatte. Seine Mutter, nein Ziehmutter, hatte ihn nur für ihre eigene Rache benutzt. Er fand sie abstoßend, wie sie da vor ihm stand in diesem dunkelroten Hausmantel. Er rührte sich nicht, während sie sich aggressiv vor ihn hinstellte und ihn laut anschrie: »Du solltest jetzt verschwinden! Ich erwarte noch jemanden zu Besuch«, dabei deutete sie ihm, abfällig mit der Hand wedelnd, die Wohnung endlich zu verlassen. Als er sie so anstarrte, fielen ihm wieder die Gerüchte ein um diese Frauen, die in dem heruntergekommenen Haus lebten. Wenn sie jetzt noch mitten in der Nacht Besuch erwartete, dann musste sie eine von denen sein. Er spürte nichts mehr außer Zorn und Überdruss und wollte tatsächlich gehen, bevor es zu spät war und er womöglich wieder seine Nerven verlor und auf sie einschlug oder sie umbrachte.

Noch einmal schrie sie ihn an: »Verschwinde endlich, du Versager!« Auf einmal tat sie so, als hätte sie Mitleid mit dem Hüttenwirt, für den sie gerade noch kein gutes Wort übrig gehabt hatte: »Jetzt hast du den armen Almpeterl in seiner Hütte tatsächlich umgebracht! Du hast ihm einfach den Schädel eingeschlagen!« Er verstand die Welt nicht mehr. Sie schimpfte weiter: »Du solltest den alten Sonderling im Kellerloch einsperren und ihm das Geld abknöpfen. Das hab ich dir aufgetragen! Ich hab nichts von Umbringen gesagt! Aber das hast du wohl nicht ganz kapiert!« Sie zog den Mantel etwas hoch, um die Strümpfe zu richten und meinte abermals: »Jetzt hau schon ab und lass dich so schnell nicht wieder blicken bei mir!« Ihr Blick hatte dabei etwas Boshaftes und ließ ihn schaudern.

Leise sagte er: »Jetzt ist es zu spät. Der Bergner ist nun einmal tot! Was machen Sie so ein Drama daraus? Als Ihr Karl vor dem Haus erfroren aufgefunden wurde, hat Sie das doch auch nicht besonders aufgeregt, im Gegenteil, Sie waren ganz froh! Also regen Sie sich jetzt nicht so auf. Sie wollten den Almpeterl doch selbst vergiften!«

Aber warum jetzt überhaupt noch darüber reden? Das war alles vorbei, Vergangenheit. Jetzt interessierte ihn nur mehr eine Frage, darauf wollte er ihre Antwort, dann wollte er abhauen und sie auch nie wieder sehen. Seine Stimme wurde lauter, sie verriet seine Unruhe: »Jetzt, wo ich schon mal schuldig am Blut dieses Menschen und auf der Flucht bin, können Sie mir zum Abschluss ruhig sagen, wer meine leiblichen Eltern sind! Ich hab alle Spuren dort oben auf der Pretulalpe verwischt. Die werden mich nicht kriegen! Und Sie werden mich auch nie wiedersehen!«

Eher verwundert als enttäuscht darüber, dass es ihm egal schien, dass sie gar nicht seine Mutter war, schüttelte sie den Kopf. Daraufhin wurde seine Haltung noch steifer, er sah sie drohend an: »Sagen Sie mir, wer meine Mutter und mein Vater sind!« Sie erkannte, dass er nicht eher gehen würde, bevor er erfahren hatte, wer seine leiblichen Eltern waren. »Du bist ein dummer Narr! Deinen Vater kenne ich doch nicht! Wahrscheinlich wird es das dumme Mädchen mit irgendeinem dahergelaufenen Kerl vom Zirkus oder sonst jemandem getrieben haben«, erklärte sie ihm mit einem verkniffenen Grinsen.

Daraufhin atmete er zischend durch die Nase ein und fuhr sie an: »Und wer war dieses dumme Mädchen? Los, sagen Sie mir schon, wer meine leibliche Mutter ist. Vorher werde ich nicht gehen!« Er trat näher auf sie zu. »Wer ist es?«, schrie er.

»Jaja! Ist ja schon gut. Erinnerst du dich noch? Ich hab dir doch mal gesagt, du kannst in jedes Gasthaus in Mürzzuschlag gehen. Aber nie ins *Café Semmering*! Das hab ich dir gesagt. Oder hast du das auch vergessen?«

Er brauchte eine ganze Weile zum Nachdenken, dann schüttelte er verwundert den Kopf. »Warum sollte ich das vergessen haben? Ich war ja nur einmal dort, bevor Sie es mir gesagt haben, und dann nie mehr. Und warum soll das jetzt wichtig sein?« »Was glaubst du, warum ich dir das gesagt hab? Denk doch mal darüber nach!«

Mit einem verwirrten Blick betrachtete er die Frau mit ihren zerzausten Haaren und dem schmuddeligen Hausmantel. Er spürte, dass es an der Zeit war, sich von ihr endgültig zu befreien. Er hatte es satt, sich von ihr runtermachen zu lassen, und hasste sie abgrundtief. Sie wollte noch etwas sagen, doch machte sie erschrocken den Mund wieder zu, als er noch näher zu ihr hintrat. Ein unangenehmer Geruch kam ihm entgegen, und es graute ihm vor ihr. Er legte beide Hände um ihren knochigen Hals, drückte langsam zusammen und schob sie gegen die Küchenkredenz. Mit weit aufgerissenen Augen schnappte sie nach Luft und versuchte vergebens, seine Hände von ihrem Hals zu lösen.

»Also ist Katharina Glück meine Mutter?«, fragte er sie mit funkelnden Augen. »Ja«, presste sie röchelnd hervor. Er blickte zur Seite und nahm die Hände von ihrem Hals. Kaum hatte er sie losgelassen, machte sie eine rasche Bewegung und versuchte, ihm ihr Knie zwischen seine Beine zu stoßen. »Jetzt reicht es mir, du Trottel! Oder willst du mich auch noch umbringen?«, stieß sie hervor.

»Sie hätten es sich verdient!«, sagte er mit einem schrägen Grinsen, fasste sie nochmals fest mit einer Hand an der Kehle und drückte ihren Kopf gegen die Kredenz. Ihre schreckgeweiteten Augen waren nun fest auf ihn geheftet, als würde sie befürchten, dass er ihr im nächsten Moment die Luft ganz wegdrücken würde. Schließlich hatte er den Almpeterl auch umgebracht! Und er war knapp davor, sie zu erwürgen. Ihr Gesicht wurde grau vor Angst, aber da begann seine Hand an ihrem Hals plötzlich zu zittern. Er konnte einfach nicht fester zudrücken. Irgendetwas sperrte sich in ihm und hielt ihn davon ab, ihr Leben einfach auszulöschen. Und so stand er wie angewurzelt vor ihr und wusste plötzlich nicht weiter.

Sie bemerkte sein Zögern und seine Schwäche, stieß seine Hand weg und schrie ihn an: »Hau ab und lass dich nie mehr hier blicken! Dein Alibi kannst du auch gleich vergessen!« Ihre Augen waren wuterfüllt, Speichel tropfte aus ihrem Mund.

Er war geschockt von seinem eigenen Verhalten, er hatte wirklich Lust verspürt, sie zu erwürgen. Auch die stickige Luft im Raum machte ihm zu schaffen. Trotzdem konnte er sich nicht aufraffen, die Wohnung zu verlassen. Etwas war noch offen zwischen ihnen. Sie war noch immer kreidebleich, sogar die Lippen hatten die Farbe verloren. Trotzdem fing sie hysterisch zu lachen an und schrie: »Und wenn du jetzt nicht sofort abhaust, gehe ich morgen zum Gendarmen Fladinger und sag ihm die Wahrheit! Schau, dass du endlich rauskommst!« Dabei machte sie abermals diese abfällige Bewegung mit ihrer Hand.

Er biss die Zähne zusammen, dann fasste er rasch in die Tasche ihres Hausmantels und riss die Geldscheine heraus. Damit hatte sie nicht gerechnet. Sie wollte danach greifen, aber er gab ihr einen heftigen Stoß, sodass sie gegen die Kredenz torkelte und sich schmerzerfüllt den Arm hielt. Er stopfte die Scheine in die Hosentasche, griff nach der grünen Jacke und stürzte zur Tür hinaus. Wenn jemandem das Geld zusteht, dann ihm! Für ihn war es klar, dass es sein Geld war, noch dazu, wo sie ja nicht einmal seine richtige Mutter war. Ich habe alles, was ich brauche, dachte er sich am Weg zur Stiege. Fast alles, denn ob sie ihm jetzt noch das Alibi geben würde, wusste er nicht. Womöglich würde sie tatsächlich ins Wachzimmer gehen und ihn verraten? Aber selbst das berührte ihn in diesem Augenblick nicht weiter. Soll sie es nur tun, ihr wird die Gendarmerie keinen Glauben schenken. Mein Name steht nicht im Hüttenbuch, und sie ist nur eine Prostituierte, die vorigen Freitag wieder einmal zu viel getrunken und daher vergessen hat, dass ich bei ihr zu Besuch war. Bald würde es eine Woche her sein, bald einen Monat und bald ein Jahr, dass ich sie zum letzten Mal gesehen habe, schoss ihm durch den Kopf, als er die Wohnungstür hinter sich zuschlug.

In diesem Moment öffnete sich die Tür der Wohnung schräg gegenüber, und er konnte das neugierige Gesicht der Nachbarin erkennen. Mist, gerade heute war es in dem Haus gar nicht so laut, wie er es sonst in Erinnerung hatte. Jetzt hatte ihn die blöde Nachbarin gehört! Die Tür wurde aber gleich wieder geschlossen, und er atmete schon erleichtert auf, da hörte er beim Hauseingang plötzlich Schritte. Er rannte den Flur entlang und beugte sich vorsichtig über das Treppengeländer, um nach unten zu schauen, wer bei der Haustür hereingegangen war. Die Schritte klangen unregelmäßig. Ein mittelgroßer Mann in einem schäbigen dunklen Mantel kam den dämmrigen Flur entlang. Er schleifte ein wenig den rechten Fuß nach und hatte eine gebückte Haltung. Ohne Zweifel, es war der behinderte Grabler Sepp, der die Stiege in den ersten Stock hinaufstieg. Er konnte sich nirgends mehr verstecken, denn der Mann war bereits bei der Holztreppe, die in den ersten Stock führte, und kam ihm entgegen. In die Wohnung konnte er nicht zurückgehen, also musste er auf den Behinderten warten. Dieser erkannte ihn sofort wieder und schimpfte lautstark drauf los. Der Grund war klar: Der Grabler Sepp wollte von ihm seine Goiserer Schuhe zurück, die er ihm bisher noch immer nicht in der Tischlerei vorbeigebracht hatte. Nun sah der Sepp eine gute Gelegenheit, endlich seine eigenen Schuhe wieder zu bekommen. Ihm konnte das nur recht sein, denn so ging das Beweismaterial an den Grabler Sepp über, und der würde letztendlich als Mörder des Almpeterls ausgeforscht werden.

Aber er war nicht schnell genug. »Gib mir sofort meine Schuhe zurück!«, schrie der Behinderte ihn nämlich sofort wütend an, dabei packte er ihn am Kragen und drohte zornig, dass er sonst zur Gendarmerie gehen werde. Voller Kampfgeist wollte der Grabler ihn auf keinen Fall entkommen lassen und drückte ihn fest gegen die Wand. Ein richtiger Tumult entstand auf der Stiege, dabei war klar, dass er in seiner Situation kein Aufsehen erregen durfte. »Was ist das für ein Geschrei da unten! Schaut, dass ihr aus dem Haus kommt, ihr Falotten!«, rief bereits eine aufgebrachte Frauenstimme von oben.

Erschrocken ließ er die grüne Jacke fallen, die er vor Tagen dem Bauern gestohlen hatte und versuchte, dem Sepp den Mund zuzuhalten, damit der zu schreien aufhörte, doch der Handwerksbursche wehrte sich heftig und verdrehte ihm den Arm. Mit den Worten: »Du kriegst sie ja eh zurück, du Depp«, konnte er ihn endlich beruhigen. Rasch streifte er die Wanderschuhe ab, die noch immer Blutspuren aufwiesen. »Hier hast du sie und lass uns die Sache vergessen!«, sagte er und steckte ihm ein paar Kronen zu. Der Sepp nickte erleichtert, und nachdem er seine eigenen Schuhe wieder anhatte, humpelte er weiter in den ersten Stock. Zum Glück hatte dieser Idiot in seiner Wut ganz übersehen, dass die Schuhe am Leder Blutspritzer hatten.

Um ja kein weiteres Aufsehen zu verursachen, war er nur rasch in seine zurückgetauschten Schuhe geschlüpft und hatte mit noch offenen Schuhbändern das Haus verlassen. Es regnete immer noch leicht, und die Luft war kalt. Als er sich bückte, um die Schuhe zuzumachen, bemerkte er einen leichten Schmerz in seinem rechten Arm, der wohl von der Rauferei herrührte. Dabei fiel ihm auf, dass er die grüne Jacke nicht mehr bei sich hatte. Der Grabler Sepp hatte ihn gegen die Wand gestoßen und irgendwie dürfte die Jacke zu Boden gefallen sein. Ein ungutes Gefühl überkam ihn. Es war die Jacke, die er am Freitag beim Bauern mitgenommen hatte, und die konnte er nicht liegen lassen. Dass der Behinderte vorhin fast mehr Kräfte gehabt hatte als er, ging ihm auch nicht aus dem Kopf. Wer hätte das gedacht? Damals, als er ihm am Weg zur Pretulalm begegnet war, war der Kerl ihm eher ängstlich vorgekommen. Der hatte wohl auch zwei Gesichter, so wie es seine Mutter vom Almpeterl gesagt hatte.

Den Streit mit seiner Ziehmutter hatte er in diesem Moment bereits vergessen. Vielmehr wunderte es ihn, dass er dem Grabler Sepp um diese Zeit nachts hier begegnet war. Er musste zurück ins Haus gehen, um die grüne Jacke zu holen. Wenn er sie zurückließe, könnte sie ihm zum Verhängnis werden. Diese blöde Nachbarin hatte ihn ja mit der Jacke in der Hand gesehen. Seine Hände wurden feucht und klebrig vor Anspannung. Aber er wollte dem Grabler Sepp auf keinen Fall mehr begegnen. Daher versteckte er sich im Garten gegenüber, von wo aus er einen guten Blick auf den Eingang des Hauses hatte. Geduldig wie eine Katze vor dem Mausloch harrte er aus und behielt die offene Eingangstür im Auge. Es dauerte nicht allzu lange, bis der Grabler Sepp wieder in seiner leicht gebückten Haltung aus dem Haus humpelte. Erleichtert atmete er auf, als er sah, dass der die Jacke nicht bei sich hatte. Sie musste also noch da sein.

Als der behinderte Mann um die Straßenecke verschwunden war, schlich er sich in das Haus zurück, ging den Gang entlang und die Stufen hoch, dorthin, wo er sich mit dem Grabler Sepp geschlagen hatte. Zu seinem Entsetzen war die grüne Jacke nirgendwo zu sehen. Jemand musste sie vom Boden aufgehoben haben. Wo konnte sie sein? Noch einmal kontrollierte er die Stiege und den Hausgang. Die Jacke war wie vom Erdboden verschwunden. Er schaute in jeden Winkel, doch zwecklos.

Schon wollte er das Haus wieder verlassen, als er abermals jemanden zur Haustür kommen hörte. Sofort dachte er an den Grabler Sepp, aber diesmal würde er klüger sein und ihm nicht noch einmal begegnen. Er schlich sich die Stufen hoch in den zweiten Stock. Als sich die Schritte langsam näherten, wagte er einen vorsichtigen Blick nach unten. Alleine vom Geräusch her, wie dieser neue Besucher die alten Holzstufen emporging, konnte es nicht der Grabler Sepp sein. Er traute seinen Augen nicht, als er den Amtsdiener Glück erkannte, den Vater seiner Verlobten. Was hatte denn das zu bedeuten? Sein Verstand arbeitete plötzlich wieder ruhig und logisch. Der Amtsdiener zählte also auch zu den Männern, die sich hier im Haus vergnügten! Ihm war unwohl bei dem Gedanken, dass der Mann zu seiner Ziehmutter gehen könnte. Und der Grabler war vorher wahrscheinlich auch bei ihr gewesen. Zuerst der Grabler Sepp und dann der Amtsdiener Glück, dann hat sie ja wohl wieder genügend Geld für die nächsten Tage, schoss ihm durch den Kopf.

Nachdem der Mann tatsächlich in der Wohnung seiner Ziehmutter verschwunden war, schlich er sich voller Ärger aus dem Haus. Die Jacke hatte er nicht gefunden. Er entfernte sich mit schnellen Schritten von dem Gebäude, hielt aber an der nächsten Straßenecke und blickte zurück, während seine Hand in die Hosentasche nach dem Geld fasste. Das war auf jeden Fall ein guter Anfang, und bald hatte er genug Geld, um seine Eva zu heiraten. Und sollte ihr Vater noch immer etwas gegen die Hochzeit haben, würde er ihn ganz einfach damit erpressen, dass er sein Geheimnis kannte. Wer hätte sich das gedacht, dass der fleißige Amtsdiener zu einer Prostituierten ging? Der hätte bestimmt keine Freude damit, wenn das ans Tageslicht käme. Abgesehen von seiner bissigen Frau, die ihm die Hölle heißen machen würde. Auf einmal fühlte er sich stark und befreit, die Sorge um die grüne Jacke war vergessen.

Meine Alpenblume, jetzt steht unserer Hochzeit nichts mehr im Wege, dachte er mit großer Vorfreude. Sein Herz pochte aufgeregt bis zum Hals. Er machte sich auf den Weg zum Bahnhof.

Dienstag, 28. Juni 1904

NACH UND NACH verschwand die morgendliche Dämmerung. Die Regenwolken hatten sich über Mürzzuschlag verzogen, und es kündigte sich ein sonniger Tag an. Punktgenau um 8 Uhr pfauchte die Dampflokomotive mit fünf Personenwagen am Bahnhof in Mürzzuschlag ein. Für den Grazer Gendarmerie-Postenführer Ulbrich war es nicht die erste Zugfahrt von Graz nach Mürzzuschlag in diesem Jahr. Erst Ende Jänner war er gemeinsam mit seiner Gattin und den beiden Söhnen bei den Nordischen Spielen zu Besuch gewesen, die durch Erwin Pfandl erstmals außerhalb von Skandinavien ausgerichtet worden waren. Hunderte sportbegeisterte Leute reisten damals mit eigens dafür bereitgestellten Sonderzügen aus Graz und Wien an, um sich das Spektakel nicht entgehen zu lassen. Die Teilnahme an den Winterspielen lockte die Mitwirkenden auch dadurch an, dass man mit den Preisgeldern sehr großzügig gewesen war. Über 1.500 Kronen wurden für die Gewinne insgesamt ausgegeben, hieß es, ein enormer Betrag; aber Ulbrich fand, dass das Geld gut investiert war, denn natürlich war es für die Region eine weitreichende Möglichkeit, Werbung für den sich noch in den Anfangsphasen befindlichen Wintersport in der Waldheimat zu betreiben.

Ulbrichs Gattin interessierte sich für den Eiskunstlauf und das von Pfandl mit großem Trara angekündigte Gasselfahren. Bei diesem Wettbewerb musste ein Pferd seinen mutigen Fahrer auf einem Hörnerschlitten entlang einer Schneefahrbahn, ähnlich wie beim Pferdetrabrennen, ins Ziel bringen. Seine beiden Söhne beteiligten sich dagegen mit großer Begeisterung an den Jugendwettbewerben, und der Jüngere erhielt sogar im Eiswettlauf die Nansen-Medaille in Silber samt Urkunde. Diese war nach dem Polarforscher Fridtjof Nansen benannt und wurde ihm feierlich von der Gattin des Bezirkshauptmannes überreicht. Er selbst versuchte sich im Wett-Eisschießen, bei dem der Eisstock aus einer Entfernung von 36 Metern in ein Feld mit eingezeichneten Zielringen geschossen werden musste, und freute sich über ein schönes Festabzeichen mit der Aufschrift »Nordische Spiele Mürzzuschlag 1904«.

Im Gegensatz zur heutigen Ankunft, wo außer ihm nur ein paar Leute ausgestiegen waren, drängelten sich damals unzählige Besucher auf dem Bahnhofsgelände. Der Veranstaltung gingen bereits Wochen vorher zahlreiche Berichte voraus, sogar das *Illustrierte Wiener Extrablatt* berichtete über diese Winterveranstaltung im Mürztal auf der Titelseite. All das war einzig und allein der unentwegten Werbetätigkeit von Erwin Pfandl zu verdanken. Der war ein Meister darin und hatte aufgrund seiner Redegewandtheit den richtigen Zugang zur Presse, um auf die Aktivitäten in der Waldheimat aufmerksam zu machen. Seine mitunter fast zu übertriebenen Berichte in überschwänglicher Wortwahl waren insgesamt auf eine Belebung des Fremdenverkehrs ausgerichtet und dienten natürlich auch seinem eigenen Vorteil als Gastwirt. Das alles hatte Ulbrich damals beim Eisstockschießen erfahren.

Daher vermutete er schon während der Zugfahrt, dass womöglich dieser Pfandl auch hinter den beiden Artikeln in den Grazer Regionalzeitungen stecken könnte, die er sich heute früh am Bahnhofskiosk in Graz besorgt hatte. Hatte ihn Doktor Gartler gestern Mittag noch telegrafisch informiert, dass ein Unfall mit tödlichem Ausgang auf der Pretulalpe nach der Begehung des Tatortes ausgeschlossen werden konnte, sie aber noch keine Spur vom Mörder hätten, so musste er heute früh aus der Zeitung erfahren, dass der vermeintliche Mörder bereits gefasst und beim hiesigen Bezirksgericht in Verwahrung genommen worden war.

Ulbrich war zur Unterstützung des ortsansässigen Gemeindegendarmen Fladinger angefordert worden, der nach Doktor Gartlers Einschätzung mit dem Fall total überfordert schien. Doch entweder war der vermutliche Mörder dümmer als üblich, oder der ortsansässige Gendarm Fladinger doch nicht ganz so überfordert gewesen, wie ihm von Doktor Gartler mitgeteilt worden war. Sofern man den Zeitungen Glauben schenken konnte, war der Meuchelmörder des Hüttenwirtes nach kurzer Zeit bereits gefasst worden, und seine Fahrt nach Mürzzuschlag wäre daher vielleicht gar nicht so dringend nötig gewesen. Aber eigenartig, vom Diebesgut stand kein einziges Wort in den Zeitungen. Ob bei dieser raschen Verhaftung wohl wirklich mit der gebotenen Genauigkeit und Sorgfalt vorgegangen worden war? Nun, man würde sehen.

Es war nicht der erste spektakuläre Raubmord, mit dem es Ulbrich zu tun hatte. Dass es sich bei dem Vorfall auf der Pretulalpe um einen hinterhältigen Mord handelte, darüber gab es inzwischen Gewissheit, auch wenn vom ortsansässigen Gendarmen eingangs Meldung über einen unglücklichen Unfall im kleinen Schutzhaus beim Bezirksgericht erstattet worden war.

Ulbrich nahm seine Arbeit als Gendarm sehr ernst. Er erwartete, auch bald den nächsten Schritt auf der Karriereleiter zu tun, und fühlte sich geehrt davon, zur Lösung dieses Kriminalfalles aus Graz angefordert worden zu sein. Er war eine durchaus stattlich Erscheinung, ein großer Mann von 40 Jahren mit hohen Backenknochen und dunkelgrauen Augen, die unter starken Brauen lagen. Kinn und Nase verstärkten seinen strengen Ausdruck, den aber ein freundliches Lächeln mildern konnte. Er war in seiner Uniform angereist, die sich eng an seinen sportlich geformten Körper anpasste. Sie war frisch aufgebügelt, und die schwarzen Stiefel glänzten frisch gewichst.

Sein Mürzzuschlager Kollege, Gemeindewachmann Fladinger, der in vielem genau das Gegenteil von ihm verkörperte, wartete bereits am Bahnsteig. Er schnaufte von der Anstrengung des Weges zum Bahnhof und beobachtete den Zug im Bahnhof beim Einfahren. Ulbrich stieg aus und warf einen Blick zum Bahnhofsgebäude. Mit lautem Krachen schlossen sich die Waggontüren, und der Zug setzte seine Fahrt Richtung Semmering fort. Mit aufmerksamem Blick näherte sich Ulbrich dem ortsansässigen Kollegen. Fladingers weiße Gesichtsfarbe verriet ihm, dass ihm wohl flau im Magen sein musste. Wahrscheinlich zu viel Arbeit und zu wenig Schlaf. Der Selbstmord des Bezirkshauptmannes und der Meuchelmord am selben Tag beschäftigten mittlerweile ja nicht nur das Bezirksgericht Mürzzuschlag und das Kreisgericht Leoben, sondern auch die Staatsanwaltschaft in Graz. Das konnte alles schon viel werden für einen einfachen Gendarmen. Aber Pflicht war schließlich Pflicht. Vielleicht war er auch nur so bleich, weil er ein schlechtes Gewissen hatte?

Es war die erste Begegnung der beiden Männer. Ulbrich tippte zur Begrüßung an seinen Helm und stellte den dunklen Koffer neben sich ab. Fladinger salutierte, seine Nervosität war nicht zu übersehen. Der Gendarm trat nach der Begrüßung schwerfällig von einem Fuß auf den anderen, als würde er sich zu nahe an einem Lagerfeuer befinden, das allmählich immer heißer wurde.

»Und, Herr Kollege? Haben Sie etwas damit zu tun?«, eröffnete Ulbrich sofort das Gespräch und drückte Fladinger die beiden Grazer Zeitungen in die Hand. Er wartete auf eine Reaktion. »Was meinen Sie damit?«, entgegnete Fladinger und zuckte zusammen, als hätte ihm jemand einen Hieb verpasst.

»Da, lesen Sie! Ich hoffe, es waren nicht Sie, der diese brisanten Informationen der Presse zugespielt hat!«, entgegnete ihm Ulbrich, und Fladinger schloss erschrocken die Augen.

Was hatte Doktor Gartler gestern im Wirtshaus gesagt: »Starke Nerven und zähes Durchhaltevermögen gehören zu Ulbrichs hervorstechenden Eigenschaften.« Und Moser, der junge Gerichtsdiener aus Graz, hatte etwas spöttisch hinzugefügt: »In der Stadt geht es ein wenig anders zu als am Land. Darauf können Sie sich schon vorbereiten, Herr Fladinger! Mit den ruhigen Zeiten ist es jetzt einmal vorbei für Sie!« Fladinger hatte daraufhin sogar kurz überlegt, diesem unerfahrenen jungen Schnösel seine Meinung zu sagen. Doch dann hatte er die Worte ungesagt hinuntergeschluckt und bei sich gedacht: Es wird nicht lange dauern, und der Schönling wird seine Nerven wegschmeißen. Der hat ja keine Ahnung, wie grob es bei uns im Mürztal zugehen kann.

Nun stand dieser am Vortag angekündigte strenge Kollege hoch aufgerichtet vor ihm und stellte bereits die ersten unangenehmen Fragen. Und das noch dazu ihm! Es klang wie ein Verhör. Fladinger fing verlegen zu stottern an, er kannte einen der Artikel bereits, da er sich selbst täglich die Morgenausgabe des *Grazer Volksblattes* besorgte. Er war darüber ebenfalls sehr verwundert gewesen. Aber dass sogar noch eine weitere Zeitung darüber berichtet hatte, war ihm bisher nicht bekannt.

»Aber nein, Herr Kollege! Was denken Sie nur! Ich habe diese Informationen nicht an die Presse weitergegeben. Ich doch nicht!« Er warf einen sorgenvollen Blick um sich, ob jemand die lauten Worte des Ankömmlings gehört haben könnte. »Na, dann werden Sie wohl als Erstes herausfinden, wo die undichte Stelle liegt, und mir den Informanten liefern!« Fladinger nickte verlegen mit dem Kopf und steckte schnell die Zeitungen weg. Es war ihm alles sichtlich unangenehm und daher überlegte er nur ganz kurz, bevor er mit einem leichten Kopfnicken antwortete: »Vielleicht habe ich sogar schon eine Vermutung!«

Dann schulterte er sein Gewehr, um sich gemeinsam mit Ulbrich auf den Weg in den Ort zu machen. Doch von dem kam bereits der nächste Auftrag: »Als Zweites gibt es heute Abend eine Besprechung im Wirtshaus in der Wienerstraße, in dem ich untergebracht bin. Das wurde von Doktor Gartler bereits veranlasst. Es ist an der Zeit, endlich die genauen Ermittlungen in Gang zu bringen. Legen Sie mir das Protokoll der Gerichtskommission, die vor Ort war, bereits um 14 Uhr zur Ansicht vor, damit ich mich informieren kann!«

Fladinger wollte sich schon umdrehen und den Bahnhof verlassen, da fügte Ulbrich noch hinzu: »Außerdem möchte ich mehr über diesen Sepp Grabler wissen. Wer ist dieser Mann? Wie alt? Wo und mit wem lebt er, gibt es besondere Vorfälle in seiner Vergangenheit? Und, und, und …« Er hob seinen Koffer auf und machte erstmals auch Anstalten, das Bahnhofsgelände verlassen zu wollen.

Fladinger hob erschrocken eine Braue in die Höhe. Es zog ihm bei dem Wort »Grabler« den Magen zusammen. Er erinnerte sich an das furchtbare Chaos gestern im Wachzimmer und atmete hörbar aus. Doch noch bevor er etwas sagen konnte, bekam er schon die nächste Aufgabe von Ulbrich:

»Kümmern Sie sich auf jeden Fall um ein freies Nebenzimmer im Wirtshaus, in dem wir ungestört sind und wo man uns auch nicht belauschen kann, Herr Kollege! Die Besprechung beginnt um 18 Uhr. Das wäre es dann für heute.« Er setzte noch hinzu: »Morgen dann werden wir diesem Grabler im Bezirksgericht einen Besuch abstatten, bevor er ins Gefängnis nach Leoben überführt wird. Doktor Gartler wird uns beide begleiten.«

Mit diesen Worten wandte sich Ulbrich ab und wollte bereits gehen, als Fladinger sich mit flacher Stimme zaghaft meldete: »Es tut mir leid, Herr Kollege, aber die undichte Stelle befindet sich wahrscheinlich im Wirtshaus in der Wienerstraße. Ich verdächtige den Wirten Pfandl selbst, die Information weitergegeben zu haben. Das *Rosegger-Stüberl* steht uns ohnedies immer zur Verfügung. Aber sind wir dort vor neugierigen Journalisten und dem Pfandl auch sicher?«

»Das mit den Journalisten überlassen Sie am besten mir. Aber diesen Pfandl sollten Sie selbst unter Kontrolle haben! Ich warne Sie, wenn nochmals was in der Zeitung steht, worüber ich nicht unterrichtet bin, kommt eine Menge Ärger auf Sie zu!«

Den Wirt Pfandl unter Kontrolle haben! Noch während Ulbrich das sagte, schossen Fladinger die Bilder von gestern Abend durch den Kopf, wie der aufgebrachte Wirt und seine Freunde ihm den Sepp Grabler im Gemeindewachzimmer vorgeführt hatten. Beide Arme waren dem behinderten Mann mit einem Strick am Rücken zusammengebunden. Pfandl trieb ihn wie ein Stück Vieh von der Weide ins Wachzimmer. Dem aufgebrachten Wirt fehlte nur mehr der Schlagstock. Der Sepp Grabler schrie vor lauter Verzweiflung und beteuerte seine Unschuld, er habe nichts mit dem Mord auf der Pretulalpe zu tun. Sein Gesicht war kreidebleich, und sein Arbeitskittel hing ihm zur Hälfte quer über die Schulter. Fladinger wollte gar nicht wissen, warum der Mann so voller Schmutz war, womöglich war er mehrmals in den Dreck gestürzt und konnte sich nicht mal auffangen, da seine Arme am Rücken zusammengebunden waren.

»Hier haben wir das Scheusal. Ich hab den Mörder von unserem Almpeterl aufgespürt. Sperren Sie ihn sofort weg, Fladinger!«, schrie Pfandl ihn an, kaum dass er im Wachzimmer angekommen war. Seine Stimme hallte bis auf den Gang hinaus. Die Augen funkelten dabei vor Zorn, und er schlug mit der Hand auf den gefesselten Mann ein. Der brüllte bei den Schlägen auf den Rücken laut auf und bat Fladinger verzweifelt um Hilfe.

»Bitte helfen Sie mir! Ich hab den Almpeterl nicht umgebracht! Verdammt, ich war es nicht«, beteuerte Grabler hilflos. Schweiß und Tränen schossen über sein bleiches Gesicht und seine Lippen bebten, aus dem Mund floss ihm Speichel.

»Sofort aufhören, Pfandl! Wir sind hier schließlich im Wachzimmer! Was fällt Ihnen ein?«, schrie er den Wirt an und wischte sich dabei den Schweiß ab, der ihm inzwischen auf der Stirn stand. Gerade war er noch friedlich hinter seinem Schreibtisch eingenickt gewesen, und schon befand er sich inmitten einer vollkommen aus dem Ruder gelaufenen Situation und sollte die Beteiligten noch dazu beruhigen und besänftigen. Drei von Pfandls Freunden standen um ihn herum und sahen seinem Treiben stumm zu.

»Ich habe sogar den Beweis, dass der Sepp der Mörder

ist«, behauptete der Wirt stolz und von der Richtigkeit seines Tuns überzeugt. Er nahm einem seiner Freunde einen Sack ab und holte ein paar Schuhe hervor. Es waren die Wanderschuhe vom Grabler Sepp. Dreckige Schuhe, die vorne und an der Seite etliche eingetrocknete Blutflecke aufwiesen. Er zeigte sie Fladinger stolz: »Hier, sehen Sie! Das ist der beste Beweis. Auf den Schuhen befindet sich das Blut des Almpeterls.«

Während Pfandl sich mit den Schuhen in der Hand vor Fladinger stark machte, riss sich der Sepp von ihm los und stürzte dabei zu Boden. »Die Schuhe hat mir doch ein Fremder abgenommen, wie ich von der Pretulalpe runtergekommen bin. Ihr müsst mir glauben! Der junge Mann ist mit meinen Schuhen zum Schutzhaus raufgegangen, und ich musste mit seinen Straßenschuhen nach Hause laufen!«, stammelte er, während er hilflos auf dem Boden lag. Diese schlimmen Bilder erinnerten Fladinger plötzlich an den unrühmlichen Gang mit der Baronin Hervay zum Bezirksgericht, zwei Tage bevor sich ihr Gatte aus Schande das Leben genommen hatte.

Es war alles furchtbar. Der Gendarm blieb kurz an der Brücke über dem Bach stehen und starrte in das Wasser. Seine Knie begannen zu zittern, und er atmete tief durch. »Was ist los Fladinger, schwächeln Sie jetzt?«, wollte Ulbrich wissen. Auch er beugte sich über das Geländer und warf einen Blick in das Wasser. Es war klar und rein, und der Postenführer wünschte sich, mit der Verhaftung dieses vermeintlichen Mörders wäre bei diesem Mordfall ebenso alles klar. Doch er zweifelte daran und rechnete eher mit einer anstrengenden und nervenaufreibenden Zeit in Mürzzuschlag. Er rüttelte am Arm des Mürzzuschlager Gemeindegendarmen, um ihn aus seinen Gedanken zu reißen.

Fladinger schaute ihn mit verzweifeltem Blick an, während er sich noch immer am Brückengeländer festhielt: »Womit hab ich das alles verdient? Ich kann es einfach nicht verstehen.« Dann richtete er sich auf, räusperte sich laut und begann zu berichten: »Etliche Männer unter der Anführung von Erwin Pfandl sind gestern, ohne mich zu verständigen, in Mürzzuschlag aufmarschiert, um eine regelrechte Treibjagd nach dem Mörder des Hüttenwirtes zu veranstalten. Sie müssen wissen, Pfandl war ganz fixiert von der Idee, den Mörder eigenhändig zu finden, und ließ sich davon auch nicht mehr abbringen. Zuerst war er beim Amtsdiener Glück zu Hause. Dieser gab an, nur kurz beim Almpeterl gewesen zu sein, und nannte als Zeugen die beiden Offiziere. Der Amtsdiener soll über Pfandls Besuch sehr aufgebracht gewesen sein und hat die Männer verärgert aus dem Haus geworfen. Anschließend sind sie zu viert sofort in die Tischlerei zu den beiden Männern hinuntergelaufen. Dort haben sie sich zuerst den alten Vater Ignaz vorgenommen und anschließend den Sepp selbst. Der Tischlermeister Grabler, also der Vater, meinte, dem Sepp seine Schuhe wären tagelang verschwunden gewesen und erst vor Kurzem wieder aufgetaucht. Der Kerl, der sie ihm abgeknöpft hatte, hätte sie ihm nur unfreiwillig wieder zurückgegeben. Sogar geschlagen hätten sich die beiden Männer wegen der Wanderschuhe vom Sepp.« Er schaute Ulbrich nachdenklich an: »Stellen Sie sich mal vor, Sie borgen jemandem Ihre neuen Wanderschuhe, weil er sie am Berg braucht, und Sie bekommen diese dann voller Dreck wieder zurück«, sinnierte er vor sich hin und schüttelte den Kopf. »Ich kann den Sepp sehr gut verstehen, da wäre mir auch die Hand ausgekommen! So eine Unverschämtheit! Und jetzt ist das Blut des Almpeterls auf seinen Schuhen, und er wird des Mordes verdächtigt!«

»Nur mit der Ruhe, Herr Kollege, nur mit der Ruhe. Das mit dem Sepp Grabler wird sich schon aufklären. Eines nach dem anderen. Ich nehme an, Sie haben diesen Grabler in der Wachstube genau befragt dazu«, meinte Ulbrich darauf. Sein Blick war ruhig und seine Miene gefasst.

»Was stellen Sie sich vor? Natürlich hab ich das getan, so gut es ging bei diesem Aufruhr mit Pfandl und seinen Leuten. Ansonsten wüsste ich es ja nicht und könnte nicht berichten! Der Sepp befindet sich bereits in Aufbewahrung im Bezirksgericht, und ich habe nur mehr abgewartet, bis Sie ankommen und mir recht geben, dass er unschuldig ist!«

Ulbrich schüttelte den Kopf. »Das klingt ja alles wirklich sehr eigenartig. Kommen Sie, lassen Sie uns als Erstes ins Wirtshaus zum Pfandl gehen, Fladinger! Natürlich müssen wir herausfinden, was tatsächlich in der Schutzhütte passiert ist. Dazu bin ich ja hier! Aber jetzt will ich zuerst wissen, wer dieser unverfrorene Informant ist!«

Ulbrichs Augen waren fest auf Fladinger gerichtet, und er machte sich so seine Gedanken zum nervösen Kollegen aus Mürzzuschlag. Eine Reihe von Fragen gingen ihm durch den Kopf, und er meinte schließlich zum Gendarmen: »Anscheinend haben Sie tatsächlich noch kein rechtes Bild davon, was sich am Freitag im Schutzhaus tatsächlich zugetragen hat. Da hatte Doktor Gartler wohl recht, dass Sie planlos sind. Aber glauben Sie mir, Fladinger, ich werde schon herausfinden, wer das getan hat, und dann kehrt wieder Ruhe ein hier in Roseggers schöner Waldheimat.«

»Ja, das könnten wir gut brauchen«, brummte Fladinger wenig begeistert, er entnahm den Worten des Postenführers aus Graz Kritik, und es stimmte ja, er war sich tatsächlich noch im Unklaren darüber, was tatsächlich auf der Pretulalpe im Schutzhaus geschehen war. Es gab lediglich einen Verdächtigen, der jedoch abstritt, etwas damit zu tun zu haben, dem jedoch die Schuhe gehörten, die vom Totschlag blutig waren. Im Grunde genommen wäre das eindeutig, doch genauer genommen auch wieder nicht, wenn man dem Sepp Glauben schenken konnte.

Er löste sich vom Brückengeländer und schaute Ulbrich unsicher an. Gemeinsam nahmen sie den schmalen Weg vom Bahnhof die Bahnstraße entlang in die Wienerstraße. Von Weitem konnten sie den großzügigen Schriftzug »Gasthof Zur Post« über einem schönen Torbogen sehen. Links davon befand sich wie eine Festung die *Ratsburg* mit ihrem schönen Holzerker und den Zinnen. Fladinger hielt kurz inne und berichtete darüber, wie Pfandl zu diesem Haus gekommen war. Ulbrich hörte aufmerksam zu, sagte jedoch nichts. Halb Mürzzuschlag dreht sich wohl um diesen Pfandl, kam ihm in den Sinn. Er kannte den geschäftstüchtigen Wirt ja bisher nur flüchtig und war schon neugierig, was der ihm für eine Geschichte zur Verhaftung des behinderten Grabler erzählen würde.

Beim Gasthof angekommen, meinte Ulbrich: »Sie können jetzt gehen, Fladinger. Um 14 Uhr bringen Sie mir das Protokoll vorbei, und um 18 Uhr treffen wir uns in dem besagten *Rosegger-Stüberl.*« Er warf rasch einen neugierigen Blick in das mit Holz vertäfelte Zimmer hinein. Von Pfandl war leider nichts zu sehen. Ulbrich hatte bereits viel über das prominente Dichterzimmer gehört und gelesen. Jetzt sah er es zum ersten Mal vor sich. Er wusste, dass Pfandl das großzügig ausgestattete Stüberl samt einem eigenen Erker und den handbemalten Fenstergläsern in der *Ratsburg* im Jahr 1901 für seinen besten Freund, den Heimatdichter Peter Rosegger, einrichten hatte lassen. Es wurde bis nach Graz berichtet, dass sich dort nicht nur die noble Mürzzuschlager Gesellschaft, sondern auch namhafte Schriftsteller und Künstler trafen, um zu plaudern und zu philosophieren. War Rosegger selbst im Gasthaus *Zur Post* zugegen, glich das Treffen stets einem Festakt. Das hatte er sich von einem Grazer Kollegen erzählen lassen, der im selben Haus wie Rosegger in der Burggasse wohnte und der auch meinte, dass der Roseggerkult in der Waldheimat in letzter Zeit auch für den Schriftsteller selbst zu große Ausmaße angenommen hatte.

Nachdem er sich müden Blickes von Ulbrich verabschiedet hatte, war Fladingers Gesichtsausdruck besorgt, er runzelte die Stirn und wischte sich mehrmals mit dem Taschentuch den Schweiß ab. Einerseits wollte ihm die böse Geschichte mit dem Sepp nicht aus dem Kopf gehen und andererseits ärgerte er sich über die beiden Zeitungsartikel. Pfandl hatte gestern gedroht, dass die Presse bereits ungeduldig sei. Er setzte sich auf eine kleine Bank beim Ortsbrunnen gegenüber vom Postwirt. Er fuhr sich über das schweißnasse Gesicht, bevor er den zweiten, ihm unbekannten Zeitungsbericht las, den Ulbrich ihm in die Hand gedrückt hatte.

Grazer Tagblatt, 27. Juni 1904

Aus Mürzzuschlag wird uns geschrieben: Der treue, gute Hüttenwart vom Rosegger-Schutzhaus auf der Pretulalpe ist nicht mehr. Ein jäher Tod hat ihn uns und seinen Bergen entrissen. Noch vor wenigen Wochen jauchzte er im Mürzzuschlager Wochenblatte *einen inniglichen Gruß hinaus in die Welt denen zu, die müde von der Welt verworrenem Getriebe bei ihm so gerne innehielten und glücklich waren, dem biederen seelenvollen Bergpoeten in die blauen Augen zu blicken, seine Hand zu schütteln und seinen urwüchsigen Worten zu lauschen. Nach manchen Kreuz- und Querzügen hat er vor nun genau vier Jahren das von der Rosegger-Gesellschaft (nunmehr Waldheimat-Gesellschaft) errichtete Schutzhaus bezogen und seitdem im Geiste des Meisters Rosegger die einsame Hütte treulich bewirtschaftet. Dem sommerlichen Bergfahrer wie dem Wintersportler gut bekannt, trieb er eine umfangreiche Korrespondenz, die ihm manch Brieflein von berühmten Zeitgenossen ins Haus flattern ließ. Peter Bergner – so heißt der nun von uns Geschiedene – war ein Kärntner. Er versuchte sein Glück als Müllerbursche, zog als solcher in die Welt, war dann Bademeister in Wörishofen bei Vater Kneipp. Und einmal konnte er gar der Versuchung nicht wiederstehen, Journalist zu sein. Es war in Sankt Johann im Pongau, wo er sein* Pongauer Extrablatt *herausgab; freilich nicht für den Tag, sondern für die große Zukunft unseres Volkes geschrieben. In hektografierten Abzügen hat er sein Blatt verbreitet und, selbstzufrieden und jeder Selbstsucht bar, keinen Lohn dafür erhalten. Nun hat der treue Sohn der Waldheimat den ewigen Frieden gefunden. Das friedliche Leben, das er in seiner Bergwelt gefunden hatte, war ihm nicht länger vergönnt gewesen. Der Ermordete wurde von einem Rinderhirten im Keller seiner Hütte tot aufgefunden. Wie sich später zeigte, wurde er mit einem Beil, das neben ihm lag und Blutspuren aufwies, erschlagen. Es dürfte sich um einen Rachemord handeln. Daher wurde sofort die Anzeige beim nächsten Gendarmerieposten in Mürzzuschlag erstattet. Die Gendarmerie beschuldigt ein Individuum namens Sepp Grabler, der sich Freitag früh von Mürzzuschlag aus auf die Pretulalpe begeben hatte. Bereits vor einiger Zeit war an Bergner ein Vergif-*

tungsversuch ausgeführt worden, indem eines Tages die ihm von Rettenegg zugesandte Milch vergiftet worden war. Der Anschlag misslang jedoch, und seit jener Zeit lebte Bergner fast ausschließlich von Konserven. Das einzige Lebewesen in seiner Alpeneinsamkeit war sein bei den Touristen ebenfalls gut bekannter Hund »Liddy«. Wie uns berichtet wurde, hat das arme Tier inzwischen schon bei guten Menschen Aufnahme gefunden. Eine Gerichtskommission behufs Aufnahme des Tatbestandes ist zur Pretulalpe aufgestiegen, um den tragischen Fall in der sonst so lieblichen Waldheimat abschließen zu können. Dem skrupellosen Meuchelmörder wird demnächst der Prozess gemacht.

Schwerfällig erhob Fladinger sich von der Sitzbank, um nach Hause zu gehen. Dort würde er nach der Jause noch eine kurze Verschnaufpause einlegen, bevor er Ulbrichs Aufträge ausführen musste, ging ihm durch den Kopf. Der Magen knurrte ihm, und er fühlte sich sehr unwohl, als er an das abendliche Treffen im Wirtshaus dachte. Diese Informationen im Zeitungsartikel konnte eigentlich nur ein Mann an die Presse geliefert haben, nämlich Pfandl. Der hatte nun seinen Mörder und damit wieder seine friedliche Waldheimat zum Vorzeigen. Dabei war sich der Gendarm sicher, dass einiges nicht in Ordnung war mit Sepps Verhaftung. Gar nicht in Ordnung. Er wusste zwar nicht genau, was es war, aber ihm war klar, dass Pfandl hier äußerst unüberlegt und viel zu voreilig gehandelt hatte. Er war zwar vielleicht nicht der beste Gendarm, aber er hatte oft ein gutes Gespür für Menschen. Der Grabler Sepp ist zwar behindert, aber er ist kein hinterhältiger Mörder, das weiß ich einfach, dieser Gedanke ging in seinem Kopf herum und ließ ihn nicht zur Ruhe kommen.

Zu allem Ärger kam ihm auf dem Heimweg in der Wienerstraße der Amtsdiener Glück auf der gegenüberliegenden Straßenseite entgegen. Er sah ihn bereits von Weitem. Glücks Gang war schwerfällig, und je mehr er sich näherte, desto besser konnte er einen äußerst bedrückten Blick in seinem Gesicht erkennen. Um nicht unhöflich zu sein, ging er zu Glück hinüber und erkundigte sich nach seinem Befinden nach diesen ganzen letzten Vorfällen. Der Amtsdiener schaute schräg unter den hochgezogenen Augenbrauen hervor und stellte seine schwere Ledertasche vor sich ab. Die dünnen Lippen seines Mundes waren zu einem verkniffenen Lächeln verzogen. Einen Moment lang schien er abwesend zu sein, doch dann meinte er: »Maria ist noch immer nicht ansprechbar. Der Arzt sagte aber gestern, dass sie schon davonkommen wird!«

»Um Gottes willen, was ist ihr denn so Schlimmes widerfahren?«, fragte ihn Fladinger erstaunt, runzelte die Stirn und schaute interessiert und besorgt. Er hatte schon gehört, dass die Frau von Glück sehr eigensinnig und aufbrausend sein konnte, aber dass sie gar nicht ansprechbar war, entzog sich seiner Kenntnis. Ob sie durch das Auftauchen von Pfandl und seinen Freunden so die Fassung verloren hatte?

»Sie hatte am Freitag wohl wieder einen ihrer Anfälle! Dabei dürfte sie unglücklich zu Boden gestürzt sein. Die Nachbarin hat sie am Abend regungslos im Vorraum gefunden und sofort den Arzt geholt.« Er wartete die Reaktion des Wachebeamten ab, eine gewisse Unruhe war dabei in seinem Blick bemerkbar. Schnell griff er nach seiner Aktentasche und wollte schon weitergehen, als Fladinger neugierig nachfragte: »Wie konnte das nur passieren? War denn niemand zu Hause bei euch?« Er schien sich darüber ernsthaft Gedanken zu machen. Daraufhin zog der Amtsdiener ein mürrisches Gesicht. »Was fragen Sie mich, Fladinger? Wäre ich dabei gewesen, wüsste ich es«, gab er dem Gendarmen verärgert zur Antwort. Er erklärte auch, dass das schließlich niemanden etwas anginge und Fladinger sich besser um den Vorfall auf der Pretulalpe kümmern sollte.

Daraufhin verabschiedete er sich mit einem kurzen Kopfnicken, weil er es eilig habe und sich auf keine weitere lange Diskussion einlassen könne. Er presste seine Aktentasche an sich und steuerte schnurstracks auf die Bezirkshauptmannschaft zu. Fladinger schickte ihm einen verwunderten Blick nach und schüttelte dabei den Kopf. Dieser Glück hat im Leben auch nur Pech, fiel ihm dazu ein und er ging in froher Erwartung einer gute Vormittagsjause mit darauffolgender Pause weiter.

Mittwoch, 29. Juni 1904

Mit klopfendem Herzen freute er sich darauf, seine Verlobte zu sehen. Seit fast zwei Wochen hatte er sie nicht mehr zu Gesicht bekommen, und es schien ihm der richtige Augenblick zu sein, um Eva in ihrer Dachkammer zu überraschen. Er fühlte sich zufrieden und war im Gegensatz zu den letzten Tagen viel besser gelaunt und strahlte über das ganze Gesicht. Er trug neue braune Wanderschuhe, eine schwarze Lodenhose und ein großkariertes Hemd unter der neuen Jacke, die er sich in Wien gekauft hatte. Seine Hände in den Hosentaschen kribbelten. Erst seit Kurzem hatte er selbst ausreichend Geld. Der Umstand, niemanden um ein paar Kreuzer anbetteln zu müssen, wenn er ins Wirtshaus gehen wollte, war entlastend. Er hatte sogar seinen Freund Karl vom Gemeindeamt auf ein Krügel Bier einladen können, als der ihm über den Weg gelaufen war. Mit einem festen Griff in die Hosentasche kontrollierte er den Inhalt und verspürte dabei etliche Münzen und ein Bündel Scheine. Das befreiende Gefühl, endlich ausreichend Geld zu haben, erfreute ihn und ließ ihn an seinen gestrigen Besuch beim Juwelier in der Kärntnerstraße in Wien zurückdenken. Obwohl ihm einige Schmuckstücke der Baronin nicht viel außer peinlichem Gelächter beim geschäftstüchtigen Juwelier in Wien eingebracht hatten, hatte dieser ihm schlussendlich doch ein sattes Bündel Kronen für den

Trachtenschmuck gegeben, den er zu Beginn gar nicht herzeigen wollte.

»Mir kommt vor, Sie haben beim Theaterfundus eingebrochen«, meinte der grauhaarige Mann mit kritischem Blick hinter seiner kleinen Brille, als er die zuerst vorgelegten Schmuckstücke genauer unter die Lupe genommen hatte. Der Juwelier sah mit seinem Kneifer eher wie ein alter Geschichtsprofessor aus. Vorsichtig drehte er die Ketten und Armbänder mehrmals in seiner zarten Hand herum und seufzte dabei gelangweilt auf. Ihm selbst war die Situation im Laden des Juweliers ziemlich unangenehm, speziell als er das Wort »eingebrochen« vernommen hatte. Unruhig trat er vor dem hölzernen Pult von einem Bein auf das andere. Den Trachtenschmuck hatte er in dem Moment noch in der linken Jackentasche und dachte, dass dieser in der Großstadt sowieso nicht gut zu verkaufen wäre.

Nachdem er alles begutachtet hatte, wirkte der Juwelier ziemlich belustigt von seiner unruhigen Frage, was denn der Schmuck nun wert sei, und meinte, dass er ihn enttäuschen müsse. »Junger Mann! Sehen Sie, diese Stücke hier machen zwar auf den ersten Blick den Anschein, teuer und wertvoll zu sein, doch weder die Perlen noch das Silber sind echt. Hier handelt es sich um billigen Ramsch.« Dabei musterte er ihn und seine Kleidung und fügte hinzu: »Man merkt, dass Sie wohl vom Land kommen und hoffen, in der Stadt die Dinger loszuwerden! Aber solche Sachen tragen bei uns die Damen höchstens am Lumpenball!« Der Juwelier machte nicht den geringsten Hehl daraus, dass er ihm die Sachen nicht abkaufen werde: »Hier haben Sie das billige Zeug zurück! Dafür gebe ich kein Geld aus!«

Er war sehr enttäuscht darüber, dass diese Schmuckstücke der Baronin, die so schön glänzten, anscheinend gänzlich wertlos waren. Er hatte sich durch den Verkauf einiges an Geld erhofft. Vielleicht hatte ihn der Juwelier auch angelogen, doch dann hätte er ihm die Sachen sicher zu einem billigen Preis abgekauft und nicht wieder zurückgegeben. Er überlegte sich, vielleicht zu einem anderen Juwelier in der Kärntnerstraße zu gehen. Aber es befanden sich ja noch drei weitere Stücke, die er der Baronin ebenfalls von der Kommode entwendet hatte, in seinem Besitz. Unsicher kramte er in seiner Jackentasche. Dabei bemerkte er den prüfenden Blick des Juweliers, der wohl auf seine Kleidung gerichtet war. Er hatte sich doch vor der Reise nach Wien sogar eine neue Jacke und eine Weste gekauft! Kurz zögerte er, den Schmuck überhaupt hervorzuholen, aber jetzt war er schon einmal hier und er benötigte das Geld dringend.

Mit dem Trachtenschmuck konnte er sowieso nicht viel anfangen. Wenn er ihn im Mürztal verkaufen wollte, wäre es für ihn viel zu gefährlich. Der Schmuck könnte erkannt werden, da ja in den letzten Tagen etliche Fotos von der Baronin in den Zeitungen abgedruckt worden waren. Also griff er tiefer in die Tasche und holte langsam den Trachtenschmuck hervor. Womöglich war der aber auch nicht echt? Auf keinen Fall wollte er ein weiteres Mal vom Juwelier ausgelacht werden. Daher meinte er nur mit zaghaften Blick: »Was sagen Sie dazu?« Er reichte dem Juwelier die Schmuckstücke, die er ungeschützt in der Jackentasche mit sich getragen hatte, über das Pult entgegen. Der Juwelier warf einen neugierigen Blick darauf, in seinen Augen blitzte Interesse auf.

»Oh ein schöner Trachtenschmuck!«, meinte er sofort. Vorsichtig nahm er zuerst das Halsband und drehte es sorgsam in alle Richtungen. Dann griff er nach dem dazu passenden Armband und zuletzt erst nach der kleinen Uhr, die an einer hübschen Kette befestigt war. Es war deutlich, dass die drei Schmuckstücke zusammengehörten, und als das ganze Set auf dem Pult lag, trat für einen Moment Stille ein im Laden. Beide starrten auf den Schmuck und keiner sagte etwas. Der Juwelier nahm nochmals jedes Stück einzeln in die Hand und betrachtete es genauestens mit einem Vergrößerungsglas, bevor er es auf das Pult zurücklegte. Für ihn war diese ganze Situation mit dem Trachtenschmuck ziemlich unangenehm und er wollte die drei Stücke schon enttäuscht vom Pult wegnehmen und zu den anderen Stücken in die Jackentasche stecken, als ihn der Juwelier aus seinen Gedanken riss.

»Das sind ja wirklich schöne Exemplare, die Sie da mitgebracht haben. Noch dazu aus gutem Silber und sehr aufwändig verarbeitet,« zeigte er sich überrascht. Noch erfreuter wirkte er, als er auf das Collier zeigte: »Schauen Sie, das ist eine fünfreihige Kropfkette. Und hier hat das passende Armband sogar einen kleinen Edelstein«, klärte ihn der Juwelier auf. Und als er auf die kleine Uhr an der zarten Kette zeigte, meinte er: »Das ist ein ganz besonderes Stück aus der Schweiz, auch mit einem 935er Silbergehäuse.«

Die Augen des Juweliers wurden immer begehrlicher. Er war nun sicher, dass es sich bei diesen drei Stücken der Baronin um echten Schmuck handeln musste. Wenn ihn der Juwelier nach der Herkunft fragen würde, müsste er sich schon eine sehr gute Antwort überlegen. So versuchte er, zwar interessiert am Verkauf, aber doch bewusst zurückhaltend zu wirken. Einige Dinge gingen ihm durch den Kopf, wie er es anstellen könnte, diesen Schmuck so teuer wie möglich an den Juwelier zu bringen.

»Sie müssen wissen, diese kleinen Kostbarkeiten hier sind im Gegensatz zu dem anderen Zeugs echt und etwas wert! Junger Mann, wo haben Sie denn diesen Trachtenschmuck her?«, fragte er ihn prüfend und fügte hinzu: »Wohl nicht vom Theaterfundus, den muss eine vornehmere Dame getragen haben.«

»Natürlich! Es sind Erbstücke meiner Mutter. Sie hat den Schmuck von einer alten Tante geerbt. Meine Mutter hat mir dringend aufgetragen, den Schmuck nur dann zu verkaufen, wenn der Erlös auch stimmt«, antwortete er ihm leise und so, als wollte er auf jeden Fall verhindern, dass der Schmuck unter seinem Wert veräußert würde, griff er hastig danach.

»Nicht so schnell, junger Mann! Ihre Mutter braucht wohl Geld!«, antwortete ihm der Juwelier belustigt und bot ihm auf der Stelle 100 Kronen für die drei Stücke an.

»Nein, das ist viel zu wenig! In Mürzzuschlag hätte meine Mutter vor einem Jahr bereits 150 Kronen dafür bekommen«, meinte er schlagfertig und steckte schon den Trachtenschmuck zurück in seine Tasche. Er ahnte nun, dass die Stücke weit mehr wert waren.

»Schon gut, schon gut, junger Mann! Geben Sie den Schmuck schon her, da haben Sie 150 Kronen dafür und sagen Sie Ihrer Mutter schöne Grüße vom Juwelier Rosenbaum aus Wien. Der hübsche Trachtenschmuck findet bestimmt eine neue würdige Besitzerin hier in der Stadt.« Dabei griff er in eine seiner Westentaschen, holte ein Bündel Scheine hervor und zählte 150 Kronen ab, die er ihm in die Hand drücken wollte. Als er das Geld in der Hand des flinken Juweliers sah, konnte er seinen gierigen Blick kaum verbergen.

Aber er meinte stattdessen empört: »Dafür bin ich nicht nach Wien gereist! 150 Kronen zahlt man auch im Mürztal für diesen Schmuck!« Letztendlich bot ihm der Juwelier 200 Kronen dafür, die nahm er sofort an und steckte die Scheine in seine Hosentasche.

»Ach ja, und was das billige Zeugs betrifft, junger Mann! Das drehen Sie jemandem am Land an. Jemandem, der sich nicht mit Schmuck auskennt so wie ich! Ein paar Kronen gibt es sicher dafür!« Ja, das wusste er schon. Er hatte ja schließlich schon bald nach dem Diebstahl ein paar der Schmuckstücke für billiges Geld an einen Schausteller vom Zirkus verkaufen müssen, weil er dringend Geld gebraucht hatte. Dann hatte der ihm doch nicht viel zu wenig bezahlt für den Tand!

Während er die Jackentasche zuknöpfte, beobachtete ihn der Juwelier genau. Verunsichert dachte er, der alte Mann würde am Ende nun doch vermuten, dass der Schmuck gestohlen war und ihm Schwierigkeiten bereiten. Er war bereits auf dem Weg zur Ladentür, als ihm der Juwelier nachrief: »Kommen Sie nochmals zurück, junger Mann!« Er drehte sich verlegen um und kam zurück. Der Juwelier bedeutete ihm mit der Hand, noch näher zu kommen, und kam selbst hinter der Theke hervor. Die prüfenden Augen hinter der Brille des Mannes waren fest auf seine Brust gerichtet. Als sie sich ganz nah gegenüberstanden, griff ihm der Juwelier in die Westentasche unter der Jacke. Dabei zog er ganz vorsichtig an der Kette, bis er die Taschenuhr hervorgeholt hatte. Der Juwelier lachte laut auf und nahm die Taschenuhr vorsichtig in die Hand.

»Aber dieses schöne Meisterwerk haben Sie mir nicht gezeigt!«, meinte er vorwurfsvoll. Er drehte die Taschenuhr mehrmals erfreut in seiner flinken Hand herum. »Sehen Sie hier die eingravierte Nummer? Dieses schöne Stück ist sogar registriert und findet bestimmt einen passenden Liebhaber hier in Wien! Was wollen Sie denn für das kleine Kunstwerk haben?« Beide warfen einen neugierigen Blick auf die silberne Taschenuhr, bevor er sie dem Mann aus der Hand zog und rasch wieder in seiner Westentasche verschwinden ließ.

Rudi hob die Stimme und meinte ernsten Tones: »Das ist ein Erbstück meines Vaters. Die Uhr und die schönen Erinnerungen an meine Kindheit sind das Einzige, was mir vom geliebten Vater geblieben ist. Die Uhr ist unverkäuflich!« Er merkte, dass sich der Juwelier mit dieser Erklärung noch nicht zufriedengeben wollte.

»Ach schade, junger Mann. Soso, von Ihrem Vater ist sie?«, fragte er nach. Er zwinkerte ihm mit dem Auge zu und schien ihm nicht zu glauben. »Soso, vom Vater«, wiederholte der Juwelier leise.

»Ja, von meinem Vater. Er ist im Winter im Freien erfroren, als ich noch ein Kind war«, erwiderte er dem Juwelier mit trauriger Stimme. In Gedanken sah er seinen betrunkenen Vater am Wegrand liegen. Dabei ließ er sich seinen aufkommenden Zorn nicht anmerken und wandte sich rasch ab.

Der Juwelier blickte ihn erschrocken an. »Keine Sorge, ich frage schon nicht weiter! Da kann ich natürlich verstehen, dass Sie das kleine Erinnerungsstück an Ihren werten Vater lieber behalten möchten. Aber sollten Sie einmal ähnliche Meisterstücke oder weiteren schönen Trachtenschmuck Ihrer Mutter zu Hause haben, bringen Sie die Preziosen unbedingt bei Ihrem nächsten Wienbesuch vorbei!«, meinte der Juwelier und fügte ernst hinzu: »Sie wissen schon, solche Uhren mit einer Nummer auf der Rückseite!« Er hob den Zeigefinger und zwinkerte abermals mit dem Auge. Plötzlich schien es, als würde der geschäftstüchtige Mann ihm die Geschichte mit dem Verkauf des Schmuckes seiner Mutter nicht mehr abnehmen. Er wandte sich verlegen mit den Worten: »Nein, wir haben jetzt keinen Schmuck mehr zu verkaufen«, vom Juwelier ab. Obwohl der Raum von Sonne durchflutet war, verspürte er plötzlich ein Frösteln. Womöglich lag es am kleinen Hinweis auf diese Zahl an der Taschenuhr. Was hieß das, dass sie registriert war? Es ärgerte ihn, dass der Juwelier ihm die Uhr so einfach aus der Westentasche gezogen hatte, und er verließ, ohne noch etwas zu sagen, den Laden.

So rasch er konnte, ging er die Kärntnerstraße entlang. Als er sich vom Geschäft weit genug entfernt hatte, gönnte er sich zum ersten Mal eine Rundfahrt mit der elektrischen Straßenbahn und nahm am Abend den nächsten Zug zurück nach Mürzzuschlag. Am Bahnhof in Mürzzuschlag angekommen, traf er zufällig Karl im Ort. Der schien ihm ein bisschen mitgenommen zu sein, aber er ließ sich überreden, mit ihm auf ein Gulasch und ein Bier in den *Gasthof Adler* zu gehen. Ein Blick auf die hübsche kleine Taschenuhr hatte ihm verraten, dass Eva schon bald in ihrer Dachkammer sein musste. Karl zeigte sich verwundert, dass er sogar im Besitz einer Uhr war, und fragte ihn neugierig: »Seit wann trägst du eine Taschenuhr, Rudi?« Zu Karls weiterem Erstaunen hatte er diesmal die Zeche bezahlt, und der Freund schaute mit großen Augen zu, als Rudi die Scheine aus der Hosentasche zog. Er konnte es wohl nicht glauben, dass er plötzlich selbst Bargeld bei sich hatte und ihn nicht wie sonst darum anpumpte.

»Mein Onkel in Wien hat sie mir heute geschenkt«, antwortete er und erzählte ihm, dass er außerdem ab Juli bei einem Zimmermeister in Wien eine neue Arbeitsstelle antreten könne. Sogar ein Quartier im selben Haus würde er dort beziehen können. Es wäre zwar nur eine kleine Dachkammer mit Bett, Tisch und Kasten darin, aber es reiche für den Anfang. Die Kosten würden ihm direkt von seinem Lohn abgezogen, habe ihm der Meister bei einem persönlichen Gespräch zugesagt. Er hatte gestern einen Tag dort gearbeitet, um zu zeigen, was er alles beherrschte. Es schien, als wäre der Zimmermeister mit seiner Arbeit zufrieden gewesen. Schuhe, Jacke, Hemd und Hose konnte er sich mit dem Vorschuss auf die Arbeit in Wien kaufen, erzählte er. Karl hörte sich seine tolle Geschichte aber nur ziemlich teilnahmslos an und nickte bloß zwischendurch eher abwesend mit dem Kopf. Er war gar nicht so begeistert, wie Rudi es sich erhofft hatte. Dabei fand er, dass er in seinen neuen Kleidern richtig seriös wirkte, und war sich sicher, dass jetzt niemand auch nur den geringsten Verdacht wegen der Ereignisse der letzten Tage gegen ihn hegen würde.

Rudis Vorschlag, noch eine Runde Kegel zu schieben, lehnte Karl dann entschieden ab. Er fühle sich nicht so gut, sagte er. Daher machte Rudi sich eben gleich auf den Weg zu seiner Verlobten. Seine Uhr sagte, es könnte genau passen. Es war kurz vor 22 Uhr, und das Kaffeehaus schloss mittwochs bereits um 21 Uhr. Beim Vorbeigehen war es schon dunkel im Inneren des Kaffeehauses. Eva musste also in ihrer Dachkammer sein. Er beabsichtigte, ihr diesmal einen echten Heiratsantrag zu machen. Aber er hatte nicht vor, ihr die Wahrheit über seine leiblichen Eltern zu verraten. Die Sache lag über 20 Jahre zurück, und wie er ihre Tante von Evas Erzählungen her kannte, würde sie niemandem ihr dunkles Geheimnis verraten haben. Schon gar nicht ihrer kleinen Nichte. Diese Tante, die im Grunde genommen seine Mutter war und ihn als Baby weggeben hatte. Evas strenger Vater und seine Schwester hatten sich bestimmt einen Eid geschworen, es nie ans Tageslicht kommen zu lassen, wer dieses unerwünschte Kind – also war er bereits als Baby von der eigenen Mutter unerwünscht, dachte er traurig – war. Diese ganze Sache war wirklich gut vertuscht worden. Und von ihm aus konnte es auch so bleiben. Schließlich war Eva ja genau genommen seine Cousine, und das brauchte eigentlich niemand zu wissen. Ob sein Vater tatsächlich ein dahergelaufener Mann vom Zirkus war, der ja früher auch schon öfter in Mürzzuschlag Halt gemacht hatte? Nicht viele Leute außer ihm und wahrscheinlich Evas Vater kannten das Geheimnis der Kaffeehausbesitzerin Katharina Glück. Das gab ihm plötzlich ein starkes Gefühl, die beiden in der Hand zu haben. Noch konnten sie sich in Sicherheit wiegen. Noch! Jedoch nicht mehr lange, denn er würde es die beiden schon wissen lassen, was er herausgefunden hatte. Ob er zuerst seine Mutter im Kaffeehaus aufsuchen und sich zu ihrem Erstaunen zu erkennen geben sollte, wusste er noch nicht genau. Auf jeden Fall beabsichtigt er, zu Evas Vater gehen und ihm ins Gesicht sagen, dass er seine Tochter heiraten wolle. Und der sollte sich ja nicht dagegen sperren, sonst brächte er das schmutzige kleine Geheimnis ans Licht, wo er seine Abende verbrachte. Er würde Eva heiraten, schließlich hatte er jetzt selber Geld und dazu eine Mutter, die sehr viel Geld mit ihrem Kaffeehaus auf die Seite gebracht hatte. Und davon wollte er etwas haben. Er plante, die beiden kaltblütig zu erpressen. Schließlich wäre sein Leben kein solcher Trümmerhaufen geworden, wenn ihn seine Mutter bei sich behalten hätte. Die würden sich noch anschauen, sie und ihr verdammter Bruder, dieser nichtsnutzige Amtsdiener!

Rudi fuhr sich noch einmal mit den Fingern durch die Haare. Die um eine Spur zu langen dunklen Haare hatte er streng nach hinten gekämmt. Er wollte gut aussehen und sich bei Eva mit einem Kuss für sein langes Ausbleiben und für sein Verhalten vorige Woche entschuldigen. Natürlich auch dafür, dass es mit dem Termin beim Pfarrer nicht geklappt hatte. Das war wirklich ein unsinniges Verspechen von ihm gewesen. Damals fehlte ihm noch das notwendige Geld und – ehrlich gesagt – auch der Wille zum Heiraten. Eva hatte es wahrscheinlich von Anfang an geahnt, jedoch kein böses Wort darüber verloren. Ob sie jetzt insgeheim denken könnte, dass auch dieses Mal aus der Hochzeit sicher nichts werden würde? Aber nun konnte er so viel Geld auftreiben, dass sie beide für die nächste Zeit sehr gut über die Runden kommen konnten. Woher er es hatte, brauchte er ihr ja nicht zu verraten. Er würde Eva heute bitten, ihn nach Wien zu begleiten. In der großen Stadt gab es ausreichend Kaffeehäuser, da würde sie leicht eine Anstellung finden können. Damit wäre sie aus der Reichweite ihrer verrückten Familie hier in Mürzzuschlag. Beide könnten einen Neubeginn wagen und vielleicht irgendwann in die Steiermark zurückkommen und sich einen kleinen Bauernhof kaufen. Er war sicher, Eva wollte bestimmt gerne fort aus dem engen Mürztal. Auch das strenge Getue ihrer Eltern musste seiner Verlobten auf die Nerven gegangen sein, sonst wäre sie nicht in die kleine Dachkammer zu ihrer Tante gezogen. Sie hatte zwar selbst wieder ein Auge auf sie gerichtet, aber sie überwachte sie bei Weitem nicht so streng wie ihre Mutter.

Nach all dem, was in letzter Zeit geschehen war, hielt sie beide in dieser Gegend sowieso nichts mehr. Zu viel war in Mürzzuschlag passiert und das ließ sich auch nicht mehr ungeschehen machen. Wenn sie beide in Wien Fuß gefasst hätten, würde sich niemand mehr für ihn interessieren und er könnte die Aufklärung der Mordgeschichte dann in Wien in den Zeitungen lesen.

Kein Mensch würde auf ihn kommen, niemand hatte ihn im Schutzhaus gesehen, und den Namen Ferdinand Dworschak kannte auch kein Mensch. In Momenten wie diesem fühlte er sich stark. Verschwunden waren alle Befürchtungen, dass er in Bedrängnis kommen könnte. Er hatte ja seine Eva, die Blume seines Lebens. Sie stand stets zu ihm. Und falls es doch noch Probleme gab, musste sie nun sein handfestes Alibi werden und aussagen, dass er am Freitagnachmittag seinen Rausch in ihrer Dachkammer ausgeschlafen hatte. Er kannte Eva! Sie würde für ihn lügen, denn sie liebte ihn über alles. Sie konnte gar nie aufhören zu erzählen, wie sehr sie ihn liebte und wie gut er ihr gefiel. Wozu sollte er sich also dumme Gedanken machen? In ein paar Minuten war diese Angelegenheit geklärt und alles wieder gut.

Sogar drei Rosen hatte er für sie noch im Blumengeschäft besorgt. Nicht so wie früher einfach ein paar Blumen aus einem fremden Garten gestohlen. Er hatte ein gutes Gefühl und lächelte vor sich hin. Er schlich sich an der Rückseite des Hauses vorbei in den Hinterhof. Erleichtert sah er die alte Eingangstür zum Haus einen Spalt offenstehen. Ein kurzer Blick umher gab ihm Sicherheit. Es war niemand da, er entspannte sich. Behutsam ging er über die alte Holztreppe hinauf ins Dachgeschoss. Erst am Ende des langen Korridors befand sich ihr Zimmer. Er gab Acht, dass die alten Bretter unter seinen Füßen nicht knarrten, und hielt für kurze Zeit seinen Atem an. Er spürte, dass sie sich in der kleinen Kammer im oberen Teil des alten Hauses aufhielt, aufhalten musste. Sie würde oben sein und sicher an ihn denken. Vielleicht las sie in der Zeitung, die sie sich vom Kaffeehaus mitgenommen hatte? Vielleicht war sie auch schon in einen wohlverdienten Schlaf gefallen? Wer weiß? Auf jeden Fall würde sein Besuch eine große Freude für sie sein. Eine Überraschung!

Bis jetzt hatte er sich nachts immer nur nach Ankündigung zu ihr geschlichen. Wie ein dreister Dieb musste er sich dabei immer verhalten. Früh morgens dann, wenn es draußen noch dunkel war, hatte er das Haus wieder zu verlassen. Meistens nahm er den Weg über den Hauptplatz, vorbei am Park und weiter zum Bahnhof. Was hätte er gegeben, einmal länger bleiben zu können! Aber nein, Eva musste täglich früh aufstehen und beim Putzen im Kaffeehaus helfen. In der Wartehalle legte er sich dann oft nochmals auf eine kalte Holzbank, um auszuschlafen. Niemand durfte ihn im Haus der strengen Frau Glück sehen. Nicht das Personal und schon gar nicht die Kaffeehausbesitzerin selbst. Seine Entdeckung würde nicht nur Probleme mit dem Vater bringen, hatte ihm seine Freundin irgendwann einmal in ernsthaftem Ton erklärt, sogar ihr Dienstposten stünde am Spiel, wenn ihre Tante vom unerlaubten Männerbesuch etwas mitbekäme. Diese habe eine Abneigung gegen alle Männer, hatte Eva ihm erzählt. Vielleicht deshalb, weil mein Vater irgendein Unbekannter war? Hat sie mich deshalb weggegeben?, sinnierte er.

Vom Ende des Gangs waren zwei Frauenstimmen zu vernehmen. Es war kein Flüstern, er hörte die Stimmen laut und deutlich. Dem Redefluss nach handelte es sich um ein angeregtes Gespräch. Das übliche Frauengerede eben, dachte er bei sich. Die beiden fühlten sich dabei ungestört, so hörte es sich jedenfalls an. Er schlich sich vorsichtig den langen Gang entlang und erkannte von Weitem, dass die Zimmertür seiner Liebsten einen Spalt offen stand. Ein schmaler Lichtstrahl fiel auf den dunklen Dielenboden. Wahrscheinlich musste Eva noch einmal hinunter ins Kaffeehaus und hatte deshalb die Tür nicht ganz zugemacht. Als er näher kam, bemerkte er aber, dass die Stimmen direkt aus ihrer Kammer kamen. Auf leisen Sohlen ging er neugierig auf die Kammertür zu. Er überlegte kurz, lehnte dann den Kopf an den Türstock und horchte. Obwohl er wusste, dass es nicht ehrlich war, andere zu belauschen. In diesem Moment konnte er nicht anders. Seine Freundin unterhielt sich angeregt mit einer anderen Frau. Wohl einer ihr sehr gut bekannten Frau. Ob er hineingehen sollte? Nein! Männerbesuche waren von der Tante nicht erlaubt, das hatte Eva ihm vom ersten Tag an klargemacht. Also konnte er da nicht einfach hineinplatzen. Bei der zweiten Frau konnte es sich nur um eine Freundin handeln. Sie hatten nie darüber gesprochen, ob Eva eine vertraute Freundin hatte. Vielleicht war es eine Kollegin aus dem Kaffeehaus? Jetzt wollte er einmal hören, was die beiden sich zu erzählen hatten.

»Weißt du, ich mach mir wirklich große Sorgen wegen dem Rudi«, erklang die Stimme seiner Freundin. »Hast du denn keine Ahnung, wo er sein könnte?«, wollte die andere Frau wissen. »Nein, ich weiß es wirklich nicht, Marie. Wenn, dann war der Rudi immer nur nachts bei mir. Was er tagsüber getrieben hat, weiß ich nicht, und es kann mir eigentlich auch egal sein. Ich arbeite den ganzen Tag, wie du ja weißt. In der Früh putze ich im Kaffeehaus, und sobald wir aufsperren, kassiere ich die Gäste ab. Bedienen brauche ich ja nicht mehr. Das machen jetzt die anderen Mädchen. Seitdem die eine, die kleine Dunkelhaarige, du weißt schon, wen ich meine, etliche Kronen in die eigene Tasche kassiert hat, bin nur mehr ich fürs Geld zuständig. Mir vertraut meine Tante. Dafür arbeite ich meistens auch zum Wochenende. Alles ist besser, als zu Hause bei den Eltern zu sein. Rudi war immer liebevoll zu mir. Er hat mir vom ersten Tag an den Kopf verdreht. Kein Wunder! So gut, wie er aussieht und zärtlich mit mir umgeht. Natürlich weiß er, dass ich ihn mag. Ich bin offen wie ein Buch. Ständig hab ich ihm Komplimente gemacht, wie jung und sportlich er ist. Seine Haut fühlt sich wie Samt an. Ein richtig schöner Mann ist mein Rudi mit seinen dunklen schwarzen Haaren und dem Schnurrbart.«

»Du kommst ja gar nicht aus dem Schwärmen für den Mann!«, kicherte die Freundin. »Besser kleiden könnte er sich, aber vielleicht ist das etwas, was mir an ihm auch gefällt. Ein wenig verwahrlost eben. Es ist nun einmal so, ich hab mich sofort für ihn zuständig gefühlt, wollte ihm stets helfen. Damit er irgendwann aus dem ganzen Schlamassel rauskommt. Wenn er in Mürzzuschlag ist, lässt er mir immer kleine Nachrichten zukommen. Auf Zeitungspapier oder Butterpapier schreibt er sie und zeichnet zwei kleine Herzen dazu. Damit meint er uns beide. Ja, er kann gut zeichnen. Sein Freund Karl, du weißt schon, der große Blonde, bringt sie mir im Kaffeehaus vorbei und steckt sie mir heimlich in die Schürze, sodass es niemand bemerkt. Selbst war Rudi nur einmal bei uns im Kaffeehaus, ganz am Anfang. Es ist ihm zu vornehm, und meiner Tante will er schon gar nicht begegnen. Wenn, dann treibt er sich in anderen Wirtshäusern hier in Mürzzuschlag herum. Er ist ein Biertrinker. Wenn er hungrig ist, gebe ich ihm auch manchmal das Geld für ein Gulasch in einem Wirtshaus. Ich freue mich jedes Mal darauf, von ihm zu lesen. Auf seinen Nachrichten steht immer, wann wir uns wiedersehen. Dann lass ich die hintere Eingangstür unten im Haus nur angelehnt und meine Kammer sperre ich nicht ab. Ich höre ihn dann schon beim Heraufschleichen, die alte Holztreppe knarrt, musst du wissen. Dann stelle ich mich schlafend und tue so, als bemerkte ich ihn nicht. Er zieht sich dann meistens komplett aus und legt sich zu mir ins Bett. Sein Atem macht mich ganz verrückt. Er weiß ja, dass ich bei ihm schwach werde. Wenn er Geld braucht, zeichnet er Münzen aufs Papier, sodass ich mich halt auskenne«, seufzte sie tief durch.

»Hast du ihm oft Geld zugesteckt?«

»Ja! Er hat mich oft darum gefragt. Er bekommt immer was von mir. Von irgendwas muss er ja leben!«

»Wie wäre es für den Herrn mit Arbeit?«

»Seine beiden letzten Meister haben ihn vor die Tür gesetzt, ohne ihm den Lohn auszubezahlen, hat er mir erzählt. Das hat ihn fertiggemacht! Er kann sich auf mich verlassen, und ich bin glücklich, für ihn da zu sein. Mit einer neuen Arbeit hat es wohl nicht so geklappt bei ihm. Ich hab mir vorgenommen, nicht mehr nachzufragen. Ich will keinen Streit deswegen haben. Kannst du das verstehen?« »Nein! Du tust ja geradeso, als wärest du seine Mutter! Das ist sehr unvernünftig von dir«, meinte die andere Frau kurz und bündig, und der Lauscher an der Tür zuckte dabei zusammen.

»Und wenn! Mit ihm bin ich glücklich. Meine Eltern sind hart und verbittert, da ist kein Platz für Liebe. Während alle Frauen hier nur Augen für den feschen Bezirkshauptmann hatten, galten meine Blicke nur dem Rudi. Auch meine Gedanken sind stets bei ihm, sofern ich überhaupt dafür Zeit hab. Das weiß er. Ich hab es ihm nachts oft genug erzählt, bevor wir eng umschlungen eingeschlafen sind. Er weiß auch, dass ich ihn eines Tages heiraten möchte. Wäre da bloß nicht mein trotziger Vater, der sich einbildet, dass ich einen reichen Mann nehmen muss.« Sie seufzte kurz auf.

»Weiß der Vater denn überhaupt etwas von Rudi?«, fragte die andere Person. »Nein, was denkst du, was das für einen

Zirkus mit meiner Familie gegeben hätte! Ich solle ja nicht auf die Idee kommen, mit einem Freund ohne Geld nach Hause zu kommen, hat mein Vater immer gedroht. Wenn ich mit dem Rudi ankäme, das wäre ein Riesenskandal in meiner Familie. Der Vater hat auch immer gesagt, solang ich nicht volljährig bin, brauche ich gar nicht zu hoffen, dass er die Einwilligung zu einer Heirat gibt, wenn ihm der Mann nicht gut genug ist.«

»Aber hast du mir nicht erzählt, dass du mit Rudi verlobt bist?«

»Ja, er hat mir die Ehe versprochen. Auch wenn er bisher noch nicht das Geld für einen Verlobungsring hatte. Und darum wollten wir ja vorige Woche eigentlich mit dem Pfarrer reden, ob er uns vielleicht trotzdem trauen könnte, auch wenn mein Vater nicht zustimmt. Der Vater meinte immer, ich solle mich auf jeden Fall noch nicht binden, das mit dem Heiraten habe sowieso noch leicht zwei Jahre Zeit. Wenn ich aber erst mal 20 bin, dann wäre es schon angebracht, in den sicheren Hafen der Ehe einzulaufen und Kinder zu bekommen. Damit ich nicht übrig bleibe und so ende wie meine Tante, allein und ohne Mann. Ein reicher, gut situierter Mann müsste es aber sein, so einer wie es der Bezirkshauptmann war, das hätte der Vater gern gesehen!«

Kurze Stille. »Der edle Baron? Ach ja, der hätte mir auch gefallen! Jetzt ist der arme Kerl aber leider tot.«

»Vor längerer Zeit hat mir mein Vater einmal ganz wichtig erklärt, dass der Baron ein Ehrenmann mit Bildung, Stil und einem sicheren Einkommen ist. Als ich ihm erwiderte, dass er zwar wie ein stolzer Pfau durch Mürzzuschlag schreitet, aber daheim unter der Fuchtel einer älteren Dame steht, hat er mich ordentlich geschimpft. Seiner damaligen Ansicht nach könnte jeder Vater auf einen Schwiegersohn, wie der

Bezirkshauptmann es sei, stolz sein! Er wäre es auf jeden Fall. Und gegen böse Frauen könne man kaum was ausrichten als verheirateter Mann. Dabei meinte er wohl sich selbst! Aber, das fällt mir jetzt gerade ein, er hat noch irgendwie geheimnisvoll gesagt, vielleicht gäbe es da eh eine Möglichkeit. Auf jeden Fall, damals hat er ihn noch über den grünen Klee gelobt, doch dann ...« Sie stockte, bevor sie leiser weitersprach: »Aber was soll das jetzt noch. Bei uns ist eh schon Unglück genug jetzt mit der pflegebedürftigen Mutter. So ein Elend! Und ich hab die ersten Tage nicht einmal zu ihr können, weil ich selber so schlecht beisammen war.« Sie schluchzte leise auf. Rudi zuckte zusammen. Seine Eva war krank gewesen!

»Dich hat es anscheinend recht übel erwischt, du bist ja das ganze Wochenende gelegen, du Arme!«, meinte ihre Freundin mitfühlend. »Ach, jetzt geht es mir zum Glück wieder besser, und seit gestern kann ich auch wieder arbeiten. Zum Glück war die Tante sehr fürsorglich und hat mich die drei Tage liegen lassen, da hab ich mich erholen können«, beruhigte Eva sie.

»Wenn der Bezirkshauptmann dich geheiratet hätte statt dieser schrecklichen Gräfin, dann wärst du auf jeden Fall jetzt eine reiche Witwe«, meinte ihre Bekannte und seufzte dabei laut auf. »Doch so, wie es ist, bleibst du eben das kleine Kassierfräulein im Kaffeehaus deiner Tante. Aber wenn du alles richtig machst, erbst du das Kaffeehaus vielleicht sogar einmal. Dein Rudi wäre also schön blöd, wenn er dich nicht hinhalten würde. Für den Vagabunden wirst du wohl ein Leben lang aufkommen müssen. Noch dazu, wo du jetzt schwanger bist! Wie stellst du dir denn das überhaupt vor?« Bei dieser Aussage zuckte er plötzlich zusammen. Hatte er richtig gehört? Seine Eva war schwanger?

Natürlich war er der Vater des Kindes, so unvorsichtig wie er die letzten Nächte gewesen war, wenn er bei ihr schlief.

Eva schluchzte laut auf. »Ach Gott, es ist alles so furchtbar! Ich bin ja so froh, dass du heute Nacht bei mir bleibst und ich wenigstens mit jemandem reden kann. Der Rudi als Vater, kannst du dir das vorstellen? Ich weiß nicht, ich habe da leider große Zweifel. Also der Karl, der wäre da schon eher eine Möglichkeit! Du weißt schon, Rudis Freund vom Gemeindeamt, würde mich auch nehmen, wenn ich nur ja sagen täte, hat er kürzlich zu mir gesagt.«

»Meinst du den, der mit Rudi manchmal zum Biertrinken geht und dann immer die Zeche bezahlt?«, hörte er diese unverschämte Marie mit einem spöttischen Unterton fragen. »Ja, den. Er ist immer sehr nett zu mir. Ausreichend Geld hat er auch und ein fixes Einkommen durch seine Arbeit im Gemeindeamt!« »Aber du liebst ihn doch nicht, oder?«, wollte die Freundin darauf mit einem fragenden Unterton wissen.

»Ich glaube nicht – jedenfalls jetzt noch nicht. Doch der Vater wäre mit ihm vielleicht eher einverstanden, denke ich!«

Am liebsten wäre er jetzt vor lauter Eifersucht in die Kammer gestürzt. Auf jeden Fall beschloss er, diesem elenden Karl einen gehörigen Denkzettel zu verpassen, weil der sich anscheinend an seine Freundin heranmachen wollte und noch vorhin so getan hatte, als wäre er sein bester Freund. Er riss sich zusammen, um nicht vor Zorn zu explodieren, und hörte weiter den beiden Frauen zu.

»Und das soll Rudis bester Freund sein? Ein Kerl, der ein Auge auf seine Verlobte hat? Ich kann es nicht glauben!« Marie war ebenfalls empört. »Naja, vielleicht ist eben auch der Karl nicht ganz so ein Braver, wie er immer tut.

Mir fällt gerade ein, der Rudi hat mir erzählt, dass er ihn beim Bahnhof in Bruck einmal zufällig getroffen hat. Der Karl hat ihn dann zum Kartenspielen mitgenommen, und er hat gemeint, da ist es um ordentlich viel Geld gegangen. Er selbst hat nur zugeschaut, das wäre nichts für ihn, auch wenn er Geld hätte. Er hat ja bei seinem Vater gesehen, wie schlimm das enden kann mit dem Saufen und Spielen. Also ich denke, seine Mutter hat es auch nicht leicht gehabt mit ihrem Mann. Vielleicht hat die Tante recht, die lieber gar nichts von den Männern wissen will.« Sie seufzte. »Aber ich mag ihn halt so gern, den Rudi. Und jetzt meldet er sich einfach nicht. Der Karl hat gestern auch gemeint, dass er ihn schon länger nicht mehr in Mürzzuschlag gesehen hat. Und frag mich nicht, ob das stimmt, ich weiß es nicht. Ich hab einfach ein ganz ungutes Gefühl bei dieser Sache mit Rudi!«

»Denkst du, er ist einfach so weg?«, überlegte die Freundin. »Nein, einfach so, das passt irgendwie nicht zu ihm. Entweder hat er eine andere, oder vielleicht hat er ein krummes Ding gedreht, wenn er sich gar nicht mehr sehen lässt«, meinte Eva mit Überzeugung. »Dann wird er sich wohl eine andere angelacht haben und jetzt bei der schlafen. Glaub mir, dich wird er auf jeden Fall mit dem Kind sitzen lassen! Vielleicht ist er deshalb verschwunden?«, kam es argwöhnisch zurück. »Nein, das sicher nicht. Aber ich bin selbst auch zu dem Schluss gekommen, dass ich mich auf ihn einfach nicht verlassen kann. Trotzdem: Wegen dem Kind ist er nicht verschwunden. Der Rudi weiß ja noch gar nichts davon«, erklärte Eva.

»Dann hat er wahrscheinlich doch etwas angestellt, und ich vermute, womöglich etwas Schlimmes, und vielleicht sitzt er sogar im Gefängnis!«, äußerte sich Marie, und er erschrak, wie sie auf so eine Idee kommen konnte.

»Nein, das glaube ich nicht, das hätte man gehört. Aber ich habe schon ziemliche Angst, dass er was Dummes gemacht hat. Wenn, dann irgendwas mit Geld. Alles dreht sich ums Geld. Mein Gott, ich weiß, dass der Rudi meint, dass er Geld braucht, um mich heiraten zu können. Ich hab ihn wegen Geld nie unter Druck gesetzt, aber wie er das letzte Mal da war, ehrlich gesagt, schon. Deswegen befürchte ich auch, dass sein Verschwinden womöglich einen kriminellen Grund hat.«

»Hast du konkrete Vermutungen? Ist womöglich in der Nähe eine Sparkasse ausgeraubt worden?«

»Mir ist davon nichts bekannt, aber an der ganzen Sache ist bereits länger etwas faul. Wie Rudi das letzte Mal bei mir war, habe ich auch schon gespürt, dass etwas nicht stimmt. Darum habe ich ihm heimlich nachgeschaut, wie er um Mitternacht gegangen ist. Hier von meinem kleinen Fenster aus. Da sieht man sehr gut auf den Hauptplatz, auch wenn es finster ist. Die Laterne unten gibt zwar nur ein schwaches Licht, aber es reicht. Er ist bei der Tür hinaus und hat dann ungeduldig direkt bei der Laterne gewartet. Das hat er sonst nie gemacht. Im Gegenteil, er ist immer rasch Richtung Bahnhof gegangen. Es hat mich sehr gewundert, und so blieb ich am Fenster, um zu schauen, auf wen er da wartet. Plötzlich ist ein Mann in schäbiger Kleidung und einem schwarzen Hut auf ihn zugekommen. Ich hab ihn noch nie vorher gesehen. Vielleicht war er vom Zirkus, der ist ja gerade in Mürzzuschlag. Der Mann hat mir auf jeden Fall nicht gefallen. Die beiden haben länger miteinander geredet und sich bestimmt einen Handel ausgemacht.«

»Wie kommst du darauf?« Marie klang interessiert.

»Es hat einfach danach ausgeschaut. Was genau sie getan haben, konnte ich nicht erkennen. Aber etwas Silbernes konnte ich im Licht glänzen sehen. Sie hatten wohl Schmuckstücke in der Hand, Ketten oder Ähnliches. Ich kann es nicht genau sagen. Nachdem Rudi ein paar Geldscheine nachgezählt und in der Jackentasche verschwinden lassen hat, ist er über den Hauptplatz in Richtung Bahnhof marschiert, der andere ist in die entgegengesetzte Richtung verschwunden.«

»Und seitdem hast du Rudi nicht mehr gesehen?«, fragte die Freundin befremdet.

»Nein!«

»Stimmt, das ist schon bedenklich. Also braucht er auf jeden Fall gerade kein Geld von dir! Aber deine Beobachtung ist schon sehr verdächtig. Wann war er genau das letzte Mal da, sagst du?«

»Letzten Mittwoch, also vor einer Woche. Wir wollten uns am nächsten Tag beim Pfarrer treffen, aber er ist nicht erschienen. Und ich habe wieder einmal gemerkt, dass ich mich auf ihn nicht verlassen kann. Warte, ich weiß es genau: Es muss der 22. gewesen sein. Zwei Tage später – und das Datum werde ich nie vergessen – war ich nämlich mit meiner Tante bei dieser Engelmacherin in Bruck!«

»Wo warst du, Eva?«, fragte Marie entsetzt.

Daraufhin brach Eva in lautes Weinen aus. Schon wollte er ins Zimmer stürzen, um sie zu trösten. Da hörte er plötzlich die laute Stimme ihrer Tante von unten: »Eva, jetzt schau aber, dass du ins Bett kommst! Es ist höchste Zeit. Morgen heißt es früh aufstehen, und du bist noch immer nicht ganz gesund, Kind, und sollst dich schonen!« In der Stimme war eine gewisse Besorgnis um die Nichte zu erkennen. Er hatte schon Bedenken, dass sie womöglich die Stiegen hinauf zu Eva in die Dachkammer kommen könnte. Doch dann schlugen zwei Türen laut zu. Eine war die der

Tante unten im Erdgeschoss und die andere war die Kammertür vor ihm.

Eine Weile stand er wie angewurzelt da und wusste nicht, wie ihm geschehen war. Die Frauenstimmen in der Kammer verstummten. Das Licht wurde abgeschaltet. Er machte sich leise über den dunklen Gang davon. Er durfte auf keinen Fall erwischt werden. Wenn er auf ihre Tante treffen würde, könnte er für nichts garantieren, so groß war sein Zorn auf diese Frau. Und das war seine leibliche Mutter! Vorsichtig schlich er die Treppen hinab zum Hauseingang. Sie knarrten, als wäre es eine Warnung, Obacht zu geben. Als er aus dem Haus war, warf er die Rosen wütend in den Brunnen, dann rannte er, ohne sich umzuschauen, über den Hauptplatz und die Bahngasse entlang zum Bahnhofsrestaurant. Er konnte nicht sagen, ob Wut oder Verzweiflung ihn antrieb. Sein Atem raste, und mit der Hand musste er sich Tränen aus dem Gesicht wischen. Diesen falschen Freund Karl würde er zur Rede stellen. Wenn es stimmte, dass er es auf Eva abgesehen hatte, sollte er sein Fett abkriegen. Eva gehörte einzig und alleine ihm, niemand würde sie ihm wegnehmen. Sie war alles, was er hatte, und mit ihr würde er in Wien ein neues Leben beginnen.

In die Mürz sollte ich den Karl werfen und dort soll er dann jämmerlich ertrinken!, kam ihm in den Sinn. Er war sehr wütend. Je länger er nachdachte, umso schlechter fühlte er sich. Verletzt fragte er sich, warum ihm seine Eva nicht vertraut hatte. Warum sie ohne sein Wissen ihr Kind bei der Engelmacherin wegmachen lassen hatte. Diese wahnsinnige Idee konnte nur ihrer Tante eingefallen sein. Das war ein Grund mehr für ihn, sich an dieser Katharina Glück zu rächen. Selbst wenn sie seine leibliche Mutter war.

Dazu brauchte er eine gute Idee, aber da würde ihm schon etwas einfallen. Morgen mit dem ersten Zug würde er auf jeden Fall einmal nach Bruck fahren. Bei der netten Witwe, die er schon seit einer Weile tröstete, fand er sicher wieder für ein paar Tage Unterschlupf. Und dann würde er es diesen Leuten, die ihn sein ganzes Leben nicht kennenlernen wollten, schon zeigen. Sie würden ihn schon noch kennenlernen! Eva, meine Herzensblume, dachte er froh, bald werden wir ein schönes Leben in Wien haben, und du wirst sehen, dass du dich immer auf mich verlassen kannst!

Donnerstag, 30. Juni 1904

DOKTOR GARTLER KAM als Erster, er hatte daher Zeit, sich das bis nach Graz bekannte *Rosegger-Stüberl* in Pfandls Wirtshaus genauer anzuschauen. Er brauchte auch etwas, um seinen Ärger abzukühlen. Der Morgen hatte für ihn gar nicht gut begonnen. Er war überrascht, als er beim näheren Betrachten des kunstvoll bemalten Fensterglases erkannte, was dort abgebildet war. Ein interessantes Kunstwerk, dachte er bei sich. In einer der farbigen Glasflächen war nämlich tatsächlich das *Rosegger-Schutzhaus* von der Pretulalpe dargestellt, allerdings in einem seiner Meinung nach unpassenden und viel zu vornehmen Silberrahmen. Das Schutzhaus auf der Pretul hatte er als sehr einfach und bescheiden in Erinnerung. Es sollte schließlich lediglich dem schlichten Zweck dienen, Wanderern einen kurzfristigen, komfortlosen Unterschlupf zu bieten. Auf der Glasfläche gegenüber hatte der Künstler, dessen Namen er allerdings nirgends ausmachen konnte, im gleichen silbernen Rahmen Roseggers Geburtshaus am Alpl so getreu abgebildet, dass es ihm vorkam, als stünde er gerade tatsächlich oben vor dem Haus. In der Mitte des Glases befand sich ein von goldenen Rosenzweigen umrankter Brunnen, verziert mit drei Engelsköpfen, aus denen Wasser floss, was ihn allerdings eher verwirrte. Am oberen Ende des Brunnes war das erhabene Haupt des Dichters Rosegger im fortgeschrittenen Alter dargestellt. Links und rechts von ihm standen zwei nackte weibliche Figuren, nur von einer Blumengirlande bedeckt, welche, ausgehend von ihren Händen, auch über die Abbildung Roseggers geschwungen war. Dieser Rosegger ist wohl allgegenwärtig, dachte er bei sich und warf noch einen kritischen Blick hin zu dem von Pfandl eigens für Rosegger geschaffenen Dichtererker. Der Wirt hatte sehr deutlich klargemacht, dass sie dort im Zuge der Besprechungen zum Mordfall auf der Pretul keinesfalls Platz nehmen durften.

»Im Dichtererker residiert nur unser steirischer Heimatdichter und sonst niemand«, hatte sie der Postwirt wissen lassen, als er ihnen am Montag die Tür zum *Rosegger-Stüberl* aufgesperrt hatte, damit sie dort ungestört Besprechungen und Befragungen durchführen konnten. Der Gendarmerieposten im Ort war zu klein dafür. »Ehre wem Ehre gebührt! Ist doch selbsterklärend«, hatte er Pfandl unverbindlich geantwortet, dabei aber ein wenig verächtlich gelächelt und den Kopf geschüttelt. Sie nahmen seither immer an einem der anderen Tische im Zimmer Platz.

Gerade ging die Tür auf, und er beobachtete über seine Brille, wie Gendarm Ulbrich mit dem für ihn typischen aufrechten Gang das Stüberl betrat. Dabei machte er sich ein paar Gedanken über ihn. Er mochte den großen Mann, der mit besonders wachen Augen seit Kurzem durch Mürzzuschlag ging und jede auch noch so kleine Spur verfolgte, um den Mord im Schutzhaus so schnell wie möglich aufklären zu können. Das prägnant geschnittene Gesicht verlieh ihm etwas Zielgerichtetes, Strenges, sein Blick vermittelte dagegen den Eindruck von Ruhe und Gelassenheit. Ulbrichs unaufgeregte Art, über Vorkommnisse und Erkenntnisse zu berichten, imponierte ihm ebenso wie sein korrektes Verhalten bei den bisherigen Verhören. Bis auf diesen Ferdinand

Dworschak waren inzwischen sämtliche Personen, die im Gästebuch eingetragen waren, von ihnen eingehend zum Mordfall befragt worden. Nur dieser Dworschak war bisher unauffindbar gewesen. Doktor Gartler kam die Schreibweise des Namens unrichtig vor, hatte er doch öfters in der Vergangenheit schon in Brünn zu tun gehabt und kannte sogar eine Familie namens Dvořák.

Nachdem Ulbrich den Sitzplatz ihm gegenüber eingenommen hatte, griff Doktor Gartler in seine Aktentasche und holte die aktuelle Tageszeitung hervor. Mit einem gewissen Unmut warf er sie auf den Tisch. Der Postenführer überlegte, was denn der Grund sein konnte, dass Doktor Gartler heute Morgen so schlecht gelaunt war. Er runzelte die Stirn und nahm gerade einen kräftigen Schluck Kaffee, als der Kommissär ihn fragte: »Haben Sie heute schon die Zeitung gelesen?«

»Nein, noch nicht«, antwortete Ulbrich knapp.

Hatte er gestern etwas übersehen? Ulbrich ging im Kopf den Tagesablauf noch einmal durch. Nein! Er war sich ganz sicher, dass ihm kein Fehler unterlaufen war. Im Gegenteil! Er fand seit seiner Ankunft in Mürzzuschlag am Dienstag keine Ruhe mehr, weil er unentwegt auf den Beinen war. Dem Gemeindegendarmen Fladinger hatte er aufgetragen, sich um die Zeugen zu kümmern, die sich am Tag des Mordes in der Schutzhütte und der umliegenden Gegend aufgehalten hatten. Doch alleine mit der Begehung des Holzschlages unterhalb des Geiereggs, zwei Stunden von Mürzzuschlag entfernt, schien Fladinger bereits maßlos überfordert. Aber sie waren trotzdem gut vorangekommen. Zum Glück hatte sich der junge Gerichtsdiener Moser als sehr anstellig und geschickt erwiesen und war vor allem beim Verfassen der vielen Berichte eine große Hilfe.

Er selbst war bereits zweimal bei den beiden Holzknechten im Holzschlag gewesen und hatte sich die möglichen Wege nach Rettenegg zeigen lassen. Das Gericht in Brünn hatte er wegen einer dringlichen Auskunft zu einem gewissen Ferdinand Dworschak, Sohn eines Taubenzüchters, angeschrieben. Er hatte absichtlich dieselbe Schreibweise wie im Hüttenbuch verwendet, obwohl ihm bekannt war, dass der Name dort nicht mit »w« und »sch« geschrieben wurde. Überhaupt waren bereits große Zweifel aufgekommen, ob es den Namen Dworschak tatsächlich gab oder ob dieser nicht vom vermeintlichen Täter fingiert worden war. Der mittlerweile verhaftete Sepp Grabler war des Schreibens ja nicht mächtig, seinen Namen hatte wohl der Hüttenwirt erst eingetragen, nachdem seine anderen Gäste gegangen waren, sonst wäre ja Grabler vor Glück gestanden. Aber das hieß, es konnte eigentlich auch jemand anderer zwischen den Namen Glück und Grabler erst später »Ferdinand Dworschak« im Gästebuch eingetragen haben. Die drei Namen standen dort nämlich ziemlich gedrängt untereinander.

Sogar das Dienstmädchen der Hervays konnte Ulbrich vor ihrer Abreise noch dazu bringen, ihm eine Liste der gestohlenen Schmuckstücke der Baronin auszuhändigen. Auf seine Frage, ob ihr der Name Ferdinand Dworschak in Verbindung mit der Baronin und womöglich auch mit dem Schmuck etwas sagte, meinte sie empört: »Das ist unmöglich, wo denken Sie hin, Herr Gendarm! Die Baronin hatte überhaupt keine Männerbesuche, nicht so, wie es ihr vom Mürzzuschlager Pöbel angedichtet worden war!« Ihre Augen sprühten Funken, und ihre Wangen glühten vor Entrüstung. Allerdings dürfte das Fräulein dabei aus Loyalität mit ihrer Dienstherrin gelogen haben, denn aus sicherer Quelle wusste er inzwischen, dass die Baronin kurz vor ihrer Verhaftung einen jungen Mann in der Wohnung zu Gast hatte. Leider war das Dienstmädchen bereits abgereist, und er hätte sich nur allzu gerne nochmals mit ihr unterhalten.

Als er versonnen daran zurückdachte, wie hübsch sie ausgesehen hatte, kam der junge Amtsdiener Moser zur Tür herein. »Dann sind wir ja für heute vollzählig. Also lassen Sie uns gleich nochmals die Ermittlungsergebnisse durchgehen«, eröffnete Doktor Gartler die Besprechung. Mit einem festen Griff holte er seine Notizen aus der schwarzen Aktentasche hervor, die vor ihm ebenfalls auf dem Tisch lag, und begann laut zu erklären:

»Ich wiederhole die bisherigen Ergebnisse unsere Recherche: Der Bäckermeister Johann Wurzer aus Rettenegg war mit seinem Sohn Anton um 4 Uhr morgens auf die Pretulalpe aufgebrochen und um 7.30 Uhr in der Schutzhütte eingetroffen. Sie sind beide sehr flotte Geher, darum schafften sie den Weg in dreieinhalb Stunden. Wurzer brachte Bergner Gebäck mit, das der Mann wie immer sofort bezahlte. Der Hüttenwirt verstaute die Sachen bis auf ein paar Semmeln, und gemeinsam frühstückten sie bis ungefähr 9 Uhr. Sie unterhielten sich über das aufkommende schlechte Wetter, und Bergner fragte ihn aus, was es in Rettenegg so Neues gäbe. Nach dem Abstieg kam er so gegen 12 Uhr gerade zum Mittagessen zurecht, löste dann seine Gattin im Laden ab und verkaufte Brot und Semmeln bis zum Abend. So hat es Wurzer zu Protokoll gegeben.«

»Das ist richtig. Diese Angaben hat auch die Gattin des Bäckermeisters bestätigt«, bekräftigte Ulbrich knapp.

Doktor Gartler setzte seine Ausführungen fort: »Leutnant Ertl, der Sohn des Kurarztes Hans Ertl, und sein

Freund, ein junger Leutnant aus Wien, machten sich um 8 Uhr früh von Mürzzuschlag aus auf den Weg nach der Pretulalpe. So gegen 11 Uhr erreichten sie die Schutzhütte. Auch das könnte hinkommen mit drei Stunden! Es zogen bereits die ersten Regenwolken auf, berichteten die beiden Männer, und daher waren sie schnellen Schrittes unterwegs. Sie tranken beide einen Tee auf der Hütte und aßen frisches Brot vom Bäcker. Die benutzten Tassen standen auch noch auf dem Tisch, als wir mit der Kommission am Sonntag in der Hütte eintrafen. Beiläufig um 14 Uhr kam laut Aussagen der beiden Offiziere der Handwerksbursche Sepp Grabler oben vor der Hütte an. Laut Ertl wirkte er irgendwie verstört und wollte sich nicht zu ihnen in die Hütte setzen. Bergner fragte ihn, ob alles in Ordnung sei, und er nickte zustimmend, doch es wirkte nicht sehr überzeugend. So unterhielten sie sich mit dem Hüttenwirt ganz kurz über diesen Sepp Grabler, und der Almpeterl meinte, dass den Mann wohl irgendetwas belaste, sagte der andere Offizier aus. Grabler bekam vom Hüttenwirt ein Butterbrot und ein Glas Wasser. Dies verzehrte er jedoch sehr rasch draußen auf der Hüttenbank. Es wird schon stimmen, dass er die Hütte in der Zeit, wo die Offiziere drinnen beim Almpeterl waren, gar nicht betreten hat. Grabler entfernte sich laut Aussage der Offiziere sehr rasch wieder Richtung talwärts. In Mürzzuschlag fand er sich zwischen 16.30 und 17 Uhr nachmittags ein, wie sein Vater Ignaz bestätigte. Ziemlich spät, also erst nach 15 Uhr, erschien der Amtsdiener Glück in der Schutzhütte. Er wirkte überaus nervös und lehnte es vehement ab, über den Selbstmord des Bezirkshauptmannes zu sprechen. Er trank zwei Flaschen Bier, und da es ihm anscheinend nicht besonders gut ging, schlugen ihm die beiden Offiziere vor, ihn auf dem

Rückweg nach Mürzzuschlag zu begleiten. Er lehnte deren Angebot mit der Begründung ab, noch weiter auf das Stuhleck wandern zu wollen. Die beiden jungen Männer machten sich daher knapp nach 16 Uhr alleine auf den Heimweg ins Tal. Vorher verglichen sie ihre Uhren mit der Schwarzwalduhr im Touristenzimmer. Ertl konnte sich noch genau daran erinnern, dass die Schwarzwalduhr die falsche Zeit angezeigt hatte. Sie ging eine halbe Stunde vor und zeigte 16.30 Uhr. Daraufhin holte der Hüttenwirt misstrauisch seine silberne Taschenuhr zur Kontrolle aus der Westentasche und gab lächelnd zu, dass es tatsächlich erst 16 Uhr sei. Er konnte sich wieder auf sein kleines Wunderwerk verlassen, weil die Uhr kürzlich beim Juwelier in Mürzzuschlag zur Reparatur gewesen war. Pfandl hatte sie ihm erst vor einiger Zeit wieder zurückgebracht. Danach legte er seine Taschenuhr auf den Tisch und begleitete die beiden Offiziere aus der Hütte.

»Da auf dem Tisch wird er sie dann vergessen und nicht wieder eingesteckt haben. Denn wie wir wissen, fehlen nicht nur Bergners sämtliche Ersparnisse, sondern auch diese Taschenuhr«, warf Ulbrich ein. »Ich habe überall danach gesucht. Sogar in diesem grauenhaften Kellerloch«, ergänzte der junge Gerichtsdiener Moser eifrig.

»Das mag schon alles stimmen! Die Uhr wurde weder bei dem Toten noch in der Hütte im Kellerloch gefunden«, bestätigte Doktor Gartler und blickte über den Rand seiner Brille. Ulbrich schien es so, als wollte der Kommissär gerne das letzte Wort haben.

»Der Amtsdiener Glück machte sich zeitgleich auf den Weg über den Kamm der Pretulalpe auf das angrenzende Stuhleck, was die beiden Offiziere bestätigen konnten. Sie beobachteten ihn aus der Ferne, bis er aus ihrem Blickfeld verschwunden war. Auf dem Stuhleck befindet sich das *Alois Günther Haus*. Glück meinte, er wollte ursprünglich die herrliche Fernsicht dort genießen, machte jedoch wegen dem schlechten Wetter kehrt und ging später den Weg über die Amundsenhöhe Richtung Bärenkogel. Der Rinderhirt auf der Ganzalm meinte, er habe einen Mann von Weitem am Waldrand vorbeigehen gesehen.«

»Das könnte Glück gewesen sein. Und unterm Bärenkogel entlang wanderte er dann zurück nach Mürzzuschlag und kehrte beim Postwirt ein, wo er blieb, bis ihn um 21 Uhr ein Nachbar, der ihn schon überall gesucht hatte, holte, weil es seiner Frau schlecht ging. Pfandl konnte die Ankunft des Amtsdieners in Mürzzuschlag im Gasthof um 19 Uhr bestätigen«, ergänzte Ulbrich.

»Aber lassen Sie mich jetzt bitte ausführen, was im Holzschlag gesehen wurde«, unterbrach ihn Doktor Gartler und setzte seine Erklärung so langatmig fort, dass sich Ulbrich anstrengen musste, den ausführlichen Worten zu folgen: »Unterhalb des Geiereggs, auf der Mürzzuschlager Seite, eineinhalb Stunden von der Schutzhütte und zwei Stunden von Mürzzuschlag entfernt, arbeiteten die Brüder Josef und Johann Gruber und der 13-jährige Karl Zimmer im Holzschlag. So gegen 12 Uhr brachte ihnen die Magd Thekla das Mittagessen. Gegen 12.30 Uhr ging Sepp Grabler an ihnen vorüber; Zimmer neckte ihn wegen seiner schwerfälligen Gangart. Gegen 14 Uhr nachmittags passierte dann ein Tourist, wie sich herausstellte, ein gewisser Georg Riedler, in Begleitung einer Dame die Holzknechte. Die beiden kamen von Mürzzuschlag und gingen der Pretulalpe zu. Wie sich bei der Befragung herausstellte, bogen die beiden aber noch vor dem *Rosegger-Schutzhaus* ab und wanderten nach Rettenegg. Gegen 15 Uhr traf ein junger, sportlicher

Mann, von Mürzzuschlag kommend, auf die Holzknechte. Sie wunderten sich über seine einfache Straßenkleidung zu den Wanderschuhen, machten sich jedoch keine weiteren Gedanken darüber. Einige Zeit darauf kamen zwei zerlumpt gekleidete Männer an den drei gerade kurz rastenden Holzarbeitern vorüber. Sie schienen zunächst fast erschrocken, jemanden im Schlag anzutreffen, erkundigten sich dann aber, wie weit es noch bis zur Höhe sei. Sie entfernten sich rasch nach der Antwort, dass es noch eineinhalb Stunden seien. Beiläufig um 17 Uhr nachmittags passierten die beiden Offiziere beim Abstieg den Holzschlag; Johann Gruber erkannte in Leutnant Ertl einen ehemaligen Schulkameraden. Um 19 Uhr abends machten die Holzarbeiter Feierabend und kehrten zum Bauernhof zurück.«

Ulbrich dachte kurz nach und fasste dann seine Überlegungen und bisherigen Erkenntnisse zusammen: »Die zwei zerlumpten Männer sind also weder von Riedler noch von den beiden Offizieren gesehen worden. Wären sie zur Schutzhütte aufgestiegen, so hätten sie Ertl und seinem Kameraden begegnen müssen. Die dürften also nicht auf der Schutzhütte gewesen sein. Nach 15 Uhr traf Sepp Grabler nach seinen Angaben bei seinem Abstieg noch vor Beginn des Waldes auf den unbekannten jungen Wanderer in Straßenkleidung, der ihn nach dem Weg fragte und ihm seine Goiserer Wanderschuhe abbettelte und gegen seine Straßenschuhe austauschte. Dieser war wohl derselbe, der gegen 15 Uhr die Holzknechte passierte und später den Touristen Riedler, der den jungen Wanderer nach dem Weg fragte. Riedler erhielt aber von dem unfreundlich wirkenden Mann keine befriedigende Antwort. Der Angesprochene war nur sichtlich ungern überhaupt stehen geblieben und hatte etwas wie »Was weiß ich« vor sich hin gemurmelt. Riedler war von dem unwirschen Verhalten des jungen Mannes abgeschreckt und sagte nichts mehr zu ihm. Er sah aber, wie der junge Mann auf dem einzigen dort befindlichen aufwärtsführenden Weg den Bergrücken entlang ging, sodass er an der Absicht des Mannes, das Schutzhaus zu erreichen, nicht zweifelte. Daher stieg er mit seiner Begleitung lieber direkt nach Rettenegg hinab, wo die beiden später auch gesehen wurden. Um 16.15 Uhr nachmittags kreuzten sich dann auch der Weg der Offiziere mit dem des jungen Mannes. Er kam ihnen auf ihrem Heimweg entgegen, nachdem sie etwa eine halbe Stunde von der Schutzhütte herabgestiegen waren. Etwa 150 Schritte hinter dem Wanderer trafen die Leutnants dann auf Riedel und seine Begleiterin, um 17 Uhr kamen sie bei den Brüdern Gruber im Holzschlag vorbei, und um 18 Uhr trafen sie in Mürzzuschlag ein. Die beiden Offiziere wussten nichts über die beiden Männer, die von den Holzknechten einige Zeit nach 15 Uhr nachmittags gesehen worden waren.«

Nun fasste Doktor Gartler die Ausführungen Ulbrichs zusammen und meinte: »Also bis heute wissen wir nicht, ob die beiden Männer von Rettenegg oder von Mürzzuschlag aus auf die Schutzhütte wollten? Aber wenn ich Sie richtig verstanden habe, wissen wir nur, dass sie den beiden Offizieren nicht begegnet sind.«

»Also sind sie wohl von Rettenegg gekommen!«, warf Moser ein.

»Warten Sie, unterbrechen Sie mich jetzt nicht. Egal von wo diese Vagabunden …«, Doktor Gartler stutzte einen Moment, dann fuhr er fort: »Ich nenne die beiden zerlumpten Männer jetzt Vagabunden. Sie wurden lediglich von den Holzknechten im Holzschlag gesehen, und es hatte den Anschein, dass sie von ihnen nicht erkannt werden wollten.

Vorher und nachher aber waren sie wie vom Erdboden verschluckt. Sie dürften sich also irgendwo versteckt gehalten haben, und da in letzter Zeit im Mürztal in etliche Almhütten eingebrochen wurde, nehme ich an, dass sie eine davon als ihren Unterschlupf verwendeten.«

Ulbrich horchte auf: »Womöglich waren diese beiden Vagabunden zuvor beim Bauernhaus des Huberbauern und haben ihren Hunger gestillt, als dieser mit seiner Frau beim Holzarbeiten war. Der Huberbauer gab nach Bekanntwerden des Mordes an, dass an dem besagten Tag jemand in seinem Haus gewesen war, Essen verzehrt und Wäsche von der Leine gestohlen hatte. Die Bäuerin wurde auf Blutspuren beim Brunnen aufmerksam und dachte, dass sich eventuell ein Holzknecht bei der Arbeit im Wald verletzt hätte. Trotzdem kam ihnen die ganze Sache sehr auffällig vor, und so meldeten sie den Diebstahl beim Gendarmen Fladinger.«

Doch Doktor Gartler war nicht seiner Meinung: »Das mit den Vagabunden kann ich nur schwer glauben. Ich habe gestern die Bauersleute separat noch einmal befragt. Mir erzählte die Bäuerin, dass lediglich von einem Teller am Küchentisch gegessen worden ist. Der äußerst schlauen Frau war auch sofort aufgefallen, dass nur ein Hemd, eine Hose und eine Garnitur Unterwäsche samt Socken von der Wäscheleine fehlten. Also, wenn zwei Männer eingebrochen wären, hätten auch zwei Männer am Küchentisch gegessen, und es hätte mehr Wäsche gefehlt. Selbst das Geld in der Tischlade war noch da«, wusste Doktor Gartler zu berichten. »Und das käme mir komisch vor, wenn diese Vagabunden das liegen gelassen hätten«, ergänzte er. Ulbrich stimmte ihm letztendlich zu, trotzdem erschien ihm die Geschichte mit den beiden unbekannten Vagabunden bedenklich. »Mir scheint, der Fall wird immer verwirrender!«, stellte er fest. Er stand kurz auf, ging im *Rosegger-Stüberl* auf und ab und dachte laut nach.

»Vielleicht waren der Grabler Sepp und dieser Dworschak aus Brünn Komplizen?«, überlegte er und fuhr sich mit der Hand über den dunklen Schnurrbart. »Womöglich sind die beiden gemeinsam beim Huberbauern eingebrochen. Die Schuhe haben sie ja schließlich auch untereinander getauscht, wie der Sepp erzählte. Also kannten sie sich vielleicht doch?«, fügte er misstrauisch hinzu.

»Setzen Sie sich wieder hin. Sie machen mich ganz nervös!«, bat ihn Doktor Gartler und rückte ihm den Stuhl zurecht. »Und nur einer davon hatte Hunger? Und nur einer brauchte frische Wäsche? Wie nun? Ich glaube, jetzt sind Sie komplett am Holzweg, Ulbrich! Und ich verrate Ihnen was, das hätten Sie auch schon früher erfahren können, wenn Sie die Zeitung heute schon gelesen hätten: Die beiden Unbekannten hat man nämlich inzwischen gefunden, es sind wirklich zwei Vagabunden, und die hat man gestern zufällig in Andritz aufgegriffen. Da, lesen Sie sich diesen Zeitungsartikel durch, und dann unterhalten wir uns über unsere Ermittlungen weiter!«, schlug er Ulbrich vor. Er stand nun seinerseits vom Tisch auf und ging aus dem Stüberl hinaus in den angrenzenden Garten, um frische Luft zu schnappen. Er brauchte eine kurze Pause. Ulbrich hat ja recht, es ist ein verwirrender Fall, dachte er.

Draußen vor der Tür begegnete ihm der Wirt Pfandl. Der wirkte verunsichert und machte beim Grüßen eine unkontrollierte Handbewegung, während er Doktor Gartler regelrecht auswich. Am Vortag hatte es nämlich einen Disput zwischen den beiden gegeben. Doktor Gartler hatte dem Postwirt strikt verboten, in der Sache Almpeterl weitere eigenmächtige Schritte zu unternehmen. Er forderte Pfandl außerdem dringend auf, endlich mit diesem Gejammere wegen des Journalisten aus Berlin aufzuhören, nämlich dass dieser sicher schlecht über die Waldheimat berichten würde, wenn er vom Mord auf der Pretulalpe Kunde bekäme. Das sei ja alles gänzlich lächerlich, hatte Doktor Gartler gemeint. Warum, um Gottes willen, durfte der Mann denn nichts davon mitbekommen?

»Der braucht ja schließlich nichts davon zu erfahren. Der Fall ist ja gelöst. Was machen Sie überhaupt noch hier bei uns? Ich hab Ihnen ja den Mörder schon geliefert! Was wollen Sie denn noch mehr?«, antwortete ihm der Postwirt daraufhin schroff, zuckte mit den Achseln, und ließ ihn einfach stehen. Doktor Gartler nahm dies aber durchaus mit Erleichterung zur Kenntnis. Auch er zeigte an einer Fortsetzung des Gesprächs kein Interesse. Pfandl war ihm einfach zu mühsam.

Rosegger-Schutzhaus, Rosegger-Quelle, Rosegger-Stüberl, Rosegger-Garten …? Da fehlt nur noch die Rosegger-Straße, dachte er bei sich, als er das Stüberl wieder betrat, und schüttelte wegen dieser Rosegger-Verherrlichung des Wirtes den Kopf.

Ulbrich hatte während Doktor Gartlers Abwesenheit interessiert die Zeitung zur Hand genommen und in Ruhe den kurzen Artikel mit der Überschrift »Zwei sehr verdächtige Vagabunden gefangen« der gestrigen Abendausgabe des *Grazer Tagblatts* gelesen:

Grazer Tagblatt, 29. Juni 1904

Gestern früh bemerkte der Gendarmerie-Postenführer Pfingstl von Andritz, als er gegen Schattleiten patrouillierte, in der Nähe des Waldes zwei sehr verwilderte Män-

ner. Sofort eilte er auf dieselben zu, während sie in den Wald flüchteten. Sie wurden aber vom Postenführer eingeholt und angehalten. Einer der beiden Vagabunden war der Schuhmacher Karl Zischek aus Kumberg, der in seinem 56-jährigen Leben nicht weniger als 22 Jahre wegen verschiedener schwerer Verbrechen hinter Schloss und Riegel verbracht hatte und auch einige Jahre in Arbeitshäusern interniert war. Zurzeit wird er wegen des Verbrechens des Diebstahls verfolgt. Aus seinem Arbeitsbuch war ersichtlich, dass er in diesem Jahre noch nirgends in Arbeit gestanden hatte und sich daher seinen Unterhalt offenbar auf unredliche Weise erwarb. Der zweite Vagabund ist der aus der Polizeiaufsicht Marburg entwichene und schon fünf Mal wegen verschiedener Verbrechen vorbestrafte Taglöhner Ignatz Politsch. Sein Arbeitsbuch wies während des ganzen heurigen Jahres nur fünf in Arbeit verbrachte Tage aus. Die beiden Gauner besaßen zusammen eine Barschaft von 45 Kronen und waren offenbar wieder auf Diebstahl aus. Wie erhoben wurde, haben sich die beiden Vagabunden in den letzten Wochen immer auf den Almen des Mürztales herumgetrieben und dabei verschiedene Eigentumsdelikte verübt. So dürften sie in unbewohnte Almhütten eingebrochen sein und dort übernachtet haben. Da die beiden als höchst gefährliche Individuen bekannt sind und sie sich zur Zeit, als der Almpeterl auf der Pretulalpe ermordet worden ist, in der dortigen Gegend herumgetrieben haben sollen, wird vermutet, dass diese beiden Vagabunden den Almpeterl grausam ermordet und bestohlen haben. Beide Männer befinden sich bereits in Haft. Wie bereits mitgeteilt, wird sich dieser Tage abermals eine Kommission des Grazer Landesgerichts auf die Pretulalpe begeben, um den Tatbestand noch einmal genau zu prüfen, damit das Beweisverfahren gegen den unter dem Verdacht des Mordes an dem Almpeterl ebenfalls in Haft befindlichen Mürzzuschlager Tischlergesellen Sepp Grabler abgeschlossen werden kann.

Er verstand jetzt, warum der Kommissär so übel gelaunt gewesen war. Doktor Gartler war inzwischen von seiner kurzen Pause wieder zurückgekommen. »Und was sagen Sie jetzt dazu? Da weiß schon wieder jemand mehr als wir! Und wir müssen es aus der Zeitung erfahren!«, entrüstete er sich und warf die Blätter verächtlich auf den Boden. Dieser Zeitungsartikel aus Graz hatte ihm den Tag gründlich verdorben.

»Wenn das stimmt, dass das die Mörder sind, wäre unsere Arbeit hier beendet. Ich frage mich auch, wer diese Kommission des Grazer Landesgerichts denn sein soll, Sie sind ja schließlich schon hier? Ich glaube, da ist überhaupt ziemlich schlampig recherchiert worden», meinte Ulbrich. Er bückte sich und griff noch einmal nach der Zeitung.

»Es steht auch kein Wort darüber, ob die beiden Vagabunden den Mord gestanden haben. Und ob die beiden beim Huberbauern eingebrochen sind, ist schließlich auch nicht bewiesen«, versuchte Ulbrich nach einem längeren Blick in die Zeitung zu beschwichtigen. »Außerdem kann ich nichts von einer Taschenuhr lesen », fügte er hinzu.

Doktor Gartler wirkte nachdenklich, auf seiner Stirn zeigten sich tiefe Falten. Er stellte sich nochmals die Situation auf der Schutzhütte vor. Mit zusammengekniffenen Augen schaute er Ulbrich an. Er spürte, wie die Muskeln unter seinen Augen zuckten. In seinem Kopf entwickelte sich erstmals ein klareres Bild des Geschehens. So könnte es gewesen sein.

»Auf den ersten Blick sollte es wie ein normaler Unfall aussehen, das war die ursprüngliche Absicht. Außerdem wusste der Mörder, dass irgendwo Erspartes versteckt sein musste. Also hat er abgewartet, bis ihm der Hüttenwirt das Bier aus dem Kellerloch bringen wollte, und hat dann die Falltür zugemacht. In der Nähe des Toten lag doch eine ungeöffnete Bierflasche?«

»Genau, und in der Zwischenzeit hat er das ersparte Geld des Hüttenwirtes gesucht und gefunden«, dachte Ulbrich laut mit.

»Doch dann bekam er es wohl mit der Angst zu tun, dass ihn der Hüttenwirt, der im Kellerloch verharrte, verraten könnte. Also wollte er ihn mit der Axt töten. Wahrscheinlich tat er so, als würde er ihn wieder aus dem Kellerloch herauslassen, und öffnete ihm die Falltür. Doch anstatt ihm aus dem Kellerloch zu helfen, schlug er mit der Axt auf ihn ein und warf ihm den Hund nach«, ergänzte Doktor Gartler und zog sein Notizbuch aus der Tasche.

Inzwischen hatte sich auch Moser seine Gedanken dazu gemacht: »Theoretisch könnte es so gewesen sein. Das macht Sinn. Und es könnte möglicherweise der Grabler gewesen sein. Nur laut Auskunft der beiden Offiziere hielt sich dieser nicht in der Hütte auf, und Pfandl hat erst vor Kurzem berichtet, dass er seit der Vergewaltigung damals keinen Tropfen Alkohol mehr trinkt!«

»Wahrscheinlich ist der Sepp Grabler gar nicht der Mörder des Almpeterl. Dass dieser unbekannte junge Mann ihm die eigenen Wanderschuhe dann in Mürzzuschlag wieder zurückgegeben hat, versuchte er beim Verhör im Gemeindewachzimmer dem Fladinger doch immer wieder zu erklären«, überlegte Ulbrich. Nachdenklich holte er das Vernehmungsprotokoll hervor, das ihm Fladinger zur Verfügung gestellt hatte. Er begann, darin nachzulesen, und schüttelte verwundert den Kopf. »Hier steht nur, dass der von Pfandl verdächtigte Mörder des Almpeterl, also der Sepp Grabler, in der Werkstatt des Vaters seine Goiserer Wanderschuhe stehen hatte. Das Leder der Schuhe wies vorne und an der Seite zahlreiche Blutflecke auf, auch die Schuhbänder waren teilweise voller Blut. Der Verdächtige meinte zu seiner Verteidigung, dass ein unbekannter Mann in Straßenkleidung ihm die neuen Schuhe in niederträchtiger Art und Weise abgebettelt habe, als er ihm am Weg von der Pretulalpe nach Mürzzuschlag begegnet war. Ein paar Tage später hätte er den Mann zufällig in Mürzzuschlag getroffen und ihm die Schuhe wieder abgenommen. Pfandl hatte die Wanderschuhe als Beweismaterial beim Verhör dabei, und Grabler bestätigte, dass das seine eigenen Schuhe sind.«

»Wie und wo er die Wanderschuhe von dem Mann zurückbekommen hat, steht gar nicht im Protokoll?«, fragte ihn Doktor Gartler erstaunt. Ulbrich ging das knapp gehaltene Protokoll von Fladinger nochmals durch und schüttelte den Kopf. »Ich sehe keinen einzigen Hinweis dazu! Nur dass der Postwirt den Meuchelmörder mit zusammengebundenen Händen an einem Strick ins Wachzimmer schleppte, und auch heftig auf ihn eingeschlagen habe, worauf der zu Boden gestürzt sei.«

»Das traut man diesem Pfandl gar nicht zu«, überlegte Doktor Gartler laut und warf einen prüfenden Blick zur Stubentür, ob niemand lauschte. »Nein! Keiner weiß, was Leute in bestimmten Situationen antreiben kann. Dabei, wie er damals auf der Hütte lieb mit dem Hund umgegangen ist, erinnern Sie sich noch? Die Menschen haben manchmal wirklich mehrere Gesichter«, überlegte Moser und schüttelte den Kopf.

Entschlossen stellte Doktor Gartler fest: »Der Grabler war es also wohl eher nicht. Er soll aber auf jeden Fall weiter in der Haftanstalt einsitzen, bis wir den tatsächlichen Mörder gefasst haben. Auch zu seinem eigenen Schutz. Wer weiß, was dem Pfandl sonst womöglich noch einfällt? Auf jeden Fall fahre ich am kommenden Montag nach Leoben, um Grabler nach dem Ort der Schuhübergabe zu befragen.«

»Also wenn es nicht der Grabler war, dann könnte es vielleicht der Amtsdiener gewesen sein? Er müsste nur von der Amundsenhöhe zurück zum Schutzhaus gegangen sein. Glück hatte es doch abgelehnt, gemeinsam mit den Offizieren nach Mürzzuschlag zu wandern«, spekulierte Ulbrich und hob die Augenbrauen. Er wirkte jedoch selbst nicht sonderlich überzeugt davon. Doch ausschließen wollte er im Moment noch nichts. »Der alte Rinderwirt auf der Ganzalm gab an, um diese Zeit vor der Hütte gesessen zu sein und einen Mann von Weitem, von der Pretulalpe kommend, den Wald entlang in Richtung Tal laufen gesehen zu haben. Vom Sattel des Bärenkogels könnte man ebenfalls über den Pretulgraben in Richtung Langenwang marschieren oder Richtung Ganzstein und Mürzzuschlag gehen.«

»Was hätte der Amtsdiener Glück für ein Motiv gehabt? Geld? Hass? Wer weiß? Dieser Glück schien mir sehr verwirrt, als ich ihn zuletzt sah, und dürfte überhaupt ein eigenartiger Mensch sein«, warf Moser ein und schaute fragend die beiden anderen Männer an. »Und dann ist da noch dieser Dworschak, der ist für mich inzwischen der Hauptverdächtige«, meinte Ulbrich. »Auf jeden Fall sollten wir davon ausgehen, dass der Mörder des Hüttenwirts noch immer frei herumläuft!«, fasste Doktor Gartler zusammen und überlegte sich die weitere Vorgangsweise.

»Ulbrich, vor allem müssen Sie diesen unbekannten

Dworschak finden, der bis jetzt nicht aufzutreiben war«, forderte er den Postenführer auf. Der meinte: »Wenn ich nur wüsste, wo! Die letzte Spur, die ich habe, ist die Aussage, dass ein junger unbekannter Mann am Tag des Mordes spät, erst gegen 23 Uhr abends, in die Gaststube beim *Jägerwirt* in Mürzzuschlag gekommen ist. Er verlangte von der Wirtin zu essen und zu trinken und ein Nachtlager. Er bezahlte die Unterkunft im Voraus und behauptete, über die Berge von Langenwang her gewandert zu sein. Die Wirtin meinte, er hätte sehr erschöpft gewirkt und dürfte sehr lange unterwegs und müde gewesen sein, weshalb er bis nächsten Tag zu Mittag in der Kammer geschlafen hätte. Nach anfänglichem Zögern gab er seinen Namen mit Ferdinand Dworschak aus Brünn an. Er verließ das Gasthaus, nachdem er noch reichlich gegessen und Bier getrunken hatte, und ging Richtung Bahnhof. Seitdem wurde er nie mehr gesehen in Mürzzuschlag!«

Doktor Gartler konnte sich Ulbrichs Feststellung nicht anschließen. »Das mag ja alles stimmen. Nur, dass er nie mehr in Mürzzuschlag gesehen wurde, glaube ich inzwischen nicht mehr. Denn der Grabler hat ja beim Fladinger zu Protokoll gegeben, dass er diesen jungen Wanderer ein paar Tage später zufällig in Mürzzuschlag getroffen und ihm die Schuhe abgenommen habe!«

»Tatsächlich! Dann ist dieser Dworschak womöglich tatsächlich noch in Mürzzuschlag!«

Genau in diesem Moment flog die Tür zum *Rosegger-Stüberl* auf. Gendarm Fladinger stürzte ins Zimmer, Erwin Pfandl direkt hinter ihm. Fladinger rief ihnen bereits von der Tür aus zu: »Schon wieder eine Leiche! In einem Haus hinter der Wasserheilanstalt hat der Karl Riederer von der Gemeindestube die Frau Klauer tot aufgefunden. Eine Nachbarin hat es am Posten gemeldet. Er wollte bei ihr den ausständigen Mietzins kassieren. Der Karl hat ihr gesagt, dass die Frau geschlagen worden ist und dann erwürgt. Oder auch umgekehrt. Ich hab es mir nicht gemerkt!«

Noch ein Mord! Ulbrich wusste, dass man sicher eine Reaktion von ihm erwartete, aber er saß im ersten Moment einfach sprachlos da. Vor ein paar Minuten hatte er noch die Absicht gehabt, als Nächstes den Gendarm Fladinger im Wachzimmer aufzusuchen, um ihm Vorwürfe zu machen, weil seine Vernehmung des Mordverdächtigen Sepp Grabler mehr als lückenhaft war. Und nun gab es noch eine Tote!

Pfandl brach die kurze Stille mit aufgeregter Stimme: »Meine Herren, ich kann Ihnen nur eines sagen! Schauen Sie, dass diese Vorfälle bis spätestens 3. Juli vom Tisch sind. Denn an diesem Tag kommt der Journalist aus Berlin, und wenn die Sachen bis dahin nicht bereinigt sind, dann sind wir alle ruiniert hier in Mürzzuschlag! Mir kommt vor, Sie bringen überhaupt nichts weiter! Ich werde mal mit dem Bürgermeister ein ernstes Wort reden!», drohte er. Dabei wirkte er trotz seiner großen Augen müde und musste tief Atem holen.

Ulbrich sagte gar nichts dazu. Was sollte man diesem wichtigtuerischen Menschen antworten, dem nur das Geschäft und irgendein Journalist wichtig schienen? Doktor Gartler schüttelte heftig den Kopf. »Moment, Moment, Herr Pfandl! Soeben wurde eine Tote gefunden, eine Frau, die verprügelt und erwürgt wurde. Besinnen Sie sich doch!«

»Jaja, schon wieder ein Mord bei uns, das ist ganz schrecklich. Nur damit Sie es wissen, die Klauer im alten Wohnhaus der Gemeinde, die war mal Haushälterin beim Almpeterl oben. Doch dann ist sie dem Alkohol verfallen. Und Sie werden bald erfahren, was sonst noch aus ihr geworden ist«, erwiderte ihm Pfandl. »Sie werden uns doch sicher selbst gleich sagen, was das war?«, fragte ihn Doktor Gartler in ruhigem Ton. »Eine Prostituierte, wird im Ort gemunkelt. Und ich weiß nicht, ob es um so eine Frau schade ist«, brummte Pfandl noch vor sich hin, bevor er sich wegdrehte und Fladinger alleine an der Tür stehen ließ.

Es trat ein Moment verlegener Stille ein. Doktor Gartler dachte: Was wohl in dem Mann vorgeht? Er scheint wirklich unter großem Druck zu stehen. Aber trotzdem: Ich verstehe diesen eigenartigen Menschen einfach nicht. Er warf einen nachdenklichen Blick über den Tisch hinweg zum hilflos dastehenden Gendarm Fladinger. Dann stellte er fest: »Es würde mich nicht wundern, wenn es hier einen Zusammenhang mit dem Mord am Almpeterl gibt!«

Er richtete sich auf und packte seine Unterlagen in die Aktentasche. Die Augengläser blieben dabei am Tisch liegen, Ulbrich stand schon an der Tür. »Bringen Sie uns in dieses Haus bei der Wasserheilanstalt, Fladinger!«, forderte dieser den Gendarmen auf, der noch immer wie angewachsen im Türrahmen stand, und bedeutete ihm voranzugehen.

Es war nicht sehr weit bis zu dem heruntergekommenen Wohnhaus unweit der Mürz. Das alte Haus mit den desolaten Fensterläden und den teilweise eingeschlagenen Scheiben wirkte trostlos. Als sie durch die Haustür eintraten, hatten sie das Gefühl, im Inneren eines längst verlassenen Gebäudes zu sein. Alles war in schlechtem Zustand, das ganze Gebäude roch säuerlich und muffig. Im ersten Stock angekommen, sahen sie zwei ältere Frauen im Gang stehen. Die wussten inzwischen sicher schon, dass in der Nachbarwohnung etwas Schlimmes passiert war. Vielleicht hatte die eine von ihnen, die ein bisschen atemlos erschien, sogar die Meldung bei Fladinger gemacht? Ein junger Mann, wohl der Gemeindediener, der die Tote gefunden hatte, wartete ziemlich bleich vor der letzten Wohnung am Gang, er schaute Fladinger und den beiden Männern entgegen. »Das ist der Karl Riederer, er hat die Leiche gefunden«, erklärte Fladinger. Riederer meinte: »Ich habe hier auf Sie gewartet, damit die Leute nicht in die Wohnung gehen. Gehen Sie nur hinein! Der Anblick ist nicht schön. Ich hab sie gefunden, als ich den Mietzins einkassieren wollte.«

Ulbrich trat als Erster ein, er kannte solche Wohnungen und Ereignisse von Graz her. Auf dem Küchenboden lag eine etwas ältere, langhaarige Frau mit schwarzen Strümpfen unter einem roten Hausmantel. Ihr Kopf lag in einer Blutlache neben dem Küchentisch, der an der Kante blutig war. Als sich Ulbrich näher über sie beugte, sah er, dass ihr Hals blaue Würgemale und dunkle Flecken aufwies. »Die Frau wurde wahrscheinlich heftig gewürgt und dann zu Boden geworfen. Dabei muss sie an dieser Tischkante aufgeschlagen sein. Und soweit ich sehe, muss sie schon länger tot sein«, verkündete er laut und richtete sich wieder auf. »Das Beste wird sein, wenn wir sie gleich nach Graz überführen lassen, die können uns dann sicher Genaueres dazu sagen«, fügte er hinzu. Doktor Gartler nickte zustimmend und wies Fladinger an, das in die Wege zu leiten.

Während die Männer in der Küche um die tote Frau herumstanden, kam eine der beiden Frauen vom Gang unbemerkt in die Wohnung herein. Sie starrte auf die Leiche und stellte dann mit rauer, tiefer Stimme fest: »Na, die Klauer hat es ja arg erwischt. Ich hab es immer schon gewusst, irgendwann wird ihr einer dieser Falotten an die Gurgel gehen!«

Doktor Gartler drehte sich nach der Frau um. Ihr Äußeres war zwar nicht sehr ansprechend, wie sie da in einer schmutzigen blauen Schürze mit ihren stämmigen Beinen vor ihnen stand, aber sie hatte doch einen klaren, aufmerksamen Blick auf ihn gerichtet. Die kleine, korpulente Frau mit auffällig roten Backen und grauen Haaren räsonierte mit lauter Stimme weiter: »Aber so ein Ende verdient niemand. Wie es so ruhig war die letzten Tag in ihrer Wohnung, hab ich schon gedacht, sie ist zurück auf die Alm. Und dabei liegt sie jetzt mausetot am Boden da!«

»Das ist Frau Maier von einer der Wohnungen gegenüber«, erklärte der große blonde Gemeindediener und ließ keinen Blick von der alten Frau. »Sie hat beobachtet, wie ich die Tote gefunden habe, und ich habe sie dann gebeten, den Gendarm Fladinger zu verständigen.«

»Ah, Sie waren das also, Frau Maier! Und ist Ihnen in letzter Zeit vielleicht irgendetwas aufgefallen?«, fragte Ulbrich sie.

»Ob mir was aufgefallen ist? Sie fragen vielleicht Sachen!«, machte sich die Frau wichtig. Sie hielt den Kopf etwas seitlich, damit sie die Tote besser sehen konnte. »Man soll über Tote ja nichts Böses sagen, aber: Ein Luder war sie, die Klauer! Am Tag hat sie geschlafen, und in der Nacht ging es laut her. Da sind doch gewisse Männer hergekommen. Sie wissen schon, was ich meine. Schauen Sie sich doch um, wie es in der Wohnung ausschaut!« Doktor Gartler sah sich in der Küche um, sie war tatsächlich verschmutzt und unaufgeräumt. Zwei Bierflaschen standen am Tisch, und der Aschenbecher war bis oben hin voll. Die Frau zögerte, machte eine unwillige Handbewegung und ergänzte dann verärgert: »Ich will gar nicht wissen, wie es bei der in der Kammer ausschaut. Pfui!«

Ulbrich sah Doktor Gartler an, ob er die Frau Maier selbst weiter befragen wollte, doch als dieser stumm blieb, fuhr er fort: »Warum haben Sie vermutet, dass die Frau Klauer wieder auf die Alm zurück ist?«

»Es ist doch der Hüttenwirt von der Pretul umgebracht worden, und seit Dienstag in der Früh hab ich von der Klauer nichts mehr gesehen und gehört. Es hätte ja sein können, dass sie jetzt wieder rauf ist zur Schutzhütte. Wo doch der Alte nicht mehr dort ist. Rausgeschmissen hat er die arme Frau, der Dreckskerl. Seitdem wohnt sie hier und verdient sich das Geld mit … Sie wissen schon, was ich meine!« Sie machte eine kleine Pause und verdrehte dabei ihre Augen.

»Und wer waren die Männer, die sie nachts besucht haben?«

»Hören Sie, Sie fragen mich wirklich Sachen! Ich bin doch keine Tratschen«, versuchte sie, sich zu zieren, aber ihr Blick machte klar, dass sie es kaum erwarten konnte, Namen nennen zu können. »Na ja! Da ist dieser kleine, immer eilig herumlaufende Amtsdiener von der Bezirkshauptmannschaft. Sie wissen schon, wen ich meine! Dieser Herr Glück!«

»Der Herr Glück?«, fragte Ulbrich verwundert. »Ja, genau der, aber ich glaub, den hab ich schon länger nicht mehr da gesehen. Mag sein, dass er, seitdem sich der Herr Baron erschossen hat, nicht mehr da war. Aber genau kann ich es nicht sagen. Dann kommen oft zwei bessere Herren vom Gemeindeamt. Da sag ich lieber keine Namen, sonst ist meine Wohnung morgen weg, und dann ist da noch einer, den eh alle kennen. Ein ganz wichtiger Mann von der Wienerstraße, der war am Anfang ein paarmal da, wie die Klauer eingezogen ist. Vielleicht hat er ihr auch nur geholfen. Ich weiß es nicht. Da können Sie sich selbst einen Reim darauf machen. Ich kann ja auch nicht alles wissen. Aber bevor ich es vergesse, die beiden Grabler waren auch öfters bei der Klauer. Den alten Tischler aber hab ich schon länger nicht mehr gesehen. Ob er krank ist? Naja, der wird halt auch nicht mehr ganz so robust sein. Dafür aber sein Sohn, der Behinderte! Der Sepp, der kommt jede Woche her! Das ist ein fester Bock!«

Ulbrich warf einen Blick zu Doktor Gartler, der nun offensichtlich doch auch eine Frage hatte: »Sagen Sie mal, Frau Maier, und wer von den Männern, die Sie uns da aufgezählt haben, war zuletzt bei Frau Klauer?«

Die Nachbarin überlegte eine Zeit lang und wischte sich dabei ihre feuchten Hände an der schmutzigen Schürze ab. Dann runzelte sie die Stirn und meinte mit großer Bestimmtheit in der Stimme: »Also am Montag war zuerst dieser junge Kerl da, der Rudi, das ist der Klauer ihr Sohn. Ein ganz ein fescher Mann und nett ist der Rudi. Ich sag's Ihnen, der tät mir auch gefallen. Der kommt alle paar Wochen her, um nach seiner Mutter zu schauen. Da hat es aber mächtig Streit gegeben am Montag zwischen den beiden. Fragen Sie mich nicht, warum!« Sie stockte in ihrer Erzählung, überlegte kurz und meinte daraufhin: »Ach was! Der hat halt keine Arbeit und kein Geld, hat mir die Klauer einmal erzählt. Darum wird es halt wieder einmal Streit gegeben haben.«

»Genaueres haben Sie aber nicht gehört, oder?«

»Nein, hab ich doch gesagt, ich hör nicht alles! Ach ja, und irgendwann später hab ich ein dumpfes Geräusch gehört. Es war so, als wäre die Tür fest zugeschlagen worden. Darauf hab ich halt schnell in den Gang rausgeschaut. Der Rudi ist ganz aufgebracht den Gang entlang zur Stiege gerannt. Ich hab gedacht, der fliegt jetzt gleich da hinunter. In dem Moment ist von unten der Sepp raufgekommen und hat ihn beim Gehen aufgehalten. Stellen Sie sich nur vor, der Sepp hat den Rudi glatt beim Kragen gepackt. Wenn ich mich nicht täusche, hat er ihm sogar ins Gesicht geschlagen.« Sie stockte ganz kurz, als sie bemerkte, dass Doktor Gartler sie verwundert ansah.

»Ins Gesicht geschlagen also. Und weiter?«, forderte der sie sogleich zum Weiterreden auf. »Nichts weiter! Plötzlich waren sich der Sepp und der Rudi wieder einig. Ich hab mich gewundert darüber. Es war aber eh besser so, dass sich die beiden wieder vertragen haben. Der Sepp geht ja zu seiner Mutter, und ich glaub, der Rudi hat sich beim Sepp dann entschuldigt. Es muss um Schuhe gegangen sein, denn er hat dem Sepp seine Wanderschuhe gegeben. Und der Rudi hat die Schuhe vom Sepp angezogen. Das war alles. Mit den Schuhen vom Sepp ist der Rudi dann ganz ruhig aus dem Haus gegangen. Es war so, als wären sie wieder die besten Freunde gewesen! Schon irgendwie lustig«, grübelte sie mit einem Kopfschütteln und fügte mit erhobenem Finger hinzu: »Da fällt mir grad was ein! Seine grüne Jacke hat der Rudi beim Treppengeländer liegengelassen. Die hängt jetzt bei mir am Garderobenhaken. Ich wollte sie ihm eh das nächste Mal wieder geben. Aber ich hab ihn nicht mehr gesehen seit dem Tag.«

»Also, Frau Maier! Der Grabler Sepp, was hat er dann gemacht? Ich meine, wie der Sohn der Frau Klauer aus dem Haus war?« Sie zögerte ein wenig und hustete laut vor sich hin. Ulbrich kam es vor, als wäre sie verlegen. In der Zwischenzeit waren die Sargträger eingetroffen und mussten sich in den Hausflur stellen. Frau Maier warf noch einmal einen betroffenen Blick auf die Leiche ihrer Nachbarin und wischte sich mit dem Taschentuch, das sie aus ihrer Schürze hervorgezogen hatte, ein paar Tränen vom

Gesicht. »Keine Ahnung, was der getan hat. Was denken Sie von mir? Ich bin doch nicht die ganze Zeit an der Tür gestanden«, meinte sie dann entrüstet.

Der Postenführer hatte auch noch eine Frage: »Können Sie uns diesen jungen Mann, also den Sohn der Frau Klauer, beschreiben?« Sie sah Ulbrich mit einem breiten Lächeln an. »Ja, natürlich. Wissen Sie, das ist ein junger fescher Mann! Sportlich und groß, etwas stämmig. Schöne schwarze Haare hat er und einen Schnurrbart. Ich schätze ihn auf etwa 25 Jahre, nicht mehr. Wenn ich jünger wär, der wäre was für mich!«, lachte sie laut auf und hustete im Anschluss.

»Das ist ja alles wirklich interessant, danke für Ihre Hilfe«, meinte Doktor Gartler und steckte seinen Notizblock, auf den er die ganze Zeit geschrieben hatte, in die Aktentasche. Dann mussten sie zur Seite gehen, damit die Sargträger vorbei konnten.

»Wir brauchen noch Ihre Personalien, Frau Maier!«, sagte Ulbrich abschließend zur Nachbarin, und sie gab ihm die gewünschten Informationen. »Auch von Ihnen benötige ich die Personalien, am besten kommen Sie gleich heute Nachmittag zum Gendarmen Fladinger ins Wachzimmer und geben dort Ihre Aussage zu Protokoll«, meinte er zum Gemeindediener. Der nickte zustimmend, er war immer noch bleich und schaute betroffen. Der Mordfall schien ihm sehr zugesetzt zu haben.

Doktor Gartler wandte sich schon zum Gehen. Plötzlich zögerte er und sprach Frau Maier noch einmal auf die Jacke an, von der sie erzählt hatte: »Ach ja, bevor ich es vergesse. Können Sie mir die grüne Jacke geben, die der Sohn der Frau Klauer am Treppengeländer hängen lassen hat? Ich möchte sie ins Wachzimmer mitnehmen.«

»Ja, wenn Sie meinen?« Sie nickte dabei, drehte sich um und ging in ihre Wohnung. Doktor Gartler hatte inzwischen einen Auftrag: »Fladinger, Sie gehen morgen gleich zum Huberbauer und überprüfen, ob das nicht womöglich die Jacke vom Diebstahl ist!« Kurz darauf kam die Nachbarin mit einem etwas abgetragenen grünen Janker in der Hand zurück. »Da ist die alte Jacke! Ich hätte sie mir schon nicht behalten«, meinte sie ungehalten und hielt sie ihm entgegen.

»Danke, es ist alles in Ordnung, Frau Maier. Sie haben uns wirklich sehr geholfen! Wenn wir noch Fragen haben, wissen wir ja, wo wir Sie finden«, meinte Ulbrich abschließend zur sehr hellhörigen und aufmerksamen Nachbarin der toten Frau Klauer.

»Sicher, wenn es notwendig ist. Aber glauben Sie ja nicht, dass ich jetzt den ganzen Tag daheim bin und auf Sie warte!«, machte sie sich noch kurz wichtig. Dann räusperte sie sich kräftig und verabschiedete sich von den Männern. Sie zwinkerte Karl Riederer, dem feschen jungen Gemeindediener, noch zu und verschwand dann in ihrer Wohnung.

Freitag, 1. Juli 1904

EVA FÜHLTE SICH jämmerlich. Dabei war sie nicht krank, sie hatte auch nicht mehr diese starken Schmerzen im Unterleib wie vorige Woche. Doch in der Nacht wachte sie immer wieder auf und konnte vor Sorge nicht wieder einschlafen. Ihr Kopf produzierte die wirrsten Gedanken und Vorstellungen. Das führte so weit, dass sie, wenn es besonders unerträglich wurde, aufstand und im Zimmer hin und her wanderte und dabei im Halbschlaf nur verloren vor sich hinstarrte. Oft griff sie sich dann an den Bauch und erinnerte sich an die Zeit mit dem tagelangen Brechreiz, der ihr bis vor einigen Tagen noch schwer zu schaffen gemacht hatte. Wegen der anfänglichen Appetitlosigkeit hatte sie sogar ein wenig an Gewicht verloren. Aber das änderte sich bald, und sie bemerkte an der Dienstkleidung, dass ihr diese um die Taille etwas enger geworden war. Geschickt drapierte sie ihre Servierschürze mit einer Nadel, damit ihr gewölbter Bauch niemandem im Kaffeehaus auffiel. Nicht einmal ihre Freundin bemerkte den kleinen Bauchansatz. Als sie sich ihr dann schließlich anvertraute, war sie vollkommen entsetzt. Sie wusste ja von ihr, wie es um den Rudi stand, und hielt ihn für einen unzuverlässigen Schmarotzer.

Es war ihre Tante, der ihr kleines Bäuchlein unter der Schürze sehr bald auffiel. Mit einem aufmerksamen Blick musterte sie ihre Nichte, nachdem diese sich wegen eines plötzlich aufkommenden Schwindelgefühls während der

Arbeit im Kaffeehaus an einem der Tische festhalten musste, als sie gerade die Gäste abkassiert hatte. Die Tante schickte Eva vorzeitig in die Dachkammer, um sich auszuruhen, und ließ ihr vom Servierfräulein eine kleine Kanne Tee nachbringen.

Abends nach Dienstschluss klopfte sie an ihre Zimmertür und bat sie um eine ehrliche Unterredung. Wie sie da im Türrahmen stand und mit ruhiger Stimme meinte: »Liebe Eva, du denkst wohl, ich hab keine Augen im Kopf. Ich brauche dich nur anzuschauen und weiß, dass du ein Kind unter dem Herzen trägst!«, strahlte sie gar nicht wie sonst Strenge, sondern echte Sorge aus.

Eva kannte die direkte Art ihrer Tante Kathi, die Dinge sofort und mit Bestimmtheit anzusprechen. Doch natürlich war sie jetzt am späten Abend nicht darauf gefasst gewesen und starrte sie hilflos an. Selbstverständlich wusste sie, dass sie von Rudi ein Kind erwartete. Nur wusste sie noch nicht, wie sie damit umgehen sollte. Ihre Tante stellte keine langen Fragen, warum ihr die Schwangerschaft passiert war, noch fragte sie nach dem Kindsvater. Sie wollte nur wissen, ob er denn Eva und das Kind versorgen könne und wolle. Als Eva ihr daraufhin unter Tränen erzählte, dass sie sich in einen zwar sehr feschen, aber arbeitslosen Handwerker ohne Geld verliebt hatte, der nur ab und zu in Mürzzuschlag war, schüttelte die Tante mitleidig den Kopf. »Er heißt Rudi Klauer, seine Mutter wohnt seit einiger Zeit da beim Wasserwerk, vielleicht kennen Sie ihn ja sogar, Tante?«, fragte Eva eifrig.

»Rudi Klauer? Nein, kenne ich nicht. Aber wenn ich dich so höre, kommt es mir vor, als wärst du jetzt in dieser Situation ganz auf dich allein gestellt, du armes Ding!«

Und zu Evas großer Überraschung bot sie ihr spontan ihre Hilfe an. Sie zeigte sich ernsthaft besorgt um sie und meinte mit gerunzelter Stirn: »Ach Kind, du weißt schon, dass es eine große Schande ist, ein lediges Kind zu bekommen. Wir müssen jetzt sehr vorsichtig sein und darauf achten, dass wir keinen Fehler machen! Auf keinen Fall dürfen es deine Eltern erfahren.«

Als Eva an ihre Eltern dachte, brach sie sofort wieder in Tränen aus. Ihre Tante bekam auch feuchte Augen, als sie ihre Nichte so hilflos und verloren vor sich kauern sah, und sie zeigte sich ihr gegenüber mütterlicher als ihre eigene Mutter es je gewesen war: Sie setzte sich zu ihr auf die Bettkante, legte den Arm um sie und drückte sie ganz fest an sich. In liebevollem Ton meinte sie: »Ach, mein Kind! Ich kann sehr gut verstehen, wie es in dir da drinnen ausschaut«, und streichelte ihr über den Kopf.

Und dann geschah etwas ganz Unerwartetes: Stockend begann ihre Tante zu erzählen, dass sie sich selbst in jungen Jahren in einer ähnlichen Situation befunden hatte und leider niemand da war, der ihr zur Seite gestanden wäre. Darum könne sie ihre Verzweiflung gut nachvollziehen. Ihr Vater, dem früher das Kaffeehaus gehörte, hatte ihr sogar in seinem ersten Schreck eine Moralpredigt gehalten, als er von ihrer Schwangerschaft erfahren hatte, so, als wäre alles ihre Schuld. Dabei war sie doch wirklich selbst noch ein Kind gewesen und hatte gar nicht gewusst, wie ihr geschah.

»Weißt du, das war damals eine Vergewaltigung. Aber das tut jetzt weiter nichts zur Sache. Obwohl es alles ganz furchtbar und ich damals eine Weile krank war. Wie ich wieder durch den Ort gegangen bin, haben die Leute so getan, als müsste ich mich deswegen schämen. Ich konnte doch nichts dafür! Sogar der Richard, vorher ein lieber Freund, hat sich damals immer gleich umgedreht, wenn er mich gesehen hat.« Bei dieser Erinnerung schluchzte sie sogar leise auf. So von tiefen Gefühlen gepackt, kannte Eva ihre Tante bis zu dieser Stunde gar nicht. Gemeinsam weinten beide in der kleinen Dachkammer, als würde die Welt untergehen. »Und dann hat sich herausgestellt, dass ich zu allem Unglück von dieser Untat auch noch schwanger geworden war.«

Die Tante fasste wieder liebevoll nach ihren Händen, und nach einem tiefen Seufzer erzählte sie ihr von ihrer eigenen Schwangerschaft, damals als sie noch ein junges, hübsches Mädchen mit langen blonden Zöpfen war. Von ihrem Vater wurde es ihr strengstens verboten, mit jemandem darüber zu reden, und sie durfte nur mehr in der Küche des Kaffeehauses arbeiten oder wenn keine Gäste mehr anwesend waren. Als ihr Bauch immer größer wurde, brachte der Vater sie bei einer Familie in Bruck unter. In Mürzzuschlag hieß es, zur Erholung. »Aber du kannst dir nicht vorstellen, wie die mich dort behandelt haben. Wie den letzten Dreck! Den ganzen Tag musste ich mit dem dicken Bauch arbeiten, weil ich ja schließlich eh vorher genug Spaß gehabt hätte, hieß es. Und ich war ganz allein dort.« Die Tante ballte die Hände vor Zorn, als sie davon erzählte.

»Im Krankenhaus in Bruck habe ich dann entbunden. Es war eine schwere Geburt, weil ich so zart war, aber ein gesunder Junge. Und den haben sie mir noch am selben Tag weggenommen. Später, erst nach zwei Wochen, bevor ich wieder nach Hause fahren sollte, haben sie mir gesagt, dass der Bub schon neue Eltern bekommen hat. Ich war ja noch minderjährig, und das hat damals alles mein Vater bestimmt und unterschrieben. Das Einzige, was ich erfuhr, war, dass mein Kind bei einem netten Ehepaar sei, dessen Ehe kinderlos geblieben war. Und ich habe den Buben seither nie wiedergesehen und weiß auch nicht, wo er ist. Aber ich denke immer wieder an ihn, und an seinem Geburtstag backe ich immer eine extra schöne Torte und hoffe, dass es ihm gut geht.«

Dann fügte sie noch hinzu: »Und stell dir vor, ich durfte auch nachher mit niemandem darüber reden. Nur meinem Bruder, deinem Vater, habe ich irgendwann davon erzählt. Aber sonst weiß niemand davon hier im Ort, außer der alten Frau Pfandl, Gott hab sie selig, die hat das alles ja damals mit meinem Vater eingefädelt.« Jetzt legte Eva tröstend den Arm um ihre Tante. »Und das ganze Unglück nur, weil ein uneheliches Kind so eine Schande ist!«, seufzte diese abschließend.

Eva schossen etliche Fragen durch den Kopf, denn sie befand sich ja nun in einer ähnlichen Situation. Verwirrt überlegte sie, ob sie denn nun ihr Kind auch zur Adoption weggeben müsste. Oder was sollte sie sonst tun? Was meinte denn die Tante dazu? Ausführlich berichtete die ihr darauf von allerhand möglichen Praktiken, wie man ein ungeborenes Kind verlieren könnte, warnte jedoch auch vor den möglichen Gefahren. Eva bemerkte, dass es ihrer Tante gar nicht in den Sinn kam, dass sie ihr Kind auf die Welt bringen würde. Angefangen von heißen Sitzbädern bis zu bitteren Säften, von denen man tagelang Krämpfe bekommen müsste, bis man letztendlich das ungewünschte Kind verliert, berichtete sie von verschiedenen Möglichkeiten. Allerdings seien die auch strafbar, und sie trug ihr dringend auf, mit niemandem darüber zu sprechen.

Eva hatte sich bis zu diesem Moment noch gar keine Gedanken dazu gemacht, ob ihr Kind überhaupt unerwünscht sei, und schaute sie daher mit großen Augen an. »Das hört sich ja alles furchtbar an!« Darauf sagte ihre

Tante: »Ja schon, aber, Eva, du wirst doch dieses Kind nicht zur Welt bringen!« Irgendwie war damit die Entscheidung gefallen. »Sag ja nichts zu deinen Eltern, wir beide schaffen das schon alleine, du musst mir nur vertrauen!«, fügte die Tante noch hinzu und versuchte dabei ein wenig zu lächeln. Die Sache war somit klar. Das unerwünschte Kind durfte nicht auf die Welt kommen. Doch musste alles streng geheim bleiben. Bevor ihre Tante die Dachkammer verließ, versprach sie noch, so schnell wie möglich einen Termin bei einer Frau in Bruck zu organisieren, die Eva aus der dummen Situation helfen könnte.

Diesen Termin hatte ihre Tante, die sehr viele Leute kannte, schon ein paar Tage später organisiert. An einem frühen Nachmittag fuhren sie beide gemeinsam mit dem Zug von Mürzzuschlag nach Bruck zu einer wohl unter Frauen bekannten Krankenschwester, die ihr so schnell wie möglich helfen sollte, bevor noch mehr Zeit verstreichen würde und es für einen Abbruch zu spät wäre. Vom Brucker Bahnhof eilten sie zu Fuß in die Innenstadt. Eine größere, korpulente Frau wartete in einer engen Gasse hinter dem Hauptplatz in Bruck bereits beim Hauseingang. Sie stemmte die Hände in die Hüften und warf einen prüfenden Blick nach allen Seiten. »Beeilen Sie sich! Ich hab nicht alle Zeit der Welt. Es kommt heute noch ein Mädchen her!« Bereits beim Betreten des kleinen Zimmers – es roch streng nach Alkohol – im zweiten Stock des Hauses erklärte ihr die Frau, worum es ging. Sie schloss während ihrer knapp gehaltenen Ausführungen die Tür ab und verdunkelte die Fenster. Sie warnte eindringlich davor, jemandem etwas darüber zu erzählen, ansonsten würden sie und ihre Tante es mit der Gendarmerie zu tun bekommen. In solchen Fällen hätte es für unvorsichtige Frauen sogar schon lange Gefängnisstrafen gegeben, wusste die Frau zu berichten und drohte mit erhobenem Zeigefinger. Eva zuckte bei diesem Gedanken zusammen. Ihre Tante begab sich mit dieser Aktion in eine sehr gefährliche Situation, und sie wusste ihre Hilfe daher umso mehr zu schätzen. Die Engelmacherin meinte ein wenig verächtlich zu Eva: »Das ist aber knapp, junges Fräulein. Viel länger hätten Sie nicht warten dürfen!« Sie bedeutete ihr, sich der Kleidung zu entledigen und auf das Eisenbett zu legen. Eva hörte nur stumm zu, ließ völlig verängstigt den Blick von der Frau zu dem Eisenbett streifen, auf dem sich etliche weiße Laken und Instrumente befanden. Aus einem großen Topf am kleinen Holzofen trat heißer Dampf heraus. Am Tisch befanden sich unzählige weiße Tücher und am Boden standen zwei Eimer.

Die Frau legte ohne weiteres Herumreden mit ihren kräftigen Händen los. Eva tat gehorsam, was die Frau von ihr verlangte, und vor Angst und Schmerz verbarg sie ihr Gesicht zwischen den Händen. Sie drückte so fest wie möglich die Hand auf den Mund, um einen lauten Schrei zu unterdrücken. Doch das Stechen und der tobende Schmerz zwischen ihren Beinen waren zu qualvoll, dass sie sich nicht anders helfen konnte. Sie schrie laut auf, worauf sie die Engelmacherin böse anstarrte und ihre Tante anwies, ihr den Mund fest zuzuhalten. Eva konnte kaum noch atmen. Sie spürte, wie die Tante sie mit der anderen Hand streichelte und zu beruhigen versuchte. Eva wusste, dass sie es jetzt zu Ende bringen musste und hoffte nur, dass es bald vorbei sein würde, während sie verzweifelt an die Wand starrte. Als sie den schmerzhaften Eingriff überstanden hatte, musste sie noch eine längere Zeit auf dem Eisenbett liegen bleiben. Während sich ihre Tante mit der Engelmacherin in leisem Ton unterhielt, kam ihr die Zeit wie eine Ewigkeit vor. Ihr ganzer Körper schmerzte und sie spürte, dass sie blutete.

Als sie aufstehen durfte, kleidete sie ihre Tante auf Anweisung der Engelmacherin wie ein kleines Mädchen an, während diese selbst die Geldscheine nachzählte, die ihre Tante ihr gegeben hatte. Mit Tränen in den Augen ließ sie sich von ihrer Tante zum Bahnhof schleppen. Sie konnte nicht nur vor Schmerzen kaum gehen, sondern auch wegen der zusammengerollten Stofftücher, die man in ihre Unterhose gesteckt hatte, damit sie nicht womöglich etwas beschmutzte. Draußen war es bereits am Dunkelwerden und ihr war furchtbar kalt. Sie zitterte am ganzen Körper.

Nach einiger Wartezeit in der Bahnhofshalle in Bruck fuhren sie mit dem letzten Abendzug wieder zurück nach Mürzzuschlag. Ihre Tante verhielt sich dabei so, als hätte sie gerade mit ihrer Nichte jemandem einen späten Abendbesuch zu Kaffee und Kuchen abgestattet. Aber Eva hatte stattdessen bei der Frau dort sogar Schnaps trinken müssen, möglicherweise zur Beruhigung. Ob sie deshalb oder vor Schwäche beim Gehen schwankte, wusste sie nicht. Ihre Tante half ihr bis in die Dachkammer hinauf. Zum Glück waren keine Leute unterwegs, die sie am Weg vom Bahnhof zum Haus sehen hätten können.

Für ihre Tante schien mit den Worten: »Kind, du weißt schon, dass die Geschichte unser großes Geheimnis bleiben muss, sonst wandere ich noch ins Gefängnis!«, alles erledigt. Aber sie machte trotzdem beim Verlassen der Dachkammer einen traurigen Eindruck, und Eva vermeinte sogar, dass sie ihre Tante im Gang weinen hörte. Sie selbst konnte vor Schmerzen und Unwohlsein die ganze Nacht kein Auge zumachen.

Ein paar Tage lag sie danach in ihrer Dachkammer. Sie hatte Schmerzen und blutete noch immer. Mit den dunklen Schatten unter ihren Augen und der bleichen Hautfarbe sah sie aus, als stünde sie kurz vor dem Tode. Dazu kam das schlechte Gewissen, eine Kindsmörderin zu sein. Wenn sie nur an den Pfarrer Prangl dachte, wie er ihr mit dem Höllenfeuer drohen würde, graute ihr schon davor, zur Beichte zu gehen. Ihr selbst kam es auch so vor, als würde sie mit dieser großen Schuld auf der Seele ihres Lebens wohl nie mehr ganz froh werden. Ihr war wirklich zum Sterben zumute. Aber sie war jung und kräftig, die Frau schien ihr Geschäft verstanden zu haben, und nach ein paar Tagen ging es ihr körperlich wieder besser. Die 70 Kronen, die ihre Tante der Frau geben musste, würde sie ihr bei den kommenden Lohnzahlungen abziehen, hatte sie gemeint. Einzig und allein ihrer besten Freundin vertraute sie die Geschichte mit der Engelmacherin im Nachhinein an, und diese musste hoch und heilig versprechen, niemandem darüber nur ein Wort zu erzählen. Und sie wusste, auf Marie konnte sie sich verlassen.

Nun hockte Eva mit angezogenen Beinen in ihrem Bett und dachte über all das Schreckliche nach. Warum gab es nichts mehr, woran sie sich noch erfreuen hätte können? Auch im Ort hatte sich in letzter Zeit viel Schreckliches zugetragen, und das beunruhigte sie ebenfalls zutiefst. Sie arbeitete den ganzen Tag, um sich abzulenken, und versuchte, ihre Gefühle zu unterdrücken. Es kam ihr aber vor, dass in letzter Zeit auch die Gäste im Kaffeehaus keine Ruhe mehr fanden und nicht mehr einfach fröhlich waren wie früher oft. Manche betranken sich, bis sie nur mehr lallten oder vor Selbstmitleid heulten. Andere schliefen im Rausch am Kaffeehaustisch ein. Einige Gäste konnten wiederum stundenlang darüber diskutieren, was in der Zeitung stand. Die Gazetten waren landesweit voll über die tragischen Vorkommnisse in ihrem beschaulichen Ort am Fuße des Semmerings.

Der Selbstmord des Bezirkshauptmannes und der am selben Tag verübte Raubmord auf der Pretul trübten die gesamte Stimmung, schien es ihr. Ihr kam es so vor, dass ganz Mürzzuschlag unter einer eigenartigen Anspannung stand. Auch die Tratschereien wurden immer mehr statt weniger, obwohl beide Männer bereits vor Tagen zu Grabe getragen worden waren. Es ging sogar das Gerücht um, dass der Pfarrer Prangl versetzt werden sollte, weil seine Aussagen zu der Eheschließung ohne gültige Papiere nicht ganz der Wahrheit entsprochen hatten und dabei eher Bestechung als Nötigung und Erpressung im Spiel gewesen war.

Anuschka, das inzwischen bereits mit zwei schweren Koffern und unbekanntem Ziel abgereiste Dienstmädchen der Baronin, hatte noch überall erzählt, dass in die Wohnung der Herrschaften, während sie zur Aussage beim Gendarm Fladinger im Wachzimmer war, jemand eingebrochen war. Es fehlten nicht nur die teure Tischwäsche der Baronin und einige andere Wertgegenstände, sondern auch deren persönliches Notizbuch. Da sie das gerahmte Hochzeitsbild der beiden zertrümmert am Boden vorgefunden habe, vermutete sie, dass jemand aus der Familie des Barons die Wohnung aufgesucht habe und sich die Sachen angeeignet hatte. Die Angelegenheit wurde aber nicht weiter verfolgt, da keine Anzeige erstattet worden war.

Die gefallene Baronin würde aber ohnedies längere Zeit hinter Gitter verbringen müssen und sich danach sicher nicht mehr getrauen, nach Mürzzuschlag zurückzukehren. Ursprünglich hieß es sogar, dass der Revolver, den der unglückliche Offizier zum Selbstmord verwendet hatte, ebenfalls verschwunden sei, aber das konnte durch den Gendarm Fladinger sehr rasch geklärt werden. Er hatte nämlich die Tatwaffe in die Wachstube mitgenommen und dort verwahrt.

Die Männer aus Graz, die im Wirtshaus beim Pfandl untergebracht waren und sich zusätzlich zu Fladinger um die Aufklärung des Mordes auf der Pretul kümmern sollten, arbeiteten offensichtlich auf Hochtouren. Sie befragten die Leute eindringlicher, als denen lieb war, und einige der Befragten beschwerten sich sogar beim Bürgermeister darüber. Den streng dreinblickenden Postenführer Ulbrich konnte man von früh morgens bis spät nachts durch den Ort marschieren sehen. Der große Mann in der schneidigen Uniform mit dem kurzen Säbel wirkte angsteinflößend auf so manche Bewohner. Er stellte seine Fragen, notierte, blieb dabei immer ruhig, hatte aber auch etwas sehr professionell Distanziertes.

Evas Vater hatte er bereits zwei Besuche abgestattet. Unwillig hatte dieser sich außerdem mehrmals zur Befragung im *Rosegger-Stüberl* einzufinden gehabt. Glück zählte nämlich in beiden Fällen – also sowohl beim Bezirkshauptmann als auch dem Hüttenwirt auf der Pretul – zu den letzten Personen, die diese lebend gesehen hatten. Auch der Vater sah inzwischen fast schon besorgniserregend aus und schien immer nervöser zu werden. So schrie er sie erst vor ein paar Tagen, als sie ihre Mutter besucht hatte und er ihr danach davon erzählt hatte, dass er abermals eine Stellungnahme abgeben musste, empört an: »Die sollen mich alle in Ruhe lassen. Ich hab damit nichts zu tun!« Als sie ihn darauf fragte: »Sind Sie sich da wirklich ganz sicher, Vater?«, denn ihrer Meinung nach hatte er sehr wohl etwas mit dem

Tod des Bezirkshauptmannes zu tun, wurden seine Augen immer größer. Zuerst stand er wie erstarrt da. Wie konnte sie es wagen, in seinem Haus so mit ihm zu sprechen? Dann baute er sich vor ihr auf und schlug ihr mit der Hand fest ins Gesicht. Auch das war noch nie geschehen. Als sie ihn darauf erschreckt fragte, ob er nicht womöglich vor ein paar Tagen aus Zorn ihre Mutter ebenfalls geschlagen hatte, warf er sie einfach bei der Haustür hinaus. Dabei war es wirklich eigenartig, dass er immer von einem der üblichen Anfälle der Mutter sprach, obwohl diese doch ihres Wissens noch nie einen gehabt hatte. Auf jeden Fall war es furchtbar. Der Vater wurde von Tag zu Tag unausstehlicher, und ihre Mutter lag wortlos im Zimmer und starrte an die Decke.

Erschwerend kam noch dazu, dass sie ihren Verlobten schon tagelang nicht mehr zu Gesicht bekommen hatte. Sie fühlte sich von ihm im Stich gelassen, dabei hätte sie so dringend jemanden zum Aussprechen gebraucht. Warum meldete er sich nicht? Irgendetwas war mit ihrem Liebsten nicht in Ordnung, dachte sie sorgenvoll. Auch der traurige Umstand, dass sie sein Kind hatte wegmachen lassen, betrübte sie jeden Tag aufs Neue, sobald sie daran dachte. Kein Wunder, dass sie keinen Schlaf fand.

Die Sorgen trieben sie letztendlich aus ihrem zerwühlten Bett. Ihre Dachkammer im Haus der Tante war in einem verblichenen Hellgrün gehalten und sehr klein. Es war möbliert, ein buntes Nebeneinander von alten Möbeln, eben das Nötigste: Bett, Stuhl, Tisch und eine Kommode. Der etwas abgetretene Teppich, den sie von zu Hause mitgenommen hatte, bedeckte den alten Holzboden. Sie hatte kaum Besuch und hielt sich auch selbst nicht oft in der Kammer auf. Höchstens in ihrer Zimmerstunde, wenn sie in dieser kurzen freien Zeit nicht im Ort war, um Besorgungen zu machen, oder, wie in den letzten Tagen, ihre Mutter zu besuchen. Also eigentlich war sie nur zum Schlafen dort, denn tagsüber hatte sie zu tun und ab 22 Uhr abends wünschte ihre Tante Nachtruhe.

Jetzt war es noch viel zu früh, um in das Kaffeehaus hinunterzugehen und dort die Böden sauber zu machen. Daher setzte sie sich an den kleinen Tisch und holte wieder einmal aus der Schublade, in der sich auch die anderen Briefchen und Nachrichten von Rudi befanden, das zerknitterte Blatt Papier heraus, auf dem ihr Verlobter in seiner schönen Handschrift, die sie so mochte, ein paar Zeilen für sie geschrieben hatte.

Den Zettel hatte ihr sein Freund Karl ziemlich hektisch und kurz angebunden erst diesen Dienstag gegen Abend ins Kaffeehaus gebracht, weil er am Freitag keine Zeit gehabt hatte und sie ja nachher krank gewesen war. Rudi musste ihn schon vorigen Donnerstag geschrieben haben, nachdem sie in der Nacht davor – und, dachte sie traurig, das war noch dazu das letzte Mal, dass sie ihn gesehen hatte – wegen seiner Geldschwierigkeiten eine ärgerliche Diskussion hatten. Sie hatte ihn lediglich gebeten, endlich einer geregelten Arbeit nachzugehen und für sein eigenes Einkommen zu sorgen. Vielleicht hatte sie auch eine Andeutung gemacht, dass sie so nicht weitertun wolle. An ihre genauen Worte konnte sie sich nicht mehr so recht erinnern. Verärgert war sie gewesen, weil er nachts in ihrem Zimmer laut geworden war und damit gedroht hatte, sich umzubringen, wenn sie ihn nicht aus seiner Misere herausholen würde. Sie hatte mit ihm geschimpft, dass er endlich leiser sein sollte, und sie werde ihm kein Geld mehr von ihrem bescheidenen Gehalt geben, Schließlich kenne sie diese Misere bereits lange genug. Und das konnte doch nicht so weitergehen!

Es war das erste Mal, dass sie so aneinandergeraten waren. Dabei hatte sie eigentlich sogar gehofft, ihm von dem Kind erzählen zu können. Aber ihr war gleich bei seinem Kommen aufgefallen, dass irgendetwas nicht stimmte und so hatte sie es lieber bleiben lassen. Außerdem hatte er auch nur bis 24 Uhr Zeit, weil er sich noch mit jemandem treffen müsse. Mitten in der Nacht! Anscheinend hatte Rudi sein Verhalten am nächsten Tag sofort leidgetan. Sie las zum sicher hundertsten Mal die Worte auf dem Zettel:

Geliebte Eva, Blume meiner Seele, verlange von mir, dass ich rauben, plündern oder morden soll, ich werde jeden Wunsch, den ich dir aus den Augen lese, sofort erfüllen und sollte es mein Leben kosten. Es sagt sich sehr leicht für dich, dass ich keine Arbeit habe. Was soll ich denn machen, wenn ich immer nur ausgenutzt werde. Mein Onkel in Wien hat mir seine Werkstatt versprochen, und jetzt will er nichts mehr davon wissen. Darauf hab ich mich verlassen. Ich sollte zuerst ein braves Dirndl heiraten und eine Familie gründen, hat er gemeint. Meine Mutter bettelt immer Geld von mir, und wenn du mich jetzt im Stich lässt, bin ich kein ganzer Mensch mehr. Morgen werde ich wieder nach Wien fahren und mir woanders eine Arbeit suchen. Mich drücken die Schulden, so kann ich nicht mehr leben. Wenn ich mich nicht mehr mit dir treffen darf, werde ich mich umbringen.

Zehn Tage waren nun bereits vergangen, an denen sie sich nicht gesehen hatten. Vielleicht wollte er sie nicht länger um Geld anbetteln und hatte inzwischen eine andere Quelle gefunden, die ihm half, sich durchs Leben zu schlagen? Vor etwas mehr als einem Jahr hatte sie Rudi das erste Mal im Kaffeehaus gesehen. Sein volles schwarzes Haar war in der Mitte gescheitelt und fiel weich nach hinten. In seinem hübsch gezeichneten Gesicht trug er einen schmalen Schnurrbart. Als sie seine Bestellung aufnehmen wollte, blickte er sie eine Weile mit seinen hellblauen Augen an, ohne etwas zu sagen. Sein schüchternes Lächeln machte ihn jünger, als er war. Obwohl er gerne Bier trank, wie er ihr gestand, wurde er davon nicht dick. Er war ziemlich groß, das wurde durch seine schlanke und sportliche Figur noch verstärkt. Als Zimmerergehilfe musste er stets kräftig anpacken, so hatte er ihr ein paarmal von der harten Arbeit berichtet.

Als sie einander das nächste Mal zufällig trafen, es war auf dem Hauptplatz, wo sie für die Tante Besorgungen machte, begleitete er sie ein Stück des Weges. Als keine Leute mehr zu sehen waren, ging er ganz knapp neben ihr. Ihre Arme berührten sich dadurch immer wieder, und sie konnte dieses Kribbeln, das sie dabei verspürte, fast nicht mehr aushalten. Am Mürzufer blieben sie dann stehen und sahen sich in die Augen. Damals dachte sie schon, dass er ihr erster Freund werden würde und es schien ihr, dass er genauso dachte. Er fragte, wann er sie wieder sehen könnte, und sie ermunterte ihn, einfach als Gast ins Kaffeehaus zu kommen. Dort würde sie die meiste Zeit verbringen, und es falle niemandem auf, dass er wegen ihr da war. Doch er verneinte mit einem Kopfschütteln und meinte, dass ihm erst kürzlich seine Mutter streng aufgetragen hatte, von allen Lokalen in Mürzzuschlag ausgerechnet das *Café Semmering* zu meiden. Den Grund dafür kannte er nicht, er vermutete aber einen Streit mit der Besitzerin des Kaffeehauses. Als sie ihm erklärte, dass dies ihre Tante sei, schlug er vor, gelegentlich seinen besten Freund Karl, der in der Gemeindestube arbeitete – »Meinst du den Karl Riederer, den kenne ich auch gut«, hatte sie gefragt – mit kurzen Nachrichten vorbeizuschicken. Sie möge ihm dann am selben Wege antworten, wann sie sich wieder treffen könnten. Knapp vor der Abzweigung zu ihrem Elternhaus trennten sich ihre Wege, sie hatte Angst, dass einer ihrer Brüder sie mit ihm ertappen und die Mutter deswegen toben würde.

Als ihr Karl zum ersten Mal einen kleinen Zettel von Rudi überbrachte, stand darauf geschrieben: »Magst du mit mir am Sonntag einen kleinen Ausflug auf den Semmering machen?« Sie hatte ihm dann auf der Rückseite der Nachricht mitgeteilt, dass sie für solche Vergnügungen leider keine Zeit hätte. Aber er hatte nicht locker gelassen, und bald waren sie sich näher gekommen. Und seit einigen Monaten verbrachte er immer wieder einen Teil der Nacht in ihrer Dachkammer.

Dass er sich jetzt so lange gar nicht mehr blicken hatte lassen, machte sie stutzig. Womöglich hatte er tatsächlich eine Stellung in Wien gefunden? Unlängst sprach er davon, nach Wien zu fahren, und meinte, dass er dafür gerne einen Steireranzug hätte, vielleicht könne ihm ja sogar Karl seinen borgen? »Was denkst du, wie die in Wien auf einen strammen Steirer wohl abfahren werden. Da bekomme ich bestimmt gleich eine Arbeit!« Hatte er tatsächlich eine Arbeit gefunden? Eva bezweifelte es.

Mit gefurchter Stirn saß sie auf dem Stuhl und dachte an die letzten Zeilen ihres Verlobten. Sie musste auch an den Zeitungsartikel von voriger Woche denken, in dem über den grausamen Vorfall auf der Pretulalpe berichtet worden war. Das gesamte Geld sei dem Almpeterl entwendet worden, nachdem er in ein Kellerloch gestoßen wurde und dort erbärmlich verstarb. Sie selbst kannte den Almpeterl nur vom Sehen her und war noch nie auf der Pretulalpe in diesem kleinen Schutzhaus aus Holz gewesen. Im Kaffeehaus hörte sie die Leute über den Gendarmen Fladinger schimpfen, der anscheinend nicht in der Lage gewesen war, den Fall aufzuklären, und dass deshalb nun aus Graz Verstärkung geschickt worden war. Anfangs wurde von einem Unfall gesprochen und später von einem Raubmord. Bei diesen Gedanken fühlte sie sich gar nicht gut und erinnerte sich daran, wie ihr Rudi beim letzten Besuch davon erzählt hatte, dass er demnächst auf den Sonnwendstein und auf die Pretulalpe gehen werde. Danach warf sie nochmals einen Blick auf die Zeilen ihres Freundes und schauderte. Sie wollte es nicht denken, aber sie konnte nicht anders. Er hatte von Morden, Rauben und Plündern geschrieben. Sie sperrte sich seit gestern gegen die Vorstellung, dass ihr Verlobter ein Raubmörder sein könnte. Das kann der Rudi nicht getan haben, sträubten sich die Gedanken in ihrem Kopf gegen diese Idee.

Aber sie ließen sich nicht vertreiben. Dazu kam ja noch, dass sich gestern in der Früh dieser eigens aus Graz angereiste Gendarm im Kaffeehaus eingefunden hatte und sich eingehend nach einem jungen Mann namens Ferdinand Dworschak erkundigt hatte, dessen Personenbeschreibung interessanterweise auch auf ihren Rudi passen hätte können. Ihre Freundin erzählte ihr dann gestern Abend, dass bereits in jedem Wirtshaus in Mürzzuschlag nach diesem Mann gesucht worden war. Beim *Jägerwirt* sei dieser Dworschak das letzte Mal gesehen worden, wusste sie zu berichten. Auf die Nachfrage, was es denn mit diesem Dworschak auf sich hätte, meinte die: »Dieser Ferdinand Dworschak aus Brünn soll am 24. Juni auf der Pretulhütte gewesen sein. Er wird nun von der Gendarmerie dringend gesucht, er soll sich nämlich zwecks Zeugenaussage melden. Womöglich ist er aber der Mörder des Hüttenwirtes.«

Eva kannte keinen Mann namens Ferdinand Dworschak, und als Marie mit einem merkwürdigen Unterton fragte: »Wo war denn eigentlich dein Verlobter, als der Hüttenwirt auf der Pretul umgebracht wurde?«, wunderte sie sich. Was für eine blöde Frage, dachte sie und schaute sie erstaunt an. Dabei zog sie die Brauen zusammen und meinte verärgert: »Red doch keinen Unsinn. Wo wird er schon gewesen sein? In Wien, auf Arbeitssuche!«

»Sei mir nicht böse, Eva, dein Rudi und in Wien auf Arbeitssuche? Das glaub ich einfach nicht!«, meinte Marie darauf, und ihr Blick verriet, dass sie sich sicher war, dass ihre Freundin in Wirklichkeit keine Ahnung davon hatte, wo sich ihr Verlobter an diesem Tage aufgehalten haben könnte.

Eva schaute sie wortlos an und biss sich auf die Unterlippe. Das hatte ihr noch gefehlt, dass ihr Verlobter mit diesem grausamen Mord auf der Pretul in Verbindung gebracht wurde! Nachdem sie kurz nachgedacht hatte, was er denn eigentlich wirklich über seine Pläne erzählt hatte, antwortete sie ohne Umschweife: »Jetzt erinnere ich mich! Er war ja gar nicht in Wien. Rudi hat mir erzählt, dass er auf den Sonnwendstein und eventuell sogar auf die Pretul wandern wollte.« Warum sollte sie lügen? Rudi konnte doch ohnehin nichts mit der Sache zu tun haben! Genau in diesem Moment war ihr dann aber diese Nachricht in den Sinn gekommen, und sie konnte sich plötzlich nicht gegen den Gedanken wehren, dass er womöglich doch etwas mit der Sache zu tun haben könnte.

Das war erst gestern gewesen. Sie hatte das Gefühl, das Gewicht auf ihren Schultern und auf ihrer Seele wurde von Tag zu Tag und von Stunde zu Stunde schwerer. Sie musste so schnell wie möglich herausfinden, wo sich ihr Verlobter aufhielt. Da konnte ihr eigentlich nur Karl behilflich sein. Er hatte ihn bestimmt diese Tage einmal in Mürzzuschlag bei einem Bier getroffen und müsste doch wissen, wo er nun steckte. Den ganzen Tag hatte Eva ein schlechtes Gefühl gehabt und sich immer wieder beschworen: Versuch nicht weiter darüber nachzudenken! Der Rudi wird schon nichts damit zu tun haben. Trotzdem bedrückte sie die Sache viel mehr, als ihr lieb war.

Um auf andere Gedanken zu kommen, raffte sie sich auf und ging doch hinunter ins Kaffeehaus, um für das Tagesgeschäft alles vorzubereiten. Kaum hatte sie Licht gemacht, klopfte es schon an der Tür. Hin und wieder kamen die Gäste, sobald sie Licht im Kaffeehaus sahen, und dachten, es wäre bereits offen. »Nein, nein, ich schau jetzt nicht hinaus«, murmelte sie vor sich hin. Doch als sie Karls Stimme nach ihr rufen hörte, rannte sie schnell zur Tür. Ganz aufgelöst stand er vor ihr. Er wirkte müde, erschöpft und abgeschlagen, als hätte er auch die halbe Nacht nicht geschlafen. Sie lächelte ihm entgegen und dachte schon, dass er ihr eine Nachricht von ihrem Verlobten bringen würde. Doch da täuschte sie sich gewaltig, Karl holte keinen Brief aus seiner Tasche.

»Eva! Weißt du wo der Rudi ist? Hat er heute nicht bei dir geschlafen?«, fragte er sie mit nervösem Blick. »Nein, Karl! Ich vermisse ihn auch schon einige Tage. Ich dachte, du weißt, wo er sich aufhält!« Karl sah sie eindringlich an und hielt sich dann die Hände vor das Gesicht, als wüsste er nicht ein noch aus: »Wir alle suchen den Rudi! Auch die Gendarmerie sucht ihn bereits! Hat er wirklich nicht bei dir geschlafen heute Nacht?« Er sagte es mit einer derartigen Intensität, dass sie erschrak. »Nein, ich sagte es dir doch bereits. Wenn du es genau wissen willst, der Rudi hat schon länger nicht mehr bei mir geschlafen. Was hat er denn angestellt, dass sogar die Gendarmerie nach ihm sucht?« Eva begann, vor Angst am ganzen Körper zu zittern.

»Ist es wegen dem Hüttenwirt auf der Pretul?«, fragte sie leise nach und bedauerte sogleich ihre Frage, als sie seinen erstaunten Blick bemerkte. »Nein, Eva! Wie kommst du jetzt auf den Almpeterl? Es ist wegen seiner Mutter!« Jetzt war ihr wieder etwas leichter ums Herz, aber sie wunderte sich: »Wegen seiner Mutter? Was ist mit seiner Mutter?« Sie machte eine kurze Pause, um durchzuatmen, und war sofort wieder besorgt.

Karl schien wirklich ganz aus dem Häuschen zu sein. Er wirkte schrecklich nervös und fuhr sich verlegen durch die Haare. Seine Hände zitterten dabei. »Es ist ihr was Schlimmes passiert, und deshalb sucht ja die Gendarmerie nach ihrem Sohn!«, stotterte er, um ihre Frage von vorhin zu beantworten, und stand mit gesenktem Kopf an der Eingangstür. Dann schaute er sie an und setzte hinzu: »Die Frau Klauer ist tot. Irgendjemand hat sie in ihrer Wohnung umgebracht. Und stell dir vor, ich hab sie dort gefunden!« Er stockte und konnte nicht weiterreden. Eva starrte ihn mit schreckgeweiteten Augen an. Karl holte tief Atem, sie sah, wie ihm der Schweiß ausbrach. Er wischte sich über den feuchten Kopf.

»Ich weiß wirklich nicht, wo der Rudi ist«, sagte Eva mit zittriger Stimme. »Aber ich habe Angst, Karl. Weißt du, der Rudi benimmt sich seit längerer Zeit schon sehr ungewöhnlich. Was ist denn mit dem Mordfall auf der Pretul? Da sucht doch dieser Gendarm aus Graz nach einem Mann. Dworschak soll der heißen.« Karl zögerte, sein Gesichtsausdruck verfinsterte sich: »Dworschak? Ich kenne keinen Dworschak! Aber ich dachte, der Fall ist geklärt? Für den

Mord sitzt doch der Sepp Grabler in Leoben im Gefängnis. Ist der Mord denn nicht geklärt?«, fragte er noch einmal und suchte hastig nach einer Zigarette in seiner Jackentasche. Er zog die Brauen nachdenklich zusammen und bemühte sich um einen ruhigen Atem.

Eva sah Karl stumm an und antwortete nicht auf seine Frage. Ihre Gedanken schnürten ihr die Kehle zu. Da stand er vor ihr, Karl, ihr guter Bekannter, der Freund von Rudi. Auf der Stirn stand ihm der Schweiß, und seine Hände zitterten, während er nervös an der Zigarette zog. Irgendetwas stimmt doch an dieser ganzen Geschichte nicht, kam ihr plötzlich in den Sinn. Doch sie wusste nicht, was, und sie wollte Karl auch nicht mehr fragen, wann er nun tatsächlich den Rudi zuletzt gesehen hatte. Sie musste zurück ins Kaffeehaus, um ihrer Arbeit nachzugehen.

Es war zum Glück noch niemand da, darum setzte sie sich kurz an einen der Tische und dachte über ihr Leben nach. Immer hatte es Menschen gegeben, die über sie bestimmt hatten. Ihre Mutter, die ihr keine glückliche Minute gegönnt hatte, ihr Vater, der sich immer eingebildet hatte zu wissen, was gut für sie war, ihre Tante, die genau wusste, dass dieses Kind nicht leben durfte, Rudi, der ihr so große Sorgen brachte, und sie konnte einfach nichts dafür und nichts dagegen tun.

Eva fühlte sich wie ein kleines Steinchen im Fluss, das von den Wasserwirbeln hin und her geschoben wird und keine Ahnung hat, wohin die Reise geht.

Samstag, 2. Juli 1904

HANS GLÜCK LEGTE den weißen Briefumschlag, der an ihn adressiert war, auf dem jedoch kein Absender zu finden war, nervös zur Seite. Mit zittriger Hand nahm er den Brief und las zum dritten Mal die Zeilen auf dem Papier. Unfassbar, was in auffällig geschwungener Handschrift darin geschrieben stand. Die extra großen Buchstaben waren leicht nach rechts gekippt und füllten das ganze Blatt aus. Er war wie betäubt und saß mit gefurchter Stirn und angestrengtem Ausdruck am Küchentisch. Die ihm zur Last gelegten Anschuldigungen ließen ihn erschaudern, auf seiner Stirn bildeten sich Schweißtropfen.

Der kleine Briefumschlag war vor der Haustür gelegen, als er vom *Café Semmering* nach Hause gekommen war. Fast hätte er ihn übersehen. Die Unterredung mit seiner Schwester hatte ihn komplett aus der Fassung gebracht und nun dieser Brief:

Werter Herr Amtsdiener Hans Glück!

Sie haben Pech! Ich kenne Ihr mieses Geheimnis! Ich weiß, dass Sie vorigen Freitag auf der Pretulalpe waren. Genau an dem Tag, als der Almpeterl ermordet worden ist. Ich weiß, dass Sie nachts in das Haus hinter der Wasserheilanstalt gehen, sich vergnügen und dabei Ihre Gattin schändlich betrügen.

Ich weiß auch, dass Sie den Bezirkshauptmann hinterlistig verraten haben, und ich weiß ebenfalls, dass Sie und Ihre geldgierige Schwester etwas Vergangenes verborgen halten! Ihre arme Gattin und Ihre Tochter wissen das jedoch nicht! Wenn Sie möchten, dass dies weiterhin so bleibt, dann legen Sie heute um 21 Uhr abends einen Briefumschlag mit 100 Kronen unter die erste Stufe vom Holzsteg, der über die Mürz in Richtung Lambach führt, und ich vergesse das Ganze. Wenn nicht, droht Ihnen und Ihrer Familie ein handfester Skandal. Ich rate Ihnen dringend, bei niemandem ein Wort darüber zu verlieren! Und keine Gendarmerie!

Ferdinand Dworschak

Glück versuchte, seiner Aufregung Herr zu werden. Er konnte keinen Skandal brauchen und wusste auch, wie die Mürzzuschlager auf solche Nachrichten reagierten. Dabei hatte er, bevor er vor einer Stunde ins Kaffeehaus aufgebrochen war, sogar kurz überlegt, ob sein Leben nicht jetzt besser war als vor diesen ganzen Ereignissen der letzten Tage. Als er daran dachte, wie viel mehr Ruhe in seinem Leben war, seitdem die Bezirkshauptmannschaft nicht mehr vom Baron Hervay – oder genauer gesagt, von seiner Gattin – geleitet wurde und vor allem seit seine Frau Maria nach dem Sturz im Hauseingang nur mehr, stumm an die Decke starrend, dalag, war er sicher, dass sich alles zu seinem Besten entwickeln werde. Doch nun diese ungeheuerliche Geldforderung! Auf keinen Fall würde er dem Erpresser Dworschak das von ihm verlangte Geld bezahlen. Wo sollte er außerdem an einem Samstag das Geld hernehmen? In die

Bezirkshauptmannschaft zu gehen und dort aus dem Tresor die Scheine zu holen, das konnte er nicht riskieren. Er hätte zwar den Schlüssel dafür und könnte den Betrag nach dem Wochenende von der Sparkasse holen und zurücklegen, aber der neue Leiter der Behörde schien ihm sehr streng und misstrauisch.

Abgesehen davon war es nicht in seinem Sinn, denselben Fehler wie seine Schwester Kathi zu machen. Erst vor einer Stunde hatte ihm diese bei der Ankunft im Kaffeehaus sofort flüsternd erzählt, dass sie gestern einen Brief von einem gewissen Ferdinand Dworschak erhalten hatte. Ohne langes Zögern hatte sie beschlossen, die dort geforderten 200 Kronen in einem Briefumschlag im Warteraum beim Bahnhof hinter der Sitzbank beim Eingang zu hinterlegen, spätabends, nachdem der letzte Zug nach Wien abgefahren war. Und das hatte sie auch tatsächlich getan, gestern Abend, wie im Brief gefordert, in der Hoffnung, dafür in Zukunft wieder Ruhe zu haben. Es war ihr gar nicht in den Sinn gekommen, dort womöglich auf den Erpresser zu warten, um herauszufinden, wer es war. Sie wollte lieber alles genauso tun, wie es dieser Dworschak geschrieben hatte, auch wenn ihr Bruder darüber schrecklich ungehalten war.

»Bist du verrückt! Warum hast du dich von diesem Verbrecher erpressen lassen? Du bist doch sonst so eine kluge Frau, wie kannst du das getan haben?«, hatte er seine Schwester entsetzt gefragt. Er wollte nicht verstehen, wie man so leichtfertig 200 Kronen hergeben konnte, und schüttelte den Kopf.

»Es war vielleicht nicht richtig von mir«, stimmte sie ihm zögernd zu und hob entschuldigend die Schultern. »Aber was hätte ich denn deiner Meinung nach tun sollen?« Sie warf einen flüchtigen Blick in das Gästezimmer zu ihrer

Nichte Eva, die bei zwei Damen am Tisch abkassierte. Daraufhin bat sie ihn, lieber in der Küche weiterzureden, und ging voraus. Sie schloss die Tür hinter ihnen. Er regte sich noch immer furchtbar auf und hatte überhaupt kein Verständnis für ihr seiner Meinung nach äußerst leichtfertiges Verhalten.

»Warum bist du nicht zur Gendarmerie gegangen?«, bohrte er nach und rüttelte sie erbost am Arm. Er war zutiefst empört, dass sie sich so leicht hatte erpressen lassen. Noch dazu von diesem Ferdinand Dworschak, der bereits seit Tagen in Mürzzuschlag von der Gendarmerie gesucht wurde, aber wie vom Erdboden verschluckt schien. »Jetzt, wo du einmal bezahlt hast, wird er immer wieder Geld von dir verlangen«, meinte er empört. »Und wo ist überhaupt dieser blöde Brief?« Kathi schaute ihn verärgert an. Sie zögerte mit der Antwort. »Wenn du es ganz genau wissen willst, ich hab den Brief zerrissen und im Ofen verbrannt!«, gab sie ihm schließlich zur Antwort.

»Wie? Du hast das Beweisstück vernichtet? Bist du verrückt? Du wirst dich doch nicht wegen dieser Geschichte mit dem Sepp Grabler vor fast 25 Jahren erpressen lassen, weil, was sollte es sonst sein?«, warf er ihr in jähem Zorn vor und sah sie vorwurfsvoll an. In seinen Augen war es ein großer Fehler von ihr gewesen, sich wegen so einer längst vergessenen Geschichte erpressen zu lassen.

Sie schaute ihn nur wütend an und sagte nichts darauf. »Tut mir leid, Kathi, aber ich habe dich für wesentlich klüger gehalten!«, warf er ihr ins Gesicht und merkte, wie sie daraufhin blass wurde. Sie starrte ihn mit angehaltenem Atem an, bevor sie ihn wütend anschrie: »Gut! Wie du meinst, Hans! Beim nächsten Brief gehe ich dann in das Wachzimmer zum Gendarm Fladinger. Und dann melde ich diesem einfältigen Menschen, dass ich von diesem Dworschak, den hier niemand kennt, erpresst worden bin. Wenn er so klug ist, mich zu fragen, warum ich erpresst worden bin, gebe ich als Grund an, dass ich nicht nur vergewaltigt worden bin, was mir ja die Mürzzuschlager heimlich immer noch vorwerfen, sondern auch ein lediges Kind habe, von dem niemand weiß. Und dabei lebt seine Ziehmutter sogar hier in Mürzzuschlag. Darüber werden sich die Leute sicher freuen und sich das Maul zerreißen, auch wenn es noch so lange her ist. Und du kannst dir jetzt vielleicht vorstellen, wie es mir gegangen ist, wie ich diesen Brief gelesen habe. Mein ganzes Leben habe ich mich gefragt, wo der Bub sein könnte, und nun das!«

Selbst mit dieser Erklärung ließ er sich nicht zufriedenstellen. »Mein Gott, so schlimm wird das doch nicht sein! Das ist ja alles lange her. Du wolltest es dir nur leicht machen und warst zu dumm, um dir zu überlegen, welche Folgen es hat, wenn du diesem Erpresser Geld gibst. Wärst du wenigstens vorher zu mir gekommen!« Richtig selbstgefällig schaute er sie dabei an, als wollte er ihr damit klarmachen, dass er nie so dumm gewesen wäre.

Aber damit hatte er den Bogen überspannt. »Was willst du noch mehr hören? Willst du tatsächlich alles wissen, was ich aus diesem Brief erfahren habe?« Er starrte sie fassungslos an. So kannte er seine sonst immer überlegen wirkende, tüchtige Schwester nicht. Aber sie war nicht mehr zu bremsen: »Willst du also wissen, dass meine Nichte, deine Tochter, von meinem eigenen Sohn schwanger war? Und vielleicht solltest du noch erfahren, dass ich unlängst mit deiner lieben Tochter Eva deswegen in Bruck bei einer Engelmacherin war. Und der Name von meinem Sohn, den ich noch gar nicht kenne, wird dich bestimmt interessieren, oder? Er heißt Rudolf Klauer und hat nicht einmal eine Arbeit, wie ich von deiner Tochter weiß. Und bist du jetzt zufrieden?«, warf sie ihm voller Zorn an den Kopf.

Hans Glück konnte im ersten Moment gar nicht verarbeiten, was seine Schwester da gesagt hatte. Aber den ersten Teil hatte er verstanden. Mit einer unkontrollierten Bewegung fasste er Kathi grob an beiden Armen, rüttelte sie heftig und schrie ihr dann entsetzt ins Gesicht: »Was sagst du da? Unsere Eva war schwanger? Wie konnte das passieren? Wie hast du das zulassen können? Du bist schuld daran!« Dabei packte er sie so heftig, dass seine Schwester vor Schmerz aufschrie.

Kathi hatte immer vermutet, dass sich in ihrem Bruder im Laufe der Jahre viele Aggressionen aufgestaut haben mussten, doch mit dieser groben Reaktion ihr gegenüber hatte sie nicht gerechnet. Mit aller Kraft wehrte sie seinen festen Handgriff ab und drückte ihn von sich weg. »Bist du denn jetzt total übergeschnappt?«, fauchte sie ihm entgegen und holte tief Luft.

Das half. Er bemühte sich ebenfalls um einen ruhigen Atem. Ruhig bleiben, tief durchatmen! Er war jetzt selbst erschrocken über seinen heftigen Angriff auf Kathi. Anscheinend waren seine Nerven doch mehr zerrüttet, als er sich gedacht hatte. Vielleicht war einfach zu viel geschehen, und das hatte ihn aus der Bahn geworfen. Plötzlich tauchten vor ihm wieder die Bilder auf, wie er am Freitag auf seine Frau eingeschlagen hatte und sie jammernd am Boden liegen geblieben war. Er durfte nicht nochmals die Nerven verlieren! Er wechselte verlegen den Stand und wischte sich den Schweiß vom Gesicht. Dann schüttelte er den Kopf und meinte mit leiser Stimme: »Entschuldige, Kathi. Ich wusste nicht, dass Eva schwanger war! Das alles ist ein bisschen viel für mich.«

Die ihrem Bruder Hans gegenüber schon immer verständnisvolle Kathi war ihm nicht weiter böse deswegen. Sie wunderte sich nur über seinen festen Griff und meinte, dass sie davon sicher blaue Flecken auf den Armen haben würde. Dann sprachen sie noch eine Weile in Ruhe miteinander, und Kathi versuchte, ihm die ganze Sachlage nochmals zu erklären. »Geh jetzt nach Hause, Hans! Und bitte sprich mit niemandem, auch nicht mit Eva, darüber. Wir können jetzt weiter nichts tun. Alles ist eben so geschehen. In ein paar Tagen können wir vielleicht nochmals über alles reden und dann schauen wir, wie wir weitertun. Jetzt ist es aber besser, wenn du heimgehst und nach deiner kranken Frau schaust!« Und Kathi Glück fragte sich, während sie ihren Bruder zu beruhigen versuchte, verzweifelt: Mein Gott, wie soll denn das jetzt nur weitergehen? Wie soll ich das alles meiner Nichte sagen? Werde ich meinen Sohn bald sehen können? Und was wird der bloß zu dem allem sagen? Sie hatte keine Idee und auch wenig Hoffnung, dass es doch noch eine gute Lösung für dieses schreckliche Durcheinander geben könnte.

Ihr Bruder verließ die Küche und nahm seinen Mantel von der Garderobe. Er vermied es dabei, seine Tochter anzuschauen. Gedankenversunken machte er sich auf den Heimweg. Er dachte daran, dass ihn heute wenigstens im Haus niemand schräg anschauen oder provokant fragen würde, wo er sich so lange aufgehalten hatte. Aber das war das einzige Gute, an das er jetzt denken konnte. Alles andere, was in seinem Kopf herumschwirrte, war entsetzlich.

Und zu Hause dann auch noch dieser Brief! Während er in der Küche umherging, richtete er immer wieder einen Blick auf den Esstisch, wo der Brief des Erpressers lag. Was sollte er nun machen? Sollte er ebenfalls das Geld bezahlen? Er blickte zu den Zeitungen, die zusammengefaltet am Tisch lagen, und dachte an die Meldungen zum Mordfall auf der Pretulalpe. Drei verdächtige Männer saßen bereits in Haft: der Tischlergeselle Josef Grabler und zwei Vagabunden, die in der Umgebung von Graz aufgegriffen worden waren. Er fragte sich, was dieser Ferdinand Dworschak damit zu tun hatte. Hans versuchte, vernünftig zu denken, aber er sah nur eine Wand vor sich, die ihn daran hinderte vorwärtszukommen. Gerade als er beabsichtigte, nach seiner Frau zu schauen, klopfte es an der Haustür.

Seine beiden Söhne konnten es nicht sein, da sie sich mit Touristen am Semmering aufhielten und außerdem ihre Schlüssel stets verlässlich bei sich hatten. Und Eva konnte es zum Glück auch nicht sein, er hätte nicht gewusst, wie er sich ihr gegenüber verhalten hätte sollen. Sie hatte ihn bitter enttäuscht. Dabei hatte er sich für seine Tochter immer einen Gatten von gutem Stand gewünscht. Und er war so nah dran gewesen! Aber das hatte jetzt alles auch keinen Sinn mehr, der Mann war leider mausetot. Langsam schritt er auf den Hauseingang zu. Er hoffte, dass es nicht wieder dieser Gendarm Ulbrich wäre und öffnete die Tür. Zu seiner Überraschung stand vor ihm ein junger Mann, den er nicht kannte. Hans Glück hielt mit offenem Mund die Tür in der Hand.

»Grüß Gott, Herr Glück! Gestatten: Rudi Klauer. Störe ich? Ich möchte gerne mit Ihnen reden«, begrüßte ihn der junge Mann höflich, er wirkte angespannt.

»Ja, das kann man ruhig sagen, dass Sie stören!«, antwortete Hans Glück in einem mürrischen Ton, dann stutzte er plötzlich. Rudi Klauer? Wie hatte Kathi gesagt, dass ihr Sohn hieß? Rudolf Klauer, Rudi Klauer! Er schaute den

Mann verwundert an. Dass der den Mut aufbrachte, ihn daheim aufzusuchen! Wortlos deutete er ihm, ins Haus zu kommen, und führte ihn in die Küche. Als dieser Rudi jetzt so vor ihm stand, einen Kopf größer als er und wesentlich stärker, vom Alter her fast wie seine Söhne, überlegte er ganz kurz, ob er ihm nicht ins Gesicht schlagen sollte, für das, was er mit Eva angestellt hatte. Was wollte der Kerl eigentlich hier? Rudi machte eine entschuldigende Bewegung und schaute ihn mit seinen blauen Augen an: »Ich weiß, dass es verrückt ist von mir herzukommen!« Er schien dabei genau auf die Formulierung zu achten und machte eine kurze Pause. »Sie können mich gerne auslachen oder vor die Tür setzen, aber hören Sie mir wenigstens kurz zu, Herr Glück!«

Der starrte ihn böse an: »Nur ganz kurz, hörst du! Dann verschwindest du wieder, am besten gleich für immer! Ich weiß, was zwischen Eva und dir vorgefallen ist«, antwortete er ihm knapp und fuchtelte mit den Händen herum, um anzudeuten, dass er keine Zeit hatte. Da bemerkte er, dass er vergessen hatte, den Brief, der noch immer neben den Zeitungen am Tisch lag, wegzuräumen, bevor er zur Tür gegangen war. Unruhig warf er einen Blick darauf.

»Ich weiß, dass es schwer ist, mit Ihnen zu reden, aber ich möchte Eva heiraten!« Rudi lächelte dabei freundlich, um ihn nicht unnötig aufzuregen. Glück hielt inne, sah ihn mit einem finsteren, aber auch sorgenvollen Blick an. Weiß er nicht, dass Eva seine Cousine ist? Er war einen Moment sprachlos und musste sich eine passende Antwort zurechtlegen. Rudi hatte den Kopf gesenkt. »Das ist unmöglich! Du bist der Sohn meiner Schwester, weißt du das nicht? Wir haben es bis vor Kurzem auch nicht gewusst. Aber es ist so. Eva ist deine Cousine!«

»Und warum geht das nicht, dass wir heiraten?«, fragte ihn Rudi heftig. »Ich liebe sie und hab ihr die Heirat schon mehrmals versprochen. Ich wusste es doch bis vor Kurzem selbst nicht. Und vor Eva haben Sie es bestimmt auch geheim gehalten, dass Ihre Schwester ein Kind hat, oder?« Er sah ihm dabei ziemlich provokant in die Augen. Von wegen, sie hätten es auch erst vor Kurzem erfahren. Sie hatten die Sache einfach vertuschen wollen und ihn absichtlich im Elend leben lassen. »Außerdem habe ich genügend Geld, und mein Onkel hat versprochen, mir seinen Betrieb zu übergeben!« Hans Glück stand wie angewurzelt vor ihm, stammelte dann betreten, ohne seinem Neffen in die Augen zu sehen: »Tja, das mag alles stimmen! Aber ich möchte nicht, dass du deine eigene Cousine heiratest. Finde dich damit ab und geh jetzt! Sobald Eva wieder vorbeischaut, werde ich mit ihr ein ernstes Wort darüber reden.«

Es herrschte kurze Stille in der Küche, und als er sah, dass sein Neffe nicht gehen wollte, wiederholte er es lauter: »Finde dich ab damit und geh jetzt endlich!« Plötzlich tauchten diese Bilder in ihm auf, wie er verzweifelt vor dem Bezirkshauptmann gestanden hatte, weil er ihm alles erklären wollte, und ihn dieser der Kanzlei verwiesen hatte. Genauso musste sich jetzt wohl sein Neffe fühlen, der ihn mit zusammengekniffenen Augen fixierte. Aber er wollte und konnte einfach nicht mehr weiter mit ihm reden. Was bildete sich denn dieser Dummkopf ein? Dass er Eva tatsächlich heiraten könnte?

Er wurde noch lauter und schrie zornig: »Geh jetzt!« In der darauffolgenden Stille vernahmen sie eine zornige Frauenstimme aus dem gegenüberliegenden Zimmer: »Hans!«, klang es hysterisch, »was ist das denn für ein Lärm da draußen? Mit wem schreist du so? Wer soll endlich gehen?«

Glück fuhr zu Tode erschrocken zusammen, fuhr sich über das Gesicht, atmete schwer und rannte dann zum Zimmer, in dem seine Frau lag. Das kann es doch nicht geben!, dachte er panisch.

Auch Rudi wusste nicht, wie ihm geschah und ob er jetzt tatsächlich gehen oder auf Hans Glück warten sollte, bis dieser zurückkam. Er blieb, nahm einen Stuhl und setzte sich nachdenklich an den Küchentisch. Vor ihm lag offen ein Brief. Er nahm ohne langes Zögern den Zettel in die Hand und begann zu lesen. Interessant, sein widerspenstiger zukünftiger Schwiegervater wurde also von jemandem erpresst! Geschah ihm recht! Als er aber am Ende den von ihm erfundenen Namen Ferdinand Dworschak erblickte, schrak er entsetzt zurück. Wer erpresst hier in meinem Namen den Amtsdiener Glück?, dachte er verärgert. Er war empört über diese Frechheit, aber auch verwirrt über die Vorwürfe, die im Brief gegen Hans Glück aufgezählt wurden. Er fragte sich, wie der Erpresser überhaupt an diese Information gekommen war. Sogar des Mordes am Almpeterl wurde er in dem Schreiben bezichtigt. Das ließ ihn noch mehr stutzig werden. Woher hat hier jemand alle diese Informationen? Wer außer der Gendarmerie kann wissen, dass sein Name im Hüttenbuch stand?

Nachdem Hans Glück seine Frau, die unerwartet aus ihrer Teilnahmslosigkeit erwacht war, beruhigt hatte – sie war wieder eingeschlafen, und er hatte keine Hoffnung, dass sie danach wieder ihre Sprache verloren hatte – kam er schleppenden Ganges zurück in die Küche und war überrascht, dass sein Neffe noch immer da war. Er bemerkte sofort, dass Rudi den Brief gelesen hatte. Sein Gesicht, das zuvor noch rot war vor Zorn, wurde jäh blass und fahl.

Rudi ließ den Brief aus seiner Hand gleiten. Glück war

nicht wiederzuerkennen. Der gerade noch so zornige Mann wirkte vollkommen verloren. Mit zittriger Stimme fragte er Rudi: »Was sagst du dazu?«

»Was soll ich dazu sagen? Da hat Sie jemand ganz schön in der Hand, wenn man die Vorwürfe in diesem Brief liest! Aber es wird sich wohl für alles eine Erklärung finden!«, antwortete er flapsig. Natürlich konnte es sein, dass Glück ihn jetzt endgültig aus dem Haus warf. Aber sein zukünftiger Schwiegervater und geheimer Onkel holte nur tief Atem und wirkte völlig erschöpft.

Er setzte sich zu Rudi an den Tisch und wischte sich den Schweiß vom Gesicht. Ohne weitere Aufforderung vertraute er seinem Neffen mitleidheischend seinen ganzen jahrelangen Kummer an. Dabei konnte er seinen Kopf kaum heben, und sein Körper war völlig in sich zusammengesunken. Während der Erzählungen über seine Ehe und die Undankbarkeit seiner Vorgesetzten fing er sogar zu weinen an. Die Jammerei verlieh seinem Gesicht ein ungeheuer dummes Aussehen, und Rudi wurde immer mehr klar, dass die Gerüchte den Tatsachen entsprachen, dass der Amtsdiener Hans Glück sowohl im Beruf als auch privat ein Jammerlappen sei, dem alles über den Kopf gewachsen war. Auf Glücks Bitte hin, ihm zu helfen, schüttelte er daher zuerst den Kopf, doch dann flehte der Mann ihn plötzlich an: »Wie kannst du mich nur hängen lassen? Du gehörst doch zur Familie!«

Rudi traute seinen Ohren nicht, als er vernahm, dass er plötzlich zur Familie gehören sollte. Mühsam stand Hans Glück auf und hielt sich an der Stuhllehne fest. Er wartete offenbar verzweifelt, dass ihm Rudi seine Hilfe anbieten würde, und meinte unter Tränen: »Wenn du mir schon nicht hilfst, dann hilf wenigsten deiner Mutter! Sie wird ebenso erpresst von diesem Ferdinand Dworschak!« Er setzte gleich hinzu: »Kathi ist bis heute nicht darüber hinweg, dass sie dich damals als Baby weggeben musste!« Schon wieder diese Lügen, dachte Rudi, und er fragte sich, warum dieser Amtsdiener Glück ein so erbärmlicher Mann war.

Rudi war sicher, dass die Worte Glücks nicht der Wahrheit entsprachen. Aber letztendlich ließ er sich dazu überreden, den beiden Geschwistern unter gewissen Bedingungen zu helfen, obwohl er noch keine Ahnung hatte, wie. Die erste Bedingung war, dass der Amtsdiener ihm den Namen seines Vaters nennen musste. Hans Glück stimmte zu und erzählte ihm vom Vorfall vor 25 Jahren bei der Mürzbrücke. Rudi war so erstaunt über diese Geschichte, dass er die Augenbrauen ganz zusammenzog, als könnte er einfach nicht glauben, was er soeben gehört hatte. »Das kann doch nicht wahr sein! Dieser Sepp Grabler ist mein Vater!«, meinte er mit unüberhörbarer Enttäuschung. Er dachte daran, dass sein leiblicher Vater, ein vergewaltigender Idiot, nun in Leoben als Verdächtiger im Mordfall des Hüttenwirtes einsaß. Und das, weil er, sein Sohn, ihn hereingelegt hatte. Geschah ihm ganz recht! Gleichzeitig war er auch betroffen, ja fast traurig. Er hatte sich seit Tagen so gewünscht, endlich zu erfahren, wer sein richtiger Vater war, und nun wusste er es. Da war ja vielleicht sogar sein Ziehvater noch besser gewesen! Enttäuscht ließ er den Kopf auf die Brust sinken.

Auch Glück senkte den Kopf und blieb eine Weile stumm. Seine breite Brust hob sich unter dem Hemd, dann meinte er tröstend: »Glaub mir, der Sepp ist nicht der Mörder des Almpeterl! Der hat damals im Suff wirklich einen furchtbaren Fehler gemacht, aber dafür gebüßt. Und er ist kein Mörder. Ich bin mir sicher, dieser Dworschak ist der Mörder! Er hat den Hüttenwirt am Gewissen. Und nur du kannst mir dabei helfen, ihn zu überlisten! Diesen verdammten Erpresser!«

Rudi befürchtete im Stillen, dass es nicht mehr lange dauern könnte, bis es ans Tageslicht käme, dass man die falschen Verdächtigen in Leoben eingesperrt hatte. Er hatte Angst, dass sich der übereifrige Gendarm aus Graz so lange auf die Suche nach dem tatsächlichen Mörder machen würde, bis er ihn letztendlich in eine Falle gelockt und geschnappt hatte. In jedes finstere Loch in Mürzzuschlag würde der schnüffeln, ob er sich nicht irgendwo versteckt hielt. Nun hieß es für ihn, noch vorsichtiger zu sein.

Oder, was hatte Glück gerade gesagt? Er wollte den Erpresser Dworschak überlisten und er sollte ihm dabei helfen? Eine großartige Idee! Diesen Erpresser Dworschak in eine hinterlistige Falle zu locken, das war doch viel besser, anstatt sich noch länger irgendwo zu verstecken! Er musste selbst in Aktion treten und einen anderen der Gendarmerie als Mörder aushändigen. Das war die beste Rache dafür, dass sich dieser Schurke als Ferdinand Dworschak ausgab und in seinem Namen Leute erpresste. Er schaute zur Zeitung, die am Tisch lag und lächelte vor sich hin. Rudi sah bereits die große Schlagzeile vor sich: »Entdeckung des tatsächlichen Mörders des Almpeterl!«

Mit einem aufgesetzt verständnisvollen Blick und einem falschen Lächeln, das eher eine Grimasse war, wandte er sich seinem hilflosen Gegenüber zu: »Ich will mich guten Willens zeigen und Ihnen unter einer letzten Bedingung helfen, aus dieser Sache wieder rauszukommen. Vertrauen Sie mir, das wird funktionieren!« Hans Glück vernahm seine Worte dankend, erschrak jedoch zugleich, da er annahm, dass die nächste Bedingung das Einverständnis zur Heirat mit seiner Tochter Eva sei. Daher presste er seine Lippen fest zusammen, bevor er nach dieser Bedingung fragte: »Und die wäre?«

»Nur Geduld! Die erfahren Sie noch rechtzeitig, nachdem wir die notwendigen Vorbereitungen getroffen haben!«

Der Amtsdiener stand auf und ging unruhigen Schrittes vor dem Fenster auf und ab. Er wischte sich die feuchten Hände an der Hose ab und warf einen kurzen Blick ins Freie. In zwei Stunden würde es 21 Uhr abends sein, und bis dahin musste der Umschlag mit den 100 Kronen bei der Mürzbrücke hinterlegt sein. Sollte er seinem Neffen Glauben schenken, dass der ihn tatsächlich unterstützen wollte?

»Dann lass uns mit den Vorbereitungen beginnen, ich bin für alles bereit!«, stimmte er schließlich zu. Was blieb ihm auch anderes übrig? Er selbst hatte keine Vorstellung davon, was denn da vorzubereiten wäre, doch wenn es ihm half, diesen Erpresser unschädlich zu machen, war ihm alles recht. Noch dazu, wo seine Frau plötzlich aus ihrer Sprachlosigkeit erwacht war und ihm dadurch womöglich weitere Probleme bevorstanden.

Er brachte also Rudi den von ihm gewünschten Umschlag und beschriftete ihn mit: »Persönlich für Herrn Ferdinand Dworschak von Hans Glück«. Dann schnitt er auf Rudis Auftrag aus dem Zeitungspapier 20 Zettel aus, welche die Größe eines Fünfkronenscheins hatten und gab sie in den Umschlag, damit es aussah, als wären tatsächlich 100 Kronen darin enthalten. Dann holte er für sich und Rudi eine Flasche Bier aus dem Keller und sie prosteten sich zuversichtlich zu. Als er Hans Glück mit den Bierflaschen aus dem Keller zurückkommen sah, erschrak Rudi kurz. Er dachte an den Almpeterl auf der Pretulalpe, der ihm ebenfalls eine Flasche Bier holen wollte.

Knapp bevor es Zeit für den Aufbruch zur Mürzbrücke war, drückte Rudi dem Amtsdiener ein Küchenmesser in die Hand, das er aus der Tischlade hervorgeholt hatte. »Jetzt zu meiner Bedingung! Sobald es draußen ein wenig dunkler wird, werden wir getrennt voneinander zur Mürzbrücke gehen. Sie legen den Umschlag mit dem Zeitungspapier unter die erste Stufe vom Holzsteg. Ich bin aber schon vorher dort und verstecke mich im Gebüsch. Ich werde ein Streichholz anzünden, damit Sie sehen, wo ich mich versteckt halte. Sie kommen dann zu mir und verstecken sich auch dort. Somit wird es niemandem auffallen, dass wir zu zweit hinter dem Gebüsch auf den schändlichen Erpresser lauern, sofern uns überhaupt jemand beobachtet. Sobald dieser Ferdinand Dworschak, der anscheinend auch der Mörder des Almpeterls ist, den Umschlag hervorholt, stürzen Sie sich auf ihn und rufen mir zu: Zu Hilfe, ich hab den Erpresser!«, erklärte er Glück in ruhiger und verständlicher Weise. Er versuchte dabei, so überzeugend wie nur möglich zu wirken.

»Und dann? Was bringt mir das, wenn ich mich auf ihn stürze?», fragte ihn Hans Glück verwundert. Er stand da wie ein kleines Kind und schaute Rudi mit großen Augen an. Nicht, weil er sich davor scheute, den Mann am Boden festzuhalten, sondern weil er einfach nicht verstand, wozu das gut sein sollte. Er wüsste dann zwar, wer dieser Ferdinand Dworschak war, aber was war, wenn dieser sich wehrte und ihn womöglich zu Boden riss? Der war ja sicher stärker als er! Er konnte sich die ganze geplante Aktion bei der Mürzbrücke in seinen Gedanken einfach nicht vorstellen.

»Moment! Hier kommt erst meine Bedingung«, sprach

Rudi mit fordernder Stimme. Er stellte sich vor ihn hin und blickte dem Amtsdiener fest in die Augen. »Sie rufen um Hilfe, und ich eile aus dem Gebüsch hervor und drücke den Schurken fest zu Boden, damit er Ihnen nicht entwischen kann. Es soll so aussehen, als würde ein Kampf stattfinden, und während der Ferdinand Dworschak fest am Boden liegt, stoßen Sie ihm das Küchenmesser in die Brust! Tief und fest!«, fügte er voller Überzeugungskraft hinzu und sah vor seinem inneren Auge diesen Ferdinand Dworschak, der ja auch als Mörder des Almpeterls gesucht war, bereits tot vor sich liegen. Hans Glück starrte ihn mit offenem Mund an und war entsetzt über diese Bedingung seines Neffen.

»Notwehr nennt man so etwas, Herr Amtsdiener! Sie wissen das sehr wohl, und niemand wird uns beide dafür verurteilen. Wir dürfen nur nicht so dumm sein, dann im Wachzimmer unterschiedliche Versionen zum Hergang vor der Mürzbrücke zu erzählen! Haben Sie das auch verstanden?« Hans Glücks Hände öffneten und schlossen sich vor Nervosität. »Aber ich kann doch nicht ...«

»Natürlich können Sie! Dieser Ferdinand Dworschak hat Sie und Ihre Schwester schändlich erpresst, Sie wollten ihm das Geld übergeben, und dabei wollte Sie der Erpresser mundtot machen. Aus Angst hatten Sie ein Messer dabei, und zum Glück kam ich gerade zufällig des Weges und konnte im letzten Moment rasch zu Hilfe kommen. Ich schwöre beim Leben meiner leiblichen Mutter, ich werde für Sie aussagen, wenn wir gemeinsam zum Gendarmen Fladinger gehen und den Vorfall mit der Erpressung melden. Vergessen Sie aber nicht, den Brief einzustecken!«

Hans Glück war schockiert über diese Bedingung und den Vorschlag seines Neffen und schüttelte verlegen den

Kopf. Er war doch kein Mörder! Rudi bemerkte, wie der Mann mit sich und seinem Gewissen innerlich haderte. Er packte ihn mit seinen kräftigen Armen an den Schultern und presste ihn mit dem Rücken gegen die Wand. »Wie wäre es, wenn Sie sich endlich einmal nicht vor Ihrer Verantwortung drücken würden? So verschlimmern Sie die ganze Sache nur, Sie kleiner widerlicher Spießer! Alle Leute lachen über Sie im Ort. Wissen Sie das denn nicht? Dabei hätten Sie jetzt endlich eine Gelegenheit zu zeigen, was tatsächlich in Ihnen steckt!«

Glück riss die Augen weit auf und rang nach Luft, während er sich keinen Zentimeter von der Stelle bewegen konnte. Langsam sickerte in sein Gehirn und sein Gemüt ein, was sein Neffe da gesagt hatte. Ja, es stimmte, alle hielten ihn für eine lächerliche Figur, und das war seine Chance, endlich etwas daran zu ändern. Rudi erkannte die geänderte Stimmung in seinen Augen und lockerte den Griff. »Rudi! Wie recht du eigentlich hast! Es ist an der Zeit. In Mürzzuschlag werden mich die Leute sogar feiern, dass ich mich nicht wie meine Schwester hab erpressen lassen und so mutig war, dem tatsächlichen Mörder des Almpeterl aufzulauern!«

»Endlich haben Sie es erfasst und es wird Ihnen die Ehre zuteilwerden, die Ihnen längst zusteht, Onkel Hans!«, antwortete ihm Rudi und löste seine Arme von ihm. Anschließend drückte er ihn an seine Brust wie einen guten Freund. In Gedanken lief ihm aber ein verächtlicher Schauer über den Rücken, als er daran dachte, welch Versager dieser Mann war. Noch dazu war er der Vater seiner Verlobten und sein Onkel.

Hans Glück war nun vollkommen angetan von dieser genialen Idee. Er warf einen Blick in das Zimmer, wo seine Frau lag. Sie schlief fest und hatte einen ganz anderen Gesichtsausdruck als sonst. Mit der Hoffnung, dass er mit dieser Heldentat vielleicht sogar seine Ehe retten könnte und dass ihm dadurch auch die ausstehende Beförderung auf der Bezirkshauptmannschaft zuteilwerden müsste, verließ er sein Haus. Das Messer hatte Rudi ihm bereits in die Tasche gesteckt, bevor er sich selbst auf den Weg zur Mürzbrücke gemacht hatte. Sein Neffe war schon früher weggegangen, denn es war klar, dass sie niemand miteinander sehen durfte. Auch der Erpresser könnte sonst womöglich Verdacht schöpfen.

Es war kurz nach 20.30 Uhr und bereits am Dunkelwerden. Mit dem Umschlag in der Weste und dem Küchenmesser im Mantelsack machte sich Glück siegessicher auf den Weg über den Hauptplatz in die Mürzgasse. Er murmelte vor sich hin: »Ich muss langsam gehen und mich, wenn mich keiner sieht, im Gebüsch bei Rudi verstecken!« Es war still, lediglich das Wasser der Mürz rauschte. Er wusste, dass sein Neffe bereits hinter einem Gebüsch auf ihn warten würde. Somit war er nicht alleine, und falls etwas schiefgehen sollte, hatte er ein Taschentuch dabei, mit dem er das Messer anfassen wollte. Dann konnte er immer noch sagen, dass Rudi den Erpresser umgebracht hatte. Der war es schließlich, der das Messer zuletzt in der Hand gehalten hatte.

An der Mürzbrücke angekommen, blickte Glück nervös nach allen Seiten und versteckte den Umschlag, wie vom Erpresser verlangt, unter der ersten Stufe. Er hinterlegte den Umschlag so, dass ein kleiner Teil davon noch sichtbar war. Mit zusammengekniffenen Augen suchte er nach dem kleinen Flämmchen, wie es ihm sein Neffe aufgetragen hatte. Er konnte es zunächst vor Aufregung nicht entdecken, und erst als ihm Rudi leise gepfiffen hatte, erkannte er das Versteck seines Neffen gleich hinter dem Gebüsch gegenüber. Nun mussten sie sich nur mehr gedulden, bis der Erpresser zur Mürzbrücke kam, um den Umschlag mit dem Geld abzuholen. Hans Glück blickte nervös zu seinem Neffen, doch dieser nickte zuversichtlich mit dem Kopf, und da hatte er auf einmal wieder ein gutes Gefühl bei der Sache. Die Idee seines Neffen, den er im Grunde genommen gar nicht ausstehen konnte, schien ihm perfekt. Er starrte in die Dämmerung. Außer dem Wind in den Bäumen und dem Rauschen des Wassers war nichts zu hören. Eine Zeit lang war es so, als würde sich niemand auf den Weg entlang der Mürz begeben. Doch plötzlich hörten sie dumpfe Schritte auf dem Holz der Mürzbrücke. Warum wurde es aber jetzt wieder ganz still? Sie schauten vorsichtig nach oben, doch zu ihrer Enttäuschung stand nur ein Liebespärchen auf der Brücke und schaute versonnen in das Wasser hinein. Nachdem sie sich innig geküsst hatten, gingen die beiden über den Steg in Richtung Hauptplatz. Hans Glück starrte die ganze Zeit dem Pärchen nach. Da gab ihm Rudi mit dem Ellbogen einen Stoß in die Rippen. Abermals waren Schritte an der Mürzbrücke zu hören, langsame, feste Schritte. Sie konnten eine dunkle Gestalt erkennen. Also benutzte der Erpresser nicht den Weg vom Ort her, sondern kam, wie das Liebespaar vorher, von der anderen Seite, der Lambachseite, über die Mürzbrücke. Für einen kurzen Augenblick war Hans Glück ganz erschrocken und zitterte am ganzen Leib. Rudi nickte ihm beruhigend zu.

Hans Glück holte tief Luft. Es war soweit. Das war also jetzt seine große Chance. Er würde in weniger als einer halben Stunde als der große Held von Mürzzuschlag gefeiert werden. Angespannt hörte er die dumpfen Schritte immer näher kommen. Plötzlich sahen sie die dunkle Gestalt am

Ende des Steges stehen. Es war ein mittelgroßer Mann mit einem schwarzen Mantel, großem Hut und einem dunklen Schal, den er weit ins Gesicht hochgezogen hatte. Wahrscheinlich, um unerkannt zu bleiben. Der Mann sah sich am Ende der Brücke nach allen Richtungen um und bückte sich dann zur Stufe hinunter. Die beiden Männer beobachteten ihn genau, und Hans bekam es plötzlich mit der Angst zu tun. Er wurde immer kleiner neben Rudi und sah auf den Boden. Doch der stieß ihn abermals mit dem Ellbogen an und bedeutete ihm, zu dem Mann beim Steg zu schauen. Dieser konnte wohl das Kuvert nicht gleich richtig ertasten und ging vor der Stufe auf die Knie, um es besser hervorziehen zu können. In diesem Moment gab Rudi seinem Onkel einen festen Stoß in die Seite, als Hinweis, dass er nun an der Reihe war. Hans Glück sprang auf und rannte wie besprochen aus dem Gebüsch hervor. Er stürzte sich mit aller Kraft auf die dunkle Gestalt bei der Stufe am Steg. Rudi sah, wie durch den heftigen Aufprall beide neben der Treppe zu Boden stürzten. Der Onkel schlug voller Wucht mit der Hand auf den unter ihm liegenden Mann ein, der die Hände hochhielt. Nun kam Glück sich wieder unendlich stark vor, und er rief wie vereinbart laut und deutlich: »Zu Hilfe, ich hab den Erpresser!«, und wiederholte noch einmal, obwohl ihn Rudi ohnedies laut und deutlich hören konnte: »Zu Hilfe, ich hab den Erpresser!«

Daraufhin stürzte Rudi wie vereinbart ebenfalls aus dem Gebüsch. Ihm kam der Kampf zu wenig heftig und daher womöglich unglaubwürdig vor. Er rannte also auf die beiden Männer zu und rief laut: »Halten Sie ihn fest, ich bin gleich bei Ihnen!« Als er bei den Männern angelangt war, schlug er auf beide kräftig ein. Fast zu fest sogar, denn sein Onkel zuckte vor Schmerz zusammen. Der Gedanke, ihn gut getroffen zu haben, gefiel Rudi, er schlug nochmals mit der Faust zu. Diesmal noch fester, sodass beide Männer laut aufschrien. Sie hielten sich gegenseitig an den Armen fest, weil sie nicht genau wussten, woher die Schläge kamen. Rudi zischte Glück ins Ohr: »Das Messer, rasch!« Er sah, wie die Hand seines Komplizen in die Manteltasche glitt, aber dann nur mit einem Taschentuch wieder herauskam. So ein unfähiger Trottel! »Das Messer!«, schrie er ihn jetzt laut an. Glück fasste erneut in die Manteltasche und zog endlich das Messer hervor. Genau in diesem Moment hörte Rudi rasche Schritte näherkommen und gleich darauf einen lauten Ruf: »Auseinander, ihr Raufbolde! Was ist hier eigentlich los?« Die Schritte verstummten und zu seinem Entsetzen sah Rudi, der noch immer auf den beiden Männern lag, zwei große schwarze Stiefel vor sich stehen. Er blickte nach oben. Es waren die frisch aufpolierten Stiefel des Gendarmen Ulbrich aus Graz. Rudi wusste nicht, wie ihm geschah. Ulbrich packte ihn verärgert am Kragen, zog ihn vom Boden hoch und hielt ihn mit einer Hand fest. Die wirrsten Gedanken kreisten in Rudis Kopf herum, verzweifelt überlegte er, wie er sich aus dieser Situation retten könnte. Der Gendarm dagegen schien die Ruhe selbst zu sein. Er forderte Hans Glück auf, sofort vom Boden aufzustehen und die Hände von dem Mann unter ihm zu lassen. Der Amtsdiener steckte erschrocken das Küchenmesser wieder in die Manteltasche zurück, natürlich ohne auf den Erpresser eingestochen zu haben. Als Rudi und Glück komplett verwirrt vor Ulbrich standen, rappelte sich auch der noch am Boden liegende Mann auf und forderte wütend: »So helfen Sie mir doch, Herr Gendarm. Sehen Sie nicht, dass ich soeben überfallen worden bin!«

Ulbrich riss dem Unbekannten den Schal vom Gesicht, der Hut lag bereits durch den Kampf am Boden. Alle drei staunten und machten große Augen, als sie den Gemeindediener Karl vor sich stehen sahen. Rudi stand reglos da und rief entsetzt aus: »Karl! Ich kann es nicht glauben! Du bist dieser Ferdinand Dworschak!«

Auch Hans Glück traute seinen Augen nicht und wirkte komplett verstört. »Und somit der Mörder des Almpeterl. Das ist ja furchtbar!«, meinte er entsetzt. In der Zwischenzeit war auch der langsamere Gendarm Fladinger zu den Männern gestoßen. Ihm war sofort klar, dass sein Kollege Ulbrich einen großen Fang gemacht hatte. Der Karl Riederer war also der Ferdinand Dworschak! Wer hätte das gedacht? Wenigstens gibt es keine Leiche!, beruhigte er sich, und an seiner Miene konnte man ablesen, dass er befürchtete, die nächsten Stunden im Wachzimmer Protokolle schreiben zu müssen, die ihm der Postenführer Ulbrich diktieren würde. Nachdem Hans Glück den Erpresserbrief gezeigt hatte, zog Fladinger das Kuvert mit dem geforderten Geld, das noch immer neben der Stufe lag, wo der Erpresser es beim Angriff von Glück fallen gelassen hatte, hervor. Der Gendarm öffnete den Umschlag und ließ ihn verwirrt sinken. Karl Riederer staunte auch nicht schlecht, als er nur Zeitungspapier auf den Boden flattern sah. Hans Glück lachte laut auf und hatte keine Scheu, seinen Stolz zu zeigen, dass er zur Auffindung des Erpressers und damit auch des Mörders des Almpeterl einen wesentlichen Beitrag geleistet hatte. Er fragte sogar, ob ihm wohl eine Belohnung zustünde.

Ulbrich nahm den Gemeindediener gleich an Ort und Stelle fest. Zu fünft marschierten sie anschließend in das Wachzimmer. Rudi war über den für ihn unglücklichen

Ausgang des Überfalls maßlos enttäuscht und sträubte sich den ganzen Weg über, mit in die Wachstube zu kommen. Er meinte verlegen, dass er kaum etwas mit der Sache zu tun hätte und dem Herrn Glück nur im letzten Moment zu Hilfe gekommen sei. Seine Enttäuschung Karl gegenüber war groß, am liebsten hätte er noch einmal auf ihn eingeschlagen. Jedoch nicht nur auf Karl, sondern auch auf den Amtsdiener, weil dieser Versager einfach für nichts zu gebrauchen war. Er hätte viel früher mit dem Küchenmesser zustechen müssen, um diesem vermeintlichen Ferdinand Dworschak den Garaus zu machen.

Peinlich, dass er überhaupt mit diesem Hans Glück verwandt war. Und der würde noch dazu sein Schwiegervater werden! Vielleicht war das mit der Heirat doch keine so gute Idee? Aber das hatte ja alles noch Zeit. Rudi wusste, dass er sich seine Aussagen vor dem Gendarmen gut überlegen musste. Im Grunde genommen hatte er aber eigentlich nichts zu befürchten.

Sein Freund, der Gemeindediener Karl Riederer, verlor im Wachzimmer sehr rasch die Nerven. Er gestand bereits nach kurzer Befragung, Hans Glück und seine Schwester erpresst zu haben, um seine Spielschulden bezahlen zu können. In der letzten Zeit hätte er einfach nur Pech gehabt im Spiel. Auf die Frage, wie er denn an diese Informationen gekommen sei, gab er an, dass er aufgrund seiner Tätigkeit im Gemeindeamt sowieso ein großes Wissen über das Leben der Mürzzuschlager hatte, er hörte viel und reimte sich einiges zusammen. Einige Details hätte er auch von der Frau Klauer im alten Gemeindehaus erfahren, doch die Frau habe ihn selbst nur ausnutzen wollen und ein falsches Spiel mit ihm getrieben. Aber das hätte er erst viel zu spät erkannt, meinte er unter Tränen.

Sofort konfrontierte ihn Ulbrich damit, dass er von einer anderen Nachbarin der Frau Klauer, einer gewissen Frau Niederhofer, bereits ganz früh am Morgen des 28. Juni bei dieser gesehen worden war. Am Abend zuvor waren ja zuletzt Sepp Grabler und Hans Glück bei ihr gewesen. Damit lag es nahe, dass er der letzte Besucher war, der sie lebend gesehen hatte. Karl begann daraufhin zu stottern und verwickelte sich in einen Widerspruch nach dem anderen. Letztendlich gestand er unter Tränen, dass die Frau Klauer bei seinem letzten Besuch bei einem Streit zu Sturz gekommen war, nachdem er sie von sich weggestoßen hatte.

»Sie wollte mir an den Kragen gehen, als ich sie aufforderte, mir mein Geld zu geben. Ich hab sie aber nur von mir weggestoßen«, meinte er mit zittriger Stimme, und auf seiner Stirn zeigten sich Schweißtropfen. »Sie hatte wohl wie so oft getrunken, ist dabei gestolpert und mit dem Kopf am Tisch aufgeschlagen. Es war nicht meine Schuld, ich habe die Frau nicht umgebracht!«, fügte er hinzu und bebte am ganzen Körper. Unter Schluchzen gab er an, dass er mit ihr die Vereinbarung hatte, für die Herstellung der Männerkontakte und dafür, dass er eventuelle Beschwerden auf der Gemeinde wegen ihrer Tätigkeit nicht weiter verfolgte, einen gewissen Anteil des Geldes zu erhalten. Er nannte Ulbrich einige Namen der von ihm vermittelten Männer, darunter waren auch die von Hans Glück und Sepp Grabler. Er brauchte einfach immer Geld, weil er regelmäßig spielte, ihm aber das Glück dabei oft nicht gewogen war.

An diesem besagten Morgen – er brauchte dringend Geld und wollte sich bei Frau Klauer seinen vereinbarten Anteil abholen – war sie trotz der frühen Stunde schon sehr betrunken und äußerst redselig. Als er fragte, ob denn am Vortag der Amtsdiener wieder bei ihr gewesen war, meinte sie in verschwörerischem Ton, dass der Glück womöglich etwas mit dem Mord auf der Pretul zu tun haben könne, sie wisse aus sicherer Quelle, dass er am Tag des Mordes dort gewesen sei. Und übrigens auch seine Schwester, die Kaffeehausbesitzerin, habe ihr schmutziges Geheimnis. In wehleidigem Ton erzählte sie, dass der Rudi gar nicht ihr leibliches Kind, sondern eigentlich der ledige Sohn der Katharina Glück sei. Und dass der undankbare Bub, für den sie alles getan habe, jetzt plötzlich nichts mehr von ihr wissen wolle. Und irgendetwas hätte sie von einem gewissen Ferdinand Dworschak, der überall in Mürzzuschlag gesucht werde und nicht aufzufinden sei, gebrabbelt. Dass jemand dieses Namens gesucht wurde, hatte er auch schon gehört. Bei der ganzen Rederei war ihm dann die Idee mit der Erpressung der Glück-Geschwister unter dem Namen Dworschak gekommen. Die Klauer war sofort Feuer und Flamme, sie meinte, speziell bei der Katharina Glück solle er ordentlich zulangen.

Zum Schluss hätte er dann von der Klauer das vereinbarte Geld kassieren wollen. Aber darauf habe sie ihm nur mit höhnischem Grinsen mitgeteilt, dass er von ihr überhaupt kein Geld mehr bekommen werde, er müsse aber seine Erträge aus der Erpressung mit ihr teilen. Deswegen sei es zu einem heftigen Streit gekommen und im Zuge dessen zu dem Unglück. Erst als sie regungslos am Boden lag, bemerkte er die Würgemale an ihrem Hals, und da kam ihm die Idee, den Unfall als Mord aussehen zu lassen. Dafür war es aber besser, wenn die Leiche erst später gefunden würde, sonst würde das frische Blut nicht zu den älteren Flecken am Hals passen, hatte er sich gedacht. Er versperrte daher die Tür von außen, warf den Schlüssel bei nächster Gelegenheit in die Mürz und konnte nur hoffen, dass niemand

Verdacht schöpfen würde, wenn die Klauer nicht aufmachte. Dann wartete er zwei Tage, man könne sich gar nicht vorstellen, wie schlimm diese Zeit für ihn gewesen war, meinte er schluchzend.

Am Donnerstag holte er in der Früh dann im Gemeindeamt den Akt mit der Aufstellung des ausständigen Mietzinses der Toten hervor. Außerdem steckte er, wie es üblich war, den sich auf der Gemeinde befindlichen Ersatzschlüssel ein. Den brauchte man nämlich manchmal, wenn die Mieter nicht aufmachen wollten. Im Haus ging er zuerst zur Nachbarin, Frau Maier, und erkundigte sich bei ihr nach Frau Klauer. Die Frau erklärte, ihre Nachbarin schon länger nicht gesehen zu haben. Darauf ging er hinüber zur Wohnung der Frau Klauer. Frau Maier beobachtete neugierig, wie er vergebens klopfte und letztendlich mit dem Reserveschlüssel aufsperrte. So hatte er eine Zeugin dafür, dass er die Tote nur gefunden hatte. Die Frau hatte er dann zur Gendarmerie geschickt, und der Rest war bekannt.

Hans Glück und Rudolf Klauer gaben sich entsetzt über diese Hinterhältigkeit von Karl Riederer. Klauer meinte, dass er seinem Freund Karl stets vertraut hätte, und zeigte sich zutiefst betroffen. Er fasste sich entsetzt an den Kopf und meinte enttäuscht: »Ach, Karl, ich hätte dir vielleicht zugetraut, dass du hinter meiner Verlobten her bist, aber dass du ein Mörder bist, hätte ich nie von dir gedacht!«

Jedoch im Innersten lachte er sich ins Fäustchen. Immerhin hatte ihm sein Freund ungewollt die Arbeit abgenommen, seine Ziehmutter loszuwerden. Er selbst hatte es bei seinem letzten Besuch nicht zustande gebracht, obwohl er doch Tage zuvor den Almpeterl umgebracht hatte. Also war er doch kein skrupelloser Mörder, überlegte er sich. Er hatte ja schließlich auch beim Besuch im Schutzhaus den

Mord gar nicht vorgehabt. Und was für ein Glück er hatte: Der blöde Karl, der sich als Ferdinand Dworschak ausgegeben hatte, stand nun für die Gendarmen damit auch als Mörder des Hüttenwirts fest.

Unaufgefordert beteuerte Karl gerade in diesem Moment hitzig, mit dem Mord am Almpeterl nichts zu tun zu haben. »Diesen Mord auf der Pretul können Sie mir aber nicht in die Schuhe schieben! Für diesen Tag hab ich ein Alibi! Ich war den ganzen Tag am Sonnwendstein wandern!«

»Ach so, und wer kann das bezeugen?«, fragte ihn Ulbrich und presste die Lippen zusammen.

Rudi schnappte nach Luft. Womöglich hat er ein Alibi, und alles war umsonst. Und schuld daran ist dieser unfähige Glück, hätte er das Messer rechtzeitig gezückt und den Karl erstochen, würde es diese Diskussion jetzt nicht geben, dachte er ärgerlich. Ihm wurde heiß und er begann zu schwitzen.

Zu seiner Freude schenkte Ulbrich aber dem beschuldigen Karl keinen Glauben, da dieser keine Zeugen nennen konnte. Der Postenführer aus Graz wickelte die Befragungen sehr professionell ab, fand Fladinger. Es schien, dass der Grazer Gendarm darin sehr viel Erfahrung hatte. Am Ende mussten die Männer die Protokolle unterzeichnen. Hans Glück war der erste, seine Unterschrift entsprach der Unterschrift beim damaligen Protokoll wegen des Selbstmordes von Baron Hervay, stellte Ulbrich fest. Die Unterschrift von Karl Riederer, markant mit den nach rechts gekippten Buchstaben, war ohne den geringsten Zweifel ident mit der Schrift im Erpresserbrief, den Hans Glück dem Wachtmeister Ulbrich übergeben hatte.

Rudi atmete tief auf, als der Gendarm seinen Freund Karl zum Abführen ins Bezirksgericht an Fladinger übergab: »Ich beschuldige Sie, am 24. Juni den Almpeterl auf der Pretul ermordet und ausgeraubt zu haben und außerdem Frau Maria Klauer am 28. Juni im Streit gestoßen zu haben, dass sie mit dem Kopf auf die Tischkante gefallen und daraufhin verstorben ist. Außerdem haben Sie sich der Erpressung an Hans und Katharina Glück schuldig gemacht. Fladinger, führen Sie den Gemeindediener Karl Riederer sofort ab! Er kommt heute zur Verwahrung ins Bezirksgericht und morgen früh nach Leoben ins Landesgericht.«

Hans Glück und Rudi warfen sich einen erleichterten Blick zu. Sie wollten schon das Wachzimmer verlassen. Der Amtsdiener strahlte über beide Ohren und legte seinen Arm auf die Schulter des Neffen. »Das haben wir gut gemacht! Danke für deine hervorragende Idee! Nun sind wir aus dem Schneider!«, flüsterte er Rudi ins Ohr. Ulbrich hörte die leisen Worte trotzdem und wurde stutzig. Irgendetwas stimmte doch da nicht! Es war alles so schnell gegangen, was hatte er übersehen? Das war es! Wie zum Teufel hatte er bei dieser ganzen Aufregung bloß die Schuhe vergessen können? Der Rudolf Klauer war doch der mit den getauschten Schuhen vom Grabler, und das hieß doch …

Aber er wollte auf Nummer sicher gehen. Er hob die Augenbrauen, überlegte einen kurzen Moment, und dann fiel ihm ein, dass dem Rudolf Klauer das Protokoll noch nicht zur Unterschrift vorgelegt worden war. Er nahm das Papier vom Schreibtisch und ließ ihn das Protokoll unterschreiben. Ulbrich war angespannt, er versuchte, seine Aufregung zu verbergen. Für Klauer schien es zum Glück nur mehr eine Formsache zu sein. »Ach ja, das hätten wir jetzt fast vergessen!«, meinte er, lächelte vor sich hin, während er sich zum Papier bückte und in Ruhe seine Unterzeichnung tätigte.

Der Postenführer erinnerte sich inzwischen: ein junger, sportlicher, gut aussehender Mann, dunkle Haare, Schnurrbart …, Er wiederholte nochmals die Worte im Kopf: junger, sportlicher, gut aussehender Mann …?

Nachdem Klauer ihm das unterfertigte Protokoll zur Ablage zurückgegeben hatte, kam ihm auch von irgendwo die auffallend schöne Handschrift bekannt vor. Er grübelte. Hatte er nicht diese Buchstaben, die wie gezeichnet schön auf dem Protokoll standen, bereits irgendwo gesehen? Er atmete tief durch, es fiel ihm wie Schuppen von den Augen. Das Gästebuch vom Schutzhaus der Pretulalpe, das Pfandl mitgenommen und ihnen im Gasthof *Zur Post* so stolz gezeigt hatte! Er selbst hatte doch diesen Schriftzug des Ferdinand Dworschak im Hüttenbuch sehr gründlich studiert. Nun hatte er ihn in Gedanken vor sich und machte sich insgeheim sogar den Vorwurf, den Schriftzug des Gemeindedieners Karl Riederer nicht auch mit dem Schriftzug des Gästebuches verglichen zu haben. Das Buch lag in der Schreibtischlade bei den Beweismitteln. Nur war jetzt noch nicht der passende Moment dazu, es hervorzuholen.

Als ihn Glück und Klauer verwundert fragten, worauf sie denn im Wachzimmer noch zu warten hätten, hatte Ulbrich eine bessere Idee. Er schwieg einen Moment, es schien fast so, als müsse er sich vor einer Antwort erst fassen. Er lächelte verlegen und tat geradeso, als wäre er im Augenblick verwirrt. Schließlich war ja alles sehr viel gewesen. Dann wischte er sich mit der Hand über das Gesicht und schüttelte den Kopf. »Vielen Dank meine Herren, das war es dann wohl!« Hans und Rudi sahen sich bereits bei einem Bier im *Café Semmering*, als Ulbrich noch eine Frage hinzufügte: »Hat jemand von den Herren eine genaue Uhrzeit, damit wir die Protokolle endlich ans Bezirksgericht weitergeben und den Karl Riederer nach Leoben schicken können?«

Hans Glück warf ihm einen verwunderten Blick zu, hob die Schultern und meinte nur: »Leider!« Dafür zog mit einem erleichterten Lächeln darüber, dass der Befragung nun endgültig ein Ende gesetzt werden konnte, Rudi Klauer, ohne lange nachzudenken, seine Taschenuhr an der feinen silbernen Kette aus der Weste und meinte dabei: »Meine Herren, es ist genau 23 Uhr. Die beste Zeit für ein kühles Bier.«

Es war eine tiefe Erleichterung, die den Postenführer Ulbrich jetzt aufatmen ließ. Endlich fügten sich alle Puzzleteile zusammen. Aufgrund der genauen Beschreibung der beiden Offiziere und des Juweliers erkannte er die Taschenuhr in Rudolf Klauers Hand als die des ermordeten Hüttenwirtes. Rudi zuckte zusammen, als er Ulbrichs plötzlich sehr zufriedenen Gesichtsausdruck sah. Ein jäher Schreck fuhr ihm in die Glieder und er erkannte, dass er einen schweren Fehler begangen hatte.

Jetzt hatte er sich selbst verraten! Mit schreckgeweiteten Augen stand er neben Hans Glück, der gar nichts verstand. »Kann ich dann endlich gehen? Meine Schwester Kathi wird sich bereits Sorgen machen, wo ich so lange bin?«, fuhr Glück den Gendarmen Ulbrich ungeduldig an und klopfte mit der Hand auf den Tisch. »Einen kurzen Moment noch, Herr Glück, dann können Sie zu Ihrer Schwester gehen. Sie werden ihr viel zu erzählen haben!«, beruhigte ihn Ulbrich.

Als Rudi aufgefordert wurde, dem Postenführer sofort die Taschenuhr zu übergeben, erklärte er lautstark: »Die Uhr hab ich vor zwei Tagen von einem Mann vom Zirkus gekauft!« Aber als Ulbrich ihn bat, den Mann vom Zirkus zu beschreiben, seine Aussage könne rasch überprüft werden, denn die Zirkusleute seien noch in der Stadt, da wusste er nicht mehr viel zu sagen.

Ulbrich entnahm der Pretulakte das Protokoll über die Zeugenaussage des Juweliers, bei dem die Uhr zur Reparatur gewesen war. Vor den Augen der Männer drehte er die Taschenuhr um und verglich die Zahlen. In dem Protokoll stand genau dieselbe Zahl, die sich auf der Rückseite der Taschenuhr von Rudi befand. Es war eindeutig die Uhr des Hüttenwirtes.

Als der Postenführer Rudi nun auch noch die grüne Jacke vorlegte mit der Frage: »Erkennen Sie diese Jacke, Herr Klauer?«, kam es zwar wie aus der Pistole geschossen zurück: »Nein, die habe ich noch nie gesehen!« Aber nachdem Ulbrich meinte: »Das ist aber interessant! Es ist nämlich die Jacke vom Huberbauer, die Sie dort gestohlen haben. Das wissen wir inzwischen. Sie haben sie im Haus Ihrer Mutter verloren. Die Nachbarin, Frau Maier, hat sie für Sie aufbewahrt. Ich denke, Sie können Ihr Leugnen jetzt aufgeben!«, verfiel der junge Mann zusehends.

Rudi versuchte, mit Gewalt seinen Hemdkragen zu öffnen, um Luft zu bekommen. Er hatte das Gefühl, als würde er bereits den Galgen vor sich sehen, und begann zu zittern. Gerade kam Fladinger alleine wieder vom Bezirksgericht zurück und fragte beim Hereinkommen, ob er jetzt nach Hause gehen könne. Doch Ulbrich befahl ihm streng: »Bleiben Sie stehen, wo Sie sind, Fladinger! Niemand verlässt den Raum!«

Da erkannte Rudi, dass auch Flucht unmöglich war. Ulbrich war die ganze Sachlage nun klar: »Herr Klauer! Sie sind nicht nur wegen Raubmord an dem Hüttenwirt Peter Bergner, sondern auch wegen des dringenden Verdachts der Anstiftung zum Mord an dem Gemeindediener Karl Riederer sofort verhaftet! Herr Glück war Ihnen ja dankbar für diese Idee, wie ich gehört habe, nur hat er es aus irgendeinem Grund nicht geschafft, den Gemeindediener, den Sie als Mörder des Almpeterl hinstellen wollten, mit diesem Messer umzubringen!« Er zog Hans Glück das Küchenmesser, das ihm schon bei der Brücke aufgefallen war, aus der Jackentasche.

Der Amtsdiener wollte seinen Ohren nicht trauen. Fassungslos starrte er Ulbrich an. Der gab seinen nächsten Auftrag: »Fladinger! Führen Sie auch diesen Rudolf Klauer ins Bezirksgericht ab! Er ist unser Mörder vom Schutzhaus auf der Pretulalpe. Und legen Sie ihm Handschellen an, damit er nicht auf dumme Gedanken kommt!« Der Gendarm hatte die Handschellen ruckzuck bei der Hand.

»Das müssen Sie mir erst beweisen!«, schrie ihn Rudi an und zerrte wütend an den Fesseln. »Ich denke, das habe ich soeben gemacht, Herr Klauer! Alles Weitere liegt bei den Richtern!« Ulbrich warf dabei einen Blick zu Hans Glück, der noch immer wie erstarrt an der Seite von Rudolf Klauer stand. »Man wird sicher wegen dieser Sache noch auf Sie zukommen, Herr Glück. Also halten Sie sich zur Verfügung! Für heute können Sie nach Hause gehen.«

»Was ist los, ich versteh nicht …?«, fragte Glück entgeistert und schaute verzweifelt zu Rudi hin. Die Spannung, unter der er stand, war augenscheinlich. Rudi würdigte seinen Komplizen keines Blickes, es entstand eine beklemmende Stille im Wachzimmer.

Der Postenführer wandte sich an alle: »Meine Herren, die heutige Amtshandlung ist somit beendet.« Rudi öffnete den Mund, jedoch nicht, um etwas zu sagen. Er rang nach Luft und hatte plötzlich einen Ausdruck von verzweifelter Hilflosigkeit im Gesicht. Warum glaubte ihm denn auf einmal niemand mehr? Schwerfälligen Schrittes und mit gefesselten Händen folgte er dem Gendarmen Fladinger aus dem Wachzimmer zum Bezirksgericht, wo sich sein Freund Karl bereits seit knapp einer halben Stunde befand.

»Fladinger, Sie können anschließend nach Hause gehen! Den Bericht schreiben wir dann morgen, hoffentlich mit Unterstützung von Herrn Moser«, rief Ulbrich seinem Kollegen noch nach, der erleichtert mit dem Kopf nickte. Dann machte der Postenführer sich auf, dem Kommissär Doktor Gartler im Gasthof *Zur Post* die erfreuliche Nachricht von der Festnahme der beiden Männer zu überbringen. Fall gelöst!, in diesem Fall wohl: Fälle gelöst!, das war sein Lieblingssatz.

Er dachte unterwegs noch kurz daran, ob Pfandl sich wohl wenigstens bei Grabler einigermaßen angemessen entschuldigen würde. Aber er vermutete eher, dass dieser zu beschäftigt sein würde, diesem schon morgen ankommenden wichtigen Journalisten Kappstein aus Berlin die nun Gott sei Dank nicht mehr durch Mordermittlungen gestörte idyllische und ach so friedliche Waldheimat zu präsentieren.

Nachwort

Das Jahr 1904, in dem sich der Mord am Hüttenwirt Peter Bergner auf der Pretulalpe ereignete, birgt mehrere Geschichten von Gewalt und Verbrechen im steirischen Mürztal. Der Keim für den Plot von *Tod in der Waldheimat* war für mich von Anfang an vielversprechend, da sich genau am 24. Juni 1904, dem Tag des Mordes an Bergner, auch der junge Bezirkshauptmann von Mürzzuschlag, Baron Franz Hervay von Kirchberg, wegen eines Skandals das Leben nahm. Daneben erschien mir der Bezug zu Peter Rosegger – die Tat ereignete sich ja in dem nach ihm benannten Schutzhaus – nennenswert.

Im Jahr davor hatte der Heimatdichter Peter Rosegger (1843 - 1918), der in das damalige Zeitgeschehen stark eingebunden war, seinen 60. Geburtstag gefeiert. Durch seine über Österreichs Grenzen hinaus bekannten Werke galt er als einer der erfolgreichsten Schriftsteller im deutschsprachigen Raum. Besonders sein ab 1877 erschienenes erfolgreiches Werk *Waldheimat. Erinnerungen an die Jugendzeit* war weit verbreitet. Im Gegensatz zu Graz, wo Rosegger bereits seit Jahrzehnten lebte, wurde in der Waldheimat – ein ursprünglich literarischer Begriff, der inzwischen zu einer touristisch verwerteten Landschaftsbezeichnung geworden war – eine übertriebene Rosegger-Verehrung betrieben, auch um den Fremdenverkehr anzukurbeln.

Seit Mitte des 19. Jahrhunderts erfreute sich die Sommerfrische bei den städtischen Bürgern bereits großer Beliebtheit. Man quartierte sich in Gasthöfen und später auch in Privatquartieren ein. Es war die Zeit des beginnenden Tourismus; Wandern und Bergsteigen waren in Mode. Und die Gegend um Mürzzuschlag hatte einiges zu bieten. Auch die romantisierende Vorstellung, in Roseggers Waldheimat zu sein, lockte Gäste an. Tatsächlich war Mürzzuschlag zu dieser Zeit ein beliebter Sommerfrischeort. Dazu trug sicher bei, dass Kaiser Franz Josef gerne zur Jagd ins Mürztal kam und 1854 sogar die Flitterwochen mit Kaiserin Elisabeth in Mürzsteg verbrachte. Dort ließ er sich 1886 ein Jagdhaus errichten, das im Lauf der Zeit zu einem Jagdschloss umgebaut wurde. Neben anderen hochrangigen Gästen war 1903 auch Zar Nikolaus II. für politische Beratungen dort sein Gast. Seit 1947 dient das Jagdschloss Mürzsteg dem jeweiligen österreichischen Bundespräsidenten als Sommersitz. Wo es dem Kaiser gefiel, hielt man sich selbst auch gerne auf.

Aber der Ort hatte nicht nur eine Sommer-, sondern auch eine Wintersaison. Besonders durch Toni Schruf, einen lokalen Hotelier, Alpinisten und Skiläufer sowie begnadetem Tourismusmanager, war Mürzzuschlag zu einem Zentrum des Winterfremdenverkehrs geworden. Schruf leistete als bedeutender Skipionier einen wichtigen Beitrag für die zunehmende Beliebtheit des Wintersports außerhalb der nordischen Länder. Bereits 1893 war von ihm in Mürzzuschlag das erste Internationale Skiwettlaufen in Mitteleuropa organisiert worden; durch viele weitere Initiativen trug er dazu bei, dass der Ort um 1900 auf dem Weg zum bedeutendsten Wintersportort der Monarchie war. Bereits ab 1898 bot man in seinem *Hotel Post* den Verleih von Skiern sowie die Bereitstellung eines eigenen Skilehrers an. Von weit her kamen naturbegeisterte Menschen, um dem modernen Trend der Erholung in der Natur zu frönen. Dazu kann man heute im Wintersportmuseum der Stadt viel Interessantes finden. Auch dieses Gedicht über den Hüttenwirt Peter Bergner, genannt Almpeterl, belegt die Begeisterung besonders der Städter an der Schönheit der winterlichen Natur:

Der Almpeterl

Wirbelnd fliegt in tollem Reigen
junger Schnee in weißem Glanz,
nicht Trompeten, Pauken, Geigen,
Winde spielen auf zum Tanz.
Heißa, wie die Flocken jagen,
die Gedanken jagen mit.
Meine Pulse höher schlagen,
muss erkämpfen jeden Schritt.
Weiß mir Froh'res nicht auf Erden,
als durch Sturm und Schnee zu gehen.
Als in Kälte warm zu werden
und vor Flocken nichts zu seh'n.

Mia Holm, aus: Deutsche Alpenzeitung III. Jahrgang 1903/1904 Heft 21

Durch die bereits 1854 eröffnete Semmeringbahn, die eine gute Erreichbarkeit von Wien, Graz und Klagenfurt aus gewährleistete, waren gute infrastrukturelle Voraussetzungen für eine weitere Prosperität gegeben.

Im Gegensatz dazu stand die seit den 1880er-Jahren auch in Mürzzuschlag immer bedeutendere Eisenindustrie, die durch die gesetzlich festgelegte Gewerbefreiheit keinerlei Beschränkungen unterlag. Um das Jahr 1900 erreichte Mürzzuschlag seinen wirtschaftlichen Höhepunkt. Der altersschwache Mürzhammer entwickelte sich zu einem Stahlwerk, und die *Firma Bleckmann* zählte mit der Betriebsstätte in Hönigsberg insgesamt 1.200 Mitarbeiter. Das Walzwerk in Kohleben, die Nierhaus-Hämmer, die Holzwollefabrik und die Brauerei boten je 50 Mann einen Arbeitsplatz. Nach der Verstaatlichung 1946 arbeiteten im nunmehrigen *VOEST Werk* fast 3.000 Beschäftigte. Aber seither erfolgte ein stetiger Niedergang der Bedeutung der Stahlindustrie, im neuen Walzwerk (*Böhler Bleche*) arbeiten heute nur mehr rund 500 Menschen. 1904 war der Glaube an die Gegend als fortschrittsorientierten Industriestandort allerdings ungebrochen, die immer zahlreicher werdenden Stahlindustriebetriebe führten jedoch leider auch zu einer Verschandelung der Gegend und minderten deren Wert für den Tourismus durch die Rauchentwicklung und den intensiven Gestank erheblich.

Abgesehen davon schadeten im Jahre 1904 zahlreiche Artikel in lokalen und überregionalen Zeitungen über skandalöse Vorfälle im Mürztal dem Ansehen der Region, bedienten dabei aber zugleich auch die Sensationslust der Bevölkerung. Die Verhaftung der Tamara von Hervay und auch der Selbstmord ihres Gatten, des ersten Bezirkshauptmannes von Mürzzuschlag, waren landesweit in den Schlagzeilen. Nach einer viermonatigen Untersuchungshaft in Leoben wurde der Bigamistin und Hochstaplerin Ende Oktober 1904 ein in der Presse ebenfalls viel beachteter Prozess gemacht, sie wurde zu fünf Monaten Kerker verurteilt. Am 31. Jänner 1905 erklärte das Gericht in Leoben auf Ansuchen der Familie Hervay ihre Ehe mit Franz

Hervay von Kirchberg für ungültig. Nach Verbüßung ihrer Haftstrafe verbrachte sie über ein Jahr in Wien und später mehrere Jahre in London, wo sie abermals Ehen mit wesentlich jüngeren Männern einging. Zu ihren letzten Lebenszeichen zählen Briefe aus den Jahren 1929 und 1930, die sie mit Tamara, Baronin von Lützow-Hervay unterzeichnete und in denen sie über ihre Armut klagte.

In den Medien fanden sich aber auch ausführliche Berichte über den grausamen Mord am Hüttenwirt Peter Bergner in der von Rosegger als so beschaulich beschriebenen Waldheimat mit ihren einfachen, friedlichen Menschen. In der *Grazer Abendausgabe* vom 3. Juli 1904 war über die Verhaftung des tatsächlichen Mörders des Peter Bergner, Hüttenwirt auf der Pretulalpe im *Rosegger-Schutzhaus*, zu lesen:

Der Mörder des »Almpeterl« endlich gefasst!

Aus Mürzzuschlag wurde uns wie folgt berichtet: Im großen Hofe des hiesigen Gerichtsgebäudes wurde der des Mordes an dem »Almpeterl« verdächtige Tischlergehilfe Rudolf Stergar einigen Mitgliedern der Waldheimatgesellschaft, welcher das Schutzhaus gehört, vorgeführt. Einer derselben, ein Förster, hatte auch den kleinen Lieblingshund des »Almpeterl« bei sich, welcher winselnd und furchtsam den Mörder umkreiste, als ob er in demselben seinen Feind erblicken würde. Auf die Frage, ob er den Hund kenne, antwortete Stergar, er wisse, dass es der Hund des Hüttenwirtes sei. Aber er kenne den Hund vom vorigen Jahre, heuer sei er überhaupt nicht auf der Alm gewesen. Das Gegenteilige lässt sich aber durch Zeugen erbringen. Der Mörder benahm sich so frech, dass sich der Umstehenden eine tiefe

Empörung bemächtigte. Es entspann sich sogar ein Wortwechsel, in dessen Verlauf sich der Obmann der Waldheimatgesellschaft auf den Mörder stürzte und ihm einen Faustschlag ins Gesicht versetzte, sodass dieser zurücktaumelte. Die in seinem Besitze befindliche Uhr wurde von zahlreichen Zeugen als diejenige des »Almpeterl« erkannt. Stergar selbst gibt die widersprüchlichsten Angaben. Während er am Tage des Mordes und am nächstfolgenden von Mürzzuschlag, wo er sich sonst oftmals in den Wirtshäusern herumtrieb, abwesend war, gleichzeitig aber von Zeugen auf der Pretulalpe gesehen wurde, leugnet er, dort gewesen zu sein, kann jedoch keinen Alibinachweis für diese Zeit erbringen. Ein Grazer Bezirksgendarm und der ortsansässige Gemeindegendarm haben sich in Mürzzuschlag um die Entdeckung des Mörders große Verdienste erworben. Dieser Tage wird sich abermals eine Kommission des Grazer Landesgerichtes auf die Pretulalpe begeben, um den Tatbestand noch einmal zu prüfen, damit das Beweisverfahren gegen den verhafteten Mörder abgeschlossen werden kann. In den kommenden Tagen wird der des Raubmordes an Peter Bergner im Bezirksgericht Mürzzuschlag befindliche Verdächtigte in das Landesgericht in Graz überstellt. Er bleibt trotz aller Beweise beim Leugnen.

Dem jungen arbeitslosen Tischlergehilfen Rudolf Stergar, der die ihm angelastete Tat von Anfang an bestritt, wurde im September 1904 vor dem Schwurgerichtshof in Graz der Prozess gemacht. Peter Rosegger wohnte an beiden Tagen den Verhandlungen bei. Wichtige Beweismaterialien waren die Uhr, die der Angeklagte am Tage seiner Verhaftung bei sich trug, sowie die Übereinstimmung der Buchstaben seiner Unterschrift mit denen im Gästebuch der Schutzhütte vom 24. Juni unter dem Namen »Ferdinand Dworschak«. Ein Beweismittel waren auch die mit Blut verschmierten Schuhe, die der des Mordes verdächtige Stergar zu diesem Zeitpunkt getragen hatte. Einige Augenzeugen berichteten beim Prozess über ihre Begegnung mit dem Verdächtigen, zwei Offiziere, die am Mordtag zur Pretul aufgestiegen waren, sowie einige Holzknechte erkannten in dem Verhafteten den jungen Wandersmann, den sie am betreffenden Tag gesehen hatten, wieder. Die Tochter des Amtsdieners von Mürzzuschlag und Verlobte des verhafteten Tischlergehilfen bezeugte, von ihm nicht nur laufend um Geld angebettelt, sondern mehrfach belogen und betrogen worden zu sein. Sie bestätigte, dass er in ihrer Anwesenheit nie im Besitze einer Taschenuhr gewesen war. Auf die Frage, ob es stimme, dass ihr Verlobter, wie von ihm behauptet, am 24. Juni bei ihr in der Dachkammer seinen Rausch ausgeschlafen habe, antwortete sie mit »Nein!«

Die Schuldfrage auf meuchlerischen Raubmord des Rudolf Stergar an dem Hüttenwirt Peter Bergner wurde am 29. September 1904 von den Geschworenen mit zehn gegen zwei Stimmen bejaht. Er wurde zum Tode durch den Strang verurteilt und zeigte dabei keinerlei Regung. Im Gegenteil, Stergar blieb bei seiner Behauptung, unschuldig zu sein, behielt sich drei Tage Bedenkzeit zur Anmeldung der Rechtsmittel vor und legte fristgerecht Nichtigkeitsbeschwerde ein. Der Zeichner des *Interessanten Blattes* hielt für die Titelseite der Ausgabe vom 6. Oktober 1904 fest, wie der verurteilte Mörder in seine Zelle zurückgeführt wurde.

Am 17. Dezember 1904 wurde das Todesurteil vom Obersten Gerichtshof bestätigt. Bereits im Februar 1905 wurde Rudolf Stergar durch den Kaiser begnadigt, und die Strafe wurde vom Obersten Gerichtshof zu lebenslänglichem schwerem Kerker mit Dunkelhaft, Fasten und hartem Lager am Tage der Tat umgewandelt. Nach 17-jähriger Kerkerhaft wurde Stergar am 10. Oktober 1921 bedingt entlassen. Die Bewährung lief bis 10. Oktober 1928, doch kurz vor Beendigung dieser Frist wurde er wieder wegen Betrugs vom Gendarmerieposten in Gröbming gesucht. Im Jahr 1935 verehelichte sich Stergar in Kroatien, und im Jahre 1950 verstarb er mit 71 Jahren in Wien.

Die *Waldheimatgesellschaft* unter Toni Schruf errichtete im Jahre 1905 zu Ehren Peter Bergners auf der Pretulalpe eine rund acht Meter hohe, aus Stein gemauerte Aussichtswarte und gab ihr den Namen »Peter-Bergner-Warte«. Die im Jahre 1964 runderneute Aussichtswarte ist mit einer Hinweistafel versehen, die heute noch an den Mord am Almpeterl im ersten *Rosegger-Schutzhaus* erinnert.

Der Obmann der *Waldheimatgesellschaft* verfasste einen zehnseitigen Nachruf zu Peter Bergner, der im Band 29 in Peter Roseggers Zeitschrift *Heimgarten* 1905 abgedruckt wurde:

[...] Wie befürchtet wurde die Geldgier eines gewissenlosen Menschen dem treuen Hüttenwirt zum Verhängnis. Am 24. Juni 1904 wurde Peter Bergner Opfer eines grausamen Meuchelmordes – genau am vierten Jahrestag der Einweihung des Schutzhauses. Ein obdachloser Tischlergeselle namens Rudolf S., der öfters schon im Schutzhaus zu Gast war und von der Welt und Idylle des Hüttenwirtes wusste, erschlug Peterl im Vorratskeller mit einer Axt. Es war, als ob die Alm selber von all dem nichts hätte sehen wollen; schwere Regenwolken verhüllten sie an jenen drei Tagen des sonst sonnigen Juni.

Dieser Nachruf endet nach Korrektur von Peter Rosegger mit einem der letzten Gedichte Peter Bergners, das er an ein Fräulein in Sankt Pölten zum Dank für einen Kartengruß von ihr – die Karte zeigte das Bild eines Seifenbläsers – gesandt hatte:

Ihr Seifenbläser mahnt mich immer
An des Glücks Vergänglichkeit,
Auch ich bin längst der Almwirt nimmer
Wenn der nächste Kuckuck schreit.

Im Jahre 1905 wurde aufgrund von Sicherheitsvorschriften und wegen Platzmangels das *Rosegger-Schutzhaus* auf der Pretulalpe umgebaut. Der Obmann der *Waldheimatgesellschaft* brachte in der Gaststube eine kleine Votivtafel zum Gedenken an den ersten Hüttenwirt an. In der Nacht zum 6. Dezember 1941 vernichtete ein Feuer das gesamte Schutzhaus bis auf den alten Stall. Es wurde ein Notschutzhaus errichtet und das sogenannte »zweite Schutzhaus« auf der Pretul wurde im Laufe der ersten Nachkriegsjahre 1947 als Riegelbau errichtet und in den Jahren 1948 und 1958 weiter ausgebaut. Ein neuerlicher Brand vernichtete am 27. Mai 1989 in den frühen Morgenstunden das Schutzhaus bis auf die Grundmauern. Noch am selben Tag beschloss der Ausschuss der *Rattener Naturfreunde*, auf der Pretulalpe ein neues Schutzhaus zu errichten. Daher konnte die *Waldheimatgesellschaft* zu ihrer 90-Jahr-Feier bereits am 1. Juli 1990 auf die Pretulalpe ins neue Schutzhaus einladen. Im Oktober 1990 war das neu errichtete dritte *Rosegger-Alpenschutzhaus* fertiggestellt und wurde seit dieser Zeit laufend erweitert und den Anforderungen angepasst.

Der Tischlersohn Josef G., der anfangs des Mordes verdächtigt und das Opfer heftiger Vorverurteilung sowohl in Mürzzuschlag selbst als auch in den Medien geworden war, wurde nach der Verhaftung des tatsächlichen Mörders aus der Haft entlassen.

Der Berliner Zeitungsredakteur Theodor Kappstein stattete Anfang Juli 1904 Mürzzuschlag einen mehrtägigen Besuch ab und unternahm dabei auch einige Ausflüge in der Waldheimat. Auf Wunsch des Mürzzuschlager Bürgermeisters stand der Obmann der *Waldheimatgesellschaft*, Toni Schruf, dem informationshungrigen Journalisten beratend zur Seite und unternahm mit ihm nicht nur eine Wanderung zum Schutzhaus auf die Pretulalpe, sondern auch Werksbesichtigungen in Mürzzuschlag, Spaziergänge durch den Ort und einen Ausflug zu Peter Rosegger in dessen Sommerhaus nach Krieglach. Dort verbrachte der Redakteur einige Stunden mit dem Heimatdichter, um ihn näher kennenzulernen.

Wie von ihm vorab angekündigt, verfasste der bekannte Literaturkritiker und Schriftsteller aus Berlin über seinen Besuch in der Waldheimat einige Artikel in Tourismusblättern. Unter dem Titel *Peter Rosegger – Ein Charakterbild* veröffentlichte er Ende 1904 auch ein Buch über den Dichter, in welchem im Vorwort über seinen Besuch in Mürzzuschlag zu lesen ist. Er kritisierte dabei besonders den übertriebenen Roseggerkult in der Waldheimat:

… die stille Arbeit des Berliner Studierzimmers in des Dichters Lande nachprüfend, durchwandere ich in diesen Wochen die liebliche Steiermark und das benachbarte Salzkammergut. Dabei macht der Wanderer auf Roseggers Spuren eine eigentümliche Beobachtung. In und um Mürzzuschlag, einer für Sommergäste wegen ihrer unruhigen Industrie wenig empfehlenswerten Ortschaft, hat sich ein systematischer Rosegger-Kultus aufgetan. Ich trug das wertvolle Feuilleton über Goethe-Reliquien noch bei mir, das Fritz Mauthner im Sommer dieses Jahres im Berliner

Tagblatt *veröffentlicht hat; von ihm geleitet, betrat ich das »Rosegger-Stübl« in Mürzzuschlag. Wer trinkt dort nicht gern einen Schoppen steirischen Schilchers, dankbar all des Frohen und Erhebenden gedenkend, das wir dem großen Volksdichter danken? Und das Stübl ist urgemütlich eingerichtet: die Bilder dichtender und musizierender Zeitgenossen Roseggers an den Wänden, zum Teil mit sinnigen Widmungsworten; auch das vom Meister Natz als echt beglaubigte Bügeleisen des einstigen Schneidergesellen Petri Kettenfeier sieht man lächelnd, desgleichen die veritable Weste mit großen blanken Knöpfen, eine Art Gesellenstück Peters, die unter Glas und Rahmen gesteckt ist, nachdem man sie von dem Bauern, der sie ohne Ehrfurcht getragen, ehrfürchtig aufgekauft und ihren Ursprung durch schriftliches Zeugnis feierlich hat bestätigen lassen. Es wirkt aber doch wie frische Luft, wenn man inmitten dieser Rosegger-Reliquien das gute Wort Adalbert Svobodas zu seinen kräftigen Gesichtszügen liest: »Nur wer alle Irrtümer wegwirft und nach allen erreichbaren Kenntnissen strebt, ist ein gesunder Vollmensch.« Doch damit ist es nicht getan: Im Garten des Gasthauses ist eine »Rosegger-Warte« zu ersteigen – und neben uns auf dem Tische steht ein Kasten mit Rosegger-Schokolade und Rosegger-Waffeln, der Serien von Rosegger-Ansichtskarten nicht zu gedenken. Du trittst auf die Straße: vor dir liegt die Rosegger-Gasse; du steigst empor zu der schönen evangelischen Kirche, die Rosegger vor etlichen Jahren als weitherziger Katholik gebaut – doch du entgehst der »Rosegger-Ruhe« nicht, die daneben etabliert wurde. Eine würdige Ehrung für den Sänger der steirischen Alpen stellt die Rosegger-Schutzhütte dar auf dem Plateau der ziemlich mühselig zu ersteigenden Pretulalpe: aber muss das Wasser, mit dem uns in dem freundlichen*

Häuschen der etwas zweifelhafte Kaffee bereitet ward, aus der »Rosegger-Quelle« geholt werden?

Es ist der Roseggerei zu viel; mit einer unklaren Schwärmerei verbindet sich ein recht klarer Geschäftssinn; das wirkt verstimmend. Die Rosegger-Gesellschaft, die sich auf Roseggers Wunsch in eine Waldheimat-Gesellschaft hat umtaufen lassen müssen, sollte die Grenze des Spleenigen sorgsamer meiden, will sie nicht den Spott herausfordern. Sie sollte es umso mehr tun, als in ihrem Programm mehrere echt humane Ziele angegeben sind, deren Verwirklichung durchaus im Geiste Roseggers liegt, ohne sich auf der Linie dieses hohlen Götzentums zu bewegen. Neben Roseggers verfallenem Geburtshause am Alpl blüht das Gasthaus Roseggerhof, *und bald wird nicht nur beim Steinbauern, sondern an jedem der fünf Dutzend Bauernhäuser, in denen Peter einst die Nadel schwang, eine Gedenktafel das weltgeschichtliche Faktum feiern. Das sind tote Symbole wie die Rosegger-Seife und der Rosegger-Hut.*

Ich spreche diese Kritik an dem Personenkultus derer um Rosegger – die Grazer Freunde Roseggers fühlen darin stolzer, so lieb sie den Kameraden auch haben – umso offener aus, weil ich Peter Rosegger als Volksdichter der grünen Mark mit Herz und Kopf verehre, und weil ich in diesen Tagen Gelegenheit hatte, bei einem mehrstündigen Besuch in seinem Landhause in Krieglach mich davon zu überzeugen, wie schlicht und ohne Post und Phrase es hier zugeht …

Bereits wenige Tage nach Erscheinen dieses in der Waldheimat mit Spannung erwarteten Werkes des Berliner Schriftstellers und einem zur gleichen Zeit erschienenen Feuilleton der Gattin Kappsteins verfasste Toni Schruf eine mehrseitige Entgegnung, die mit diesen Zeilen beginnt:

Gegen den Rosegger-Biographen Kappstein:

Der am Südabhange des Semmering gelegene steirische Ort Mürzzuschlag und die daselbst bestehende Waldheimatgesellschaft, deren Zweck es ist, in Peter Roseggers Waldheimat Wohltätigkeit zu üben und die Volksbildung zu fördern, hat es sich in neuerer Zeit wiederholt gefallen lassen müssen, von einem Berliner Schriftsteller missgünstig besprochen zu werden. Herr Theodor Kappstein hat zunächst in einem Feuilleton des Berliner Tagblatts *sich abfällig über Mürzzuschlag als Sommerfrische ausgesprochen und die dort zu Tage tretende »Rosegger-Verhimmelung« mit Spott überhäuft. Wir ließen diesen Ausfall unbeachtet, weil seine Beweggründe uns nicht unklar waren. Wir schwiegen auch noch, als Herr Kappstein den Inhalt dieses Feuilletons in das Vorwort eines Buches übernahm, das er sich bemüßigt fühlte, über Peter Rosegger zu schreiben. Da aber dieses Thema jetzt zum dritten Male, diesmal von der Gattin des Herrn Kappstein, und zwar an einer Stelle, wo es uns doppelt verletzen muss – in einem Jahrbuch … berührt wird, so sehen wir, die Vertreter von Mürzzuschlag und der Waldheimatgesellschaft, uns gezwungen, die bisher geübte Zurückhaltung aufzugeben …*

Die Entgegnung erschien nicht, denn Rosegger schrieb am 19.11.1904 an seinen Freund Schruf, nachdem er ein Exemplar des Buches erhalten hatte:

Eben erhielt ich Kappsteins Buch. Über die Indiskretionen des Eingangs bin ich verblüfft, Wenn das in derer Dicken fortgeht! Ich dank schön. Er mag ja im Einzelnen recht haben, aber ins Buch gehört das nicht. Ich habs immer gefürchtet, dass er kommt und dies sagt. Bin nur froh, dass ich mich von allem Anfang ablehnend verhielt. Woher er Manches hat, ist mir rätselhaft. Es ist auch soweit gekom-

men, dass man jeder Zeile, die man schreibt, beisetzen muss: Bitte vertraulich!

… In dem umfangreichen Buch gibt es so viele Unrichtigkeiten, dass man ein neues Buch schreiben müsste, um sie zu berichtigen. Das ist nichts Neues, ist unvermeidlich, wo so viel über einen geschrieben ist. Angenehm ist es wahrlich nicht, so öffentlich durch allerlei Druckerschwärze geschleift zu werden, darum habe ich so oft gebeten: Nicht so viel über mich zu schreiben, meinen Namen überall so viel als möglich auszuschalten. Dass es einmal über Euch losgehen wird, war wohl vorauszusehen, befremdend ist nur, dass es von einem Fremden geschah. Öffentlich gegen Kappstein aufzutreten, würde die Sache nur verschlimmern. Das Buch wird keine große Verbreitung finden, es ist auch zu kostspielig – bald ist alles vergessen. Mit Bügeleisen, Leibel und solchem Zeug fahr ab. Die Rosegger-Warte und Ruhe, Rosegger-Quelle kann umgetauft werden. Die Waldheimat-Gesellschaft als solche bleibt von allem unberührt, ihre Aufgabe ist gemeinnütziges Wirken nach Kräften. Alle weitere Reklame muss vermieden werden, ich bin des Lärmens um mich müde. Darum auch keine Entgegnung auf Kappsteins Buch.

Das sind einige der historischen Bezüge, die als Inspiration für diesen Kriminalroman gedient haben. Wichtig erscheint mir, abschließend festzustellen, dass es sich bei diesem Roman um eine zwar auf sorgsam recherchierten historischen Eckdaten basierende Geschichte, aber dennoch um Fiktion handelt. Dies gilt für den gesamten Plot, die Verknüpfung der Ereignisse und Figuren ebenso wie für die Zeichnung der Charaktere.

Historische Ansichtskarten aus dem Jahr 1904

(Foto Franz Preitler)

Titelseite »Interessantes Blatt« vom 6. Oktober 1904

Das interessante Blatt

Wien, 6. Oktober 1904 — XXIII. Jahrg.

Der Mörder des „Almpeterl" vor Gericht

Danksagung

HERZLICHEN DANK AN Claudia Senghaas, Programmleiterin des Gmeiner-Verlags, dass sie mir ermöglicht hat, meinen zweiten regionalen Kriminalroman bei Gmeiner zu veröffentlichen.

Mein besonderer Dank gilt Friederike Lenart, die mich, – wie bereits bei *Schöne Mordschwestern*, beim Verfassen des Manuskripts begleitet hat. Danke für die wertvolle Zusammenarbeit und dein Vertrauen in diese Geschichte von Beginn an!

Meinem Partner Thorsten möchte ich Dank zollen, dass er mich immer mit allen Kräften bei meinen Buchideen unterstützt.

Und natürlich möchte ich mich bei Ihnen, liebe Leserinnen und Leser bedanken, dass Sie Interesse an meinem Buch gezeigt und es bis zum Schluss gelesen haben. Danke, dass Sie mit meinen Protagonisten einen Teil Ihrer Zeit verbracht haben!

Franz Preitler

Weitere Titel finden Sie auf den folgenden Seiten und im Internet:

WWW.GMEINER-VERLAG.DE